Jean-Paul Delfino

POUR TOUT L'OR DU BRÉSIL

ROMAN

Le Passage

TEXTE INTÉGRAL

ISBN 978-2-7578-2884-7
(ISBN 978-2-84742-167-5, 1re publication)

à Fréda et Jean

CHAPITRE I

Au même instant, à des milliers de kilomètres en direction du sud-ouest, dans la lointaine colonie portugaise du Brésil, un jeune homme était sur le point d'achever son voyage. Grand, longiligne, la peau brune et des yeux globuleux qui ne perdaient pas une miette du paysage, roulant dans leurs orbites devant les montagnes tapissées d'une végétation dense qui se déclinait dans des camaïeux infinis de vert, s'émerveillant des cascades fraîches qui semblaient faire la nique à la chaleur intense du soleil à son zénith, Zumbi marchait sans hâte, un baluchon à l'épaule. Depuis trois semaines déjà, il avait quitté Rio de Janeiro où, dans les traces de son père et de son grand-père, il s'était échiné comme simple débardeur sur les quais de la ville. Certes, il n'était pas à proprement parler un esclave et les chaussures qu'il portait aux pieds – mais le plus souvent rangées dans un sac, afin de ne pas les user prématurément – en attestaient. Toutefois, après quatre années de salaires de misère, de privations, de ventre creux et de peur du fouet, il avait décidé de tenter l'aventure ailleurs, sous d'autres cieux. Ses frères et sœurs avaient bien essayé de le retenir, de le prévenir que, loin de chez lui, le pré n'était pas toujours plus vert ni les vaches plus grosses, mais rien n'y avait fait. Il avait décidé de sortir de sa condition et, comme les traits de caractère sautent souvent une génération, il avait trouvé au fond de lui autant de courage que son grand-père Semba, l'homme qui avait fui l'esclavage pour aller se battre aux côtés du grand Zumbi, le roi des *quilombos* des Palmares, les villes d'esclaves en fuite qui avaient résisté près de cent ans aux armées portugaises [1].

Un instant, le jeune homme stoppa sa marche et s'assit sur une pierre tapissée de mousse qui affleurait près d'une cascade. Puis, avec application, il tira de son baluchon son avant-dernier morceau de viande séchée qu'il se mit à mastiquer lentement, le regard perdu sur la vague gigantesque des arbres où, dans la masse ondulante des palmes et des feuilles, de petits singes se poursuivaient en lançant des cris stridents. Malgré la fatigue et la sueur qui perlait sur son visage et sur son corps, malgré ses muscles douloureux et l'appréhension de ce long voyage dont il ignorait quelle serait l'issue, il se sentait infiniment paisible et serein. Eh quoi ? Que lui serait-il arrivé s'il n'avait pas bougé de Rio de Janeiro ? Il aurait continué à se casser les reins en transportant des malles et des ballots, du soir au matin. Comme tous les Nègres, libres ou esclaves, il aurait dû obéir aux ordres des contremaîtres, subir les insultes et les brimades qui, au quotidien, frappaient le petit peuple carioca [2]. Il aurait dû se contenter de ne pas rêver de vivre autre chose. Il aurait dû tout accepter, sans se plaindre, et, pour tromper sa solitude, il aurait fini par se marier, avec ou sans amour, et faire des

1. Cf. *Zumbi*, Buchet-Chastel.
2. Habitants de Rio de Janeiro.

enfants, une flopée d'enfants qui, lorsqu'il n'aurait plus été capable de travailler, auraient pris soin de sa vieille carcasse.

Lorsque Zumbi passa son corps entier sous la cascade, il frissonna de tout son être, sans trop savoir s'il s'agissait de plaisir ou d'autre chose, tant l'eau qui jaillissait du ventre de cette montagne était glacée. Un instant plus tard, trempé comme une soupe, il reprit pied sur le sable rouge du chemin, s'ébroua en faisant gicler des gouttelettes de diamant dans le soleil et, le baluchon à l'épaule, il reprit sa marche en sifflotant. Oui, il avait bien fait de tout quitter et de filer vers le nord. Il avait eu raison de trancher le câble qui le retenait pour braver le monde et ses dangers, sans se soucier de ce que serait l'avenir, car le présent lui était devenu insupportable de monotonie et de journées identiques, toujours recommencées.

Un mois plus tôt sur le port, à la tombée de la nuit, alors qu'il allait retrouver sa paillasse de la rue do Carmo, il avait vu un homme, un Nègre, tel qu'il n'en avait jamais croisé. Il n'était ni plus beau ni plus laid qu'un autre, mais il marchait fièrement, portait de splendides vêtements de Blancs, des bottes parfaitement cirées et lustrées, et, sous son chapeau de feutre, une haute perruque poudrée de blanc semblait le grandir encore. Enfin, une épée à poignée dorée battait sur sa cuisse à chacun de ses pas et, à sa large ceinture de cuir rouge, deux pistolets complétaient le tableau. Après avoir hésité un instant, l'apparition s'était dirigée droit sur Zumbi et, d'une voix claire, lui avait demandé :

« Dis-moi, étranger, sais-tu où se trouve la Capitainerie ?

– Oui, Monsieur. C'est à environ trois… »

Aussitôt, le Nègre l'avait coupé dans sa phrase, avec fermeté mais sans mépris ni animosité :

« J'ai un rendez-vous de la plus haute importance et je ne veux absolument pas être en retard. Si tu acceptes de me conduire jusque-là, je te donnerai de l'argent. »

Zumbi avait brièvement réfléchi, puis il avait fini par répondre :

« Je vais vous accompagner. Pour l'argent, c'est pas une obligation…

– Tiens donc ! Un débardeur qui ne veut pas de mon argent ! Quelle étrange idée… »

Pendant cinq courtes minutes, Zumbi avait servi de guide dans les ruelles crasseuses de Rio, et ces seuls instants l'avaient décidé à bouleverser le cours de sa vie. L'homme, peu avare de confidences, lui avait raconté son extraordinaire réussite, en quelques phrases gonflées d'orgueil :

« Pour moi, tout a changé en 1732. Un matin, j'ai quitté la ferme de São Paulo où j'étais employé et je suis parti vers le nord. À cette époque, on commençait à parler de cette région qu'on venait d'appeler le Minas Gerais, le pays des mines générales. Pendant sept ans, je me suis battu avec la terre et l'eau, j'ai creusé et cherché comme un damné. Et Dieu m'a entendu, j'ai trouvé…

– Quoi donc ? »

L'homme s'était immobilisé, avait laissé passer un instant de silence afin de donner plus de mystère à sa réponse, puis, plissant lentement les yeux, il avait rapproché son visage de celui de Zumbi, avant de souffler :

« Mais l'or… L'or, mon garçon. L'or et les diamants, par kilos ! On ne vous a donc rien appris de ce miracle ? »

Puis, changeant subitement de sujet, il avait repris sa marche dans la foule épuisée des ouvriers qui rentraient chez eux, traînant les pieds.

Lorsque Zumbi était parvenu dans la rue do Carmo, les mots « or et diamants » résonnaient encore à ses oreilles et, cette nuit-là, il n'avait pas réussi à trouver le sommeil. Jusqu'au matin, il s'était vu fouiller dans les entrailles des montagnes du Minas Gerais, plongeant dans les eaux tumultueuses de larges fleuves bouillonnants afin d'en ressortir avec des sacs de boue aurifère qui, tous, contenaient des pépites et des pierres précieuses. À l'aube, lorsqu'il s'était levé, son corps était trempé de sueur et il claquait des dents, frissonnant de son être tout entier.

*

Au fur et à mesure que Zumbi se rapprochait d'Ouro Preto – « or noir », car les paillettes que l'on y trouvait affleuraient sur un sol sombre qui empêchait le métal de luire –, le paysage se modifiait. Là où, l'instant d'avant, la nature s'épanouissait sans contrainte, succédaient maintenant de larges bandes de terre nue, cette terre d'un rouge vif qui donnait l'impression de saigner sous le ciel indigo. À perte d'horizon, ce ne fut bientôt plus qu'un vallonnement de désert carmin où, çà et là, solitaires, faméliques, perdus dans le néant, se dressaient encore de petits arbres que la main de l'homme avait épargnés. Dans sa marche, Zumbi commença alors à croiser des hommes, des silhouettes squelettiques qui semblaient toutes sorties du même moule. Seuls ou par petits groupes, ils claudiquaient ou se tenaient prostrés contre les murs de pisé des cases de misère annonçant Ouro Preto. La main tendue pour quémander une aumône, ils psalmodiaient des prières incompréhensibles et Zumbi ne sut pas dire la couleur de leur peau, car le désespoir et la crasse les avaient tous rendus semblables. Quelquefois, de moins pauvres qu'eux les bousculaient fermement de la main lorsqu'ils s'approchaient de trop près et les rares voitures à chevaux n'auraient pas dévié leur course d'un pouce à leur passage.

Dans cette nuée de gueux et de réprouvés, dans cette foule d'indigents qui grommelaient leur malheur, Zumbi aperçut devant une église flambant neuve un vieil homme semblable aux autres mais qui, à genoux sur une caisse, les yeux au ciel, les bras en croix, ne demandait rien. D'une maigreur à faire peur, il pouvait avoir dans les cinquante ans et était, *a priori*, d'origine européenne. Les paupières closes, vêtu d'un triste pantalon et d'une chemise de cotonnade, il restait immobile, figé dans sa posture de béatitude, la peau mangée par les parasites, le crâne nu et la barbe filasse.

Zumbi s'approcha de lui et, les mains sur les hanches, l'apostropha :

« Bonjour, étranger. Peux-tu m'indiquer le chemin des mines d'or ? »

Sans dessiller les paupières, le vieil homme répliqua, dans le soleil qui commençait maintenant à décliner :

« Étranger ? Faut-il bien que tu sois étranger pour pas trouver de mines dans le Minas Gerais ! Des mines, y en a tant que tu veux, dans ce maudit pays. Mais de l'or…

– Dis-moi quand même vers où je dois aller.

– Je te le dirai seulement si tu me payes…

– J'ai pas d'argent. »

À cet instant, l'homme baissa les bras et soupira dans sa barbe :

« C'est un pays du diable, comme je te le dis… »

Puis il ajouta :

« Si tu peux pas me donner quelque chose, prends la gourde qui est dans mon sac, par terre, à côté de la sébile, et va me chercher de l'eau à la source des Trois Bons Dieux. C'est à cinquante mètres, sur ta gauche.

– Et si j'y vais pas ? »

L'homme souffla encore et finit par répliquer :

« Ici, c'est le pays de l'or. Et ici, tout se paye, étranger… »

Lorsqu'il revint du point d'eau, Zumbi rendit la gourde pleine et s'assit par terre, devant le mendiant. Pendant que celui-ci étanchait sa soif avec de petits suçotements humides, il l'interrogea :

« Dis-moi, pourquoi est-ce que t'ouvres jamais les yeux ? C'est pour pas voir toute cette misère ? »

Après s'être torché les lèvres du revers de la main, le mendiant sourit avec lassitude, puis il répondit :

« Y a de ça. T'as parfaitement raison, mon garçon. Ce pays est encore plus ravagé que s'il avait connu les dix plaies d'Égypte. »

Puis, s'asseyant à son tour sur sa caisse, il ajouta :

« C'est pour ça, mais c'est aussi à cause de ça… »

Lentement, il ouvrit ses paupières et Zumbi ne put réprimer une grimace de stupeur tandis que le vieil homme reprenait :

« Ça fait peur à tout le monde, ce genre de plaisanterie. Alors, je les garde fermés. Je les ouvre juste quand les trois garçons de Francisco, le bistrotier, viennent me voir avec un verre de *cachaça*[1]. Ça leur fait peur, ça les fait rire et moi, ça me remplit la panse ! »

Les yeux du mendiant étaient morts. Au milieu du

1. Eau-de-vie à base de jus de canne à sucre.

blanc rougi des globes, deux prunelles d'un bleu laiteux, légèrement révulsées, accueillaient en leur centre des pupilles inertes, semblables à deux lentilles sèches.

En refermant ses paupières, il ajouta tout bas :

« Le rebouteux du coin m'a même proposé de me les coudre pour qu'on en parle plus. Mais ici, sache-le, tout fait ventre. Tant que ces yeux me rapporteront de l'eau-de-vie, je les garderai comme ça. Puis, ça m'a fait gagner un surnom. Avant, on m'appelait juste Raimundo. Maintenant, on me dit : l'Aveugle… »

Raimundo Molina faisait partie des dizaines de milliers d'immigrants qui avaient fui le Portugal à la fin des années 1720. Lorsque l'annonce de la découverte des premières mines d'or conséquentes était arrivée à la cour de Lisbonne, le roi Dom João V avait cru à la naissance d'un fabuleux Eldorado. Tout à sa joie, il avait fait donner des messes et des *Te Deum* somptueux dans l'ensemble du pays, et même le pape et les cardinaux lui avaient envoyé des messages de félicitations et de congratulations, depuis le Saint-Siège de Rome. Dans le bas peuple, cette nouvelle avait fait l'effet d'une bombe.

« Moi, expliqua l'Aveugle, j'étais dans la boucherie, à Coimbra, et je gagnais ma vie. Mais, que veux-tu, l'homme est ainsi fait qu'il en veut toujours plus ! Je rêvais d'acheter du terrain et de faire de l'huile d'olive, mais j'avais pas même une pièce d'or devant moi. Alors, quand le bruit a couru que Sabarabussu, la montagne qui brille, comme l'appellent les Indiens, avait été découverte, j'ai fait comme tous les autres : j'ai embrassé ma femme et mes deux filles et j'ai fait ce satané grand saut. C'était il y a vingt-huit ans et je les ai jamais plus vues… »

Du Portugal, de l'Europe puis du monde entier, des hommes étaient venus, attirés par l'or et les diamants qui étaient, disait-on, si nombreux qu'il suffisait de se baisser pour les ramasser. Dans les ports de Rio de Janeiro et de Bahia, les vaisseaux lourds de migrants se pressèrent par centaines, toujours plus nombreux, et le district d'Arraial do Tijuco[1] se retrouva submergé par les chercheurs d'or. À pied, à cheval ou en carriole, ils déboulaient, enfiévrés, haletants, chacun cherchant à délimiter sa propre parcelle et à se mettre au plus vite à creuser et à tamiser.

« Y a réellement tant d'or, dans le coin ? interrogea Zumbi.

– Oh oui… Il y en a eu beaucoup et je peux te dire que, du temps que j'avais encore mes yeux, j'ai bien dû en extraire trente à quarante kilos à moi tout seul, et peut-être plus encore !

– Alors, pourquoi t'es dans la rue ? Tu devrais être riche, aujourd'hui.

– J'ai tout perdu, mon garçon… »

À l'époque, les vols et les bagarres étaient fréquents. L'alcool aidant, les jeux de dés et de cartes faisaient la fortune, en quelques heures, d'escrocs sans scrupules et la misère de mineurs trop crédules. À cela, il fallait encore ajouter la rapacité de marchands qui vendaient des ustensiles de première nécessité à des prix hallucinants. Une simple cuillère, à Rio de Janeiro, ne valait rien. Dans la jungle de Tijuco, elle valait son poids en or. De plus, les intermédiaires, qui possédaient généralement une boutique, profitaient de l'abondance de ces richesses pour payer le gramme une misère, et les pauvres bougres, après avoir réglé la farine, le manioc

1. Aujourd'hui, Diamantina.

ou les haricots et, exceptionnellement, un peu de viande boucanée, devaient s'endetter pour pouvoir continuer à chercher toujours plus d'or.

« J'ai tout perdu, je te dis… J'aurais pu me refaire, si Dieu m'avait pas envoyé tout ce noir dans la tête, une saloperie de fièvre qui m'a enlevé les yeux en quelques semaines.

– Pourquoi tu parles de l'or au passé ?

– Pour moi, oui, l'or c'est du passé. Et j'ai bien peur que pour les autres aussi. Les mines de par ici donnent plus grand-chose, de nos jours, et il y a toujours plus de miséreux qui viennent s'agglutiner dans le Minas Gerais, comme des fourmis sur un cadavre de chien ou des morpions sur une fille de rien… »

La Couronne portugaise avait pourtant tenté d'enrayer le flot des migrants, comme elle y était déjà parvenue, en 1711. Cette année-là, lorsque les toutes premières traces d'or avaient été trouvées, le jésuite Antônio Andreoni avait écrit un livre sur le sujet : *Culture et opulence du Brésil par ses drogues et ses mines*. Publié le 6 mars, il fut interdit et brûlé dix jours à peine après sa sortie. Mais, à la fin des années 1720, la police avait été moins vigilante et, de bouches en oreilles, les mineurs s'étaient lancés sur les routes. Trois villes nouvelles avaient germé sur ces rumeurs : Ouro Preto, Sabará et Mariana. Aujourd'hui, Ouro Preto était encore plus peuplée que Rio de Janeiro ou New York.

« Les Dragons du roi surveillent tout, à ce jour. Le district d'Arraial est bouclé et il est même interdit aux Nègres et aux métis libres, aux sans-emploi et aux commerçants. Là-bas, y a pas de tavernes ni de magasins. La Couronne veut sa part sur tout : c'est un cinquième de l'or trouvé et y a pas à revenir là-dessus, sinon c'est le gibet. Mais y a peut-être d'autres endroits pour se remplir les poches…

– Où ça ? »

Après avoir bâillé, l'Aveugle s'étira longuement, se mit debout et saisit à tâtons son sac et son bâton. Puis, il finit par répondre :

« Ça se voit que t'es jeune, mon garçon. Je t'expliquerai tout ça et bien d'autres choses encore, mais tout à l'heure. Maintenant, il s'agit de se trouver de quoi manger… »

*

Un quart d'heure plus tard, les deux hommes se retrouvèrent dans le quartier des Pouilleux, le plus sinistre endroit que Zumbi avait jamais vu. Dans la poussière, ce qui restait de ces êtres humains avait dressé des tentes de fortune avec des pieux fichés dans le sol qu'ils avaient recouverts de palmes. L'endroit grouillait de rats et une odeur pestilentielle vous prenait à la gorge à chaque pas. Dans cette cour des miracles, l'Aveugle avait installé son petit coin où il serrait sa maigre richesse, à savoir une malle qui avait dû servir au transport de produits manufacturés. À l'intérieur, il y avait un crucifix, une écuelle, un petit chaudron, deux assiettes en bois, une cuillère dans le même matériau et un paquet de vieilles lettres.

Après avoir ouvert le cadenas, il maugréa :

« Tu vois, jeune homme ? Voilà tout ce que l'or m'a apporté, en vingt ans de travail. Ça vaut pas un pet de lapin, mais je suis forcé de fermer à clé. Ici, tout se vole, s'achète, se vend, se revend ou se joue aux dés. C'est pas Dieu possible, mais c'est bien la vérité vraie… »

À cet instant, des hurlements retentirent et, sans s'affoler le moins du monde, l'Aveugle soupira :

« C'est rien. C'est encore une dispute pour un foutu bol de quelque chose. C'est toujours comme ça, à l'heure des repas.

– S'ils sont si pauvres, pourquoi ils partent pas ailleurs pour faire autre chose ? rétorqua Zumbi.

– Certains sont comme moi : ils peuvent plus. Ils sont trop cassés pour chercher encore de l'or. Et puis, y a aussi les désespérés. Ils étaient partis pour faire fortune et ils osent pas rentrer les mains vides, tout ça pour des raisons d'honneur et d'autres foutaises du même tonneau… »

Après s'être assis en grognant à même le sol, le vieux Raimundo demanda :

« Alors, si t'as pas d'argent, t'as peut-être quelque chose à manger, non ? »

Devant le silence gêné de Zumbi, il gronda :

« Si t'as rien à bouffer, tu peux partir…

– J'ai encore un petit bout de viande séchée, mais ça fera pas lourd pour deux. Par contre, j'ai à boire…

– Qu'est-ce que tu dis ?

– Oui, j'ai un cruchon de *cachaça* qu'est presque plein et je veux bien le partager avec toi, si ça te dit. »

À ces mots, le visage de l'Aveugle se détendit et un sourire se dessina sur ses lèvres. D'une bouche gourmande, il lui répondit :

« Je savais que j'avais raison de t'inviter dans mon palace, jeune homme. Mon instinct m'a jamais trompé, au moins sur deux choses : l'or et les hommes. »

Puis, tout en ouvrant son sac, il poursuivit :

« Ta viande séchée, on va la tremper dans l'eau bouillante, avec un oignon ou deux, et on la mangera avec les haricots qui me restent. Si t'ajoutes un avocat et une mangue chacun, on va se faire un repas digne du roi du Portugal et de cette putain de colonie du Brésil ! »

Pendant que le ragoût de fortune mitonnait dans le petit chaudron encroûté de suie, l'Aveugle s'adressa à Zumbi, d'une voix rendue plus molle par quelques gorgées de *cachaça* avalées goulûment :

« Et toi, jeune homme ?

– Quoi, moi ?

– Oui, on parle que de moi et je sais encore rien sur toi. Raconte un peu…

– Y a rien à dire. J'arrive de Rio de Janeiro, j'ai dix-sept ans et je suis venu ici pour… »

D'un geste de la main, l'Aveugle le coupa net :

« Et t'es venu ici pour chercher de l'or. Ça, je le sais. Qu'est-ce qu'on pourrait faire d'autre, dans ce coin de damnés ?

– C'est vrai, je suis là pour l'or…

– Et quel est le sagouin qui t'a mis cette idée dans ton petit crâne d'illuminé ? »

En quelques mots, Zumbi lui raconta sa rencontre avec le Nègre à la perruque blanche et, une fois son récit achevé, l'Aveugle laissa passer un long temps de silence. Puis il finit par reprendre :

« Foutre Dieu… Cet homme aurait mieux fait de fermer son claque-merde plutôt que de te faire croire que ta destinée était ici… »

Aussitôt, Zumbi se récria :

« Mais s'il a réussi à devenir riche rien qu'en creusant la terre, je peux le faire tout aussi bien que lui !

– Balivernes ! Pour un qui réussit, y en a combien qui crèvent de la faim, de maladie, d'un coup de couteau, d'un éboulement ou de je sais pas quoi encore ?

– Mais je suis pas comme les autres, moi ! Je suis courageux !

– Ils disent tous ça…

– Je veux plus être débardeur ! J'ai de l'ambition et je veux sortir de ma condition ! »

En saisissant le cruchon une nouvelle fois, l'Aveugle murmura, presque pour lui-même :

« Ça aussi, ils le disent tous… Moi le premier, j'ai voulu sortir de ma condition, comme tu le dis. Et regarde où ça m'a mené de vouloir rêver plus haut que les autres. J'ai quarante-deux ans et on m'en donne dix ou vingt de plus. J'ai plus de famille et, les jours de fête, c'est quand je mange du rat rôti…

Dans le crépitement du bois qui allumait des reflets rouges sur le visage des deux hommes, il poursuivit, sur un ton lugubre :

« T'es jeune, tu connais rien à l'or et la vie t'a pas encore touché. Cet homme de malheur, il t'a donné la fièvre de l'or. C'est terrible, cette fièvre, et y a rien qui peut en venir à bout dans ce bas monde. Ça vous brûle le sang, ça vous fait devenir fou et on est prêt à tuer n'importe qui pour trouver une pépite… »

Après avoir avalé une nouvelle gorgée de *cachaça*, l'Aveugle soupira encore :

« Une pépite ou des paillettes d'or… Sais-tu seulement ce que ça fait de les tenir dans le creux de la main ?

– Non…

– C'est meilleur que l'amour, c'est meilleur que les femmes. Tu as l'impression que le doigt de Dieu s'est posé sur toi et que tu vas devenir le roi du monde. Des journées, des semaines et des mois à pelleter et à te crever les yeux sans voir autre chose que de la boue rouge, de la boue et encore de la boue qui te recouvre, de la tête aux pieds. Et soudain, au milieu de toute cette saloperie de boue, un éclair. Un rayon de soleil qui se perd pas dans la boue, mais qui ricoche sur une pépite. Alors, on peut plus bouger et on remercie le Seigneur et tous les saints du Paradis. On ose pas la prendre, cette pépite, puis on la saisit plus vite qu'un chat qui vole dans une assiette. On la prend et, avant même de la laver, on l'embrasse comme on pourrait le faire avec son propre enfant… »

S'interrompant alors dans son monologue, l'Aveugle retira le bout de ses doigts qu'il avait machinalement placés devant sa bouche et, à la place, il porta le cruchon à ses lèvres. Puis, il le reposa et lâcha :

« Si tu veux pas crever de faim toute ta vie, oublie ce que je t'ai dit. Fais-toi plutôt fermier, tiens. À cent lieues à la ronde, y a pas un champ cultivé. Tu pourrais faire des haricots noirs ou du manioc. Tu vendrais ça très cher ici, à Ouro Preto. »

Zumbi croisa alors ses bras sur sa poitrine et, d'une voix ferme, il répliqua :

« Non. Je sais que je vais faire fortune dans l'or. Quand j'en aurai assez, je repasserai par ici et je te prouverai que j'avais raison.

– C'est ta vie, jeune homme. Mais je t'aurai prévenu.

– J'ai dix-sept ans et, si on est pas ambitieux à dix-sept ans, ça sert à rien de vivre.

– Oui, mais y a des ambitions qui peuvent tuer… »

Le lendemain matin, après avoir vidé le restant d'eau-de-vie, les deux hommes se rendirent à l'endroit où ils s'étaient rencontrés. Avant de se mettre à genoux sur sa caisse, l'Aveugle demanda à Zumbi :

« Alors, c'est décidé ?

– Oui, l'ami. À partir d'aujourd'hui, je suis chercheur d'or.

– Tu vas aller dans les mines des Dragons de la Couronne ?

– Certainement pas. C'est pas assez payé et je veux garder tout mon or pour moi. »

Tout en dodelinant lentement de la tête et en se grattant pensivement les joues, l'Aveugle murmura dans sa barbe flétrie :

« T'es aussi fou que moi. Dans les mines des Dragons, t'es payé moins, mais tu manges deux fois par jour.

– Peut-être mais moi je vais marcher encore plus vers le nord et, avec l'aide de Dieu et de tous mes ancêtres, je trouverai la petite sœur de celle que les Indiens appellent Sabarabussu… »

CHAPITRE II

« Maintenant, qu'allons-nous faire, Monsieur le Premier ministre ?

– Ça me semble évident : il faut enterrer les morts et nourrir les vivants… »

Bien campé sur son destrier, les yeux infiniment tristes à la vue du spectacle qui s'étalait dans la ville basse de Lisbonne, Dom Sebastião de Melo [1] observait, immobile, les résultats du tremblement de terre qui avait frappé la ville sept jours plus tôt, le matin de la Toussaint de 1755. En moins d'une demi-heure, l'immense majorité des immeubles avaient été jetés à bas, victimes de trois secousses sismiques et d'autant de vagues gigantesques qui, en retour, s'étaient abattues sur la cité. Désormais, tout n'était que désolation et des Lisboètes, par milliers, avaient péri dans la tragédie. Les palais, les bibliothèques, la cathédrale Santa Maria, les basiliques de São Paulo, Santa Catarina et São Vicente de Fora, l'église de la Misericórdia et même l'Hôpital royal de Tous les Saints, qui était le plus grand et le plus moderne du monde, n'étaient plus qu'un amas de pierres fumantes et de poutres calcinées.

1. Plus connu sous le nom de marquis de Pombal, titre qu'il recevra en 1770.

Les monuments qui ne s'étaient pas écroulés lors des secousses et avaient résisté à la fureur de l'océan s'étaient consumés durant le terrifiant incendie qui avait suivi la catastrophe. Des 70 000 volumes de la Bibliothèque royale, des centaines d'œuvres de maîtres illustres tels que Rubens ou Titien, des archives relatant les grandes expéditions de Vasco de Gama, des partitions originales des plus grands maîtres de musique, il ne restait plus que des cendres que le vent dispersait au gré de ses envies.

Dans le rougeoiement du soleil qui déclinait, Dom Sebastião de Melo, l'homme fort du Portugal depuis que le roi Dom José Ier l'avait nommé Premier ministre, se sentit subitement épuisé. À cinquante-six ans, il avait passé les sept dernières journées à courir à cheval dans les ruines de Lisbonne, donnant des ordres, parant au plus pressé, réconfortant les uns et les autres, ne prenant pas toujours le temps de manger et de dormir. Il avait fallu faire vite. Dès qu'il avait appris que la population, après l'affolement général, commençait à quitter la ville par peur de nouvelles secousses et redoutait une apocalypse imminente, il mobilisa les soldats survivants afin de contenir cette foule. Il avait besoin de bras valides pour, avant toute chose, enlever les cadavres qui jonchaient la cité et éviter ainsi tout risque d'épidémies.

« Monsieur de Castelo ? interrogea Dom Sebastião de Melo. Avez-vous des nouvelles de notre roi et de la cour royale ? »

Son intendant, un petit homme d'une quarantaine d'années, portant perruque et d'importants brodequins pour compenser sa taille, toussota avant de répondre :

« Oui, Monsieur le Premier ministre. Par la grâce de Dieu, toute la cour n'a pas eu à souffrir de ces visions d'horreur. Monseigneur le roi et sa suite avaient quitté la ville, la veille au soir du drame, pour se rendre à Belém.

– Sa place serait pourtant ici, à rassurer ce qu'il reste de notre peuple… »

Eduardo de Castelo toussota à nouveau et, avec la même déférence ampoulée, reprit, d'une voix haut perchée :

« C'est à la demande de l'une des filles de Monsieur le roi que toute la cour a assisté à une grand-messe, dans le monastère des Hiéronymites. Un courrier à cheval vient de m'apprendre que la cour ne rejoindra pas la capitale avant les prochains jours.

– Dom José Ier ne fait pas montre d'un courage digne de son rang… »

Dans les bruits et les cris des gens en armes qui s'activaient à bâtir un village de tentes de fortune, sur les collines d'Ajuda qui dominaient la capitale détruite, Dom Sebastião de Melo descendit de son cheval et, les mains croisées derrière le dos, il fit quelques pas. Un peu partout maintenant, des torches s'allumaient et lançaient dans le crépuscule finissant des flammes aux escarbilles orangées. À quelques encablures de la ville historique, les survivants de la catastrophe avaient été rassemblés sur le sol froid et caillouteux d'Ajuda. En quelques jours, à la panique générale et aux larmes, avait succédé une angoisse sourde et ils se tenaient là, assis par terre, bourgeois et simples gueux mêlés, unis par la même désolation. Chacun n'avait, pour toute richesse, que ce qu'il portait sur lui. Armés de leurs mousquets, les sergents de la police les surveillaient et faisaient leur possible pour que personne ne quitte les lieux. La consigne était claire : toute personne tentant de s'enfuir des collines d'Ajuda serait abattue sur-le-champ.

La voix d'Eduardo de Castelo le fit alors se retourner :

« Monsieur le Premier ministre, votre tente personnelle est prête. Elle n'est pas luxueuse, mais elle est agencée selon vos désirs, de manière fonctionnelle.

– Cela fera l'affaire, j'en suis sûr. »

Puis, avec un sourire amer, il ajouta :

« Conduisez-moi donc à mon nouveau palais, je vous prie…

– Tout de suite, Monsieur le Premier ministre. »

Le lendemain, après une courte nuit de quatre heures passée à même le sol sur quelques couvertures entassées, Dom Sebastião de Melo débuta une nouvelle journée qu'il savait cruciale. Le feu était en passe d'être maîtrisé, mais il allait devoir reprendre la ville en main, trouver de quoi donner à manger et à boire à la population rescapée, et lutter aussi contre les pillards qui, toutes les nuits, jouaient leur rôle macabre de charognards. Parmi ces urgences, la première était de se débarrasser au plus vite des cadavres et ce, malgré la désapprobation des membres de l'Église. Face à autant de morts, les seules possibilités restaient, hélas, la fosse commune ainsi que l'immersion des corps dans l'océan… D'autre part, Dom Sebastião de Melo allait devoir se résoudre à demander de l'aide aux États voisins alliés et à écrire à l'Angleterre, à l'Espagne et à la Hanse allemande pour les supplier d'envoyer des fonds et des matériaux afin de reconstruire Lisbonne. Il lui faudrait enfin réconforter la famille royale, et notamment Dom José Ier, un monarque qui, il le constatait avec amertume, brillait bien plus par son absence et son inconsistance que par ses actions d'éclat.

Alors que Dom Sebastião de Melo allait se mettre à l'œuvre, Eduardo de Castelo apparut à l'entrée de la tente et annonça :

« Monsieur le Premier ministre, un jeune homme demande audience auprès de votre personne. Il s'agit de Dom Cristiano da Fonseca.

– Le fils du producteur de porto ?

– Oui, Monsieur.

– Diable… J'espère que rien de fâcheux n'est arrivé à son père. »

Après un bref instant d'hésitation, il reprit :

« Bien, faites-le entrer et, si vous le pouvez, trouvez-nous deux tasses à peu près propres ainsi qu'un peu de café très sucré. Lisbonne est détruite, c'est un fait, mais pas les règles les plus élémentaires de la bienséance, que je sache… »

Un instant plus tard, dans le petit matin brumeux, Dom Cristiano da Fonseca apparut. Le jeune homme, de taille moyenne et âgé d'à peine vingt ans, possédait un tronc massif et musculeux, un visage énergique, et sa chevelure anthracite, raide et brillante, descendait jusqu'au milieu de son dos. Trempé de sueur après sa chevauchée, tous les sens en émoi, il s'inclina devant Dom Sebastião de Melo de manière rapide, sans trop s'attacher au respect du protocole.

De son côté, le Premier ministre l'enjoignit de se relever d'un geste de la main et l'interrogea, d'un ton sec :

« Jeune homme, quelles sont les nouvelles de Monsieur votre père ? »

À ces mots, Dom Cristiano da Fonseca se redressa

et, les yeux embués de larmes qu'il s'acharnait à ne pas vouloir laisser couler, il répondit :

« Monsieur… Monsieur, dès que j'ai appris cette nouvelle funeste, j'ai quitté la ville de Braga et j'ai accouru à Lisbonne, au parc Esperança, pour prendre des nouvelles. Notre demeure familiale est presque totalement détruite et il nous faudra des années avant de pouvoir la remettre en état. Quant à mon père… »

Après avoir dégluti avec difficulté, puis aspiré une large bouffée d'air, il poursuivit :

« Mon père n'était pas chez lui et des voisins m'ont dit que, juste avant le tremblement de terre, il avait pris la direction du port. Je m'y suis rendu, mais Lisbonne n'existe plus. Lisbonne est morte, et sans doute mon père avec… »

Pendant qu'Eduardo de Castelo déposait deux timbales d'un café fumant sur un tonneau qui faisait office de table, Dom Sebastião de Melo serra Dom Cristiano aux épaules et, d'une voix qu'il voulut paternelle et rassurante, il lui dit :

« Jeune homme, je connaissais bien votre père puisque c'était exclusivement dans sa production de vin de porto que je puisais, afin d'envoyer des présents dans toutes les cours alliées de l'Europe. J'avais une grande estime pour lui, mais, s'il était sur le port au moment du drame, il n'y a qu'une chance infime pour qu'il ait survécu. De plus, si tel avait été le cas, je suis persuadé qu'il m'aurait immédiatement contacté…

– Je le sais, Monsieur. »

Alors, fixant le jeune homme dans les yeux, le Premier ministre ajouta :

« Votre père est mort, mais pas Lisbonne. Lisbonne est immortelle.

– Pourquoi tout ceci est-il arrivé, justement le jour

de la Toussaint ? Est-ce une punition divine ? Est-ce que Dieu a voulu nous punir pour tous nos péchés ? »

Tout en se penchant sur le tonneau, Dom Sebastião de Melo répliqua :

« Sornettes que tout cela. C'est le bruit que les Jésuites et l'Inquisition, le père Gabriel Malagrida en tête, font courir parmi les rescapés. Les moines qui ont survécu se sont abattus sur le camp d'Ajuda à la façon des puces sur un chien. Avec leurs encensoirs et toutes leurs latineries, ils prêchent comme des possédés et en appellent à la repentance immédiate sous peine d'aller griller en Enfer. Pour eux, Lisbonne était devenue la Sodome baroque ! À ce train, ils auront bientôt plus de bras pour reconstruire leurs couvents et leurs églises que moi pour remettre Lisbonne en ordre de marche.

– Mais ce sont des lieux de culte sacrés. Il faut bien qu'ils… »

D'un ton qui ne souffrait aucune objection, le Premier ministre le coupa net :

« Le culte est une bonne chose, mais il y a beaucoup plus important que cela, dans l'immédiat. »

Après une brève gorgée de café, il expliqua :

« L'être humain ne saurait se nourrir que de prières. Il lui faut manger et boire, se vêtir, trouver à se reloger, recommencer à travailler. Il lui faut pouvoir se soigner, se chauffer, apprendre dans les universités, pouvoir se déplacer à nouveau pour que l'économie reprenne et que Lisbonne renaisse de ses cendres. »

Comme Dom Cristiano da Fonseca ne disait rien, tout appliqué à l'écouter, Dom Sebastião de Melo lâcha, avec une grimace douce-amère :

« Dieu ne manque pas d'humour. Après le tremblement de terre et les trois vagues, l'incendie a totalement détruit l'Opéra flambant neuf que nous venions tout juste d'inaugurer. C'était l'Opéra Phoenix… »

Une fois le café avalé, les deux hommes sortirent de la tente et embrassèrent du regard le tableau des survivants qui se réveillaient, dans la petite aube. Glacés par la nuit, agités de tremblements pour la plupart, la peau de leurs visages semblait avoir absorbé la couleur de la terre sur laquelle ils avaient dormi, d'un brun pâle, et des rides s'étaient creusées comme autant de fissures dans la pierraille. Comme Dom Sebastião de Melo l'avait dit, des jésuites en robes de bure passaient à travers la foule, bénissaient les mourants avec de grands gestes du bras et recrutaient hommes et femmes afin de débarrasser les ruines. Sur la colline mouvante de brume, des enfants en bas âge se mirent à pousser des cris et à pleurer leur terreur, tandis que leur mère, une voisine ou une inconnue les serraient contre elles.

Du bout de sa canne à pommeau, le Premier ministre pointa une bande de garnements qui s'amusaient à se courir mollement après, avec de brefs éclats de rire :

« Voyez-vous, jeune homme ? Ce sont eux l'avenir de Lisbonne et du Portugal. C'est avec eux et pour eux que nous allons rebâtir cette ville.

– Ça va être une entreprise de titans, Monsieur…

– Oui, et c'est bien la raison pour laquelle il ne faut pas tarder. Ce matin, j'ai ordonné à des charpentiers de dresser de nouveaux gibets en plusieurs endroits de la cité. En sept jours, et si mes comptes sont exacts, j'ai déjà fait pendre trente-quatre pillards. Sans un ordre strict, Lisbonne ne pourra jamais revenir à la vie. »

Se retournant vers Dom Cristiano da Fonseca, il conclut :

« Nous allons avoir besoin de toutes les bonnes

volontés de la cité. Qu'avez-vous fait comme études ? »

Surpris par la question, le jeune homme resta un instant bouche bée. Puis il finit par répondre :

« J'ai suivi des études d'architecture, Monsieur. Mais j'ai repris depuis les affaires familiales et je…

– Pas un mot de plus. Par respect et amitié pour votre père, vous ferez donc partie de mon cabinet de conseillers en architecture.

– Mais…

– C'est un ordre. Si vous réussissez à prouver votre valeur par votre talent et votre travail, c'est vous qui contribuerez, à mes côtés, à faire sortir Lisbonne du chaos et à en dessiner le nouveau visage ! »

Il est impossible de seulement s'imaginer ce que traversèrent Lisbonne et ses habitants durant l'année qui suivit la catastrophe. Pendant des mois, qu'il pleuve, qu'il vente, ou que le soleil ait transformé la région en fournaise, tous les habitants de la capitale retroussèrent leurs manches et se mirent à l'œuvre. Sur les 20 000 habitations de la cité, 3 000 seulement avaient tenu bon et, dans les ruines, 15 000 personnes avaient trouvé la mort. Sous les ordres d'un Dom Sebastião de Melo qui n'économisait pas ses efforts, femmes, hommes et enfants travaillèrent à débarrasser Lisbonne de ses gravats, en plein jour comme à la lueur des torches. À toute heure, chacun transportait systématiquement quelque chose, à la force des bras, sur de petits charretons, en carriole à deux roues, ou grâce à des chevaux de trait qui avaient afflué depuis l'ensemble du pays. Lisbonne se devait de renaître, coûte que coûte, et cette seule pensée suffisait à décupler les forces.

Lorsque la place fut nette, les premiers bateaux espagnols, anglais et ceux de la Hanse allemande défilèrent en caravanes serrées, dans le port de la cité. Durant plusieurs mois, les rouliers et les hommes de peine débarquèrent des pyramides de produits de première nécessité, haricots, viande boucanée, morue séchée, légumes, bétail, pains de sucre piriformes, café, tabac, pommades et onguents sentant fort le camphre, alcool à boire ou à soigner que l'on entreposait dans des fûts, des tonneaux et des dames-jeannes remplis jusqu'à la gueule. Puis ce furent des sacs de chaux, des charpentes, des cordages, des caisses de clous et de rivets, une multitude d'outils pour tailler la pierre et d'autres encore qui serviraient à tous les travaux de maçonnerie. Enfin, sur ces mêmes navires, les alliés du Portugal envoyèrent aussi des hommes spécialisés dans l'art de la maçonnerie, de la médecine, de la peinture, de l'ébénisterie ou encore du travail du bronze et de l'acier.

Durant cette période, et par nécessité, Lisbonne fut vidée de ses habitants qui durent vivre dans des tentes, à quelques centaines de mètres de là. La cour royale, elle aussi, fut confinée sur les pentes de la colline d'Ajuda et le luxe céda le pas à la frugalité et à l'économie. Pour Dom Cristiano da Fonseca, le régime fut identique. Dans la catastrophe, il avait tout perdu, hormis sa particule. Ses esclaves s'étaient enfuis, la demeure familiale s'était fissurée de toutes parts, mais n'avait pas brûlé, à l'inverse des entrepôts que son père possédait, près du port, où il stockait le porto à commercialiser.

Lorsque Dom Cristiano était retourné à Esperança, après son entretien avec Dom Sebastião de Melo, il avait pu mesurer la gravité de la situation. Même la petite chapelle, située au fond du jardin et où son père aimait à se recueillir, n'était plus qu'un amas de pierres. Tombé à genoux, le jeune homme s'était mis à pleurer à chaudes larmes, durant plus d'une heure, dans la solitude la plus absolue. Lorsqu'il s'était relevé, les yeux rougis et douloureux, il avait été sur le point d'inspecter le bâtiment principal quand il avait remarqué un petit éclat qui luisait sur le sol. Surpris, il s'était penché et avait gratté la terre du bout de ses doigts, lentement tout d'abord, puis de façon plus rapide. Le sol était dur, les blocs de pierre rendaient l'opération difficile et il se blessa la main droite sur l'arête de l'un d'entre eux. Enfin, au bout de quelques minutes, il avait retiré des décombres de la petite chapelle une statue en or de la Vierge Marie, le dernier cadeau que son père avait offert à sa mère avant qu'elle ne décède. Un nouveau flux de larmes était monté aux yeux de Dom Cristiano et, malgré la terre noire sur laquelle avait commencé à couler le sang de sa blessure, il avait porté l'or à ses lèvres et l'avait embrassé, avec passion…

*

« Comment croyez-vous donc que le Premier ministre, Monseigneur Dom Sebastião de Melo, s'est débrouillé pour occuper la première charge du pays ? Mais en couchant, tout naturellement !

– De qui tenez-vous cette information ?

– De ma cousine Dona Teresa, marquise de Távora… »

La jeune femme qui venait de répondre à Dom Cristiano da Fonseca s'arrêta alors de marcher et, à l'aide d'un éventail riche en dentelles de couleurs vives et brodées de fils d'or, fit passer un peu d'air sur son visage. Dona Angelica de Távora, du haut de ses dix-sept ans, était sans conteste l'un des partis les plus convoités de tout le royaume du Portugal. Menue, de longs yeux noirs mangeant un visage encore enfantin, de petite taille mais parfaitement proportionnée, elle avait reçu la meilleure éducation qui soit et, malgré son jeune âge, elle parlait couramment l'espagnol, possédait des notions d'anglais et de français et, outre le grec et le latin, elle maîtrisait les comptes dans les quatre opérations des mathématiques.

Après avoir appliqué sur son front un mouchoir de dentelles blanches d'Angleterre, Dona Angelica de Távora reprit sa marche élégante sur les berges du Tage qui cheminait souplement vers l'océan. Le menton haut, sans le regarder, elle questionna à son tour Dom Cristiano da Fonseca :

« Pourquoi vous intéressez-vous donc tant à Dom Sebastião de Melo ?

– Parce que c'est le Premier ministre et que j'ai l'immense honneur de travailler directement sous ses ordres, depuis un peu plus d'une année.

– Les histoires de coucheries, c'est plutôt un sujet de discussion que les hommes tiennent entre eux, me semble-t-il… »

Le visage de Dom Cristiano s'assombrit et il répliqua :

« Je ne tiens pas particulièrement à connaître les détails qui ont fait que Monsieur le Premier ministre est parvenu à la tête de l'État. J'ignore simplement tout de son histoire, car il ne parle jamais de lui, Mademoiselle.

– On n'entend pourtant parler que de lui !

– Il ne parle que de ce qu'il fait ou projette de faire. Sans quoi, il n'y a que deux sujets de discussion sur lesquels il est intarissable : Lisbonne et les Jésuites.

– Lisbonne, j'entends qu'il se passionne sur ce point-là. Notre belle capitale est en lambeaux et, malgré une année de travaux incessants, elle offre toujours à la vue une bien triste figure. En revanche, j'ignorais que, à l'image de notre précédent roi, il était aussi versé dans les choses religieuses…

Cette fois-ci, Dom Cristiano s'ouvrit d'un sourire, avant de répondre :

« Lui ? Certes non, Mademoiselle. Il est chrétien et catholique, mais il ne supporte tout simplement pas les bondieuseries des Jésuites et, en particulier, les sermons du père Gabriel Malagrida.

– Pourquoi donc ?

– Depuis les événements, ce jésuite fait son lard sur les esprits les plus faibles et affirme que, s'il y a eu tremblement de terre, c'est parce que les Portugais ne vivent plus dans le respect absolu des dix commandements de Dieu. Cela irrite au plus haut point Monsieur le Premier ministre car, lui, c'est un esprit des Lumières et c'est aussi un visionnaire ! »

Arrêtant une nouvelle fois sa promenade dans le crépuscule ambré, Dona Angelica de Távora se retourna vers Dom Cristiano et se moqua, d'une voix enjouée où perçait la malice :

« Comme vous y allez, Monsieur ! Vous parlez avec tant d'admiration de notre Premier ministre que c'est à croire que vous éprouvez pour sa personne une inclination que l'on pourrait qualifier de… de contre nature ? »

Le jeune homme rougit sur l'instant et, bien droit dans ses bottes et les poings serrés de colère, il se récria :

« Mademoiselle, je ne vous permets pas ! Sachez que je n'ai aucun goût pour les plaisirs sodomites et que votre remarque est offensante ! »

Souriant de plus belle, Dona Angelica lui prit doucement le bras et avança à nouveau dans l'odeur grisante des genêts d'Espagne et des jasmins du Cap qui bordaient la rive en grappes parfumées. Sur un ton complice, elle répondit :

« Ça n'était qu'une plaisanterie, très cher... Un homme comme vous, un pédéraste ! Ce serait faire offense à toute la gent féminine...

Tout en pressant plus tendrement le bras de Dom Cristiano contre la blancheur potelée du sien, elle ajouta :

« D'ailleurs, n'y a-t-il pas suffisamment de femmes désirables pour vous faire succomber aux charmes de l'amour ? »

Comme il ne répondait rien, troublé, elle chuchota encore :

« Parfois, sachez qu'il n'est pas nécessaire de chercher très loin ce que l'on peut trouver tout près de soi... »

À cet instant, Dom Cristiano da Fonseca piqua un nouveau fard et, dans un rire clair, Dona Angelica lança :

« Vous êtes encore plus rougissant que ce beau soleil qui se couche sur Lisbonne ! »

Après avoir desserré ses mâchoires, le jeune homme bougonna :

« Ce n'est pas un sujet à aborder pour un membre aussi éminent que vous de la noblesse portugaise, Mademoiselle.

– Ne soyez pas si tristement sérieux, cher ami ! Que voulez-vous ? J'ai beau être noble, je n'en suis pas moins femme et je suis, aujourd'hui, d'humeur taquine... »

En son for intérieur, Dom Cristiano da Fonseca ne

savait plus si le destin avait bien orchestré les choses en mettant sur son chemin cette jeune femme qui possédait tant d'esprit, mais aussi dont la famille était si riche et si bien née, car elle appartenait à la branche des Bragance. La première fois qu'il l'avait vue, c'était lors du bal qu'elle avait fait organiser pour son anniversaire, dans sa demeure située au-dessus de Belém. Dès qu'il avait croisé son regard, il avait senti ses jambes flageoler et son corps se couvrir de sueur. Afin de ne pas chanceler, il avait dû s'appuyer contre un mur tout proche et elle était passée devant lui, en lui adressant un sourire mutin. Durant toute la soirée, Dom Cristiano s'était maudit d'avoir eu l'air aussi ridicule et gauche et, lorsqu'elle s'était permis de l'inviter à danser un menuet, sous les plafonds dorés de la salle de réception éclairée *a giorno* par d'innombrables bougies, il avait sombré dans le grotesque, s'emmêlant les pieds, les déplaçant toujours à contretemps, se trompant de sens pour la faire tourner.

« Eh bien ? Êtes-vous donc si fâché que cela ? »

À la fin de cette soirée cauchemardesque, et à l'instant où il allait quitter les lieux, une demoiselle de compagnie s'était glissée jusqu'à lui et, en silence, lui avait remis un mot de billet avant de disparaître aussitôt. Parvenu à Esperança, il avait posé le pli fermé d'un sceau de cire rouge sur la table et, le cœur battant la chamade, tournant en rond autour de la table, il avait mis de longues minutes avant de le décacheter. D'une écriture où ne manquaient ni pleins ni déliés, il était inscrit :

« Monsieur, votre différence ne me laisse peut-être pas indifférente. Il se pourrait que je vous autorise à demander à me revoir. »

Ce mot de billet, il le connaissait par cœur et il avait

encore dans les narines le parfum de rose qui émanait du papier.

« Alors ? Vous ne parlez plus ? Avec les femmes, il est nécessaire de se montrer un peu plus enjoué. Mais aussi, quelquefois, un peu plus entreprenant… »

Oubliant soudain cette soirée mi-amère mi-douce, Dom Cristiano da Fonseca jeta un regard à la dérobée à Dona Angelica. Le soleil mourant lançait ses derniers feux et la robe immaculée de la jeune femme s'était teintée d'un orange aux tons de miel. Un instant, il contempla la beauté de son visage et ses longs cheveux remontés en un chignon sophistiqué que la lumière caressait.

« Mon cher Da Fonseca, reprit Dona Angelica, c'est décidément à n'y plus rien comprendre. Plus vous me fréquentez et plus votre timidité s'accentue. Comment pouvez-vous m'expliquer cette bizarrerie ?

– Je l'ignore moi-même, Mademoiselle. Dieu m'a ainsi fait. Avec vous, je deviens hésitant, maladroit et toute ma belle assurance s'envole dès que je suis près de vous.

– Tiens donc… Vous voilà beaucoup plus hardi, à cette heure. Dois-je comprendre que vous êtes en train de me faire un brin de cour ?

– Si seulement je le pouvais ! Mais, dans cet exercice, je ne vaux rien. Je ne sais pas trousser le moindre vers, je ne joue d'aucun instrument et vous avez pu mesurer l'aisance avec laquelle je danse. De plus, je vous demande de me parler de Dom Sebastião de Melo alors que, de toute évidence, cela vous ennuie. Et puis, je… »

À cet instant, il baissa les yeux à terre et laissa passer quelques secondes de silence gêné. Impatiente, Dona Angelica le relança :

« Vous, quoi ? Parlez donc, très cher !

Après s'être assuré que les deux valets et les deux demoiselles de compagnie qui les suivaient respectueusement se trouvaient suffisamment loin pour ne pas pouvoir entendre, Dom Cristiano murmura alors :

« Il y a que nous sommes tous deux de condition différente. Vous êtes riche et votre fortune n'a pas eu trop à pâtir du tremblement de terre. Quant à moi, j'ai tout perdu et…

– Sornettes et fadaises ! Lorsqu'un galant homme éprouve des sentiments vis-à-vis d'une jeune femme, il n'y a que la valeur de son âme que l'on doive prendre en compte et pas les charges, les titres et encore moins les cassettes d'or et d'argent.

– Mais cela pourrait nuire à votre réputation et je m'interdis cela à tout prix !

– Ce ne sont que des mots pour masquer votre timidité maladive…

– De plus, vous ne pouvez pas perdre de vue ma triste ascendance… »

À cet instant, les traits harmonieux de la jeune fille s'assombrirent. Détournant la tête, elle écouta Dom Cristiano poursuivre, à voix plus basse encore :

« Je ne fais partie d'aucune maison prestigieuse, à la cour, et il coule dans mes veines, de par mon aïeule Dona Josefina da Fonseca…

– Brisez là, je vous prie…

– Il coule du sang de Nègre, qui sait peut-être du sang d'esclave, qu'un nom à particule ne parviendra jamais à effacer. »

S'éventant une nouvelle fois le visage avec nervosité, Dona Angelica de Távora répliqua :

« Je sais tout cela depuis longtemps, car Monsieur mon père me le reproche bien assez. Vous êtes le descendant d'un négrier de notre lointaine colonie du Brésil, et après ? Lisbonne est en ruine et nous continuons à pleurer nos morts. Que vous soyez du Brésil, voire même d'Afrique, cela n'a absolument aucune espèce d'intérêt. »

Alors que les premières torches s'allumaient sur les sept collines de Lisbonne, Dona Angelica et Dom Cristiano retournèrent sur leurs pas en direction de leurs voitures, le visage maintenant rafraîchi par une légère brise montant de l'océan. Pour changer de discussion, la jeune femme finit par accéder au désir de son compagnon et lui raconta, en quelques mots, comment Dom Sebastião de Melo était devenu le premier homme du Portugal :

« Tout n'a pas été simple, vous pouvez m'en croire. Si ses détracteurs l'appellent entre eux le Gentillâtre de la rue Formosa, c'est parce que, tout comme vous, il a dû travailler de ses mains, dans la gentilhommière familiale de la rue du même nom. D'après ce que l'on m'a dit, il a d'abord épousé la petite-fille du comte d'Arcos, une riche veuve de dix ans son aînée, qui lui a ouvert les portes de la cour.

– C'est donc pour cela que les nobles le détestent ?

– Ma famille la première, je vous prie de le croire ! D'ailleurs, connaissant votre attachement pour le Premier ministre, Monsieur mon père me menace souvent, si je vous fréquente trop, de m'envoyer dans un couvent afin de méditer sur mon comportement…

– Vous plaisantez, j'espère ?

– Qui sait… »

Après avoir été nommé ambassadeur à Londres, puis à Vienne, Dom Sebastião de Melo, suite au décès très opportun de son épouse, avait immédiatement convolé en justes noces avec la fille du général comte de Daun, l'un des plus influents personnages de la cour d'Autriche. À la mort du roi Dom João V, Dom José Ier lui avait succédé et, ne possédant que peu de goût pour le pouvoir, il avait alors appelé, à la stupéfaction générale, le diplomate sans appuis pour diriger le royaume.

Parvenue près de sa voiture à chevaux, Dona Angelica conclut alors :

« Vous savez à peu près tout de notre Premier ministre. Il aime la chasse et la musique, et les nobles et les Jésuites le détestent de façon farouche. Quant à sa vie intime, j'en sais largement assez pour vous faire à nouveau rougir, mais c'est un plaisir que je ne veux pas m'autoriser. Deux fois au cours d'une seule promenade, c'est largement assez !

– Comment connaissez-vous tous ces détails ? »

Avec un nouveau sourire aux coins des lèvres, la jeune femme répondit :

« Je vous l'ai dit et mes informations sont absolument exactes. Je tiens celles-ci de ma cousine Dona Teresa, marquise de Távora. Cela fait plusieurs mois qu'elle est l'amante attitrée de notre bon roi Dom José Ier.

– Mais… n'est-elle pas mariée ?

– Eh quoi ? Ma famille n'y voit rien à redire, pas plus que son époux, et cela favorise nos affaires, vous pouvez m'en croire. Il faut vivre avec son temps, mon très cher ami ! »

Puis, tout en continuant à minauder, elle ajouta avec espièglerie :

« Notre roi n'a pas le goût du pouvoir, c'est un fait, mais il possède le goût du jeu. De sa main gauche, il s'amuse avec ma cousine, une descendante des Bragance. De la droite, il confie les destinées du Portugal à un arriviste qui ne hait rien plus que la noblesse et ce qu'elle représente… »

CHAPITRE III

Fidèle à sa promesse, Zumbi avait refusé de s'échiner comme homme de peine dans les mines d'or du royaume du Portugal, sous le contrôle des Dragons en armes. Durant une dizaine de jours, après avoir quitté Ouro Preto, il avait marché droit vers le nord, dépassant le lieu-dit d'Itabura, s'enfonçant toujours plus dans l'intérieur du pays jusqu'à ne plus avoir à croiser des représentants de la colonie. Si les Indiens, peu désireux de tisser des liens avec les Blancs, ne lui causèrent aucun ennui durant les trois années qu'il passa dans la jungle, il connut en revanche une existence pénible, au cours de laquelle il dut côtoyer des animaux dangereux et, surtout, des insectes de toutes sortes, et dut supporter la vermine, les poux, la gale et de petites blessures qui, très rapidement, s'infectaient et purulaient dans l'atmosphère étouffante, gorgée d'humidité, qui devenait insupportable durant les étés de fournaise.

Dans son havresac, Zumbi avait serré toute sa maigre fortune : des pierres à briquet pour faire du feu, un imposant coutelas à lame d'acier, un quart en tôle cabossée et, surtout, son bien le plus précieux, une batée, une cuvette conique, en forme de toupie, qui allait lui permettre de laver la boue limoneuse des fleuves et des ruisseaux qui abondaient dans la région.

Lorsqu'il trouva un lieu à sa convenance, une large berge protégée des vents par les flancs d'une colline, il y établit un campement de fortune. Dès le lendemain, il se leva avec le soleil, en proie à une excitation qu'il n'avait jamais ressentie jusqu'alors. Le fleuve étincelait devant ses yeux et, pour musique, les cris de quelques singes et les premiers chants d'oiseaux montèrent dans le silence. Après s'être nourri de fruits cueillis à même les arbres, il s'approcha de l'eau en tremblant. Lorsque ses pieds entrèrent pour la première fois dans le cours de l'onde, il se mit à aimer ce fleuve sans nom, jusqu'à la déraison. Son courant était doux, la fraîcheur de l'eau soulageait ses pieds nus et douloureux d'avoir marché si longtemps et, pour manger, les poissons dont il apercevait quelquefois les sauts brusques seraient des mets de choix. Pourtant, ce qui faisait surtout frissonner le jeune homme, dans l'aube déjà chaude et humide, c'était l'or. La promesse de l'or. Il allait devenir chercheur d'or et de diamants, et sa fortune se trouvait là, devant lui, dans les eaux grasses de ce fleuve inconnu. C'était lui qui allait changer sa vie du tout au tout, c'était lui qui allait offrir ses entrailles précieuses, et c'était encore lui qui, ainsi, allait le laver de toute sa souillure de portefaix qui avait cristallisé dans son être durant toutes ces années passées sur le port de Rio de Janeiro.

Après avoir posé sa batée sur le sol caillouteux et s'être assuré de la présence de son havresac sur sa hanche, il attacha avec une cordelette son quart de tôle à son poignet. Avant de plonger, il adressa à haute voix une courte prière, le visage tourné vers les cieux :

« Dieux d'Afrique et dieux des Blancs, je vous supplie de m'aider. Si je trouve de l'or et des diamants, je vous ferai faire des statues et je vous honorerai jusqu'à la fin de ma vie. Je vous le jure... »

Puis, prenant une ample inspiration, il plongea la tête la première dans les eaux troubles, un sourire de joie et d'espoir sur ses lèvres.

Au soir de sa première journée d'orpaillage, Zumbi s'écroula sur les feuilles de palmier qu'il avait coupées et qui constituaient une sorte de couche. Il n'avait pas trouvé la moindre paillette d'or et, pourtant, il avait nagé dans le fond du fleuve, douze heures durant, afin d'emplir son havresac d'une lourde boue qui demandait des efforts douloureux pour être remontée à la surface. Sur la berge, il avait fait tourner dans sa batée ce limon sous le soleil, mais, dans aucun des multiples sacs qu'il avait sortis de l'eau, il n'avait pu repérer la moindre trace d'or. Mais quoi ? C'était la première journée, après tout ! Il était jeune et fort et, dans les jours suivants, sa chance viendrait, c'était écrit. Puis il n'avait pas encore d'expérience et le vieil aveugle d'Ouro Preto lui avait affirmé que, avec le temps, ses yeux s'habitueraient à repérer l'or, dans cette bourbe d'un brun rougeâtre. L'avenir lui appartenait donc et, après avoir avalé des noix de cajou qu'il avait fait griller sur des braises, Zumbi s'était endormi d'un sommeil de brute, priant pour que la nuit passe vite et qu'il puisse retourner s'immerger dans le ventre ondoyant du fleuve sans nom.

Durant les mois qui suivirent, Zumbi plongea dans le fleuve tous les jours, sans la moindre exception. Ses seuls instants de répit furent la traque des poissons qu'il pêchait à mains nues et faisait griller ou boucaner, selon le nombre de prises. Il avait aussi construit une hutte sommaire où il entreposait avec un grand luxe de précautions des feuilles de tabac et de *maconha*[1] qu'il roulait ensemble et fumait chaque soir, une fois son repas avalé. Dans le tronc d'un palmier qu'il avait évidé, il avait confectionné aussi du vin de cajou, un liquide plutôt agréable à boire si l'on attendait suffisamment longtemps que la macération de l'écorce ait produit son effet.

Pour Zumbi, chaque jour était strictement identique au précédent et si, au début, il avait tenté de fixer le temps en faisant une entaille au couteau sur une longue tige de bambou à chacun de ses réveils, il avait fini par abandonner cette habitude, l'esprit toujours tendu vers sa quête. À dire vrai, en six mois d'efforts constants, le jeune homme n'avait trouvé que quelques grammes de ce fameux or, si dur à conquérir, qu'il avait enfermé dans le creux d'un roseau, enterré dans sa hutte. Un jour, un vendeur ambulant était arrivé dans la clairière, juché sur un âne et tirant derrière lui un mulet surchargé d'ustensiles et de nourriture qui constituaient, dans cette jungle sauvage, un luxe incroyable. Zumbi n'avait pas pu résister à la tentation de ce roi mage d'un nouveau genre et il avait sorti son pécule de terre. En voyant le peu d'or que lui proposait le jeune homme, le commerçant avait éclaté d'un rire mauvais, puis lui avait tout de même échangé le contenu de son roseau contre un sac de haricots et une timbale en fer. Après quelques palabres, il avait troqué un quart de tôle contre la totalité des poissons boucanés et avait quitté les lieux en pestant en sourdine et en crachant sur le sol, déçu par la maigreur de ses bénéfices.

Quelques semaines plus tard, Zumbi réalisa pleine-

1. Sorte de cannabis très populaire au Brésil.

ment la vanité de sa quête et songea à retourner vers la vie civilisée. Mal nourri, épuisé, brûlant chaque jour un peu plus de la fièvre de l'or, commençant à parler seul, éclatant d'un rire imbécile ou entrant dans des crises de fureur sans raison, il eut peur de devenir fou et d'être sous peu aussi misérable que les déchets humains qui peuplaient le quartier où habitait l'Aveugle, à Ouro Preto. Alors que tout le poussait à retourner en ville et qu'il allait prendre sa décision, un violent orage s'abattit soudain. Dans le fracas du tonnerre qui faisait vibrer le sol, de lourdes vagues de pluie se mirent à cingler la jungle et la surface du fleuve. Cet orage ne dura guère plus de dix minutes, mais les rafales du vent arrachèrent le toit de sa cassine[1] et Zumbi dut se réfugier dans une anfractuosité de la colline pour se protéger. Quand le calme fut revenu et qu'il n'entendit plus que le bruit des gouttes glissant des feuillages vers le sol, il fut définitivement sûr de son choix. Cet orage subit venait de le conforter dans sa décision, dévastant sa hutte, noyant ses maigres affaires et, s'il ne voulait pas crever là, seul comme un chien, ou perdre définitivement son entendement, il partirait le lendemain. Sa raison vacillait, il le sentait, et, claquant des dents à cause du froid qui contrastait avec sa fièvre de l'or, il retourna à son placer pour l'observer une dernière fois. Pataugeant en pleine boue, soufflant une buée blanche dans la nuit, serrant entre ses bras son sac de haricots noirs et son quart de tôle comme il l'aurait fait d'un enfant, il se campa devant le cours d'eau. Celui-ci, nourri par les pluies, avait grossi et, sous une lune pleine, il ressemblait à un

1. Cabane.

torrent d'argent sur lequel la clarté de l'astre et des étoiles se reflétait avec violence.

Alors que Zumbi allait tourner le dos et quitter la jungle comme il y était arrivé, ce qu'il qualifia de miracle se produisit. L'orage avait lavé l'un des tas de limon que le jeune homme avait entreposé sur la berge et qu'il n'avait pas encore eu le temps de passer à la batée. Dans ce magma, il crut voir quelque chose briller. En quelques pas, il fut sur les lieux et dut se frotter les yeux et se pincer pour vérifier qu'il ne rêvait pas. Luisant à mi-hauteur du monticule, une pierre dépassait, pas plus grosse que l'ongle de son pouce. Après avoir laissé choir son sac de haricots et son quart sur le sol, Zumbi se laissa à son tour tomber à genoux, les yeux maintenant exorbités et la bouche ouverte. En tremblant, il avança sa main et, du bout de l'index, il débarrassa méticuleusement la pierre de la boue qui l'engluait, la saisit et la déposa dans le creux de sa paume. Puis, toujours frissonnant, il courut jusqu'au fleuve et, avec mille précautions, il la lava dans l'eau tumultueuse. Enfin, il la porta en direction de la lune, et là, il ne put se retenir de pousser un cri de surprise. Dans la clarté laiteuse de l'astre, la pierre brillait de mille feux et les rayons de lumière se multipliaient et se croisaient, étincelants, au moindre frémissement de sa main. Après s'être épuisé à la tâche, Zumbi venait d'être remboursé de sa peine : entre son pouce et son index, il tenait un diamant digne de figurer sur la couronne du roi du Portugal…

*

Cette trouvaille inespérée, qui aurait dû enrichir Zumbi et lui permettre d'atteindre ses rêves, fut bien au contraire la raison pour laquelle il perdit deux années de sa vie à trimer toujours plus dur dans les entrailles inhospitalières de la jungle. La fièvre de l'or, que l'orage avait éteinte durant quelques minutes, s'était rallumée à cause de ce diamant, l'avait possédé entièrement et, dès lors, il ne fit plus que trois choses de ses journées : laver la boue, manger et dormir. Sa cassine demeura en l'état et il vécut en sauvage, indifférent à la pluie, à la chaleur, au vent ou au froid.

Quelques mois après cette nuit décisive, un autre marchand fit halte dans sa clairière et, contre ce diamant, lui vendit un marteau, deux caisses de clous, une pelle, un seau, un petit chaudron, une hache et un rouleau de solides cordages. Durant de longues semaines, Zumbi abattit des arbres, confectionna des pieux et des planches et finit par bâtir un système ingénieux qui lui facilita grandement la tâche. Avec tous ces éléments, il détourna une partie du cours du fleuve qui, sur une vingtaine de mètres, courait sur une canalisation en bois. Le courant affaibli permettait de laver la terre alentour et, aux plongées incessantes d'auparavant, succédèrent des journées où le jeune homme pelletait les boues du bord du fleuve.

Jusqu'en 1757, son placer ne donna que peu d'or, mais il le fit de façon régulière. Tous les trois mois, un colporteur lui rendait visite et Zumbi, même en économisant au plus près, se délesta de la majorité de ses paillettes. Il avait réussi à vivre sans rien d'autre que ce que la nature avait pu lui offrir. Maintenant que les commerçants lui apportaient la possibilité d'un confort, il se mit à acheter de la viande séchée, de la *cachaça*, du sel et, même, des sucreries de toutes sortes qu'il laissait fondre sur sa langue en ronronnant de plaisir. Lorsque des regrets pointaient dans son esprit torturé, il les balayait d'un revers de main méprisant. Ces paillettes n'étaient que la face émergée du trésor qu'il allait trouver et, toutes les nuits, il rêvait du coup de pelle miraculeux qui mettrait enfin au grand jour un filon de diamants gros comme des œufs de caille.

Hélas, avec les marchands, arrivèrent aussi les premiers chercheurs d'or qui, au fur et à mesure que les mines officielles d'Ouro Preto s'étendaient en superficie, avançaient eux aussi dans l'épaisseur de la jungle non encore exploitée. À partir du début de l'année 1758, le fleuve fut tété par plusieurs dizaines de coupe-jarrets, Nègres, Blancs et métis venus de Rio de Janeiro, São Paulo, Bahia, du Portugal et même de Guinée et d'Angola. Portant à tout moment son coutelas à la ceinture, Zumbi parvint à faire respecter les limites de son placer mais, à cause de ces étrangers déguenillés crevant de faim, l'angoisse de se faire voler ou égorger s'ajouta au harassement du travail. La nuit, il dormait près des tas de limon qu'il avait dû recommencer à aller puiser dans le fleuve. La loi des placers était claire : quiconque s'approchait à moins de trois pas et demi d'un monticule qui ne lui appartenait pas était tué sur-le-champ. De même, et toujours par souci de sécurité, le jeune homme conservait dans un gousset de cuir qu'il gardait attaché dans son pantalon, au niveau du sexe, les paillettes d'or qu'il trouvait.

Lorsque les marchands ambulants finirent par s'installer sur place, ce fut le début de la fin. Avec eux arrivèrent de la *cachaça* en quantité, mais aussi des pistolets et des balles. L'alcool faisant mauvais ménage avec la poudre, on se mit à se tirer dessus pour rien, un regard de travers, une insulte échangée, un mot de trop. Dans cette ville de fortune qui ne possédait pas la moindre maison en dur, l'atmosphère devint encore plus électrique lorsque les prostituées firent leur apparition. Mauvaises comme la gale, mangées par les poux, laides à faire peur, offrant entre leurs cuisses toutes les maladies sexuelles de l'Ancien et du Nouveau Monde réunis, ordurières, désespérées, ne résistant à leur existence broyée que grâce à l'alcool de canne et à la *maconha* qu'elles fumaient continuellement, dépoitraillées et querelleuses, elles firent se dresser les mineurs les uns contre les autres, par goût du jeu ou par plaisir à les voir s'étriper et à faire couler le sang écarlate sur la terre rouge.

Avoir vécu seul durant près de trois ans avait rendu Zumbi sauvage et soupçonneux. De ce fait, il ne fraya jamais avec personne dans cette cour des miracles, et sa haute taille et ses muscles saillants, développés lors des plongées au sein du fleuve, le faisaient craindre de tous. Une barbe hirsute lui dévorant le visage, ses gros yeux globuleux semblant vouloir regarder partout en même temps, ne parlant jamais à qui que ce soit, pas même pour un bonjour, il inspirait une peur sourde, personne ne sachant de quoi était réellement capable ce Nègre taciturne.

Un jour de novembre, deux hommes pénétrèrent à cheval dans cette ville où les premières baraques de bois commençaient à fleurir de façon anarchique. Le premier, qui se faisait appeler Santiago Carmelo, était de petite taille, le visage taillé en biseau, les cheveux longs et filasses. Chaussé de bottes, il portait deux pistolets croisés sur son ventre. Son acolyte, une sombre brute muette et à l'air mauvais, arborant sur la poitrine de larges cicatrices abandonnées par le fouet de quelque seigneur des moulins, frôlait en taille les deux mètres et devait peser ses deux cents livres, bon poids. Leurs mains n'étaient pas calleuses et il était évident que jamais ils n'avaient eu à creuser le sol pour chercher des paillettes ou des pierres précieuses. En quelques semaines, ils prirent pourtant possession de la ville, éliminant tout d'abord les maquereaux, récupérant les filles et rackettant les commerçants. Puis ce fut au tour des chercheurs d'or, qui tentèrent tout d'abord de s'y opposer mais qui, après l'assassinat d'une dizaine d'entre eux, pour l'exemple, durent accepter de verser une partie du fruit de leur travail.

Le seul qui refusa de s'échiner pour eux, ce fut Zumbi. Il n'avait pas voulu le faire pour les Dragons de la Couronne, il n'allait pas capituler devant ces deux gredins qui, chaque jour, se faisaient pourtant plus menaçants. Un soir, après sa journée, alors qu'il se rendait chez un commerçant pour acheter un cruchon de *cachaça*, Zumbi fut bousculé par le plus petit des deux qui, immédiatement, porta ses mains à ses pistolets, tout en piaillant :

« L'homme ! Tu viens de manquer de respect à Santiago Carmelo ! »

Sans répondre, Zumbi poursuivit son chemin tandis que, dans son dos, la voix poursuivait :

« Ça fait trop longtemps que ça dure. Viens t'excuser tout de suite et t'auras la vie sauve, sale chien pouilleux ! »

À nouveau, seul le silence lui répondit et Santiago Carmelo arma le chien de l'un de ses pistolets. Cette fois, Zumbi s'immobilisa puis, au bout de quelques instants, il se retourna et marcha en direction du petit homme qui se mit à sourire de suffisance à pleine bouche. Déjà, les mineurs s'étaient attroupés et les filles de joie attendaient, les yeux écarquillés pour ne pas perdre une miette de la suite des événements.

« Alors, sale porc ? T'as compris ? Les nouveaux maîtres, ici, c'est moi et Beto. Maintenant, tu vas t'excuser devant tout le monde et tu vas faire aussi comme il est d'usage : tu vas tapiner pour nous. C'est bien compris, sale Noir ? »

Comme Zumbi s'entêtait à rester muet et avait approché son visage à quelques centimètres de celui de Santiago Carmelo, ce dernier haussa le ton et, armant le second pistolet, il aboya encore, en pleine face :

« Si tu veux rester en vie, tu vas obéir, tête d'étron mal lavé !

– Sinon ?

– Sinon, je te crève sur place !

– Non… »

D'un geste net et précis, avec la rapidité d'un éclair, Zumbi tira son coutelas de sa gaine et, en une seule fois, transperça Santiago Carmelo au niveau du foie. Aussitôt, dans les hurlements de la foule subitement électrisée, l'immense Beto sauta sur Zumbi et les deux hommes roulèrent dans la boue, chacun tenant un couteau à la main.

La lutte fut brève. Dans la violence du combat, ils glissèrent jusqu'à se retrouver dans l'eau du fleuve et tentèrent de se poignarder et de se noyer mutuellement. Beto possédait une force supérieure à celle de son adversaire, mais Zumbi était plus souple et plus vif, et il avait une grande habitude de cette eau qu'il côtoyait quotidiennement. Ce soir-là, après de longues pluies, le fleuve était tumultueux et il dévora les deux hommes en quelques vagues seulement. Pris de panique, car il ne savait pas nager, Beto s'agrippa soudain au pantalon de son adversaire, au niveau de son sexe, et se mit à le serrer convulsivement, avec toute la rage du désespoir. La douleur fut si intense que, cette fois encore, Zumbi réagit par instinct et poignarda l'homme partout où il le put, visage, cou, bras, poitrine, ventre, dos. Alors, peu à peu, la main se desserra et Beto, perdant son sang, fut emporté par le courant, inerte, traîné vers les profondeurs du fleuve sans nom.

La dernière chose que vit Zumbi, avant de se remettre à nager pour regagner la surface, ce fut son gousset de cuir que l'homme avait arraché dans la lutte et qui disparaissait, entraîné par l'onde rougie de sang et de boue.

*

« Bonjour, l'Aveugle… T'es encore vivant, à cette heure ? »

Sous le soleil implacable d'une brûlante après-midi de décembre, Zumbi se tenait dans la rue principale d'Ouro Preto, son sac accroché à l'épaule. Face à lui, juché sur sa caisse comme à son habitude, les bras en croix, les paupières closes et sa barbe crasseuse se balançant dans la brise, le vieil homme répondit :

« Tiens donc… Si mon esprit me joue pas des tours, c'est le *garimpeiro*[1] d'il y a pas loin de trois ans, je me trompe ?

– Non, l'homme. C'est bien moi.

– Alors, je sais foutre pas si je dois rire ou pleurer…

– Pourquoi tu dis ça ? »

1. Chercheur d'or illégal.

Laissant retomber ses bras contre son corps, l'Aveugle maugréa :

« C'est pourtant pas bien compliqué à deviner. J'entends pas les bruits de la fortune…

– Pardon ?

– Quand un homme fait fortune, dans ces foutues mines, il se déplace plus qu'en voiture, avec des chevaux qui piaffent, et les gens qui l'accompagnent sont nombreux, près de lui. Puis y a aussi l'odeur de la fortune. Les riches, ça s'asperge de parfums et y a toujours, dans leur sillage, le fumet de tous les plats qu'ils ont mangés. »

À cet instant, un luxueux équipage, composé d'une berline à deux chevaux et suivi par quatre hommes armés de mousquets, passa devant eux. Le vieux mendiant reprit alors, une grimace d'envie sur les lèvres :

« Ça, c'est un homme riche. Quant à toi, j'ai bien peur d'avoir à pleurer. T'es là, devant moi, sans doute seul, avec la mine d'un homme qui mange pas à sa faim et t'empestes la misère à plein nez. Je me trompe, l'ami ?

– T'as beau être aveugle, t'y vois mieux que beaucoup de gens qu'ont leurs deux yeux.

– J'ai pas de mérite. La misère, c'est ce que je connais le mieux, dans cette saloperie de vie… »

Ce soir-là, et durant quelques-uns des suivants, l'Aveugle accueillit Zumbi dans sa hutte du quartier des Pouilleux. À Ouro Preto, le sort des orpailleurs des mines de la Couronne n'avait pas changé et avait même empiré. Les fortunes subites se faisaient de plus en plus rares et, pour la Capitainerie, les taxes se multipliaient afin de faire rentrer toujours plus d'or et de pierres précieuses dans les caisses du royaume.

À tâtons, l'Aveugle préparait le repas, une fricassée de queue de bœuf accommodée avec de l'oignon frit, du lard gras, de belles tomates gorgées de jus et trois poignées de haricots noirs, le tout baignant dans de l'huile de palme aux teintes orangées relevée de piment rouge. Assis en tailleur, il mélangeait le plat machinalement, à l'aide d'une cuillère de bois, sans jamais rien changer à son rythme.

Installé près de lui, Zumbi demanda :

« Dis-moi, l'ami. Le monde est drôlement fait, tu trouves pas ?

– Qu'est-ce que tu veux dire par là ?

– Je pars pour faire fortune et je reviens misérable. Toi, tu restes ici et t'as de quoi manger de la viande de riche. »

Sans cesser de remuer la fricassée qui bouillonnait et dégageait dans la cahute des parfums délicieux, l'Aveugle répliqua :

« Tu veux parler de ça ? J'ai eu une veine de tous les diables, tu peux le dire, mon garçon. En fait, c'est la femme d'un nouveau riche, un qu'a eu de la chance dans les mines et qu'a su s'arrêter assez tôt, pas comme nous autres. Elle m'a pris en pitié, comme qui dirait. Elle s'appelle Dona Gloria.

– Pourquoi toi ?

– Va-t'en savoir, l'ami… Est-ce qu'on sait jamais pourquoi on est ému par un pauvre bougre plutôt que par un autre ? La première fois qu'elle m'a vu, elle sortait de la messe. Elle m'a dit que son père venait de mourir et qu'il me ressemblait, tête coupée. Il avait attrapé les fièvres, il était devenu aveugle, puis il avait crevé. Me concernant, j'ai pas trouvé ça très encourageant… »

Zumbi se surprit alors à sourire, une première depuis des années, et il glissa :

« Tu m'étonnes… C'est comme si elle te disait que t'allais passer toi aussi l'arme à gauche, très bientôt.

– Ça, je m'en contrefous : on est tous là pour partir les pieds devant. Par contre, le lendemain, elle m'a apporté de quoi manger, et pas des trucs pour les chiens, tu peux m'en croire !

– Je vois ça, compère.

– Elle vient me voir devant l'église deux ou trois fois par semaine, elle me fait l'aumône et on discute un peu. C'est une brave bourgeoise, pas bégueule, et j'espère que tu pourras la voir un de ces quatre. »

Dix minutes plus tard, le chaudron était vide et les deux hommes se reposaient, les lèvres encore grasses d'huile de palme. L'Aveugle avait mangé sa part et refusé d'en reprendre, prétextant un imaginaire mal de ventre. Zumbi fit semblant de ne s'apercevoir de rien et torcha le restant de la fricassée jusqu'à la dernière goutte de sauce en se léchant les doigts, sans prononcer une seule parole. Au-dessus du quartier des Pouilleux, la lune montait maintenant et, de loin en loin, des cris d'enfants résonnaient, tandis qu'un léger vent faisait naître sur les peaux en sueur une sensation bienfaisante de fraîcheur.

Après avoir respecté le mutisme béat de son ami, le vieil homme finit par l'interroger :

« Alors, l'homme ? Tu racontes rien ?

– Qu'est-ce que tu veux savoir ? Ce que j'ai fait pendant trois longues années, dans cette maudite jungle ?

– Crénom de Dieu, certainement pas ! Des histoires comme la tienne, on m'en raconte cent par jour ! J'ai beau rien y voir, je sais que t'as dû trouver juste de quoi pas entièrement crever de faim et que ça t'a permis de t'accrocher, encore et toujours, à ton satané rêve. Et maintenant, t'es qu'un gueux sans le sou, sale et puant. J'ai pas raison ? »

À la faible lueur du brasero, Zumbi s'observa à la dérobée. L'Aveugle ne se trompait pas. À force d'avoir couru la jungle, il était crotté de la tête aux pieds et ses voûtes plantaires grouillaient de petits vers qu'il devrait extraire, un à un, à l'aide d'une aiguille rougie au feu. Son pubis, sa barbe et ses cheveux abritaient des colonies de poux, et ses ongles, cassés quelquefois en biseau, contenaient suffisamment de terre et de pourriture pour y faire pousser quelques graines.

Tout en allumant une pipe de *maconha*, le vieil homme reprit :

« Demain, on ira à la rivière, histoire de te laver le cuir. Puis on demandera à la femme de Francisco, le bistrotier, de quoi te rafraîchir la nuque et te raser. Mais c'est pas de ça que je voulais que tu me parles…

– C'est de quoi ?

– Qu'est-ce que tu vas faire de ta chienne de vie, maintenant ? T'es encore jeune. T'as quoi, dans la tête ? Tu vas entrer dans les mines des Dragons ? »

Zumbi saisit la pipe rougeoyante que l'Aveugle lui tendait et aspira de larges goulées gourmandes qu'il bloqua dans ses poumons quelques secondes. Puis, les yeux brillants, il répondit :

« T'oublies que je suis un homme libre, l'ami. Dans la jungle, j'ai même dû piquer deux types pour pas avoir à travailler pour eux.

– Ça, c'est tes affaires.

– C'est vrai. Mais quand on est le petit-fils du lieutenant de Zumbi dos Palmares, on peut pas vivre comme un esclave. On peut que vivre libre.

– Vivre libre ! Mais t'as que ces mots à la bouche, nom de Dieu !

– C'est ma seule richesse et je veux pas la perdre… »

Couché sur le dos, Zumbi accueillait le sommeil avec une joie délicieuse, que les effets de la *maconha* avaient accentuée. Avant de s'endormir, il finit par répondre à la question de l'Aveugle :

« Ce que je vais faire, je le sais pas encore vraiment, l'ami. Tout ce qu'il y a de sûr, c'est que je retournerai plus jamais chercher de l'or et des diamants. Plus jamais.

– Ta bouche parle de sagesse…

– En revenant ici, j'ai rencontré des gens, sur la route. Il se dit qu'à Rio de Janeiro, la ville grossit et qu'on demande toujours plus de bras puisque les hommes se sont presque tous faits chercheurs d'or. Peut-être que ma place est là-bas.

– Sans doute. »

Avant de se laisser enfin glisser dans le sommeil, Zumbi demanda encore, un sourire sur les lèvres :

« Et toi, compère ? Qu'est-ce que tu vas faire ?

– Moi ? Crever ici. Qu'est-ce que tu crois que je peux faire d'autre ?

– Venir avec moi, à Rio. Je t'aiderai, si tu veux.

– T'es fou, l'ami. Complètement fou…

– Qui sait ? T'es pas si vieux que ça, après tout… »

La seule réponse de l'Aveugle furent des ronflements qui se joignirent, dans le ciel brumeux du quartier des Pouilleux, à ceux des huttes voisines…

CHAPITRE IV

Au lendemain de sa rencontre galante avec Dona Angelica de Távora, Dom Cristiano da Fonseca fut convoqué en urgence au palais de Belém par le secrétaire de Dom Sebastião de Melo. Ce jour-là, un vent violent soufflait du nord et faisait se courber au sol les genêts d'Espagne qui piquetaient de leurs fleurs jaune vif le vert sombre des herbes des collines, jusqu'à perte de vue. Dans ces bourrasques furieuses, le jeune homme cheminait à cheval, un foulard noué autour du nez et de la bouche afin de se protéger au mieux des gifles de poussière et de sable que le vent soulevait en petites tornades et faisait éclater contre les rochers, les hommes, les plantes ou les animaux, au gré de sa fantaisie.

Dans cette tempête, Dom Cristiano ne songeait pas à Dona Angelica, mais réfléchissait plutôt à la réunion qui allait se tenir et à laquelle il participerait dès qu'il serait rendu à Belém. En une année, Dom Sebastião de Melo avait réussi à donner un visage moins tragique à Lisbonne. Il avait ainsi fait débarrasser la ville des débris dus au tremblement de terre et avait permis à la population de pouvoir manger à sa faim au quotidien. Pour les nobles et les bourgeois les plus influents, il avait fait venir en urgence de Hollande des maisons préfabriquées qui se montaient en quelques heures seulement. À ce jour, 9 000 de ces habitations avaient fleuri sur les sept collines de la ville, ce qui avait fait dire à la population que les plus riches avaient troqué leurs palais de marbre contre des palais de bois. Cette trouvaille du Premier ministre avait rencontré un tel succès que certaines familles, dont les propriétés n'avaient été que peu touchées par la catastrophe, avaient tout de même décidé d'emménager dans ces chalets d'un nouveau genre, par peur des répliques pour certains, par pur snobisme pour d'autres.

Maintenant que la ville était propre et puisque les matériaux nécessaires à sa reconstruction étaient arrivés, il allait falloir se mettre à l'ouvrage sur-le-champ. Dom Sebastião de Melo avait toutefois été formel : il avait, pour Lisbonne, des projets d'une importance jamais encore égalée et il avait fait savoir qu'aucune réhabilitation ou élévation sauvage de bâtiments ne saurait être tolérée. Il désirait, pour la capitale portugaise, créer une nouvelle cité et, dans la partie basse de la ville, bâtir sur une surface qui aurait fait table rase des vestiges de son passé.

Parvenu au palais de Belém, en aval de Lisbonne, le vent semblait avoir encore forci et, après avoir confié son cheval à un palefrenier, Dom Cristiano da Fonseca ne put ôter son foulard que lorsqu'il pénétra à l'intérieur du bâtiment aux grandes façades rose pâle rehaussées de blanc. Sous les hauts plafonds passés à la feuille d'or, entre des murs épais ornés de riches tapisseries chamarrées, le jeune homme se fit conduire auprès du Premier ministre par un serviteur à la perruque poudrée et à la tenue parfaitement repassée et empesée. Dans le silence des couloirs et des pièces traversées, il n'entendit plus alors que le bruit de leurs pas amortis par des tapis moelleux et, de temps à autre, le claquement sec d'un volet mal fermé et ballotté par la tempête.

« Messieurs, il nous faut aujourd'hui nous rendre à l'évidence. Ce tremblement de terre a été meurtrier. Les chiffres sont là et ne souffrent aucune discussion. En neuf minutes de séisme, nous avons à déplorer près de 12 000 morts et, sur 20 000 habitations, 3 000 seulement restent habitables. En deux mois, Lisbonne a dû subir plus de 500 secousses supplémentaires et le seul tremblement du 1er novembre dernier a été ressenti jusqu'à Rabat, Agadir, Coimbra, Setúbal ou encore Santarém. Des émissaires m'ont rapporté, personnellement, que l'Italie, la France, Madère, les Açores et même les Antilles et notre colonie du Brésil ont ressenti ces secousses. Oui, ce tremblement de terre a été meurtrier. Mais il ne faut pas non plus se voiler la face. Pour Lisbonne, il a aussi été une bénédiction… »

À ce dernier mot, l'assistance présente autour du bureau central marqua sa stupéfaction par un silence pesant. Assis en rang d'oignons face à Dom Sebastião de Melo, tous vêtus de leurs plus beaux atours, cinq hommes dévisageaient le Premier ministre sans oser prononcer le moindre mot. Alors que celui-ci allait reprendre la parole, l'abbé Diogo de Mendonça Corte Real, nommé secrétaire d'État à la Marine et à l'Outre-Mer par le roi Dom José Ier, balbutia pourtant :

« Monsieur le Premier ministre, comment pouvez-vous qualifier la malédiction qui nous a si cruellement frappés de divine et que… »

À cet instant, Dom Sebastião de Melo frappa le plateau du bureau du plat de la main avec violence et le coupa, d'un ton sec et autoritaire :

« Monsieur le secrétaire d'État, taisez-vous avant de proférer une nouvelle ineptie !

– Mais je…

– Taisez-vous, vous dis-je ! Ce tremblement de terre a été une bénédiction et il n'y a pas à revenir là-dessus ! »

Après s'être levé, le Premier ministre dévisagea ses invités l'un après l'autre, puis il reprit :

« Une bénédiction, vous dis-je. Avant cet événement, Lisbonne était la risée de toute l'Europe. J'ai été ambassadeur suffisamment longtemps pour savoir que les cours européennes considèrent le Portugal comme le premier pays africain, une nation barbaresque, engluée dans un obscurantisme digne du Moyen Âge. Avant le tremblement, tout Lisbonne était de guingois et l'on n'osait pas sortir, dès la tombée de la nuit, de peur de se faire détrousser et égorger. Quant à la police, elle était absolument inefficace car les gredins et les meurtriers disparaissaient dans les dédales des ruelles tortueuses sans la moindre difficulté. »

Marchant de long en large derrière le bureau marqueté où fumaient, dans des tasses de porcelaine, du café noir, Dom Sebastião de Melo poursuivit, de sa voix ample et grave :

« Nous avons aujourd'hui toutes les cartes en main pour redorer le blason du Portugal aux yeux du monde entier. En effet, Sa Majesté le roi Dom José Ier et moi-même avons décidé de faire de Lisbonne une ville exemplaire, une ville moderne et rationnelle. Bref, une véritable ville des Lumières… »

À cet instant, l'abbé Diogo de Mendonça sentit son visage devenir cramoisi et, de ses lèvres continuellement humectées de salive, il se récria, ses mains aux doigts boudinés jointes en prière sur sa poitrine :

« Monsieur le Premier ministre ! C'en est trop ! Une ville des Lumières, dans le très saint royaume du Portugal ! Mais cela n'a pas de sens !

– Je vous ai déjà dit de vous taire !

– Mais vous n'y pensez pas, Monsieur ! Et pourquoi ne pas enseigner dans nos universités des textes que je qualifierais de sataniques, écrits par des philosophes hérétiques tels que ce Voltaire ou ce Diderot ?

– Pourquoi pas, en effet ? Cela nous changerait un peu de toutes vos latineries insupportables dont vous farcissez la tête de vos étudiants, que vous confinez dans les ténèbres les plus absolues et loin des lumières de la connaissance !

– Oh… »

Contournant le bureau, Dom Sebastião de Melo fondit sur le prélat qui suait maintenant à grosses gouttes à cause de la chaleur de ce début d'été et d'une profonde indignation. Une fois sur lui, il le pointa du bout de son index ganté et gronda :

« Je sais ce que je dis, l'abbé ! Et le temps n'est plus très loin où je vous chasserai du palais, puis de Lisbonne, et où je ferai mettre tous vos biens et ceux de vos semblables, les Jésuites, sous séquestre !

– Vous n'avez pas le droit et…

– J'ai tous les droits, sachez-le ! De plus, je sais exactement ce que désirent les Jésuites. Ils veulent garder sous leur coupe les enfants de la noblesse en leur faisant miroiter tour à tour le diable et le bon Dieu, selon leurs intérêts propres. Ils les abêtissent à coups de messes et de prières. Confesseurs et professeurs, ils veulent surtout que rien ne change et que l'or du Brésil vienne gonfler les caisses de l'Église et non celles de la nation. Sachez que je ne suis pas dupe ! »

Blêmissant devant cette accusation, l'abbé Diogo de

Mendonça s'était levé à son tour et, reculant à chacun des pas que le Premier ministre faisait sur lui, il bredouilla :

« La confrérie des Jésuites est bien plus puissante que vous ne pouvez vous l'imaginer et il vous en cuira pour cette menace…

– Foutaises ! Même le Saint-Père et Rome ne supportent plus vos voleries ! Vous êtes, pour le Portugal, l'ennemi le plus vicieux et pervers de ce monde !

– Que faites-vous de nos missions d'évangélisation au Brésil ? »

Dom Sebastião de Melo interrompit alors sa marche et, croisant ses bras sur sa poitrine, dominant le secrétaire d'État d'une bonne tête, il s'exclama :

« Évangélisation ? Mon frère vient de rentrer du Brésil et il m'a appris que la Compagnie de Jésus faisait tout pour empêcher les Indiens Guaranis de travailler.

– N'est-ce pas un acte chrétien que cela ?

– Ça le serait s'ils n'étaient pas la propriété de la Couronne portugaise car, vous l'ignorez peut-être, mais au Brésil on manque cruellement de main-d'œuvre pour faire tourner les mines. Voilà la raison pour laquelle nos soldats les libèrent de vos missions. Avec nous, ils ont au moins de l'ouvrage et de quoi manger à leur faim ! »

Reprenant un peu confiance en lui, l'abbé Diogo de Mendonça répliqua :

« Avec nous, ils ont non seulement cela, car nous les faisons travailler aux champs, mais aussi une éducation chrétienne et le sens du sacré… »

Sous les yeux sidérés de Dom Cristiano da Fonseca et des quatre autres visiteurs, le Premier ministre éclata alors d'un rire méprisant, puis rétorqua :

« Le sens du sacré ! Mais pour qui vous prenez-vous ? Ne serait-ce qu'à Lisbonne, vous avez transformé vos dizaines de couvents en lieux de stupre et de lucre indécents ! Novices, religieuses ou abbesses protègent les amantes des nobles et organisent pour eux des orgies dont Satan lui-même pourrait rougir !

– Je ne vous permets pas de…

– Dans ces endroits de perdition, soi-disant consacrés à Dieu, la bigamie côtoie le concubinage, et les homosexuels et les pédophiles forniquent à leur aise sous votre bénédiction ! Quant à ceux de votre engeance, ils sont nombreux à dire la messe sans avoir été ordonnés, sans connaître un traître mot de latin, et ils portent l'épée à la ceinture ! Est-ce donc bien cela que vous appelez le sens du sacré ? Quand je vois ce qu'il se passe à Lisbonne, je frémis d'horreur à l'idée de ce que vous pouvez trafiquer au nom de Dieu tout-puissant, vous les Jésuites, dans notre colonie du Brésil ! »

Maintenant blanc comme un linge, le secrétaire d'État flageola sur ses jambes un instant et, les yeux emplis de honte, il quitta la pièce sans prononcer un mot. Lorsque la porte se referma sur ses gonds, Dom Sebastião de Melo porta ses deux mains à son visage pour y essuyer la transpiration que sa fureur avait fait naître. Puis il se retourna vers les quatre hommes et, avançant d'un bon pas, il leur sourit et s'exclama :

« Je vous le répète, il est grand temps de faire de Lisbonne une ville des Lumières et, si nous n'expulsons pas ces parasites rétrogrades du Portugal, nous n'y parviendrons sans doute jamais ! »

Après s'être assis à son bureau, le Premier ministre ajouta, d'une voix amicale :

« Vous comptez parmi les trois meilleurs architectes

du pays et mon jeune ami Dom Cristiano da Fonseca, ici présent, possède sur cet art une vision rafraîchissante. De nous cinq dépend maintenant le glorieux avenir de Lisbonne… »

*

Pendant ce temps, dans la chambre de la marquise Dona Teresa de Távora, Dona Angelica se faisait servir le petit déjeuner, allongée sur le même lit que sa cousine. Celle-ci, ses longs cheveux étalés en corolle sur la soie des draps immaculés, vêtue d'une simple chemise de nuit brodée, buvant par petites gorgées gourmandes du café très sucré, possédait une grâce singulière et le même charme fascinant que sa jeune parente.

Après avoir délicatement léché une goutte de café qui avait commencé à glisser de ses lèvres charnues, la marquise soupira :

« Chère cousine, à bien y réfléchir, mon mari n'est finalement qu'un laquais aux ordres de notre roi… »

Dona Angelica acheva d'avaler une bouchée de brioche beurrée et recouverte de miel, puis elle demanda :

« Pourquoi dites-vous cela ? Le statut d'amante royale est, sachez-le, une fonction que bien des femmes de la noblesse feraient tout pour obtenir. Votre époux s'enrichit considérablement et possède la protection de Dom José Ier, par rapport à Dom Sebastião de Melo. Quant à vous, il vous comble de cadeaux somptueux et il est, dit-on, plutôt bon amant… »

Dona Teresa sourit avec lassitude, puis concéda :

« Il est vrai que notre famille aura besoin de protection, tant que ce Premier ministre de malheur aura les faveurs du roi. Quant aux présents de Sa Majesté, il ne se passe pas un jour sans qu'il ne m'en fasse livrer : robes, diamants, bijoux en or, miroirs, chevaux, porcelaines, services en cristal, tapisseries d'Aubusson, dentelles de Calais… Quant aux fleurs, elles arrivent par centaines…

– Vous voyez bien que votre sort est enviable ! »

Dona Teresa reposa sa tasse vide sur le plateau de laque de Chine qui enjambait leurs bassins et, de la même voix douce, acquiesça :

« C'est exact… Mais il me manque l'essentiel, hélas ! »

Sur un ton mutin, Dona Angelica l'interrogea :

« Vous voulez dire que Sa Majesté le roi n'est pas aussi vigoureux que ce que l'on dit, lorsqu'il vous fait l'amour ?

– Il n'est ni pire ni meilleur qu'un autre, chère petite cousine. Ce n'est pas de cela qu'il s'agit…

– Que vous manque-t-il, alors ? »

Tendant ses mains dans le vide, devant elle, la marquise de Távora se plaignit :

« Mais de l'amour ! J'ai un mari qui ne m'aime plus et un amant que je n'aime pas, quand bien même est-il le roi…

– Vous parlez comme une enfant, ma cousine. L'amour n'a rien à voir dans ce genre d'affaires.

– Et vous, vous discourez comme une descendante des Bragance que vous êtes. Depuis près de quatre cents ans, nous nous marions entre nous afin de consolider nos privilèges et nos fortunes. Mais l'amour, que devient-il dans tout ça ? »

D'un hochement de menton, Dona Angelica ordonna à la servante de desservir le petit déjeuner et, lorsque celle-ci quitta la pièce, elle s'installa sur le flanc et caressa du plat de la main l'épaule nue de la marquise. Puis elle murmura tout bas :

« L'amour est un sentiment qui obéit aux mêmes règles que celles qui régissent les fleurs. Il met beaucoup plus de temps à naître et à germer qu'à se faner.

– Qu'en savez-vous ?

– Vous êtes jeune et belle. Lorsque le roi changera d'amante, vous tomberez certainement amoureuse d'un de ces bellâtres qui pullulent à la cour.

– Ne dites donc point de sornettes, jeune fille… »

Glissant cette fois sa main dans la masse ondulante des cheveux de sa cousine, Dona Angelica répondit :

« Je sais ce que je dis. Car vous ne connaissez pas tout de mon existence, du moins en ce qui concerne mes amours… »

Piquée par la curiosité, la marquise de Távora se laissa aller à son tour sur le côté, laissant apercevoir un sein blanc par l'entrebâillement du col de sa chemise de nuit. Puis, glissant son bras sous la nuque de la jeune fille, elle l'interrogea, les yeux brillants du désir d'en savoir plus :

« Que me cachez-vous donc ? Allez, parlez ! Je veux tout savoir… »

Dans les bourrasques de vent qui fouettaient les bois d'ormes, les aloès et les giroflées plantés en grappes dans le jardin, Dona Angelica se confia alors :

« Il se trouve, chère cousine, que depuis quelque temps je fréquente un jeune homme qui n'a rien à voir avec tous les freluquets et autres matamores et vantards que j'ai rencontrés jusqu'alors…

– Qui est-il ?

– Il est fort, beau comme un ange et d'une intelligence vive. Il ne parle jamais pour ne rien dire. En un mot, c'est un véritable gentilhomme.

– Donnez-moi son nom ! »

Sans cesser de glisser ses doigts dans la chevelure de Dona Teresa de Távora, Dona Angelica poursuivit, les yeux rivés à un tableau, accroché au mur, représentant la Vierge Marie :

« Il n'a qu'un défaut, c'est qu'il est timide comme un enfant. Quand je parle de défaut, j'exagère car même sa gêne le rend encore plus touchant.

– Avez-vous déjà eu des relations charnelles avec lui ? »

La jeune femme interrompit un instant ses caresses puis, sans cesser de fixer le regard apaisant de la Vierge, elle répondit :

« Non, pas encore… Mais mon dessein est bien que les choses s'accélèrent d'ici peu, vous pouvez me faire confiance.

– Vous êtes encore vierge, alors ?

– Oui et non.

– Comment cela se pourrait-il ? »

Faufilant sa main dans la chemise de nuit de sa cousine et effleurant son sein lourd, Dona Angelica expliqua, en respirant un peu plus vite :

« Je suis encore vierge car aucun homme n'est encore jamais venu en moi. Mais nos jeux saphiques ne font pas de moi une pucelle accomplie. »

Au contact des doigts sur le téton, la marquise se mit à frissonner, puis rectifia, d'une voix de gorge :

« Il ne faut pas mélanger les genres, ma chère. Les plaisirs de Lesbos sont faits de nuances et de subtilités, de douceurs et d'inventions que nul homme, fût-il parfaitement efféminé, ne pourra jamais comprendre et encore moins reproduire. Le coït avec un mâle, cela s'apparente plus à une tempête, brève et violente, tandis que nous, nous sommes plus proches d'un vent chaud et sucré, qui enveloppe chaque chose.

– Je suis sûre que mon Dom Cristiano n'est pas comme les autres… »

Aussitôt, Dona Teresa se recula et s'exclama :

« Dom Cristiano ? Vous voulez parler de Dom Cristiano da Fonseca, l'un des plus proches conseillers de Dom Sebastião de Melo ?

– Oui. Mais pourquoi réagissez-vous avec tant de fougue ?

– Petite sotte que vous êtes ! Ignorez-vous qu'il a juré la perte de la noblesse portugaise et des Jésuites ? »

Souriante, Dona Angelica s'amusa :

« Mais puisque vous couchez avec le roi, nous sommes protégés !

– Et lorsque je ne serai plus son amante ? C'est vous-même qui en avez parlé, il y a tout juste un instant.

– D'ici là, c'est moi qui aurai couché avec Dom Cristiano et nous continuerons à jouir d'une protection sans faille… »

À genoux maintenant sur le lit à baldaquin, sans se soucier de sa chemise de nuit qui s'était dégrafée jusqu'au niveau de son nombril, Dona Teresa dominait le corps de sa cousine lové dans le satin. Un index battant l'air moite de la chambre, elle gronda :

« Il faut que vous arrêtiez immédiatement de voir ce Dom Cristiano !

– Mais, puisque je l'aime…

– A-t-on idée d'aimer un ennemi intime ?

– Il n'est pas mon ennemi puisque l'on s'aime.

– Il est l'ami de notre ennemi et, ce faisant, il est aussi notre ennemi. L'abbé Diogo de Mendonça et le père Malagrida, mon confesseur, me le répètent tous les jours : Dom Sebastião de Melo et sa clique sont tous des hérétiques et ils mériteraient d'être brûlés sur le bûcher de la Très Sainte Inquisition ! »

Dona Angelica passa alors sa main gauche sur le ventre de sa cousine qui, à ce geste, frémit de la tête aux pieds. Pendant que les doigts effleuraient sa peau et descendaient lentement vers son pubis, elle souffla encore :

« Il faut me promettre de ne plus le voir… Même l'abbé Diogo de Mendonça, il… Il risque d'être banni du palais… »

Accentuant avec tendresse la pression de ses caresses et jouant de toute sa science du plaisir, Dona Angelica murmura :

« Laissez-vous aller, ma douce, et ne parlons plus de tout cela…

– Il parle même d'expulser tous les Jésuites… Tous les Jésuites du Portugal et… »

Dona Teresa de Távora ne termina jamais sa phrase, ce matin-là. Électrisée par le désir, elle se laissa aller doucement en arrière, écartant ses jambes au maximum, et se laissa grignoter par la bouche et la langue habiles de Dona Angelica. Avant de fermer les yeux et de s'abandonner au plaisir, la marquise eut le temps d'envoyer un dernier regard au visage apaisant de la Vierge Marie qui les observait dans son cadre, un sourire amoureux sur les lèvres.

*

Après avoir déjeuné frugalement, car, pour Dom Sebastião de Melo, le temps passé à table était du temps de perdu, les cinq hommes avaient regagné le bureau du Premier ministre. Au fond de la pièce, les trois architectes désignés pour la reconstruction de Lisbonne parlaient à voix basse, devant un chevalet présentant des plans qu'ils scrutaient et annotaient avec minutie, loupe en main. Autour de Manuel da Maia, un vieil ingénieur major militaire à qui la capitale portugaise devait le pharaonique aqueduc des Águas Livres, long de près de soixante kilomètres, se pressaient Eugénio dos Santos, architecte du Sénat, et Elias Pope.

Dans l'une de ses habituelles envolées lyriques, Dom Sebastião de Melo avait tranché. La ville basse de Lisbonne prendrait la forme d'un simple quadrilatère, situé entre les deux collines du Carmo et du Castelo. Au sein de cette figure géométrique, les rues se couperaient à angle droit, sept étant orientées nord-sud et sept autres est-ouest. Enfin, trois avenues monumentales rejoindraient les deux places principales, celle du Paço rebaptisée place du Comércio, sur les bords du Tage, et celle du Rossio, plus à l'intérieur. Dans ce nouvel ensemble urbain, les ornements en *azulejos*[1] seraient prédominants et, du tout-à-l'égout aux installations de fontaines publiques, tout serait calqué sur les modernes cités de Londres et de Paris. Afin d'éviter à l'avenir un bilan aussi lourd que celui de la catastrophe de 1755, Dom Sebastião de Melo avait insisté pour que les habitations soient construites autour de squelettes de bois de hêtre qui, par leur souplesse, résisteraient mieux en cas de nouveau tremblement de terre. Pour s'en persuader, le Premier ministre avait même ordonné une simulation sur une maquette autour de laquelle il avait fait défiler des troupes militaires lourdement chargées. Dans les trépidations de

1. Carreaux de faïence décoratifs à dominante bleue.

leurs pas, la preuve de l'efficacité de ces nouvelles structures était apparue de manière éclatante. Quant aux rues, elles seraient d'une grande largeur, afin de pouvoir éviter les chutes de pierre en cas de séisme, et tous les immeubles seraient limités à seulement deux étages.

Sur un geste de Dom Sebastião de Melo, Dom Cristiano da Fonseca le rejoignit et, sans un mot, l'accompagna sur le balcon qui dominait le Tage. Dehors, le vent semblait avoir encore forci, arrachant au fleuve des paquets d'écume blanche et faisant tourbillonner dans l'air électrique des feuilles mortes et du sable de couleur ocre.

De sa voix grave et parfaitement posée, le Premier ministre l'interrogea :

« Eh bien, jeune homme, que pensez-vous de notre future Lisbonne ?

– Le plus grand bien, Monsieur. Il me semble que plus d'une cour européenne sera jalouse de celle du Portugal.

– J'en accepte l'augure, cher ami. En un an, nous avons fait place nette et nous avons défini les nouveaux traits de notre cité. C'est maintenant au tour des architectes de peaufiner tout cela, avant les premiers coups de pioche.

– Puis-je savoir ce que pense de notre projet Sa Majesté Dom José Ier ? »

En entendant cette question, Dom Sebastião de Melo se rembrunit un peu. Puis il grinça, avec un soupçon de mépris dans le ton :

« Lui ? Tout est toujours parfait, à partir du moment où je ne lui demande pas de revenir prendre ses quartiers à Lisbonne…

– Notre roi est-il donc toujours aussi craintif ?

– Son état empire chaque jour et il m'est avis que jamais il ne quittera sa colline de l'Ajuda. Au moindre coup de tonnerre, il tressaille à la façon d'un enfant et il a les tempes en feu. C'est à se demander comment du sang bleu peut couler dans ses veines. »

Après un instant de silence passé à contempler les mouvements des bateaux et des barques à voiles colorées qui remontaient ou descendaient le Tage, Dom Sebastião de Melo, sans regarder Dom Cristiano, souffla alors :

« Cela fait un an que vous œuvrez pour Lisbonne, à mes côtés, et je ne peux que me féliciter de vos services.

– Monsieur le Premier ministre est trop indulgent avec moi.

– Non. Dans les mois qui ont suivi la catastrophe, vous avez rempli votre mission avec une efficacité remarquable. Vous avez interrogé des centaines de personnes, gueux, bourgeois et gentilshommes, pour arriver à savoir ce qui s'était passé avant, pendant et après le tremblement de terre. Comment se sont comportés les animaux, le nombre de secousses et de répliques, les descentes et les remontées des eaux dans les puits : grâce à vous, j'ai pu constituer un dossier précis qui est, aujourd'hui encore, entre les mains de nos savants qui l'étudient[1].

– Je n'ai fait que mon devoir. »

Se retournant lentement vers Dom Cristiano, le Premier ministre poursuivit, à voix plus basse :

« Jeune homme, vous avez su gagner ma confiance. Aussi, je voudrais vous remercier.

1. Dom Sebastião de Melo est considéré comme un précurseur de la sismologie contemporaine.

– Mais je n'ai besoin de…

– Écoutez-moi. Lisbonne doit se reconstruire, mais elle doit aussi se purifier.

– Que voulez-vous dire ? »

Dom Sebastião de Melo désigna d'un ample mouvement du bras le paysage qui s'étalait sous leurs yeux, puis il expliqua :

« Lisbonne est une ville dangereuse où les cadavres de chats, de chiens ou de rats pourrissent un peu partout. Les rues sont pleines de Noirs et de sorcières qui disent la bonne aventure et vendent des philtres d'un autre siècle. C'est sur cette pourriture que les assassins, les voleurs et les gredins prospèrent. Il faut nettoyer cette ville avec la plus grande vigueur et, pour ce faire, c'est vous que j'ai choisi.

– Pourquoi moi ?

– Parce que vous êtes jeune, certes, mais vous êtes un homme intègre. De plus, vous êtes né au Brésil et votre particule, tout comme la mienne d'ailleurs, n'est pas issue d'une haute lignée. Je n'ignore pas que, dans mon dos, les nobles m'appellent le Petit Écuyer, tout comme ils font des gorges chaudes du sang noir que vous possédez. »

À ces mots, Dom Cristiano baissa les yeux de honte, tandis que le Premier ministre poursuivait :

« Nous sommes de la même condition, mais nous sommes aussi des hommes modernes résolument tournés vers l'avenir. Pour purifier Lisbonne, vous aurez tous les droits ainsi que tous les moyens nécessaires à cette fin.

– Mais je n'entends rien aux choses de la police !

– Déplacer les gueux, les prostituées et les mendiants, les gendarmes s'en chargeront sur votre ordre. Le Brésil manque de bras ? Nous allons l'abreuver de meurtriers, d'hérétiques, de sorcières et de voleurs. En revanche, ce que j'attends expressément de vous dépasse largement cette seule mission de maintien de l'ordre…

– Oui ? »

Dom Sebastião de Melo laissa passer une rafale de vent plus puissante que les autres, puis il enchaîna :

« Je ne sais pas si je suis aimé du peuple et peu importe, de toute façon. En revanche, je sais que je suis haï par les nobles de la cour. Leur rêve est que je disparaisse afin que rien ne bouge, au Portugal. Pour que je quitte mes fonctions, ils sont prêts à tout. Ils sont même prêts à tuer le roi.

– Que dites-vous ?

– La stricte vérité. Si le roi est assassiné, je serai immédiatement destitué et les grandes familles comme les Távora, les Aveiro ou les Atouguia, sans oublier les Jésuites, pourront à nouveau régner à leur guise sur le royaume. Si Dom José Ier disparaît, c'est sa fille, Marie la Pieuse, qui montera sur le trône. C'est une bigote qui n'a pas toute sa tête et les religieux lui feront faire tout ce qu'ils veulent. »

Alors que Dom Cristiano demeurait interdit, Dom Sebastião de Melo conclut, avec gravité :

« Je sais que, depuis quelques semaines, vous rencontrez régulièrement Dona Angelica de Távora. Je vous ordonne donc de lui soutirer le plus d'informations possible et de m'en tenir informé, au jour le jour.

– Vous désirez que j'espionne la femme que j'aime ?

– Exactement. En politique, l'amour ne compte pas, surtout lorsque la vie d'un roi est en jeu… »

CHAPITRE V

« Mais qu'est-ce qu'il m'a pris de te suivre ? Par tous les feux de la Saint-Jean et par les diables tombés tout nus du Paradis, dis-moi pourquoi je t'ai suivi ! Trouve-moi une seule bonne raison ! »

Dans une chaleur exténuante, le torse et les pieds nus, vêtu d'une simple culotte longue de cotonnade crasseuse et rapiécée, l'Aveugle ne décolérait pas depuis le matin. Quelques semaines seulement avaient suffi à Zumbi pour le décider à abandonner pour toujours Ouro Preto et son quartier des Pouilleux et à l'accompagner à Rio de Janeiro. Le mineur repenti, tel qu'il aimait à se qualifier lui-même, avait su jouer de toute sa persuasion pour lui vanter les charmes de cette ville située au bord de l'océan, où l'on trouvait tous les jours à manger pour peu que l'on ne soit pas trop fainéant et où les femmes, disait-il, étaient sinon plus belles, du moins plus nombreuses que dans le Minas Gerais. Il lui avait aussi promis de s'occuper de lui, de lui trouver une petite chambre bien en dur pour vivre et, dès qu'il le pourrait, des draps pour s'envelopper la nuit. Le vieil homme n'avait pas d'attache dans cette ville minière qui n'avait été, pour eux deux, qu'un miroir aux alouettes, un mirage cruel. Bref, Zumbi avait tant et si bien parlé, appuyé en cela par la bourgeoise qui lui faisait l'aumône, que l'Aveugle avait fini par accepter, à la condition expresse d'avoir, chaque jour, son content de *cachaça*.

« Allez, l'ami ! plaisanta Zumbi. Rio, c'est pas la porte à côté et je te tire derrière moi comme si j'étais une mule !

– C'est bien ce que t'es : une mule ! Et même, une sacrée tête de mule ! »

Pour le guider dans sa marche, l'Aveugle était relié à son compagnon par un bâton dont chacun tenait l'une des extrémités. Cela faisait cinq heures qu'ils cheminaient et ils avaient déjà croisé une trentaine de personnes qui, à pied, se dirigeaient vers Ouro Preto. Au début, les deux hommes avaient répondu à leurs bonjours et avaient même échangé quelques paroles. Tous, sans exception, n'avaient qu'un seul mot à la bouche : l'or. Comme eux, en leur temps, ils avaient des yeux d'hallucinés et portaient leur batée dans leur havresac ou l'avaient simplement nouée dans le dos, les faisant ainsi ressembler à des tortues ou à des bossus. Y avait-il vraiment autant d'or que ce que l'on voulait bien dire ? Il y en avait en tout cas autant que ce qu'ils voulaient bien croire. Comment était l'or ? En pépites ou en paillettes ? Combien valait de *réis*[1] une once d'or ? L'or était-il pénible à extraire ? Et eux deux, vêtus comme des gueux, s'étaient-ils déguisés ainsi pour dissuader les bandits de grands chemins de les détrousser et de leur voler leur or ? C'était bien cela, non, puisqu'ils venaient d'Ouro Preto ? Ne voudraient-ils pas leur montrer leur or ? Juste un peu d'or, de l'or…

Au bout de la cinquième rencontre, Zumbi et

1. Monnaie du Brésil : un *real*, des *réis*.

l'Aveugle continuèrent à répondre aux saluts, mais évitèrent systématiquement de discuter avec ces hommes qui ne parlaient que d'or et encore d'or, jusqu'à leur donner la nausée de l'or.

Durant une quinzaine de jours, ils marchèrent ainsi, s'arrêtant une fois par jour pour déjeuner et faire une courte sieste, à l'ombre des arbres. Au fil du temps, l'Aveugle perdit de sa mauvaise humeur et, un soir où ils avaient fait halte près d'un ruisseau et où ils avaient mangé de la morue séchée agrémentée de tomates et d'oignons – une ultime offrande de Dona Gloria, la bourgeoise d'Ouro Preto –, Zumbi fut surpris par sa soudaine curiosité. Fumant une pipe de *maconha* sous un ciel piqueté d'étoiles, dans la mélodie claire et apaisante du cours d'eau, le vieil homme se mit à l'interroger sur le but de leur voyage :

« Dis-moi, l'ami… Raconte-moi Rio, Rio de Janeiro…

– Qu'est-ce que tu veux que je te dise ?

– Tout ! Raconte-moi tout !

– Ben quoi ? C'est une ville qu'est au bord de l'océan, avec des maisons, des églises et de la jungle tout autour. »

L'Aveugle se retourna sur le flanc et, d'une voix agacée, il rétorqua :

« Mais non ! Parle-moi de Rio comme si tu me parlais… je ne sais pas, moi… comme si tu me parlais d'une femme, tiens !

– Une femme ? C'est le soleil de la journée qui te fait déparler, l'homme ! Comment tu veux que je te décrive Rio en femme ? Ça a pas de sens…

– Bourrique ! Si Rio était une femme, tu me

décrirais quoi, en premier ? Parle, laisse-toi aller un peu, que diable… »

Interloqué, Zumbi s'assit, tira sur sa pipe crépitante de braise et finit par murmurer, amusé :

« T'es un vieux fou, l'ami. Mais je veux bien essayer, pour te faire plaisir…

– Allez, commence donc. Je t'écoute. »

Après avoir expulsé la fumée chaude et crémeuse de sa poitrine, le grand Nègre commença :

« La première des choses que je te dirais d'elle, c'est qu'elle est généreuse. Avec ses mornes ronds comme des seins et sa baie, qu'est large et forte, elle te fait penser à une de ces bourgeoises bien nourries qu'on rêve de serrer entre ses bras, les soirs où on se sent un peu trop seul.

– Continue, je commence à voir ses formes…

– Sur la tête, elle a une immense perruque, toute droite, et qui la rend plus grande que tout. C'est le Corcovado, une montagne qui file haut dans les airs et que, quand tu la regardes d'en bas, tu sens ta tête qui se met à tourner. Sûr qu'un jour les Cariocas lui mettront une statue au sommet, ou quelque chose…

– Et ses vêtements ? Ils sont de quelle couleur ? »

Se prenant au jeu, Zumbi sourit dans la nuit et, immédiatement, répondit :

« Rio est coquette et elle porte des habits de trois couleurs : le vert, le jaune et le bleu. Le vert, c'est la jungle. Mais attention, c'est pas juste du vert. Y a le vert commun, le vert foncé, le vert un peu argenté et le vert très clair, si clair que tu peux y voir à travers. Après, y a le jaune et, là, c'est pareil. Le jaune du sable des plages a rien à voir avec celui du soleil. Et pour le bleu, on peut pas non plus comparer celui de l'océan, qui change tout le temps, avec celui des lagunes, des cascades, des étangs ou même du ciel. »

L'Aveugle ronronna de plaisir sous la lune et questionna encore :

« Maintenant, je la vois mieux. Mais, dis-moi, elle est de quelle humeur ?

– De la meilleure, l'ami ! De la meilleure ! À Ouro Preto, on parle que de mines, d'or à trouver et de travail. Rio, elle, est presque toujours gaie et elle préfère parler des estaminets où on danse jusqu'à perdre le souffle et où on boit de la vraie bonne *cachaça*, celle qui vous allume des feux d'artifice dans le ventre et dans la tête. Elle aime faire la fête, faire des processions. Elle aime aussi faire l'amour et l'amitié.

– C'est quel moment du jour qu'elle préfère ? »

Avant de répondre, Zumbi laissa s'écouler de longues secondes. Puis il finit par chuchoter :

« Là-dessus, y a pas de doute, l'homme. Rio, elle aime le crépuscule, juste avant que le soleil se couche dans l'océan. À ce moment-là, elle garde les yeux fixés en direction de l'est et elle sent la *saudade*[1] qui l'envahit lentement, entièrement.

– Pourquoi elle a la *saudade* ?

– Je sais pas… Je crois qu'elle repense à ses deux amoureux. Le premier qu'elle a connu, c'est le Portugal. Le second, c'est l'Afrique. Deux histoires terribles de passions. Aujourd'hui, le Portugal et l'Afrique lui envoient leurs enfants, pour qu'elle les nourrisse et qu'elle les éduque… »

1. Mot qui désigne ce sentiment indicible, douloureux et délicieux à la fois, proche de la nostalgie, de la mélancolie, et qui apparaît, le plus souvent, lorsque deux êtres qui s'aiment sont séparés, mais promis à se retrouver.

*

Les rumeurs de la route n'avaient en rien exagéré la réalité. Rio de Janeiro manquait effectivement de bras de façon dramatique et même le port tournait au ralenti, ne parvenant plus à charger ni à décharger les marchandises qui affluaient de tous les pays du monde et qui repartaient aussitôt, les cales alourdies d'épices, de bois du Brésil, de barriques et de mille autres produits que la colonie portugaise fournissait sans relâche. Lorsqu'ils parvinrent sur les rives de l'océan, l'Aveugle se mit aussitôt en station de prière, les bras en croix, à la sortie de l'église São Bento. Zumbi, lui, encore mal remis de ses trois années de souffrances et de privations dans la jungle, trouva un modeste emploi de livreur. Durant une vingtaine de jours, ils dormirent sur la plage et mangèrent deux fois quotidiennement, le matin et le soir. Lorsqu'il sentit les forces lui revenir, le jeune homme se présenta sur le port, se fit examiner l'ensemble du corps par un contremaître soupçonneux qui, dès qu'il eut vérifié qu'il ne portait pas de trace d'esclave, l'engagea sur-le-champ, en homme libre. À partir de ce jour-là, l'argent emplit sa bourse de façon plus rapide et régulière, et il loua bientôt une chambre de misère rue Laranjeiras, un galetas crasseux dont le toit fuyait au moindre orage, mais qui possédait une porte dont eux seuls avaient la clé.

Un soir, après sa journée de roulier, Zumbi se rendit sur les lieux de quête de l'Aveugle, lesté d'un cruchon de *cachaça* et d'un plat de crevettes cuisinées avec de l'anis étoilé, de la tomate, des piments doux, des oignons et de la coriandre finement ciselée qu'une bohémienne italienne, fraîchement débarquée au pays, vendait à la portion à un coin de rue, pour quelques piécettes. La soirée s'annonçait joyeuse, d'autant que le lendemain serait un dimanche, jour chômé pour les affranchis.

Lorsqu'il parvint devant le vieil homme, il l'apostropha ainsi :

« L'ami, tu peux arrêter de mendier auprès du bon peuple de Rio. Ce soir, c'est la fête et fais-moi confiance pour faire bombance ! »

À ces mots, l'Aveugle laissa retomber ses bras le long de son corps, puis huma l'air dans tous les sens, à la façon d'un chien tenaillé par la faim. Très vite, il répliqua, avec sa bougonnerie familière :

« Des crevettes… On a pas les moyens de s'acheter du frichti déjà préparé, nous…

– Mais si ! J'ai fait de l'ouvrage supplémentaire, aujourd'hui. On va s'envoyer ça avec du manioc et des haricots noirs jusqu'à se faire péter la sous-ventrière. Et on videra aussi le cruchon neuf que j'ai avec moi ! »

Les sourcils froncés, le vieil homme sourit dans sa barbe emmêlée puis, toujours bourru, il grommela :

« C'est des manières de riches, ces plats déjà faits. Mais, si y a de la *cachaça*…

– Tu vois que Rio a du bon, l'ami ! Et c'est qu'un début. Si je continue à avoir de l'ouvrage comme ça, on changera bientôt de ratière et on s'achètera des vêtements neufs, comme les princes et les ministres. »

Dix minutes plus tard, alors qu'ils atteignaient la rue Laranjeiras, bondée de femmes portant des ballots sur le crâne, des sacs, tirant des malles, des paniers de linge ou de petites carrioles geignardes où elles serraient leur nécessaire de vendeuses ambulantes, Zumbi retint soudain l'Aveugle par l'épaule, tout en lui glissant à l'oreille :

« L'homme, je crois que j'ai entendu une femme crier, à gauche, dans la ruelle.

– T'as bien entendu. C'est une jeune femme qu'a un ennui avec des hommes. À sa voix, elle doit avoir dans les dix-sept ou dix-huit ans. Eux, j'en sais foutre rien.

– Comment tu peux deviner son âge, avec ce boucan de la rue ?

– Quand on voit pas avec ses yeux, on connaît son monde par ses oreilles. Si tu te sens l'âme d'un héros, faut pas te gêner. Mais moi, je reste là. »

Zumbi hésita un instant. Puis il poussa le vieil homme dans le renfoncement d'un mur couvert de lèpre, lui confia les crevettes et le cruchon et, avant de s'engager dans l'étroit boyau, il vérifia la présence de son coutelas à sa ceinture. Au moment où il s'éloignait, l'Aveugle lui lança :

« Fais attention à ton cuir, fils. Oublie pas que, sans toi, je suis perdu… »

La ruelle, tortueuse et encombrée d'immondices, n'était que faiblement éclairée par les ultimes rayons du soleil. Penché en avant, marchant vite et évitant de son mieux les rats qui déboulaient quelquefois à ses pieds, Zumbi découvrit, au détour d'un croisement, une scène qui l'emplit immédiatement d'une fureur sans nom. Coincée contre une porte, une jeune femme se débattait avec rage tandis que trois hommes rigolards, rendus ivres par l'alcool et le désir, pétrissaient de leurs mains crasseuses les seins, les fesses et le sexe de l'inconnue. D'une voix forte, le jeune homme hurla brutalement :

« Lâchez-la tout de suite, bande de porcs ! »

Après être restés un instant interdits, les trois

compères se retournèrent avec lenteur, sans lâcher leur proie. Le premier était un petit homme mauvais, un Portugais aux oreilles décollées et au front fuyant qui lui donnait l'apparence d'un crapaud. Les deux autres, des mulâtres aux yeux sans expression, étaient torse nu et exhibaient des muscles massifs au niveau des épaules, mais ceux-ci, à partir de la poitrine, disparaissaient sous une mauvaise graisse jaune accumulée qui les faisait ressembler à deux quilles ventrues titubant sur leur socle.

« Qu'est-ce qu'il nous veut, ce grand Noir de bâtard ? grinça le nabot.

– Lâchez cette femme tout de suite !

– Et pourquoi qu'on la lâcherait ? C'est nous qu'on l'a trouvée en premier. Si elle t'intéresse, moi j'y trouve rien à redire. Mais tu passeras après nous. Tout le monde sait que les Noirs, c'est plein de maladies à vous faire crever sur place, rien qu'en les regardant… »

Zumbi réfléchit un instant puis, s'ouvrant soudain d'un large sourire, il répondit de façon goguenarde :

« Si je peux jouer à la bête à deux dos avec elle, alors j'ai tout mon temps !

– Voilà qu'est raisonnable, l'étranger. On va essayer de pas trop l'abîmer pour qu'il t'en reste un peu.

– Merci, l'ami. Mais, avant que ce soit mon tour, est-ce que je peux la voir de près, cette traînée, histoire de me mettre en appétit ? »

Le Portugais le lorgna alors par en dessous, suspicieux. Puis il acquiesça, avec un grognement :

« Vous êtes décidément tous des porcs et des vicieux, vous, les Noirs. Mais c'est bon, tu peux approcher… »

En quelques pas, Zumbi fut sur la jeune femme. L'Aveugle avait eu une nouvelle fois raison. Elle avait moins de vingt ans et portait devant sa poitrine un bout de sa chemise arrachée pour tenter de masquer ses seins. Grande, parfaitement proportionnée, la peau d'un noir tirant sur le bleu, elle se trouvait dans un état de terreur intense, tremblant de tous ses membres, et ses yeux, étincelants d'angoisse, lançaient des regards d'animal traqué et encerclé qui sait que le moment est venu pour lui de mourir.

« Allez, l'étranger, tu t'es assez rincé l'œil. Maintenant, tu vas… »

Avant même qu'il ne puisse terminer sa phrase, Zumbi avait soudain tiré son coutelas et, passant dans le dos de l'homme, il en avait posé le fil sous sa glotte. Puis, d'une voix toute d'autorité, il avait menacé :

« Si l'un d'entre vous fait un geste, je l'égorge sur place ! »

Dans le silence, le jeune homme sentit le Portugais se mettre à trembler à son tour d'une peur panique qu'il ne parvenait pas à maîtriser. Sur le même ton, il reprit :

« Vous deux, vous disparaissez ! »

Comme ils ne bougeaient pas et restaient là, inertes, ne sachant plus que faire de leur corps, leur chef aboya :

« Faites ce qu'il vous dit, ânes bâtés ! Déguerpissez tout de suite, bande d'imbéciles ! Je vais quand même pas crever pour une sale catin, quoi ! »

À pas lents, les deux hommes finirent par obéir et disparurent, dans la direction opposée à la rue Laranjeiras. Lorsqu'ils se furent noyés dans la pénombre, Zumbi fouilla son prisonnier de la main gauche et, lorsqu'il trouva le couteau de l'agresseur à sa ceinture, il le retira et le plaça dans sa poche. Puis, tout en envoyant bouler le Portugais, il lança, d'une voix sourde :

« Je veux plus te voir dans le coin. Si je vous recroise, toi et tes copains, je vous plante, tous les trois… »

À son tour, le petit homme recula et, lorsqu'il se jugea à une distance respectable, et avant de prendre ses jambes à son cou, il menaça :

« C'est pas fini, chien de Noir ! C'est moi qui te crèverai ! Toi et tous ceux de ta race ! »

Lorsqu'ils ne furent plus que tous les deux dans la ruelle, la jeune femme observa Zumbi dans les yeux puis, sans autre forme de procès, elle s'affala soudain sur les immondices, inerte.

*

« Je te remercie de m'avoir sauvée. Ils sont nombreux ceux qui auraient détourné la tête et poursuivi leur chemin. Si tu n'étais pas intervenu, je serais peut-être morte, à cette heure.

– Morte, il faut rien exagérer. Mais enceinte de l'un de ces trois salauds, ça fait pas l'ombre d'un doute.

– Alors, je serais allée voir une faiseuse d'anges pour faire passer l'enfant, avec des aiguilles et des potions. »

Après l'altercation du début de soirée, Zumbi avait pris la jeune femme à bras-le-corps et, accompagné de l'Aveugle, il l'avait transportée jusqu'à leur maison de la rue Laranjeiras. Là, sur les conseils du vieil homme, il lui avait tapoté les joues, passé un linge humide sur le visage et fait boire un petit verre de *cachaça* afin de lui faire retrouver des couleurs. À son réveil, elle avait éclaté en sanglots durant de longues minutes et, peu à peu, l'angoisse et la peur l'avaient quittée, emportées par le flot des larmes. Maintenant assise par terre, elle buvait un café serré que Zumbi lui avait préparé.

« Qu'est-ce que tu vas faire ? demanda l'Aveugle à la jeune femme.

– Que veux-tu dire ?

– Ben… pour ces chiens, pour ce qu'ils ont essayé de te faire ? Tu vas aller voir des gens de la justice, à la Capitainerie ?

– Pour quoi faire ?

– Pour porter plainte, pardieu ! »

L'inconnue sourit tristement, puis répondit :

« Tu n'es pas d'ici, on dirait. Des viols, il s'en commet tous les jours, et les gens d'armes ils n'enquêtent que si tu es blanche, noble ou, quelquefois, métisse. Si j'y vais, ils vont me rire au nez et me répondront sûrement que c'est de ma faute, que c'est moi qui ai tout fait pour les aguicher et l'affaire sera entendue. »

Tout en continuant à remuer les crevettes et les haricots dans un chaudron posé sur le foyer de la cheminée, le vieil homme soupira :

« Y a pas plus de justice ici qu'à Ouro Preto et la police sera toujours du côté de la canaille, quand c'est ses intérêts. »

Comme la jeune femme se levait et, d'une démarche mal assurée, s'apprêtait à quitter la pièce, Zumbi demanda :

« Tu veux pas manger avec nous ? Quand y en a pour deux, y en a pour trois, tu sais ? C'est à la fortune du pot, mais c'est volontiers.

– Non, merci. C'est gentil, mais il faut que je rentre chez moi.

– Tu veux que je t'accompagne ?

– Ce n'est pas la peine, j'habite tout près, juste avant le couvent São Bento.

– Alors, tu prends ça, on sait jamais. »

Zumbi lui tendit le couteau du Portugais et ajouta :

« Garde-le sur toi, à partir d'aujourd'hui. Ça pourrait te servir.

– Merci, étranger. Tu es gentil… »

Pour masquer sa timidité, le jeune homme sourit et rectifia :

« Plus étranger, maintenant. À moi, on me dit Zumbi. Quant à mon ami, c'est l'Aveugle qu'on l'appelle.

– Alors, encore merci à toi, Zumbi, et à l'Aveugle. Pour moi, c'est Laurinda, mon petit nom. Juste Laurinda. »

Avant de ressortir dans la rue, la jeune femme regarda Zumbi droit dans les yeux puis, d'une voix subitement enjouée, elle lui dit :

« Si tu veux… pardon : si vous voulez me revoir, je serai à la confrérie de l'église Notre-Dame-du-Rosaire demain soir, à 8 heures. C'est sur la place Largo da Carioca, non loin du couvent Santo Antônio. On doit préparer la fête de la São Sebastião, le saint protecteur de notre ville. Ça me ferait très plaisir de vous revoir… »

Puis elle disparut de sa démarche souple pour se fondre dans la nuit qu'une brise océane et parfumée rafraîchissait un peu.

*

« Dis-moi, demanda l'Aveugle. On dirait qu'elle te plaît bien, cette petite Laurinda. On est midi et, depuis hier soir, t'as quasiment plus ouvert ton bec. »

Les yeux perdus dans le vague, Zumbi s'entendit répondre :

« Ouais… À mon avis, c'est plutôt une bonne personne.

– Pas plus que ça ? »

Comme le jeune homme s'entêtait à ne pas vouloir en dire plus, l'Aveugle reprit, égrillard :

« Et physiquement ? C'est quel genre ? Plutôt gironde ou maigrelette ?

– Du genre suffisamment belle pour se faire violer.

– Mais encore ?

– Je sais pas. J'ai pas passé tout mon temps à la regarder, figure-toi.

– Ça, j'en crois pas un mot… »

Rendu nerveux par l'interrogatoire de son compagnon, le jeune homme se mit à emplir deux verres de *cachaça* et, après avoir servi l'Aveugle, il éclusa le sien d'une seule lampée. L'appartement, fait de pisé où des plaques de pourriture noire s'accrochaient et s'étendaient chaque jour un peu plus, était sommairement meublé de deux couches bourrées d'herbes sèches, d'un tonneau faisant office de table et d'un christ en argile auquel manquait un bras et qui avait dû être abandonné par le locataire précédent. À une patère, pendaient deux vestes élimées et, sur une étagère placée près de l'unique fenêtre obstruée par la saleté, des aliments étaient entreposés en vrac.

Quand Zumbi commença à servir les restes de la platée de crevettes, de haricots noirs et de manioc de la veille, l'Aveugle s'inquiéta :

« Dis-moi, fils ? Tu penses que les fumiers qu'ont voulu violer la petite vont essayer de recommencer ?

– Je crois pas. Je leur ai foutu une trouille de tous les diables. Mais, avec ces corniauds, on sait jamais bien à quoi s'en tenir. »

Après avoir avalé goulûment sa première crevette et

l'avoir mastiquée sans rien dissimuler de sa gourmandise ni de son plaisir, le vieil homme reprit :

« Je te comprends pas, l'ami…

– Qu'est-ce que tu comprends pas ?

– Toi. Tu sauves une jeune fille d'un viol, t'es pour ainsi dire un héros à toi tout seul et t'es triste comme un jour sans pain. En plus, depuis trois ans que je te connais, je t'ai jamais vu avec une femme. C'est peut-être que tu les aimes pas ? »

Zumbi repoussa alors son écuelle à peine entamée sur le tonneau, puis rétorqua :

« Dans la jungle, elles poussent pas sur les arbres. Mais rassure-toi : j'aime les femmes, même si j'ai rien contre les sodomites. C'est chacun son goût.

– Alors, pourquoi t'es si triste ?

– J'en sais rien. Depuis que Laurinda est partie, ça m'est tombé dessus, tout d'un coup. J'ai même pas faim et j'ai envie de rien. C'est comme une espèce de *saudade* qui me prend le ventre et la tête, et qui me donne une nausée, mais une nausée agréable, une nausée qui me plaît.

– Toi, t'es amoureux, fils… »

À ces mots, Zumbi s'empourpra et répliqua avec véhémence :

« T'es pas un peu fou, l'homme ? Il suffit pas de voir une fille une seule fois pour tomber amoureux !

– Foutaises… Quand l'amour te prend, il te prend tout d'un coup, en une seule fois. Quelquefois, tu peux mettre des mois et des années avant de t'en apercevoir. Mais quand t'es pris, t'es pris.

– N'importe quoi ! Et qu'est-ce que t'en sais, toi, d'abord ? »

Les lèvres rougies par l'huile de palme et la tomate

confite, l'Aveugle prit le temps d'étouffer un rot avant de répondre, posément :

« Oublie pas que j'ai quelques années de plus que toi, jeune homme. Et si je te dis que t'es amoureux, c'est que tu l'es et y a rien à redire là-dessus. »

Après avoir puisé un peu de poudre blanche de manioc entre ses doigts, il ajouta, avec une pointe de malice :

« À mon avis, je sens que, ce soir, tu vas te découvrir une passion pour la confrérie de Notre-Dame-du-Rosaire et que tu vas aller retrouver ta Laurinda…

– Belle comme elle est, elle est sûrement déjà en ménage. Et moi, je sais même pas ce que c'est, une confrérie !

– Moi non plus. Pas très bien en tout cas, fils. Si c'est comme à Ouro Preto, c'est une réunion de culs bénis et c'est pas bien méchant… En attendant, mange. Et si t'as pas faim, bois. C'est bon pour ce que t'as. »

Obéissant à l'injonction amicale, Zumbi se remplit un nouveau verre d'alcool de canne et, comme le premier, il l'engloutit d'une seule gorgée. Dans l'odeur fétide du réduit, il gardait encore en mémoire celle de Laurinda qui s'était transmise à son corps pendant le temps où il l'avait portée dans ses bras. Une odeur fruitée de jasmin, à la fois sucrée et acide, un parfum qu'il ne pourrait jamais oublier de toute son existence. Le parfum de l'amour qui vient au monde et qui grandit, jusqu'à occuper l'univers entier d'un homme.

CHAPITRE VI

Comme chaque jour, Dom Cristiano da Fonseca écoutait, avec une poignée de privilégiés, l'ordre du jour égrainé par Dom Sebastião de Melo. Près de deux ans s'étaient écoulés à la cour de Lisbonne et le rythme de la reconstruction n'avait pas faibli et s'était même, au contraire, intensifié. Les premiers immeubles s'étaient élevés dans la ville basse et, si la noblesse et la bourgeoisie dédaignaient ces nouveaux édifices d'un classicisme froid, malgré la profusion d'*azulejos* qui marquaient de leur bleu océan les façades à la blancheur rendue aveuglante, les jours de grand soleil, les artisans et les commerçants avaient commencé à s'y implanter en nombre. De même, une vingtaine de manufactures royales devaient fleurir et réduire ainsi la dépendance totale du Portugal envers l'Angleterre, une alliée perfide qui pourvoyait aux besoins de la nation mais qui, en retour, récupérait une grande partie de l'or du Brésil.

Combien de fois Dom Sebastião de Melo n'avait-il pas vilipendé la politique qui avait précédé son règne ? Dom João V le Magnanime avait, durant plus de quarante longues années, rendu le pays exsangue en ne vivant qu'aux crochets du Brésil. Malgré ces tonnes d'or, il n'avait renforcé aucune de ses armées, pas plus celles de terre que celles de mer. Dans les conflits opposant entre eux les autres pays d'Europe, il avait joué la carte de la neutralité et, maintenant que les richesses de la colonie se faisaient plus rares, le Portugal était devenu le vassal des Anglo-Saxons. Paresseux mais lettré, Dom João V avait été éduqué par des prêtres de la Compagnie de Jésus et, à leur contact, il s'était rapidement métamorphosé en despote absolu, ne rêvant que d'une seule chose : devenir l'égal du Roi-Soleil, tout en transformant Lisbonne en une seconde Rome. Pour son seul palais de Mafra, il avait fait travailler 50 000 ouvriers, de 1717 à 1750, un chantier pharaonique qui, à ce jour, était complètement abandonné et dont l'utilité s'était évaporée.

Sur le plan de la politique intérieure, Dom Sebastião de Melo avait aussi opéré des changements radicaux. En 1756, il avait tenu sa parole et fait disgracier l'abbé Diogo de Mendonça Corte Real par Dom José Ier et l'avait envoyé pourrir dans les geôles de Mazagan, le dernier préside portugais du Maroc. Quant au reste des Jésuites, leur avenir ne tenait qu'à un fil, chaque jour plus ténu, et la noblesse, elle aussi, avait dû se résoudre à faire profil bas. Alors que, sous Dom João V, tous se disputaient les faveurs et les prébendes du roi, alors que tous tremblaient en raison du goût immodéré du souverain pour les autodafés et qu'aucun ne se sentait en sécurité, sous Dom Sebastião de Melo ils avaient vu leurs pouvoirs se réduire encore comme une peau de chagrin et aucun d'entre eux n'occupait de charge politique notable. Pour le Premier ministre, cette lutte acharnée contre les grandes familles avait viré à l'obsession et il en avait fait, après les grands travaux de Lisbonne, sa priorité absolue. Sans les Jésuites ni les nobles, le palais royal sonnait creux, mais il avait l'avantage de n'abriter entre ses murs que des hommes de valeur travaillant sans relâche sous les ordres d'un Premier ministre qui s'occupait de tout et gérait le Portugal d'une main de fer.

« Messieurs, je vous remercie pour votre attention et je vous prie instamment de retourner à vos affaires. La reconstruction de Lisbonne avance vite, mais ce n'est pas assez. Augmentez encore le nombre de vos ouvriers et faites-les travailler jour et nuit. Grâce à Dieu, des richesses arrivent toujours du Brésil et chacun sera grassement rétribué, si nous tenons le rythme de notre calendrier. »

À cet instant, les architectes et les directeurs des services urbains de Lisbonne se levèrent de leurs fauteuils de velours et, après avoir défilé l'un après l'autre devant Dom Sebastião de Melo pour le saluer avec le plus profond respect, ils quittèrent la pièce. Quand ce fut au tour de Dom Cristiano da Fonseca de s'exécuter, le Premier ministre lui dit :

« Restez, mon ami. J'ai à vous parler…

– Bien, Monsieur le Premier ministre. »

Lorsque les conseillers furent sortis dans des bruissements de tissus et des claquements de talons de bottes sur les parquets, les deux hommes allèrent se poster à l'une des fenêtres du bureau royal et, d'un geste de la main, Dom Sebastião de Melo leur fit apporter de quoi se désaltérer. Si le Premier ministre se fit servir une citronnade, le jeune homme opta, lui, pour un verre de porto, malgré l'heure matinale. Sans lui faire remarquer ce détail, l'hôte des lieux l'interrogea avec fièvre :

« Alors ? Où en êtes-vous de la surveillance des grandes familles ? Voilà deux ans que vous êtes lié à

Dona Angelica de Távora. Avez-vous enfin des informations confidentielles concernant les agissements de ces parasites de la nation ?

– Toujours pas, Monsieur. Hormis les petits riens que je peux découvrir, à l'occasion, aucun complot ne semble se tramer dans votre dos et il n'a jamais été question, semble-t-il, de l'organisation d'un régicide.

– Mais c'est impossible, voyons ! Je sens toujours les choses bien avant qu'elles ne se produisent, et c'est justement pour cela que je suis le maître de ce pays ! »

Après s'être pris un instant la tête entre les mains et avoir essayé de maîtriser un tremblement nerveux de sa paupière droite, Dom Sebastião de Melo reprit, d'un ton plus soupçonneux :

« Et Madame votre concubine ? Avez-vous au moins toute sa confiance ? Et la réciproque est-elle vraie ? »

Dom Cristiano hésita un instant avant de répondre, puis il finit par lâcher :

« Oui, Monsieur. Tout du moins, je l'espère et je le crois. Nous formons un couple extrêmement uni et…

– Et voilà deux ans que vous couchez ensemble et que vous n'avez toujours pas convolé en justes noces…

– C'est exact, mais je…

– Et vous cachez Caetano, votre fils illégitime de tout juste une année, dans un couvent, dans la bonne ville de Coimbra.

– Comment savez-vous donc cela ?

– Quand on veut être le maître, l'on doit toujours tout connaître sur tout et sur tout le monde, sachez-le… »

Pendant que Dom Sebastião de Melo buvait sa citronnade à courtes gorgées saccadées, Dom Cristiano songea à l'étrange refus qu'il avait essuyé de la part de Dona Angelica, le soir où il lui avait formulé sa demande en mariage. Elle l'aimait, c'était un fait entendu. Mais elle était encore si jeune, si assoiffée de découvrir le vaste monde ! Puis, elle lui avait parlé de Paris et de Londres, des intellectuels et des artistes des Lumières pour qui la femme pouvait, murmuraient-ils pour certains, ne pas se contenter d'être la propriété d'un homme, et agir et penser par elle-même, avec l'aide de Dieu. Elle était amoureuse de lui, mais elle l'était aussi de sa possibilité de choisir, et, par défi et pour mettre à l'épreuve leurs sentiments, elle avait affirmé qu'ils devaient absolument attendre avant de s'unir devant l'Église et les hommes.

« Je fais trop d'ombre à ces crapules de la noblesse, grinça Dom Sebastião de Melo, et, s'ils ne tentent pas d'assassiner le roi, ils essaieront d'atteindre ma personne.

– D'après Dona Angelica et tout ce que j'en sais, vous ne risquez rien, Monsieur.

– Pourquoi tant de certitude ?

– Tout simplement parce que, lorsqu'ils ne sont pas nés cacochymes à cause de mariages consanguins, ils sont bien trop fainéants et trop pleutres pour s'en prendre à Sa Majesté royale comme à son Premier ministre. À chaque fois que j'accompagne Dona Angelica lors de banquets ou de messes qui n'en finissent plus, je n'entends parler que de religion, de mode et de perruques, de meubles d'art, de tableaux ou de sculptures. Les plus virils évoquent parfois les chevaux, mais cela se limite aux pur-sang de parade et d'apparat.

– Vous êtes trop naïf et votre compagne vous fait prendre des vessies pour des lanternes. Elle est issue de la plus haute noblesse et possède, comme tous ceux de sa race, le vice dans le sang… »

À cet instant, un secrétaire fit son entrée et accapara durant quelques minutes l'attention du Premier ministre, le temps de lui faire parapher à la plume une série de lettres et de documents. Dom Cristiano se pencha alors à la fenêtre et contempla les jardins qui, en cette fin d'été, jaunissaient et semblaient se racornir, faute d'eau et à cause d'un mois d'août finissant qui avait été caniculaire. Caetano… Son fils que Dona Angelica avait abandonné, toujours pour les mêmes raisons de liberté, aux bons soins du couvent Santa Clara-a-Nova. Dom Cristiano n'avait qu'aperçu son enfant lorsque la femme de chambre était passée devant lui, tenant contre sa poitrine le nourrisson emmailloté qui hurlait sa terreur de venir au monde dans la pénombre. Pour empêcher la domestique de sortir, il avait esquissé un pas en avant, mais Dona Angelica l'avait supplié, depuis son lit, le visage baigné de larmes, de venir la rejoindre. Il s'était exécuté et avait passé la nuit près d'elle, assis au bord de la couche, la recouvrant chaque fois que, dans son sommeil agité et peuplé de cauchemars, elle envoyait dinguer draps et couvertures, le corps secoué de frissons nerveux. Le lendemain, pas plus que durant les jours qui suivirent, ils ne parlèrent de Caetano, et ce fut à peu près à cette époque que Dom Cristiano se mit à boire régulièrement, dès le midi tout d'abord, puis plus tôt encore dans la journée.

Lorsque le secrétaire quitta le bureau à pas pressés, Dom Sebastião de Melo, depuis son haut fauteuil, apostropha à nouveau son visiteur :

« Je vous le dis et vous le redis, mon ami. Gouverner c'est prévoir, et prévoir c'est concevoir les choses avant les autres. Il y a deux ans, je vous accorde qu'il ne s'agissait que d'une hypothèse, cette tentative de régicide, une pure vue de l'esprit. Depuis quelques semaines, cela est devenu une certitude. Je le sens dans toutes les fibres de mon corps et je ne peux pas me tromper.

– Alors, vous devez certainement avoir raison, Monsieur.

– Les gredins de la noblesse et les Jésuites fomentent leur coup dans l'ombre et ils ne vont pas tarder à frapper, vous pouvez m'en croire… »

*

Deux jours plus tard, le 3 septembre 1758, Sa Majesté Dom José Ier quittait discrètement en voiture à chevaux la résidence de la marquise Dona Teresa de Távora. Encore ivre d'amour, les joues en feu, le corps frissonnant et trempé de sueur à laquelle s'étaient mêlés les effluves délicats de son amante, il somnolait sur la banquette de cuir rouge, tout à sa béatitude, lorsque Pedro Texeira, son fidèle domestique et ami entièrement dévoué, s'écria soudain :

« Votre Majesté ! Nous sommes poursuivis par trois cavaliers ! »

Sous la lune rousse et dans le confortable carrosse qui amortissait avec souplesse les ornières et les nids-de-poule de la route, Dom José Ier sourit et n'eut même pas le temps de se retourner. Soudain, il entendit deux détonations et ressentit une vive douleur dans son bras droit. Incrédule, il y porta sa main et la retira aussitôt lorsqu'il sentit qu'un liquide visqueux suintait entre ses doigts. Immédiatement, Pedro Texeira accéléra la course des chevaux à grands coups de fouet et

Dom José Ier observa une dernière fois la lune orangée et striée de bleu, puis il finit par fermer ses paupières, entraîné dans le gouffre cotonneux et apaisant de l'inconscience.

« Que vous avais-je dit ? Ils ont tiré sur leur roi, ils n'ont pas hésité à faire feu sur leur monarque tout comme ils auraient pu le faire sur le Christ et même sur Dieu tout-puissant, si cela avait pu leur apporter un avantage quelconque ! Un régicide ourdi par la noblesse, peut-être même par la marquise de Távora elle-même ! Et vous, amant attitré de sa cousine, vous n'avez rien vu venir !

– Mais je vous le jure, Monsieur le Premier ministre ! Dona Angelica ne peut en rien être responsable de ce drame !

– Ne jurez pas !

– Monsieur, je vous promets qu'elle est innocente de tout ! »

Dans la petite aube, Dom Cristiano da Fonseca avait été convoqué, *manu militari*, au palais royal par un Dom Sebastião de Melo fou de rage. Marchant de long en large, sa canne à la main, le crâne partiellement dégarni et planté de toupets, les joues grises d'une barbe de deux jours, cet homme qui frôlait les soixante ans ne décolérait pas et son regard, dans les lumières avares et tremblotantes des bougies, lançait des éclairs inquiétants.

S'arrêtant soudain de s'agiter, il se campa devant Dom Cristiano et, d'un ton lugubre, il grommela :

« Votre catin s'est bien moquée de vous et je vous promets qu'elle paiera. Elle, comme tous les autres… »

Puis il ajouta, dans un murmure :

« Je ne suis pas loin de penser que, vous aussi, vous avez peut-être pris part à ce forfait ignoble.

– Monsieur, je ne vous permets pas !

– Taisez-vous ! Ici, il n'y a que moi qui permets et qui interdis ! Être dans la place et ne rien avoir vu venir… Vous avouerez que c'est difficilement explicable, non ? »

Trempé de sueur, suffocant d'indignation, se faisant violence afin de ne pas élever la voix ni en venir aux mains, Dom Cristiano répliqua :

« Il n'y a pas que les Távora qui ont pu organiser ce complot, Monsieur.

– Je ne le sais que trop, rassurez-vous sur ce point-là. Il y a les Távora, les Aveiro, les Atouguia, les Óbidos, les Lacerda, les Sousa, les Bragance et autres Marialva ou Alorna, sans oublier le père Gaspard da Gouveia, le père Malagrida et le père Moreira… J'ai des notes et des dossiers, sur chacun d'entre eux. Et ils finiront sur le bûcher, eux, leurs familles, leurs descendances, leurs domestiques et tous leurs proches ! »

Dans le silence qui s'ensuivit, Dom Sebastião de Melo reprit sa marche, cette fois de façon plus posée. Au bout d'un instant qui lui parut une éternité, tant l'atmosphère était oppressante, Dom Cristiano finit par demander :

« Monsieur le Premier ministre ?

– Que voulez-vous ?

– Puis-je implorer une faveur ?

– Lorsque l'on est un homme, on n'implore pas, Monsieur. Mais soit, que désirez-vous ?

– Je voudrais faire partie de ceux qui diligenteront l'enquête.

– Quelle drôle d'idée…

– Je suis absolument certain de l'innocence de Dona

Angelica et je ferai tout pour vous le prouver. Vous avez ma parole de gentilhomme…

– Et pourquoi accepterais-je, vous qui avez peut-être quelque chose à voir dans tout ceci ? N'en profiteriez-vous pas, justement, pour tenter de dissimuler des preuves et entraver le cours de la justice ? »

À ces mots, Dom Cristiano blêmit et, bafouant tout protocole, il vint se planter devant le Premier ministre. Après l'avoir observé droit dans les yeux, il rétorqua d'une voix ferme :

« Monsieur, vous dites sentir les choses avant les autres. Si vous avez senti que j'avais l'âme d'un gredin, pourquoi m'avez-vous confié, depuis deux ans, cette mission d'enquête sur le milieu de la noblesse ?

– On voit, en effet, avec quels résultats !

– Répondez, je vous prie.

– Vous serez sans doute resté trop longtemps au sein de la cour et vous en aurez contracté tous les vices et les défauts. Même la pomme la plus saine peut finir par pourrir, dans un panier infecté.

– Me jugez-vous donc responsable ou complice de ce meurtre ? »

Dans les premiers chants d'oiseaux qui montaient du jardin déjà saturé de chaleur, Dom Sebastião de Melo reprit son va-et-vient et, dans un sourire mystérieux, sans regarder Dom Cristiano, il glissa, avec une malice malsaine :

« Mais qui a dit que notre souverain Dom José Ier était mort ? »

*

À dater de cette nuit, Dom Sebastião de Melo fut littéralement rongé par sa haine de la cour royale. Toutefois, en homme d'expérience, il ne fit rien à la légère et prit toutes les précautions afin que les nobles et les jésuites les plus influents soient châtiés, sans en excepter un seul. Le roi Dom José Ier avait été légèrement touché dans l'embuscade et le Premier ministre l'avait fait mettre au secret, par des soldats de confiance, dans sa chambre du palais royal de Belém. L'un des meilleurs médecins du Portugal, António Soares, s'était précipité à son chevet et avait juré de garder le secret sur les causes réelles de son état de santé. Officiellement, le souverain n'avait jamais été la cible de balles. Il n'était que malade, un vilain mal venu sans doute des colonies, qui lui imposait un repos absolu et l'interdiction de sortir. Seuls le Premier ministre et le praticien avaient accès à sa chambre, et son épouse, la reine Marianne-Victoire de Bourbon, ne discourait avec lui que durant la nuit, toutes bougies éteintes.

Une semaine après les faits, Dom Sebastião de Melo se rendit en personne à Esperança, la propriété de Dom Cristiano da Fonseca. Vêtu de ses plus beaux atours, la perruque poudrée bien en place sur son crâne, les joues rasées et chaussé de bottes fraîchement cirées, il semblait avoir rajeuni de dix ans. Après avoir été salué avec force révérences par le majordome, le Premier ministre s'avança à grands pas vers son hôte et, sans autre forme de procès, s'ouvrant de son plus large sourire, il le prit entre ses bras, le temps d'une accolade chaleureuse et empressée. Puis, sous les yeux interloqués de Dom Cristiano, il s'exclama avec vigueur :

« Mon très cher ami, j'ai deux excellentes nouvelles et j'ai tenu à venir vous les annoncer moi-même !

– Plaît-il ?

– La première, c'est que notre roi recouvre ses

forces avec une rapidité étonnante et qu'il sera bientôt sur pied.

– Voilà qui est la meilleure des choses. Et quelle est cette seconde nouvelle dont vous désiriez m'entretenir ? »

Dom Sebastião de Melo se retourna vers la porte lambrissée puis, posant un index sur ses lèvres, il chuchota :

« Pas ici. N'oubliez jamais que, partout, les murs ont des oreilles… »

Le parc d'Esperança avait déjà commencé à se parer des plus belles couleurs de l'automne et, sans se presser, les deux hommes descendirent jusqu'à la petite chapelle que Dom Cristiano avait fait reconstruire en premier, en mémoire de son père, et où il avait accroché, avec une grande piété emplie de tristesse, la statue en or de la Vierge Marie appartenant à sa mère. Au-dessus de leurs têtes, de lourds nuages d'étoupe aux teintes métalliques bedonnaient et se traînaient en direction du Tage. Dans cette première fraîcheur automnale, Dom Sebastião de Melo, les mains croisées derrière le dos, expliqua posément les choses :

« Un adage dit qu'il n'y a que les imbéciles qui ne changent pas d'avis. J'en déduis donc, avec toute la modestie possible, que je ne fais pas partie de ces gens têtus jusqu'à l'absurdité. »

S'arrêtant alors au pied d'un orme majestueux, il poursuivit :

« J'ai fait mon enquête sur Dona Angelica de Távora. Elle est intelligente, cultivée et très portée, dit-on, sur les Lumières.

– C'est exact, Monsieur.

– De plus, elle a suffisamment d'assurance pour

vous imposer, vous qui partagez mes idées, à sa famille et, par conséquent, à toute la parentèle de la dynastie de Bragance. Elle est aussi encore très jeune et, à son âge, l'on pense plus à l'amour et à la bagatelle qu'à assassiner son roi. Enfin, elle ne fréquente l'église que le moins possible et n'a – ceci aussi, je le tiens de source sûre – absolument aucun goût pour les Jésuites. »

Après avoir repris sa marche lente, il ajouta, tout en scrutant le paysage mordoré qui s'étendait en direction de la ville basse :

« Je viens donc vous présenter mes plus sincères excuses pour mon aveuglement à votre sujet, et j'ose espérer que vous me ferez l'amitié de les accepter.

– Monsieur, ce n'est pas nécessaire de…

– Il suffit. S'excuser n'est pas, pour moi, une chose facile à faire. Ne rendez donc pas la situation plus pénible qu'elle ne l'est déjà et laissez-moi plutôt vous exposer mes desseins et les raisons de ma venue ici.

– Je suis à vos ordres, Monsieur… »

En quelques phrases claires et argumentées, sans s'embarrasser de fioritures inutiles ni de précautions oratoires, Dom Sebastião de Melo s'expliqua :

« Afin d'extirper la chienlit qui gangrène le palais royal, nous allons prendre tout notre temps et agir à la façon de nos ennemis, à savoir de la manière la plus sournoise qui soit. Avec votre aide, nous allons enquêter sur toute cette noblesse et savoir ce qu'ils faisaient, la nuit de l'attentat. Nous allons aussi infiltrer dans leurs palais des hommes à nous, en qualité de majordome, de palefrenier, de secrétaire particulier, voire de répétiteur. Nous en ferons de même pour les salles d'armes ainsi que pour tous les lieux où ces gens-là ont l'habitude de se réunir. Des courtisanes et des gitons, que nous ferons venir de Coimbra et de Porto, voire d'Espagne, seront de parfaits informateurs, et nous avons, de surcroît, la mainmise sur toutes les maisons de plaisir et les lieux de débauche galante et aristocratique de la capitale et des grandes villes voisines.

– Cela risque d'être onéreux pour la Couronne et de prendre un temps considérable. Et que comptez-vous faire au sujet de Dona Angelica ?

– Pour ce qui est des moyens financiers, ces renégats volent le royaume depuis suffisamment de décennies pour ne pas barguigner avec l'argent. Quant au temps, je vous le répète : nous ne sommes pas pressés. Les meurtriers ne savent pas si Dom José Ier est vivant ou mort. Plus les jours passeront, plus ils sentiront la nervosité les gagner et, en politique, perdre ses nerfs vous fait toujours commettre des erreurs, beaucoup d'erreurs. Nous allons donc regrouper toutes les preuves nécessaires à cette affaire et, le moment venu, nous la rendrons publique. Quant à Dona Angelica, ne vous souciez de rien, puisqu'elle est innocente. Jusqu'à ce jour, en tout cas… »

Sur ces mots, les deux hommes remontèrent vers la résidence du parc d'Esperança, pendant que de grosses gouttes de pluie crépitaient sur le tapis de feuilles sèches et que le tonnerre se mettait à gronder au-dessus de Lisbonne.

*

Il fallut tout juste trois mois à Dom Sebastião de Melo et à Dom Cristiano da Fonseca pour mener à bien ce projet. Durant ce laps de temps, ils mirent en œuvre tous les moyens nécessaires à la réalisation de leurs objectifs et n'épargnèrent ni l'or de la Couronne, ni leur énergie, ne dormant que trois à quatre heures par nuit. Auprès de Dona Angelica de Távora, le conseiller du Premier ministre n'apprit rien de fondamental et ne recueillit aucune preuve tangible de la participation de sa famille dans la tentative de régicide. Toutefois, il fit meilleure connaissance avec Dona Eleonora de Távora, mère de Dona Teresa et belle-sœur du duc d'Aveiro. Au cours d'un repas, cette marquise distinguée, altière et passée maîtresse dans l'art de la séduction, lui tint des propos qui ne laissèrent pas d'intriguer Dom Cristiano da Fonseca. Alors qu'un orchestre à cordes interprétait en sourdine une sonate de Tomaso Albinoni, elle lui murmura, la bouche masquée par un éventail en dentelles à monture de nacre et d'écaille :

« Monsieur, comme tout Lisbonne, je sais que vous éprouvez pour ma nièce, Dona Angelica, les sentiments les plus tendres. Puisqu'il en est ainsi, et comme je vous sais dans les bonnes grâces de Dom Sebastião de Melo, je vous serais infiniment obligée si vous acceptiez d'intercéder auprès de lui en ma faveur…

– En quoi le pourrais-je ? »

Après avoir décoché une œillade qui ne souffrait pas le moindre doute sur sa signification mutine, la marquise, le visage poudré de blanc et une mouche disposée sur la pommette de la joue droite, roucoula :

« Monsieur le Premier ministre a refusé à plusieurs reprises de faire de mon mari un duc, ce qui est, vous en conviendrez aisément, une injustice lorsque l'on se penche sur la souche prestigieuse dont il est issu. Avec lui, nous vivons cette situation de la plus douloureuse des manières et, si vous acceptiez de changer le cours des choses…

– Oui ? »

Abaissant son éventail, la marquise se rapprocha encore de Dom Cristiano et lui souffla à l'oreille :

« Bien que je sois une catholique fervente et que je ne ménage pas ma peine en ce qui concerne les dons à l'Église, les pénitences, les pèlerinages et autres neuvaines, je n'en suis pas moins experte dans les choses de la chair et je pourrais, à l'occasion, vous démontrer l'étendue de mes talents et de mon savoir-faire. Vous n'en connaîtrez ainsi que plus intensément encore la nature profonde des femmes, chez les Távora…

– Madame ! »

S'empourprant d'une honte feinte, elle ajouta :

« De mon côté, je me ferai fort de persuader ma nièce de s'unir à vous devant l'Église et de reconnaître aussi votre fils, le petit Caetano… »

Après avoir esquissé une nouvelle moue suggestive, elle effleura de la paume de sa main, dans la plus grande discrétion, les fesses de Dom Cristiano et, sans cesser de sourire, elle tourna les talons et alla rejoindre son mari.

Lorsqu'il jugea avoir recueilli suffisamment de présomptions de culpabilité et d'indices, Dom Sebastião de Melo appliqua son plan à la lettre et, le 9 décembre 1758, il rendit l'affaire officielle. On avait tenté d'assassiner le roi et ceux qui avaient commis ce forfait se devaient, maintenant, de payer leur faute au prix fort. Dès potron-minet, dans le plus grand secret, il fit encercler les résidences des nobles, dont il avait dressé la liste, par des régiments de l'armée royale. Sans même leur laisser le temps de se vêtir de façon convenable, il les fit arrêter et, menottes aux poignets, il les confina au cachot dans la nouvelle prison de Lisbonne. Afin d'instruire lui-même l'enquête, il se fit nommer juge par Dom José Ier et, en trois semaines, l'affaire fut entendue. Le 12 janvier 1759, la sentence fut rendue publique et, les unes après les autres, les plus grandes familles de la noblesse portugaise furent déclarées coupables d'attentat, ou de complicité d'attentat, sur le souverain. Lors de cette curée, les peines ne touchèrent pas uniquement les présumés coupables, mais aussi les conjoints, les enfants, les petits-enfants, les frères et sœurs, les beaux-frères et belles-sœurs, les oncles, tantes, cousins, cousines, sans oublier les proches et jusqu'aux domestiques : tout le monde paya cette félonie. La marquise Dona Eleonora de Távora fut emprisonnée dans le couvent des Grilles et, comme la majorité des autres suspects, fut passée à la question. Le jour de son exécution, sur la place do Cais, à Belém, devant une foule immense que grossissait encore une noria de barques ancrées sur le Tage, elle monta à l'échafaud, le crucifix à la main, l'air impavide. Avant que le bourreau ne la décapite, elle adressa un regard à Dom Cristiano, assis près de Dom Sebastião de Melo, puis elle retira sa bague et la tendit à l'exécuteur des basses œuvres, tout en lui disant :

« Prends-la. C'est, désormais, la seule chose qu'il me reste au monde… »

Dans le froid vif de janvier, les autres coupables furent d'abord rompus avant d'être brûlés et leurs restes furent jetés dans le fleuve. Les complices, eux, retournèrent croupir en prison ou furent bannis et expédiés dans les geôles des colonies. Le père jésuite Gabriel Malagrida, confesseur de Dona Eleonora de Távora, fut tout d'abord enfermé dans la prison de la Junqueira avant d'être, trois ans plus tard, convaincu d'hérésie par l'Inquisition, qui le brûla au motif d'avoir, paraît-il, puisqu'on ne les découvrit jamais, écrit deux ouvrages irrespectueux sur l'Église : *La Vie de sainte Anne* et *La Vie de l'Antéchrist.*

La jeune et jolie Dona Teresa de Távora, l'amante de Dom José Ier, finit ses jours dans un couvent, cloîtrée dans une cellule monacale. Dom Cristiano da Fonseca, pour sa part, eut beau remuer ciel et terre, il ne put empêcher que, avant même que justice ne fût rendue, Dona Angelica et son fils Caetano soient expédiés chez les Barbaresques. Et Dom Sebastião de Melo ne voulut pas lui révéler à quel endroit.

Alors que les corps finissaient de se consumer sur la place et que la foule, silencieuse et encore électrisée d'avoir assisté à une telle démonstration de la toute-puissance du Premier ministre, se diluait dans les rues de Belém, Dom Sebastião de Melo posa sa main sur l'épaule de Dom Cristiano et lui dit :

« *Dura lex, sed lex*[1]. Je m'engage à ce que rien de mal ne soit fait à Dona Angelica, pas plus qu'à votre fils. Dans cette affaire, je ne pouvais pas me permettre de faire la moindre exception.

– Mais quand les reverrai-je ?

– Lorsque je l'aurai décidé et pas avant. Le nouveau Portugal en a maintenant terminé avec le Moyen Âge et peut désormais s'ouvrir à la clarté des Lumières, du progrès et de la connaissance. »

Puis, malgré le visage fermé de Dom Cristiano et tout en contemplant les restes d'un cadavre que l'on transportait à l'aide d'une brouette sur les rives du Tage, il reprit, les yeux brillants d'excitation d'avoir réussi sa mission qu'il considérait comme un acte sacré :

« Tout cela ne sera bientôt plus qu'un souvenir qui

1. « La loi est dure, mais c'est la loi. »

ne hantera pas bien longtemps les couloirs de l'Histoire. Quant à vous, vous êtes jeune, vous avez toute la vie devant vous et, en attendant de revoir peut-être Dona Angelica et votre fils, vous n'êtes pas sans savoir que ce ne sont pas les belles courtisanes qui manquent, à Lisbonne.

– Mais… ce procès…

– Eh bien ?

– Vous savez pertinemment que ce procès n'était pas régulier. Les suspects ont tous avoué sous la torture, et nous n'avons pas réuni la moindre preuve. Cela n'a pas de sens.

– Ils ont avoué, et c'est bien là l'essentiel.

– Le duc d'Aveiro ne pouvait être jugé que par ses pairs, en tant que grand du royaume, et il l'a été comme un simple citoyen.

– Broutilles que tout cela. Je n'ai fait qu'appliquer la loi selon l'esprit. De plus, dans notre Constitution, le cas de régicide n'est même pas prévu. J'ai donc tranché, si je puis m'exprimer ainsi, en mon âme et conscience…

– N'importe qui aurait pu attenter à la vie du roi ou commanditer un meurtre. Moi, par exemple. Et pourquoi pas vous ? Cela vous aurait offert le mobile idéal pour en finir avec la noblesse et les Jésuites, me semble-t-il. »

À cet instant, Dom Sebastião de Melo accentua la pression de sa main sur l'épaule de Dom Cristiano et, d'une voix lugubre et lourde de sous-entendus, il gronda :

« Moi… C'est une idée. Mais je vous conseille de la garder pour vous et de l'oublier. De très vite l'oublier… »

L'AMOUR

CHAPITRE VII

Lorsque Zumbi et l'Aveugle parvinrent sur la place Largo da Carioca, quelques dizaines de Négresses et de Nègres accompagnés de métis et de quelques Blancs patientaient devant une modeste maison, bâtie de murs de pisé troués de fenêtres peintes en jaune vif. Tous vêtus de leurs plus beaux habits, ils conversaient posément, femmes et hommes fumant indifféremment la pipe ou le cigare, tandis que les enfants jouaient à la guerre avec des cris joyeux. À l'instant où les deux hommes apparurent et où leurs ombres longilignes glissèrent sur la terre humide de la travée, les bouches se turent, les cavalcades cessèrent et seule la fumée du tabac continua à monter, dans la clarté orangée du crépuscule. Zumbi, tirant derrière lui l'Aveugle arrimé à son bâton, fixa la foule puis, au fur et à mesure de leur avancée, il baissa le regard et, pour la première fois de sa vie, il eut honte de sa misère. Avec son pantalon grossier et retroussé aux genoux, avec ses pieds nus et sales d'avoir marché dans la boue limoneuse du port, le buste vêtu d'une veste sans manches et trouée, le crâne privé de couvre-chef, il sentit le rouge de la honte empourprer son visage. Dans cet équipage, traînant dans son sillage un vieil homme encore plus crasseux que lui, la barbe et les cheveux infestés de vermine, la bouche en partie édentée, il voulut faire demi-tour. Les lèvres serrées et les yeux toujours au sol, il s'immobilisa et chuchota :

« Compère, c'était pas une bonne idée. On retourne dans notre trou à rat, ça vaudra mieux pour tout le monde…

– Pourquoi ?

– Pose pas de question, je te dis. On a rien à foutre ici. »

Pour toute réponse, l'Aveugle lâcha le bâton et, les mains sur les hanches, le menton haut, il se fendit d'un immense sourire qui dévoila un peu plus à tous ses chicots noirs. Puis, à haute voix, il lança :

« Tu veux faire marche arrière parce qu'on est que des traîne-misère, c'est ça ?

– Tais-toi…

– Je sens que c'est pour ça. Dans l'air, y a une bonne odeur de propre et d'huile parfumée, sur la peau des femmes. Et le tabac que je sens, c'est du bon. C'est pas de la paille séchée ni de la poussière de sacs.

– Ferme-la un peu, pour l'amour du ciel…

– Non. Si c'est des gens de bien, ils doivent plutôt nous plaindre que se moquer de nous, tu crois pas ?

– Et ce sont tous des gens de bien, je vous en réponds ! »

Sortant de la petite maison aux volets jaunes, Laurinda s'avançait vers les deux hommes, une mimique amusée sur son visage noble et régulier. Lorsqu'il la découvrit, ce fut au tour de Zumbi de laisser tomber le bâton pour mieux l'admirer marcher vers lui. Le port altier, ses longs cheveux anthracite noués en nattes où, çà et là, des cauris blancs avaient été disposés avec goût, elle semblait flotter au-dessus du sol. Dans sa tunique couleur turquoise et retenue à la taille par une large ceinture de coton blanc, elle portait un bracelet de verroterie à chacun de ses poignets ainsi qu'un collier de médailles de laiton qui cliquetaient sur une poitrine semblant vivre de sa vie propre sous le tissu soyeux. Lorsqu'elle fut près d'eux, elle leur donna l'accolade et, sans se départir de son sourire éclatant, elle se tourna vers la foule et expliqua :

« C'est cet homme et son compagnon qui m'ont sauvée de ces trois sauvages, hier soir. Ce sont mes amis et vous pouvez désormais les considérer comme tels ! »

Après un instant de silence durant lequel chacun interrogea ses voisins d'un bref regard, les enfants reprirent leurs jeux et, par petits groupes, les membres de la confrérie vinrent prendre les deux hommes entre leurs bras, avec des mots affectueux et des remerciements sur les lèvres.

Lorsque le défilé s'acheva, Laurinda s'adressa à Zumbi :

« C'est gentil à toi d'être venu. J'avais peur que tu ne veuilles pas… »

Puis, tout aussitôt, elle se reprit, confuse :

« Enfin… Je voulais dire que c'était gentil à vous deux d'être là.

– T'en fais pas, princesse… railla l'Aveugle. J'avais compris ! »

Dans un mouvement toujours empreint d'une élégance naturelle, la jeune femme opéra un demi-tour, tout en les invitant :

« Venez avec moi ! La réunion de la confrérie de l'église Notre-Dame-du-Rosaire va commencer… »

Lorsqu'il la découvrit de dos, Zumbi en eut subitement le souffle coupé. Sur les omoplates de Laurinda, emmailloté à la mode africaine dans un tissu blanc rayé de bleu, un bébé s'était endormi.

D'une bourrade à l'épaule, l'Aveugle maugréa alors :

« Eh bien ? On y va ou on y va pas ?

– Oui, l'ami. On y va… »

Son compagnon de peine, c'était vrai, voyait beaucoup de choses, malgré ses yeux morts. Mais comment aurait-il pu savoir que Laurinda avait un bébé ?

« Dis-moi, Zumbi ? Qu'est-ce qu'il t'arrive ? Tu n'as pas ouvert la bouche depuis que tu es arrivé.

– Tout va bien, Laurinda. Je suis juste crevé à force de marner sur le port. »

La jeune femme fronça les sourcils pour exprimer ses doutes, puis elle continua à découper de petites étoiles de papier coloré qu'elle assemblerait plus tard, afin de confectionner une guirlande de fête. Autour d'eux, à la lumière de bougies fumeuses, femmes et hommes préparaient la célébration de São Sebastião, le saint fétiche de la ville de Rio de Janeiro. De temps à autre, une jeune fille passait de table en table et servait, à qui le désirait, de grands verres de citronnade rehaussée de sucre et d'un trait de *cachaça*, tandis qu'une autre, se déplaçant avec mollesse dans le brouhaha des voix, proposait des pâtisseries et des massepains parfumés à la noix de coco, à l'orange, à la vanille ou aux amandes pilées.

« Dis-moi, ma fille ? interrogea l'Aveugle, sans cesser de suçoter son cigare. Pourquoi t'as voulu nous inviter ici ?

– Je ne sais pas. Ça m'est venu comme ça…

– C'est parce que Zumbi t'a sauvée des trois salauds, hier soir ? »

Gênée, Laurinda détourna le regard et finit par acquiescer :

« Oui. Je pense que c'est pour ça…

– Et pourquoi tu nous as pas prévenus de nous habiller un peu et de nous laver ? On aurait moins l'air d'être des clochards à cette heure, tu crois pas ?

– Mais il me semblait que…

– Regarde Zumbi ! coupa le vieil homme. Depuis que je le connais, c'est la première fois qu'il desserre pas les mâchoires pendant plus d'une heure. Il a à peine moins honte que si on l'avait surpris en train de conchier le chapeau du roi ! »

À ces mots, Laurinda laissa fuser un petit rire, puis elle répliqua :

« Si je vous ai mis dans l'embarras, je vous demande de bien vouloir m'excuser. Tu n'y vois rien, l'homme, mais tous les gens qui sont ici ne roulent pas sur l'or. Leurs habits sont propres, mais ils ont connu les travaux d'aiguille plus qu'à leur tour et, pour certains, on y voit presque à travers. »

Dans le fond de la pièce, une Négresse fluette s'était mise à chanter *a cappela* une mélopée empreinte de *saudade* qui évoquait une Afrique qu'elle n'avait jamais connue, ainsi que la douleur d'un amour perdu, fauché par la cruauté d'un seigneur des moulins, dans un champ de canne à sucre.

Après avoir raclé sa gorge afin d'éclaircir sa voix, l'Aveugle reprit :

« Et à part des guirlandes, vous faites quoi, dans votre confrérie ? Des bondieuseries et des prêches, comme dans les églises ?

– Si on veut…

– Comment ça : si on veut ? Ça empeste l'encens et ça sonne creux pire que dans une chapelle, ici. Si je pouvais voir, je suis sûr que tous les murs sont truffés de statues de saints et d'ex-voto. »

Sans se départir de son sourire, Laurinda objecta :

« Tu as raison, l'ami. Mais nos statues à nous, elles sont particulières…

– Qu'est-ce qu'elles ont de si spécial ? Elles marchent la nuit, elles font des cabrioles ou elles disent la bonne aventure ?

– Hélas, non. Si c'était ça, notre confrérie serait plus riche encore que toute la cour du Portugal réunie !

– Alors, c'est quoi ? »

Cessant de manipuler le papier et les lourds ciseaux, elle se pencha par-dessus la table de bois grossier, puis elle chuchota :

« Il y a que ce sont des statues du candomblé…

– Quoi ? Et les curaillons ? Et l'Inquisition ? Ils disent rien ?

– Eux ? Ils sont bêtes à manger du foin et, même s'il leur venait la fantaisie de pousser la porte et de tout bien observer, ils n'y verraient rien. »

Reprenant son ouvrage avec application, elle expliqua, une pointe de fierté dans la voix :

« Notre Christ à nous, les Nègres, c'est Oxala. Il n'a jamais été crucifié mais, pour que l'Inquisition nous fiche la paix, on l'a mis sur une croix. Il n'est pas blanc, il est métis et, autour de son cou, on a accroché un petit collier de cauris béni par notre Mère-de-saint. Si tu regardes de près son visage, tu verras aussi des traces de scarifications des tribus bantoues. Celle que les catholiques appellent la Vierge Marie, c'est Iemanja, la déesse des eaux et de la fertilité. Le bois dans lequel elle a été taillée est très sombre et c'est pour ça qu'on l'appelle la Vierge noire… »

Tout en fourrageant sa barbe de ses doigts sales, l'Aveugle murmura :

« C'est pas bête…

– Ça arrange tout le monde. Avec ça, les Africains n'oublient pas d'où ils viennent et ils se rappellent leur culture. Quant aux curés, ils croient qu'on honore les saints chrétiens, sinon ils nous feraient danser au bout d'une corde. Mais, pour nous, saint Georges, c'est Ogum, le dieu de la guerre et des métaux. Saint Lazare, c'est Omulu, le dieu des maladies et des remèdes. Saint Sébastien, c'est Oxossi, le dieu de la chasse. Et ainsi de suite…

– Et qu'est-ce que vous faites, dans votre confrérie ? »

Après avoir bu trois gorgées de cette citronnade adoucie par de la mélasse, Laurinda s'essuya les lèvres d'un rapide mouvement du dos de la main, puis elle expliqua :

« On n'en aurait pas assez de deux journées dans une, si on devait tout faire. On s'occupe des malades et des enfants des rues, des aveugles comme toi et des estropiés. On recueille les filles perdues et on donne aussi de l'instruction à ceux qui en manquent, à chaque fois qu'on le peut. Quelquefois, on fait aussi la fête et, une fois par an, on élit notre reine et notre roi, et c'est tout le monde qui a le droit de voter. Mais, avant toute chose, on organise le plus de messes possible.

– Je sentais bien que c'était un nid à cagots ! » railla l'Aveugle.

À cet instant, la jeune femme posa sur la table ciseaux et papiers et, l'air grave cette fois, elle rétorqua :

« C'est étrange… Tu es un aveugle et, pourtant, tu te fies aux apparences. Si nous organisons autant de messes et de processions, c'est parce que nous aimons le Christ et Oxala. Mais nous ne nous bornons pas à les honorer. Puis, de toute façon, il n'est pas obligatoire d'être dans une église pour prier.

– Alors, pourquoi vous faites tant de tralalas ?

– C'est pour l'argent, tout simplement... »

Un instant interdit, le vieil homme finit par objecter :

« C'est donc ça : une histoire d'or. Vous êtes bien comme tous les autres...

– Exactement, une histoire d'or. Dans notre confrérie, on fait tout ce qu'on peut pour avoir le plus d'or possible.

– Tu me déçois, fille. C'est pas des statues en or qui rendent les pauvres moins malheureux, tu devrais le savoir.

– Rassure-toi. Ici, les saintes et les saints sont faits de bois ou d'argile. Le toit de notre confrérie fait eau de toutes parts et, si on y étouffe en été, on y gèle en hiver.

– Vous faites quoi alors de tout votre foutu or ?

– On en fait de la liberté, mon ami. De la liberté... »

Sans s'interrompre dans son ouvrage, Laurinda expliqua en quelques mots toute l'affaire à l'Aveugle. À dire vrai, les confréries ne dataient pas d'hier car les premières, d'après ce qu'elle savait, avaient vu le jour en 1522, dans la ville de Pernambouc. Tolérées par la Couronne royale, elles avaient fleuri en nombre toujours croissant et, à ce jour, elles se comptaient par milliers, dans toutes les villes du Brésil. Le but avoué de ces groupes était, très souvent, la libération d'esclaves, moyennant de l'or sonnant et trébuchant. Lorsqu'un maître voulait vendre son bois d'ébène en dehors des frontières, les confréries se mettaient sur les rangs et, en règle générale, elles parvenaient à racheter la liberté de celui-ci au meilleur prix possible.

« Mais attention, poursuivit Laurinda, il ne faut pas croire que toutes les confréries sont comme la nôtre. Certaines ne sont pas ouvertes à toutes et à tous.

– Vous, vous acceptez tout le monde ?

– Nous, oui. Esclaves et affranchis, Nègres, Blancs et métis, hommes et femmes. Mais il y a des confréries qui n'acceptent que les Blancs, et d'autres, que les Nègres. Certaines acceptent les Blancs, mais ils doivent payer une cotisation plus élevée. Il y a aussi des confréries qui n'acceptent que les Nègres issus d'une même tribu d'Afrique. Et j'ai entendu dire que le tiers ordre de Saint-Dominique de Salvador, à Bahia, exigeait que les parents et les grands-parents de celui qui voulait les rejoindre devaient tous être de bons chrétiens[1]. »

Avant d'écluser le fond de son verre, le vieil homme eut un rictus de dégoût, puis il finit par grincer :

« Fille, je suis pas instruit et je suis peut-être juste une carne qu'en a plus pour longtemps sur cette terre, mais je connais suffisamment les hommes pour savoir leur bêtise et leur méchanceté. Ils ont tous besoin d'appartenir à un clan, c'est dans leurs tripes. Ils ont peur d'être seuls. Et la peur, ça les rend plus sauvages que des chiens enragés. Si tu avances un doigt dans leur cercle, ils te dévorent le bras.

– C'est vrai ce que tu dis, l'homme.

– Peut-être. Mais moi, j'ai jamais appartenu à aucun

1. Selon la loi, ils devaient être « catholiques romains, tenus pour vieux chrétiens, sans race de juifs, mores, mulâtres, ni d'une autre nation infecte et réprouvée ».

clan. Et pourtant, j'ai jamais été heureux. Va comprendre la vie… »

À la fin de cette phrase, un vagissement se fit entendre, qui se transforma très vite en pleurs et en cris stridents. Devant le visage interloqué de l'Aveugle, Laurinda fit coulisser le baluchon qu'elle portait dans le dos sur sa poitrine et berça doucement le bébé en le serrant contre elle. Aussitôt, les pleurs s'espacèrent et, un sourire attendri sur le visage, elle murmura :

« C'est l'heure de manger, pour mon petit amour de Chico… »

En découvrant le visage fripé du bébé, Zumbi sentit une vague d'amertume lui secouer le ventre, et le vieil homme, pour sa part, demanda :

« Tu vas lui donner le sein, fille ?

– Hélas, non. Je suis sèche comme une pierre. C'est Floriana qui va s'occuper de ça. Elle vient d'avoir son septième petit et elle a du lait largement pour deux. »

Pendant que le chant de la Négresse reprenait vie dans l'atmosphère studieuse de la pièce, Zumbi entendit sa voix chevrotante questionner :

« C'est qui le… enfin, le père de l'enfant ?

– C'est quelqu'un qui a quitté la ville.

– Quand on est un homme, on disparaît pas comme ça, quand même ! Abandonner sa femme et son fils, il faut vraiment être une drôle d'ordure… »

Un instant surprise, Laurinda cessa de sourire et, les yeux dans le vague, tout en continuant de bercer le bébé, elle acquiesça :

« Tu as raison. Celui qui a fait ça, ce n'était pas quelqu'un de bien… »

Se mettant debout, le regard noir, Zumbi se pencha vers la jeune femme et, d'une voix sourde, il gronda :

« Dis-moi seulement comment il s'appelle, le salaud

qui t'a fait ça. Dis-le-moi et je te le ramène chez toi par la peau des fesses…

– Mais s'il refuse ?

– Il refusera pas longtemps, ce fils de bouc ! Et je peux te dire que, quand il aura fait connaissance avec mes deux poings, il sera pas prêt à recommencer de sitôt ! »

Un sourire naissant sur ses lèvres, Laurinda lui demanda alors :

« Tu ferais ça pour moi ? Tu le ferais vraiment ? »

Frissonnant de colère, le menton haut, Zumbi fulmina :

« Un peu que je vais le faire ! Une femme comme toi, c'est quand même pas Dieu possible qu'on ait envie de la quitter !

– Tu me ramènerais mon homme à la maison ? Tu es sûr ?

– Donne-moi son nom, je te dis ! Et, dans moins d'une heure, il sera à tes genoux pour te supplier de lui pardonner. Parole ! Et que Dieu me damne si je mens ! »

Le visage maintenant lumineux, Laurinda se leva, contourna la table et vint se planter devant le jeune homme qui la dépassait d'une bonne tête. Puis, plongeant son regard dans le sien, elle lui confia :

« Tu me plaisais déjà mais, avec ce que tu es prêt à faire pour moi, je sens que tu me plais encore plus… »

Reculant d'un pas, gêné, Zumbi rétorqua :

« Tu as un mari et je vais te le ramener. À moi aussi, tu me plais, mais je fais pas mes moissons dans le champ des autres.

– Même pas dans le mien ?

– Arrête, pas devant ton enfant. C'est pas correct de

dire des choses comme ça. Dis-moi juste le nom du père… »

Laurinda passa alors la paume de sa main sur la joue mal rasée du jeune homme puis, toujours sans le quitter des yeux, elle répéta :

« Oui, tu me plais vraiment. Mais le nom du père, je ne vais pas te le donner.

– Pourquoi ?

– Je ne vais pas te le donner, tout simplement parce que je ne le connais pas.

– Quoi ? Mais c'est impossible, voyons ! Tu connais quand même le nom de ton mari qui t'a fait un enfant !

– Non… »

Dans son coin, l'Aveugle, en fine mouche, s'était mis à glousser de plaisir, tandis que Laurinda poursuivait :

« Cet enfant, on l'a trouvé, il y a dix jours de cela, abandonné devant la porte de notre confrérie. Voilà pourquoi j'ignore tout du nom de son père, comme de celui de la mère, d'ailleurs. »

Passant alors de la colère à la stupéfaction, Zumbi balbutia :

« Mais… mais ça veut dire que t'as pas de mari ?

– Tu as tout compris, beau Nègre. Je suis libre comme l'air et, si l'envie te prenait de m'inviter à faire une promenade ou à boire un jus de fruits un soir, après ton travail, j'ai le sentiment que je pourrais peut-être bien accepter… »

D'autres voix s'étaient jointes à celle de la Négresse et, dans l'air embaumant le tabac et les effluves plus délicats de la *cachaça*, elles fredonnaient une chanson en dialecte africain à laquelle Zumbi ne comprit pas un traître mot. Tout ce qu'il savait, c'était qu'il y avait plus d'étoiles d'or dans les yeux de Laurinda que toutes les tables de la confrérie n'en pourraient jamais compter.

*

À dater de cette soirée, Zumbi revit quotidiennement Laurinda. Dès sa journée achevée, il courait en toute hâte depuis le port jusqu'à son réduit où il se lavait avec minutie, enfilait son unique chemise qui ne soit pas trop défraîchie et, le cœur battant la chamade, il parcourait d'une seule traite les rues qui le conduisaient devant la confrérie de l'église Notre-Dame-du-Rosaire. Après avoir essuyé la sueur qui maculait son visage, il prenait l'air le plus détaché possible, puis il poussait la porte d'entrée et, confortablement installé sur un banc, il attendait que Laurinda fasse son apparition.

La jeune femme travaillait comme lingère et, toute la journée durant, elle s'appliquait à laver, repasser, repriser, blanchir et empeser les tenues des familles qui gravitaient dans les hautes sphères de la Capitainerie de Rio de Janeiro. Après avoir terminé son ouvrage, elle fermait son petit étal installé sur le pas de sa porte, rangeait les paniers d'osier, vérifiait dans un miroir d'étain la correction de sa tenue et de sa coiffure, disposait une goutte d'eau de jasmin derrière chacune de ses oreilles et se rendait d'un pas léger jusqu'à la confrérie toute proche. Sur son passage, des hommes de tous âges se retournaient et, quelquefois, tentaient de blaguer pour lier conversation avec elle. Laurinda répondait à tous les saluts avec de grands sourires, mais gare à qui aurait osé dépasser les bornes. Dans l'un de ses jupons de taffetas, elle sentait la présence du couteau que Zumbi lui avait donné, collé contre sa cuisse, et, en cas de nouvelle agression, elle n'aurait pas hésité une seule seconde à tirer la dague de ce fourreau et à s'en servir.

En ce début de juillet, les deux jeunes gens cheminaient dans les rues de la ville et, pour se protéger de la fraîcheur humide de l'été tropical, Laurinda avait jeté un châle de laine sur ses épaules rondes. Dans les venelles sales et sombres, ils marchaient lentement, sans se tenir encore la main, évitant de leur mieux les immondices grouillantes de vermine qui encombraient les caniveaux et que, bientôt, les pluies violentes laveraient. Aux rez-de-chaussée, les estaminets enfumés éructaient des vacarmes faits de disputes ou de formidables éclats de rire et, sur les trottoirs, des vendeuses et des vendeurs ambulants haranguaient le chaland. À Rio, jusque tard dans la nuit, l'on pouvait acheter tout ce que l'on voulait, depuis les friandises sucrées et les boulettes de poisson frit, jusqu'à des nattes de paille, des vêtements, des singes et des perroquets apprivoisés, des *berimbaus*[1], des bijoux de pacotille, des pierres à aiguiser, des lacets de cuir ou des fioles de remèdes et des onguents dont la forte odeur de camphre vous faisait grimacer si l'on approchait le pot de terre sous votre nez. Dans cette foule joyeuse et bon enfant, éclairée par des torches fixées aux murs, des estropiés mendiaient en geignant, des filles de mauvaise vie, débraillées et maquillées jusque sur les tempes, s'offraient pour quelques piécettes ou un

1. Instruments de musique africains, composés d'une calebasse et d'un montant de bois sur lesquels est fixée une corde de métal que l'on fait vibrer en cadence.

cruchon de gnôle. Des avaleurs de sabres et des jongleurs faisaient les délices d'enfants faméliques et de marmots pustuleux aux crânes rasés, pendant que les diseuses de bonne aventure, souvent issues de Bahia et dont la peau noire tranchait avec le blanc immaculé de leurs robes de dentelles et de coton, tiraient les cauris avec un sérieux affecté et racontaient, le plus souvent, aux badauds les chimères qu'ils rêvaient d'entendre.

Laurinda acheva de picorer le dernier morceau de poulet grillé qu'une petite fille lui avait servi dans un cornet de carton, puis, les mains jointes dans le dos, elle demanda :

« Dis-moi un peu, Zumbi ? Qu'est-ce que tu veux faire de ta vie ? »

Tout d'abord surpris par la question, le jeune homme répondit, avec un sourire :

« Ma vie ? J'en sais foutre rien… Tant que j'aurai de l'ouvrage, je mourrai pas de faim et c'est déjà pas mal !

– Mais, à part ton travail, qu'est-ce que tu comptes faire ?

– Je sais pas. Y a cette outre à *cachaça* d'Aveugle qu'il faut que je m'occupe. Puis, il va falloir qu'on déménage de notre terrier. C'est plus tenable, tellement que tout se pourrit un peu plus chaque jour. »

S'arrêtant un instant de marcher, Laurinda insista :

« Tu ne demandes rien de plus à la vie ? »

Mains dans les poches, Zumbi crut soudain comprendre et, sans la regarder droit dans les yeux, il bougonna :

« Ah… Tu veux dire rencontrer une jolie femme, me la marier et faire avec elle des tas d'enfants ? »

Une moue amusée naissant sur ses lèvres humides, Laurinda répliqua :

« Pour ta femme, je pense que tu n'auras pas à attendre bien longtemps, beau Nègre…

– Pourquoi tu dis ça ?

– Je dis ce que je sais. Et d'abord, tu n'auras pas à me demander ma main, puisque c'est moi qui te prendrai pour mari.

– Tu plaisantes ?

– Pas du tout.

– Tu me promets que tu… »

Se remettant à marcher lentement, la jeune femme le coupa :

« Que veux-tu ? Tu as beau nier une évidence, ça ne change pas la réalité des choses. Depuis un mois qu'on se connaît, on s'est voulus, dès la première seconde. Je ferai ma vie avec toi et ni rien ni personne ne pourra jamais nous séparer. C'est écrit.

– Et si j'en rencontre une plus belle que toi ? » plaisanta Zumbi.

De la même voix songeuse et étale, elle rétorqua :

« Alors, je me servirai du couteau que tu m'as donné et je me ferai veuve, sur-le-champ. Ce qui est à moi est à moi…

– T'as de la fierté et du sang. J'aime ça, princesse ! »

Après s'être écartée pour laisser passer une bande de gamins hurlants qui lançaient des pierres à un porc affolé qui bousculait tout sur son passage, Laurinda reprit :

« En fait, je ne voulais pas parler de nous, mais bien de toi…

– Quoi, moi ? C'est pas un sujet bien passionnant, tu sais… Je suis juste un pauvre bougre, un portefaix, mais je suis courageux et beaucoup disent, sur le port, que je suis l'un des plus forts des rouliers. »

Les mains sur les hanches, cette fois, la jeune femme

s'arrêta à nouveau et, le fixant bien dans les yeux, elle gronda :

« Pour commencer, j'aimerais que tu arrêtes un peu de parler de toi comme d'un moins que rien. À t'entendre, on dirait un Blanc qui parle de son esclave.

– Mais je…

– Quand tu ne fais pas le fier-à-bras, tu joues le grand nigaud un peu benêt, le singe empoté qui croit qu'avec de l'eau chaude et de l'eau froide, il ne saurait pas faire de l'eau tiède. Et ça, ça commence à m'exaspérer.

– Qu'est-ce que tu dis ?

– Je dis que tu es beau, je dis que tu es fort, je dis que tu es généreux. Mais je dis aussi que tu es intelligent et que tu me fais penser à un champ abandonné qui ne demanderait pourtant qu'à être cultivé.

– On a pas besoin d'être bien malin pour débarquer ou embarquer des caisses sur les rafiots, tu sais…

– Et voilà ! Tu recommences ! »

Après avoir fait deux pas dans sa direction, Laurinda s'exclama encore :

« Mais ce n'est pas possible ! Je t'aimerai toute ma vie, car c'est Oxala et nos deux *orixas* [1] qui l'ont décidé ainsi. Mais j'aimerais pouvoir t'admirer pour autre chose que tes bras et ta force, moi !

– Qu'est-ce que tu veux que je fasse ? Que j'apprenne à lire et à écrire, peut-être ?

– Et pourquoi pas ? Tu es jeune, mon Nègre ! Tu as tout à apprendre et, à la confrérie, on peut t'aider !

– M'aider à quoi ? Un Noir instruit, il comprend

1. Anges gardiens, dans les croyances africaines.

juste un peu mieux qu'il est dans la misère et ça change pas sa saloperie de vie d'esclave soi-disant libre... »

Saisissant les grandes mains calleuses de Zumbi, Laurinda lança :

« Tu te trompes ! Un Nègre instruit, ça peut faire au moins autant de choses qu'un Blanc ! Dis-moi sincèrement : est-ce que tu n'as jamais rêvé de... de... »

Avec un sourire las, le jeune homme compléta la phrase :

« De sortir de ma condition ? De devenir un autre homme ? Un homme riche ? Bien sûr que si. Pendant trois ans, j'ai été *garimpeiro* à Ouro Preto et j'en suis revenu plus pauvre et plus amer que quand je suis arrivé dans cette ville de malheur... »

Laurinda accentua sa pression sur les mains de Zumbi, puis reprit :

« Qui te parle d'or, beau masque ? Moi, je te parle de savoir, de connaissances, de culture ! En étudiant, tu pourrais vraiment sortir de ta vie et devenir comptable, greffier, régisseur ou même musicien ! »

Après un froncement de sourcils dubitatif, le jeune homme réfléchit un instant, avant de demander :

« Tu crois vraiment que c'est si simple que ça ?

– Ça peut le devenir ! Les choses bougent, au Brésil ! Dès l'an prochain, la cour va interdire l'esclavagisme au Portugal. Dans un an ou deux, je te fiche mon billet que ce sera la même chose ici, chez nous ! Et regarde Domingos Caldas Barbosa ! Il joue de la *viola*[1] et il interprète des *choros* et des *modinhas* dans les salons des meilleures familles de la ville, malgré son sang de Nègre dans les veines ! »

1. Petite guitare à six rangées de cordes doubles, ancêtre de la guitare moderne.

Tête basse, Zumbi gratta la boue de son soulier et objecta :

« Mais son père est blanc. C'est pour ça qu'il peut le faire. Il a l'âme blanche, comme on dit…

– Foutaises ! Pardonne-moi d'être grossière, mais cette histoire d'âme blanche, ce sont des mensonges que les Blancs nous font gober pour que des Nègres comme nous arrêtent de rêver de changer leur existence !

– T'en es sûre ?

– Je te le promets. Tu peux faire bouger ta vie, ça dépend que de toi. Alors, qu'est-ce que tu veux devenir, mon prince ? T'échiner sur les ports jusqu'à ton dernier souffle ou choisir un autre métier ? »

Durant de longues secondes, Zumbi hésita. Puis, s'ouvrant d'un timide sourire, il répondit :

« Je sais pas si j'y arriverai, tu sais. Mais je veux bien essayer, pour toi…

– Et tu sais déjà ce que tu voudrais faire ?

– J'aimerais être… écrivain public.

– Pourquoi pas ?

– Avec ça, je saurai tous les mots qu'il faut. Avec tous ces mots, je ferai des belles phrases et je pourrai écrire ce que les misérables comme l'Aveugle et moi peuvent pas écrire.

– C'est un joli métier, tu sais ? Un bien joli métier… »

Soudain, le jeune homme prit entre ses mains le visage de Laurinda et l'approcha du sien. Puis il murmura :

« Quand je saurai faire marcher la plume et l'encre – si j'y arrive un jour, bien sûr –, je t'écrirai des lettres d'amour. Des lettres, mais aussi des poèmes et des chansons…

– J'en suis sûre, mon homme. Et c'est moi qui vais te donner ta première leçon. »

Sans se soucier des lazzis et des moqueries qui se mirent à monter dans la venelle tatouée de jaune par les flammes des torches, Laurinda approcha ses lèvres de celles de Zumbi et l'embrassa à pleine bouche, sans retenue, avec amour.

CHAPITRE VIII

Fidèle à son rêve de faire de Lisbonne une cité moderne capable de rivaliser avec Paris ou Londres, Dom Sebastião de Melo, maintenant débarrassé des familles les plus rétrogrades de la cour royale du Portugal, s'employa à réaliser à la lettre, et avec son énergie coutumière, ses projets. Le 27 juin 1760, il convoqua Dom Cristiano da Fonseca sous les ors du palais et, lorsque le jeune homme fut introduit dans l'immense bureau du Premier ministre, celui-ci ne put dissimuler une grimace de surprise. Durant les six mois qui avaient suivi la sentence du procès des Távora, Dom Cristiano da Fonseca n'avait plus été sollicité par Dom Sebastião de Melo, le temps que l'émotion soulevée par le départ chez les Barbaresques de sa femme et de son fils s'estompe. Ordre lui avait même été signifié de quitter les affaires pour un temps et de profiter de la douceur de vivre de Lisbonne. Pour ce faire, une rondelette somme d'argent lui avait été offerte, sans que ses émoluments usuels ne soient ni suspendus ni supprimés.

Hélas, le jeune homme avait sans doute appliqué ce commandement trop à la lettre. Quelques mois seulement avaient suffi pour le transformer et sa peau jaune et bouffie, sa démarche plus lente et hésitante, les veinules rougies de ses globes oculaires, tout trahissait une vie de bamboche, faite d'inactivité et d'ingestion d'alcools forts et de mets riches, baignés de sauce grasse. L'ensemble de sa physionomie exprimait désormais le désarroi, la tristesse ainsi qu'une fatigue infinie.

Assis derrière son bureau orné d'un sous-main en cuir aux armes du Portugal, Dom Sebastião de Melo se reprit et afficha un sourire cordial, tout en priant son invité de s'asseoir, d'un geste de la main. Avec un claquement de doigts, il fit servir deux verres de cristal emplis d'un porto noir et sucré, puis il demanda :

« Comment allez-vous, cher Dom Cristiano ? Cette pause dans vos activités à mes côtés vous a-t-elle été profitable ?

– Comme vous le voyez, Monsieur le Premier ministre. J'ai pris de l'embonpoint, depuis que je fréquente les meilleures tables de Lisbonne. Pourtant, je dois vous avouer que le désœuvrement ne me vaut rien.

– Tiens donc ? »

Dom Cristiano da Fonseca, le regard rendu brillant par le désir de boire, saisit le verre de porto qu'un valet lui présentait sur un plateau de bois artistiquement marqueté et, après en avoir englouti les deux tiers avec avidité, il souffla bruyamment son plaisir et poursuivit :

« Sans rien à faire, le temps passe à la vitesse d'un escargot et, pour accélérer un peu sa fuite, je vous confesse que j'ai pris la dive bouteille pour amante et qu'elle s'acquitte fort bien de sa mission.

– J'espère que vous ne fréquentez pas, toutefois, cette maîtresse universelle de façon trop assidue. Cela serait déraisonnable… »

L'invité éclusa le restant de son verre puis, l'œil soudain plus sombre, il répliqua avec amertume :

« Bon nombre de choses sont déraisonnables, Monsieur. Depuis le simulacre du procès des Távora jusqu'à l'expulsion de mon fils et de ma femme chez les Barbaresques. Et pourtant, tout cela s'est bien produit et le monde tourne encore, non ? »

À ces mots, Dom Sebastião de Melo esquissa un rictus d'agacement, puis il murmura :

« Vous ruminez donc encore toutes ces balivernes… »

Tandis que le valet emplissait à nouveau le verre d'alcool, Dom Cristiano da Fonseca grommela :

« Rassurez-vous, j'y pense de moins en moins, grâce en soit rendue à Dieu. À force de gratter les plaies de la mémoire, elles s'ouvrent à nouveau, s'infectent et l'on se retrouve bientôt avec du sang sur les doigts.

– Une mémoire qui saigne… L'image est pertinente et, pour tout dire, assez originale et bien tournée.

– Voilà la raison pour laquelle je la cautérise avec force bouteilles, lorsque les démangeaisons se font par trop insupportables. »

Dom Sebastião de Melo, sans toucher à son verre, se leva et, s'appuyant sur sa canne, il marcha lentement jusqu'à la fenêtre qui dispensait des flots de lumière ensoleillée, puis il répondit :

« Pour ce qui est du procès des Távora et de leurs semblables, vous avouerez tout de même que nous avons réussi dans notre entreprise. La noblesse n'est plus que l'ombre d'elle-même et j'ai fait expulser les derniers Jésuites pour intrigues séditieuses contre Dom José Ier. Tous leurs biens ont été confisqués, ainsi que leurs collèges et leurs résidences qui vont servir désormais à l'éducation du peuple portugais.

– Le Vatican n'y a donc rien trouvé à redire ? »

Avec un sourire retors, le Premier ministre répliqua :

« Les émissaires du pape ne tiennent plus les Jésuites en haute estime. En revanche, la suppression de la distinction entre les anciens et les nouveaux chrétiens – je veux parler des juifs et des musulmans qui viennent se rallier au catholicisme – pose plus de problèmes. C'est d'ailleurs une ineptie lorsque l'on sait les fortunes que ces gredins dissimulent dans leurs cassettes. Mais ce n'est pas de cela dont je voulais vous entretenir… »

Pendant que Dom Sebastião de Melo rejoignait son fauteuil en claudiquant, Dom Cristiano da Fonseca glissa, chafouin et amer :

« Vous vouliez me parler de mon fils Caetano et de Dona Angelica de Távora ?

– Il y a plus urgent que ces questions de bâtards et de coucheries, Monsieur. Beaucoup plus urgent. »

Après avoir épongé son front creusé de rides, il poursuivit :

« Si je vous ai convoqué aujourd'hui, c'est que j'ai à nouveau besoin de vous. Pour cette malheureuse histoire de Barbaresques, nous verrons plus tard.

– Vous avez réellement besoin de mes services ?

– Exactement. Si le Portugal est lavé des scories de la noblesse et des Jésuites, il n'en reste pas moins menacé, par l'intérieur même de notre pays…

– Que craignez-vous donc de si terrible ? Un nouveau tremblement de terre ? » railla Dom Cristiano da Fonseca.

Ignorant cette pique moqueuse, le Premier ministre se releva et appuya ses deux mains sur le plateau du bureau puis, vérifiant du regard qu'ils étaient bien seuls, il grinça à voix basse :

« Le Portugal tout entier, et particulièrement Lisbonne et Porto, grouille de francs-maçons, de jacobins, de libéraux, mais aussi d'illuminés qui se réunissent en sectes, qui adorent le diable et pratiquent régulièrement des sacrifices humains, sans parler de leur détestable manie de jouer du poison…

– Que puis-je y faire ? Depuis ma destitution, les nobles me méprisent en silence, les bourgeois se soucient de moi comme d'une guigne, et c'est tout juste si les gueux ne me jettent pas des pierres…

– Si vous acceptez mon offre, tout ceci ne sera bientôt plus qu'un mauvais souvenir, faites-moi confiance. En attendant, mes efforts pour lutter contre cette chienlit n'ont porté que peu de fruits, bien que j'aie ordonné des dizaines d'autodafés pour détruire des livres, arrivés clandestinement de France, signés de Rousseau, de Voltaire, de Diderot ou de La Fontaine.

– Je croyais que vous approuviez leurs idées… »

Dom Sebastião de Melo, l'œil inquiet furetant dans tous les sens, se pencha encore un peu plus par-dessus le bureau, puis il souffla :

« Ces écrivains sont des visionnaires et des génies. Mais le Portugal n'est pas assez mûr pour comprendre la quintessence de leurs ouvrages. Il n'est pas encore prêt à regarder la vérité en face. La lumière de ces écrits est trop puissante pour des hommes ayant vécu jusqu'ici dans les ténèbres de leur caverne. Elle les aveuglerait et Dieu seul sait où tout cela conduirait notre nation. »

Chuchotant maintenant, il ajouta :

« Il est bien trop tôt pour remettre en question la toute-puissance de la royauté, et que dire de la séparation de l'Église et de l'État ? Les enfants des nouveaux bourgeois qui effectuent leurs études en France ou en Angleterre, une fois de retour au Portugal, agitent des idées révolutionnaires et s'en servent comme autant de mousquets et de canons que je ne peux absolument pas supporter. »

Comme Dom Cristiano da Fonseca, piqué par une curiosité malsaine, ne disait mot, le Premier ministre poursuivit, sur un ton de conspiration exaltée :

« Afin de combattre ces ennemis de l'intérieur, j'ai décidé de créer une intendance générale de la police qui inclura, en son sein, un service très particulier. Celui-ci possédera tous les moyens financiers et légaux pour réussir sa mission. Mieux encore, il sera au-dessus des lois, dans tous les cas où j'aurai défini une réelle menace pour le royaume, et cela ne dépendra que de ma seule volonté. »

Tendant son index en direction de son invité, il conclut :

« C'est vous, cher ami, qui serez le directeur de cette police secrète…

– Pourquoi moi ?

– En premier lieu, parce que vous m'êtes fidèle depuis toujours. Ensuite, parce que nous sommes tous deux de la même basse extraction et que nous nous comprenons. Enfin, parce que vous êtes totalement dénué d'ambition personnelle et que ce ne sont ni l'argent ni le pouvoir qui constituent vos sources de motivation… »

Avec un sourire inquiétant, le vieil homme se rassit et, avant de congédier son invité, il ajouta encore :

« Si vous parvenez à satisfaire mes désirs, sans jamais poser de questions ni renâcler à la tâche, je vous révélerai le lieu où se trouvent votre fils et votre catin… »

*

Quelques jours après cet entretien, Dom Cristiano da Fonseca se rendit, à cheval et au pas, dans la ville haute de Lisbonne. Alors que, sur les bords du Tage, la nouvelle capitale prenait forme avec ses rues larges et claires, tracées au cordeau, l'ancienne cité, agrippée à ses sept collines, semblait faire la nique à la modernité. Là, tout n'était qu'entrelacs de ruelles sombres, trouées çà et là de placettes sans prétention où le soleil ne parvenait qu'avec difficulté à se frayer un chemin. En ce milieu d'après-midi, dans l'haleine âcre et surchauffée qui montait du fleuve, les ruelles semblaient être confites dans cette canicule estivale. Seuls quelques chiens pelés se recroquevillaient dans une flaque d'ombre ou avançaient avec peine, l'échine voûtée, fouillant d'un museau sec les ordures jetées depuis les fenêtres et qui formaient des monticules malodorants, tout bourdonnants de mouches vertes et bleues.

Après avoir attaché pensivement la bride de son cheval à un anneau de fer, Dom Cristiano da Fonseca pénétra dans une maison bourgeoise aux volets clos où il avait ses habitudes et qui était sobrement baptisée « le Douze ». Rue do Ataíde, ce lieu avait ses fidèles et faisait office tout à la fois de club, de bar, de restaurant et de maison galante. Là, se retrouvaient des commerçants en gros, des juges et des avocats, des négociants en porto, des sous-directeurs d'établissements bancaires, des notaires ou encore des courtiers ou des propriétaires d'exploitations agricoles. Désormais, en l'absence des prélats expulsés du royaume ou pourrissant dans les geôles de la Couronne, le Douze sonnait plus creux qu'à l'ordinaire, mais l'on y était toujours sûr de rencontrer, dès le crépuscule, des connaissances avec qui dîner, boire quelques verres et discuter de tout et de rien. De plus, pour peu que l'on se sente l'âme friponne, les filles qui officiaient dans les deux niveaux supérieurs de la bâtisse étaient triées sur le volet, régulièrement épouillées et soignées, et, tous les deux mois environ, de nouvelles arrivées venaient rompre la monotonie de l'habitude.

Comme toujours, Dona Carlota était postée dès l'entrée et accueillait le chaland. Massive, taillée en pot de tabac, suant sang et eau sous une perruque de trente bons centimètres, le visage poudré et le contour de ses yeux las fardé de noir, elle ne bougeait jamais de son divan, mais avait un œil sur tout et veillait comme une ogresse sur sa bourse de cuir emplie de pièces d'or qu'elle serrait jalousement sous ses jupons douteux. Hors de sa présence, certains la disaient marquise déchue, d'autres amante de Dom João V qui ne se serait jamais remise de la mort de ce roi, ou encore, et c'était la supputation qui remportait le plus vif succès, putain de luxe qui aurait fait le tour du monde avant de revenir s'établir ici mère maquerelle, une fois fortune faite.

Sans cesser d'agiter son éventail devant son visage, où la sueur laissait des coulées plus sombres dans le blanc laiteux de la poudre, elle grommela :

« Eh bien, Monseigneur, comment allez-vous, aujourd'hui ? »

Dom Cristiano da Fonseca ôta son chapeau de cuir à larges bords et, un sourire fané sur les lèvres, il répondit :

« Comme un homme qui a chaud et qui boirait avec plaisir un cruchon de vin tout droit monté de la cave. »

Dona Carlota porta à sa bouche l'index et le pouce de sa main gauche et émit un sifflement bref et autoritaire. Aussitôt, une jeune femme aux longs cheveux châtains tirant sur le blond, vêtue d'une chemise de nuit tout juste opaque, les pieds nus, apparut dans la pénombre de la pièce. Lorsqu'elle découvrit Dom Cristiano, elle s'ouvrit d'un sourire enjoué, pendant que la maîtresse de maison soufflait :

« Marina, va à la cave et tire-moi un cruchon de vin pour notre invité.

– Tout de suite, Dona Carlota !

– Et prends du meilleur. C'est le plus cher, mais notre ami a les moyens… »

Le rez-de-chaussée du Douze était la pièce la plus fraîche de la bâtisse, grâce à des murs épais et à un système d'aération finement calculé qui ne laissait jamais la lumière du soleil s'inviter, mais qui utilisait la moindre brise afin de former d'agréables courants d'air. Meublé sans prétention, l'endroit était calme, d'une propreté acceptable et décoré jusqu'à la mi-hauteur des murs d'*azulejos* à la bichromie blanche et bleue. Sur les tables fraîchement lavées, comme après chaque repas, des soliflores en verre présentaient des roses et des pivoines, seules taches de couleurs vives dans cette pièce aux murs chaulés. Rivé à une poutre, enfin, un Christ crucifié d'un bon mètre de hauteur complétait le tableau.

À pas lents, Dom Cristiano alla s'asseoir non loin de la matrone qui, après quelques secondes de silence, l'interrogea :

« Vous avez perdu votre langue, Docteur[1] ? C'est pas vraiment dans votre genre de rester muet ainsi…

– Tout va bien. C'est juste que le soleil tape trop dur, aujourd'hui.

1. Au Portugal, comme au Brésil, s'emploie dans le sens du mot « docte », savant.

– Tout juste. Et la nuit, il fait si chaud que c'est à croire qu'il tape encore, en sourdine, dans le dos de la lune.

– C'est simplement la ville qui recrache la chaleur de la journée, ma belle. »

En entendant ce dernier mot, Dona Carlota rosit avec délice. Belle… elle l'avait été, fut un temps. Depuis des années, elle ne voulait même plus se regarder dans un miroir pour ne plus avoir, sous ses yeux, les outrages du temps qui passe et qui saccage le corps. Elle désirait, en coquette invétérée, ne garder dans son souvenir que les images d'une femme qui, à l'époque, rendait les hommes fous de désir et de jalousie, et dont certains, lors de duels à l'épée ou au pistolet, étaient passés de vie à trépas, sans sourciller. Pour son maquillage outrancier et la pose de sa perruque empesée, c'étaient les filles qui s'en occupaient, dès le lever. Entre elles, elles appelaient cet instant « jouer à la poupée ».

Lorsque Marina remonta de la cave et servit un premier verre de vin à Dom Cristiano, Dona Carlota maugréa :

« Alors, Docteur ? Après avoir bu votre content de *vinho verde* [1], vous voudrez passer un moment avec la petite ? Je sais que c'est votre préférée… »

D'un regard maussade, Dom Cristiano observa un instant le corps souple et tout en rondeur de la jeune femme qui, appuyée lascivement contre un mur, faisait une moue d'enfant, entortillant entre ses doigts une mèche de ses cheveux fauves. Puis il déclina l'invite :

1. Vin blanc léger, d'une faible teneur en alcool (environ 10°), qui se boit volontiers lors des grandes chaleurs, seul ou en accompagnement de poissons et de fruits de mer.

« Il fait trop chaud, commère. Ce soir, peut-être. Mais pour l'instant, j'ai soif et il faut que je m'entretienne avec toi. Et il me faut manger, aussi. Si tu as quelque chose à me servir, je le prends.

– T'entends ce qu'a dit le Docteur, Marina ? File en cuisine et sers-lui un plat de *bacalhau a congregado*[1]. Puis tu fermeras la porte d'entrée à clé et tu monteras rejoindre les autres. Et interdiction de redescendre avant que je siffle. »

Pendant que la jeune femme, dépitée et muette, quittait la pièce à pas lents, Dona Carlota ajouta :

« À cette heure de l'Enfer, plus personne ne viendra avant le coucher du soleil, de toute façon. Puis, un entretien avec le Docteur Dom Cristiano da Fonseca, ça doit rester un secret… »

*

Durant une trentaine de minutes, Dom Cristiano ne prononça pas le moindre mot. Dans la chaleur, il se contenta d'avaler posément son ragoût de morue fumant, appréciant en gourmet chaque ingrédient. Les filets de morue dessalée avaient longuement mitonné dans une marmite de terre cuite en compagnie d'oignons rissolés, d'huile d'olive, de persil, d'ail écrasé, de tomates généreuses, pelées et épépinées, sans oublier deux clous de girofle, le tout accompagné de pommes de terre bouillies. Ce plat, d'apparence rustique, devenait, grâce à la malice de la cuisinière, un repas digne des dieux car, cinq minutes avant la fin de la cuisson, juste avant d'être servi, elle y ajoutait une bonne pincée de safran, de la coriandre fraîchement

1. Morue à la mode de Porto.

émincée et une quantité non négligeable de grosses crevettes à la chair ferme et parfumée qu'elle avait pris soin de débarrasser de leur carapace.

Une fois la dernière bouchée avalée, Dom Cristiano repoussa son assiette vers le bout de la table et se servit un plein verre de *vinho verde*, dont la fraîcheur et le goût légèrement âpre firent danser une dernière fois sur sa langue le souvenir de ce repas. Puis il frissonna de plaisir avant de se tourner vers Dona Carlota et de lui demander, un sourire vicieux sur les lèvres :

« Dis-moi, commère ? Qu'est-ce qui te donne le plus de plaisir, dans cette vie ? »

Surprise, l'hôtesse cessa tout d'abord de s'éventer, puis elle répondit :

« Ce que j'aime le plus dans la vie ?

– C'est bien ce que je te demande…

– J'en sais rien… En bonne chrétienne, je vous répondrais bien mes enfants. Mais les quatre que j'ai eus sont tous morts en couches.

– Alors, quoi ?

– Tout ce que je peux vous dire, c'est ce qui me donnait le plus de plaisir, dans le passé et, hélas, plus aujourd'hui. »

Sous l'œil curieux de Dom Cristiano, elle regarda droit devant elle, dans le vide, comme si elle visualisait peu à peu des images enfouies. D'une voix traînante, elle finit par murmurer :

« C'étaient les hommes, Docteur. Tous les hommes que j'ai pu avoir, et Dieu m'est témoin qu'ils ont été nombreux. Sentir le corps d'un homme qui vous désire, c'était, pour moi, la chose la plus merveilleuse au monde. Ça a pas de mot pour le dire. »

Puis, clignant soudain des yeux pour se replonger

dans son présent douloureux de vieille mère maquerelle obèse, elle se reprit :

« Comprenez bien qu'avant, c'étaient eux qui me payaient, qui me couvraient de cadeaux. Aujourd'hui, il faudrait que ce soit moi qui les paye, et ça, c'est pas digne d'une bonne catholique… »

Dom Cristiano se leva de sa chaise et la transporta près du divan de Dona Carlota. Après s'être à nouveau assis, il observa la matrone dont la chemise, au niveau de l'abdomen, était maculée d'une large tache de sueur.

« Dis-moi, femme ? reprit-il. Dis-moi ce que tu aimes vraiment le plus, aujourd'hui ? »

Durant de longues secondes, la commère réfléchit intensément, le front plissé par l'effort. Puis, le souffle court, elle darda son regard torve dans celui de son visiteur et, les yeux s'écarquillant peu à peu, elle ne prononça qu'un mot qui coula de sa bouche en un torrent scintillant :

« L'or…

– Tu l'aimes donc tant que ça, grosse harpie ?

– Oh oui, Docteur ! L'or, c'est tout ce qu'il y a de plus beau au monde. C'est plus puissant que les hommes. C'est plus puissant que tout ce qu'on peut imaginer… »

Dona Carlota, tout aux prémices de l'excitation que provoquait chez elle ce seul vocable, glissa avec lenteur sa main boudinée entre ses cuisses et tapota amoureusement le sac d'or qu'elle couvait entre ses jambes. Puis elle ajouta :

« Je sais que c'est que diableries de parler de l'or comme ça, pour une femme de ma condition. Mais comprenez bien que c'est tout ce qu'il me reste de mes bonnes années, Docteur. Chaque fois que je grossis de nouvelles pièces d'or, j'ai l'impression de retrouver ma jeunesse. Sauf qu'aujourd'hui, ce sont mes filles qui le gagnent pour moi. »

Avec une grimace qui voulait être un sourire de compassion, Dom Cristiano tira doucement de sa poche une bourse rebondie, dénoua le cordon de cuir et fit dégringoler une vingtaine de pièces dorées sur le ventre de Dona Carlota. Au contact du métal sur sa chair flasque, celle-ci sursauta et, tremblante, elle laissa tomber son éventail sur le sol. Puis, avec précipitation, elle repoussa les pièces entre ses cuisses qu'elle croisa de toutes ses forces sur ce nouveau trésor, et finit par balbutier :

« Docteur… c'est pour moi ?

– Comme tu le vois.

– Pourquoi me donner une telle fortune ? Pourquoi à moi ? Ça représente au moins six mois des bénéfices du Douze, et peut-être même plus !

– Je croyais que tu gagnais mieux ta vie que ça…

– Dites-moi pourquoi, Docteur ? Que voulez-vous que je fasse pour mériter cet or ? Vous voulez que j'assassine quelqu'un ?

– Qui te parle d'assassiner qui que ce soit, sorcière ? Je viens juste te proposer une affaire. Ou une collaboration, si tu préfères… »

Dona Carlota, les cuisses toujours cadenassées, fit un effort qui lui parut surhumain pour s'asseoir sur le rebord du sofa. Le visage maculé de sueur, de larges coulures noires de fard ayant glissé du dessous de ses yeux jusque sur ses bajoues blêmes, elle ouvrit grand ses bras et demanda :

« Moi, je collaborerai à tout ce qui vous plaira, Docteur ! Vous pouvez absolument tout me demander.

Pour moi, c'est oui par avance ! De quoi s'agit-il ? D'un complot ? D'une conspiration ?

– Tout doux, la belle… Commence d'abord par te calmer un peu. Il ne faudrait pas que tu crèves avant de m'avoir dit ce que je veux savoir.

– Casser ma pipe ? Et dans un moment pareil, encore ! Je voudrais bien voir ça ! »

À pas lents, Dom Cristiano retourna se servir un verre de vin qu'il dégusta à petites gorgées pendant que, dans son dos, Dona Carlota glissait les pièces d'or dans sa bourse. Sans se retourner, le nouveau chef de la police secrète du Portugal lui expliqua, en quelques mots, ce qu'il attendait d'elle :

« Chez toi, tu reçois toute la bourgeoisie de la ville, les pères comme les fils, à longueur d'années. Tu sais que ce genre d'engeance, surtout les plus jeunes, parle beaucoup et beaucoup trop. Ils viennent de terminer leurs études dans les universités de France et ils croient tout savoir, du moins ils pensent en savoir suffisamment pour dire des choses pas toujours flatteuses sur notre bon roi Dom José Ier et sur son Premier ministre, Dom Sebastião de Melo. »

Tout en remisant sa bourse entre ses jupons, Dona Carlota se moqua :

« Ce sont des écervelés, des freluquets qui, le plus souvent, comprennent rien à l'existence, Docteur. Depuis quelque temps, ils ont plus qu'une chose dans la tête : la liberté. Ils parlent que de ça, à tout bout de champ. Dès qu'ils ont fini de fricoter avec mes filles, ils sont même pas rhabillés qu'ils recommencent : liberté, liberté, liberté…

– Est-ce qu'il y en a qui s'en prennent aussi à la religion ? »

La matrone bomba soudain le torse et, se drapant dans sa dignité, elle se défendit de façon véhémente :

« On fait peut-être le plus vieux métier du monde, mais on a de la religion, Docteur ! Ici, défense de critiquer Dieu, le Christ et le pape. Mais, pour le reste, si ça pouvait vous obliger, je ferai le nécessaire… »

Dom Cristiano se retourna et, interloqué, il marcha jusqu'à Dona Carlota. Puis il la questionna :

« Que veux-tu dire par là, ribaude ? »

D'un air matois, le regard par en dessous, se frottant les mains l'une contre l'autre, Dona Carlota gloussa :

« Si tel est votre bon plaisir, Docteur, je demanderai dorénavant à ces godelureaux d'arrêter de parler de la liberté et de tout ce qui va avec… »

Les poings sur les hanches, Dom Cristiano rectifia alors :

« C'est bien, commère. C'est bien, mais c'est exactement le contraire que je vais te demander de faire…

– Pardon ?

– Tu m'as bien entendu. Tu vas mettre tes filles dans la confidence et je veux qu'elles leur tirent à tous les vers du nez. Je veux tout savoir sur qui dit quoi contre le roi et son Premier ministre. Je veux savoir si on parle de révolution, de livres interdits et d'idées venues de l'étranger. Je veux savoir qui appartient à des cercles et qui fréquente des sectes. Tous les dimanches, je passerai te voir et tu me donneras tous les renseignements que tu auras pu récolter. Quant à tes filles, elles y trouveront leur compte, elles aussi… »

Toujours minaudante, Dona Carlota geignit :

« Et pour moi, Docteur ? Qu'est-ce que j'y gagnerai, à tout ça ?

– Toi ? Puisque l'or te fait recouvrer ta jeunesse, je t'en donnerai largement assez pour que tu puisses retomber en enfance et, même, pour que tu retrouves l'âge de tes premiers langes et le goût du lait maternel… »

*

Ainsi fut dit, ainsi fut fait. Durant une dizaine d'années, Dom Cristiano da Fonseca surveilla toutes les maisons galantes de Lisbonne, puis de Porto et de Coimbra. Pendant que, de son côté, Dom Sebastião de Melo tenait sous son autorité absolue le peu qu'il restait de la noblesse du Portugal et s'acharnait à moderniser la nation, Dom Cristiano voyageait de bordels en maisons de passe, notant scrupuleusement les identités des jeunes libertaires exaltés, et remettait régulièrement ses informations au Premier ministre qui, ainsi, constituait des dossiers complets sur les familles de la moyenne et de la haute bourgeoisie. Lorsque des difficultés ou des dissensions graves apparaissaient dans les affaires courantes et l'empêchaient de gouverner à sa guise, Dom Sebastião de Melo convoquait le récalcitrant ainsi que son rejeton et leur intimait l'ordre de rentrer dans le rang. Produits manufacturés, minerais, porto, blé, olives, alcool, orge, taxes de passage trop élevées, distribution de parts de marché, irrigation, obtention de charges, achat ou vente de terres cultivables, problèmes juridiques ou administratifs : toutes les décisions étaient prises unilatéralement par le Premier ministre et son cabinet. En découvrant, par écrit, les propos tenus par leurs fils, les pères blêmissaient, signaient tous les documents sans songer même à protester et, la honte au front, tête basse, ils quittaient les lieux, bénissant le ciel pour la bonté de Dom Sebastião de Melo qui aurait très bien pu envoyer leurs enfants dans les prisons royales, chez les Barbaresques ou, pire encore, à l'échafaud, après un procès retentissant qui aurait jeté la honte et l'opprobre sur l'ensemble de la famille.

Concernant Dom Cristiano, le Premier ministre avait, comme souvent, touché juste. Au fil des mois, puis des années, le souvenir de Dona Angelica de Távora et du petit Caetano s'était dissous dans le présent et, peu désireux de convoler en justes noces avec la fille d'un bourgeois mal dégrossi – pas plus d'ailleurs qu'avec la progéniture d'un duc ou d'un comte, tous rongés par une haine viscérale envers Dom Sebastião de Melo –, il avait jeté son dévolu sur des courtisanes délurées ainsi que sur de simples filles du peuple, des paysannes ou des lavandières dont la fraîcheur et la candeur le distrayaient de ses tâches répétitives et peu flatteuses pour son amour-propre. Toutefois, le Premier ministre s'était trompé sur un point. Lorsque l'alcool ne parvenait plus à mater les vagues de *saudade* qui le submergeaient aux heures les plus sombres de la nuit, quand les visages de Dona Angelica et de Caetano défonçaient les portes de sa conscience et venaient le hanter, il avait pris l'habitude d'ajouter au vin l'absorption de pipes d'opium qu'une connaissance à lui, dans un estaminet minable du port de Lisbonne, faisait venir de Chine et de la lointaine Asie. Après s'être allongé sur son lit dans la propriété familiale d'Esperança, il tirait de larges bouffées de cette fumée à la fois âcre et doucereuse et, couché sur le flanc, il se laissait aller à rêver. En songe, il parcourait la terre, voguant jusqu'aux Amériques, fouillant sans relâche les souks de l'Afrique, chevauchant à bride abattue dans les steppes du Caucase, sillonnant le Grand Nord, s'enfonçant en terre australe, distribuant de l'or afin de retrouver les traces de Dona Angelica et de leur fils. Celle qu'il avait aimée et qui avait porté son enfant ne pouvait pas avoir connu les outrages du temps et ses cheveux étaient sans doute restés d'un noir de jais. Selon les nuits, il l'imaginait cloîtrée dans le harem d'un sultan, recluse dans un monastère français, prostituée sur un sampan chinois ou esclave dans la riche demeure d'un planteur de coton, quelque part dans le sud de l'Amérique tenu par les Anglais.

Lorsqu'il s'éveillait, dans la petite aube, Dom Cristiano da Fonseca se retrouvait, frissonnant, les yeux brûlants sans jamais savoir quelle en était la cause exacte, les volutes agressives de la fumée d'opium ou bien les larmes qu'il avait versées. Durant les deux premières années, il avait insisté auprès de Dom Sebastião de Melo pour obtenir des renseignements précis sur le lieu de résidence de Dona Angelica et de leur fils. En vieille carpe rouée et habile, habituée à laisser les feux de la passion s'éteindre sous l'effet du temps, celui-ci avait toujours refusé, remettant la chose à plus tard, et c'était ainsi que, sans qu'il s'en rende lui-même compte, Dom Cristiano avait fini par s'habituer à cette situation. La femme qu'il avait adorée et leur enfant, dont il n'avait pu qu'entrapercevoir les traits hurlant dans ses linges, ne vieilliraient jamais et il continuerait ainsi, de voyages imaginaires en songes parfumés d'opium, à les aimer à sa façon, celle d'un homme lâche mais sincère.

« À qui ai-je l'honneur ?
– Je suis Domingos Caldas Barbosa, Monseigneur.
– C'est donc vous ?

– Exactement. Il n'y a pas de Dom précédant mon nom mais, à mon sens, je n'en suis pas moins homme.

– Et musicien, m'a-t-on dit ?

– En effet, je taquine la muse et je ne sais pas si je le fais bien, mais tout ce que je sais, c'est que je ne sais pas ne pas le faire… »

L'homme qui se tenait devant Dom Cristiano da Fonseca, dans son imposant bureau du domaine d'Esperança, portait beau une petite trentaine d'années et, dans la lumière crue de ce 23 décembre 1770, il était vêtu sans prétention d'une ample veste de cuir marron retenue à la taille par une ceinture à boucle de fer. Les bottes aux pieds, le chapeau de feutre à la main, une perruque poudrée de blanc sur le crâne, il s'était incliné pour saluer son hôte et s'était aussitôt redressé, sans faire montre d'un respect excessif.

Sans encore l'inviter à s'asseoir, Dom Cristiano reprit :

« Comment se fait-il que vous soyez chez moi sans y avoir été invité ? »

À cette question, le visiteur hésita un instant puis, en trois pas, il fut près du bureau. Là, l'air grave, il expliqua d'une voix ferme :

« Il y a, Monseigneur, que je suis en danger de mort.

– Nous le sommes tous plus ou moins, n'est-ce pas ? Vivre est encore la meilleure façon de devoir mourir, un jour ou l'autre. Précisez votre cas…

– Les musiciens de la cour royale vont tenter de m'assassiner avec du poison, tout cela au motif que je n'écris pas de la musique qui réponde, point par point, aux canons de la composition classique.

– On voudrait vous assassiner pour quelques notes ? C'est absurde… De plus, si je ne me trompe pas, vous possédez l'appui des frères du vice-roi du Brésil, non ?

– Vos informations sont exactes, Monseigneur. Mais l'on m'a toujours appris à m'adresser au bon Dieu plutôt qu'à ses saints. Et, en matière de sécurité intérieure, c'est vous qui faites office de bon Dieu. »

Ce mulâtre de trente-deux ans, né d'une mère angolaise et d'un père portugais, avait été élevé par des jésuites et tout, dans la logique des choses, le destinait à reprendre avec succès les affaires familiales. Pourtant, dès son adolescence, il s'était révélé un excellent musicien qui, très vite, avait abandonné le clavecin pour se consacrer à sa seule *viola* qu'il grattait dans tous les endroits interlopes de Rio de Janeiro. Expulsé *manu militari* à Sacramento, à plusieurs centaines de kilomètres à l'intérieur des terres, pour avoir écrit des vers et des chansons satiriques contre les Portugais, il n'était revenu à Rio que pour y mener une existence d'oisiveté faite d'alcool, de parties de cartes, de femmes de mauvaise vie et de bagarres. En 1770, son père avait dû se résoudre à l'envoyer à Lisbonne, dans l'espoir que l'air vif du Portugal calmerait son inclination aux fêtes et aux noces ininterrompues.

Après s'être levé pour se servir un verre de porto, Dom Cristiano da Fonseca lui demanda, sur un ton ombrageux :

« Pourquoi, selon vous, je devrais intercéder en votre faveur dans cette affaire de menace d'assassinat ? »

Toujours immobile, les mains croisées derrière le dos, Domingos Caldas Barbosa répondit :

« À mon sens, pour trois raisons, Monseigneur.

– Lesquelles ?

– Tout d'abord, parce que ce genre d'affaire dépend de votre plus haute autorité.

– Si je devais enquêter en personne sur toutes les

prétendues affaires de poison, chaque heure devrait durer mille minutes et je serais forcé, malgré cela, de travailler nuit et jour. Cette mode venue de France est pour la police du roi, c'est le cas de le dire, un véritable poison. Ensuite ? »

Le musicien tira de sa manche une lettre cachetée de cire, marquée du sceau royal, et la posa sur le bureau. Puis il poursuivit :

« Si j'ai pu franchir votre porte, c'est grâce à ceci. Ce mot est signé de son altesse royale Marianne-Victoire de Bourbon, épouse de Dom José Ier. Elle me fait la grâce et l'honneur d'apprécier mes chansons et c'est elle qui m'a envoyé vers vous.

– Ignorez-vous donc que, dans ce pays, le seul qui donne des ordres se nomme Dom Sebastião de Melo ?

– Pourtant la reine m'a…

– Taisez-vous, Monsieur ! »

Retournant à pas lents vers son bureau, Dom Cristiano jeta un simple coup d'œil sur le pli et, après un moment de réflexion, il tendit le verre que ses lèvres n'avaient pas encore touché au mulâtre, tout en bougonnant :

« Buvez, plutôt. Si vous êtes aussi sensible au sang de Bacchus qu'aux charmes de vos muses, c'est un petit nectar qui, lui, ne risque pas de vous empoisonner. Et, rassurez-vous, je vais intervenir dans votre affaire.

– Merci, Monseigneur ! »

Tout en se dirigeant vers le bar pour se servir à son tour, le directeur de la police secrète soliloqua tout haut :

« Oui, je vais vous aider et je ne sais pas vraiment pourquoi. Parce qu'il y a ma charge, parce qu'il y a la reine, bien sûr. Mais surtout parce que, lorsque je suis forcé d'assister à l'un de ces interminables concerts de musique, je m'ennuie terriblement. Je m'ennuie à en mourir. Si vos notes sont moins soporifiques, c'est déjà une cause suffisante… »

Dans son dos, la voix ronde et mélodieuse de Caldas Barbosa interrogea :

« Voulez-vous connaître la troisième raison pour laquelle vous pouvez intervenir ?

– Si vous voulez, jeune homme. Mais celle-ci ne pourra jamais être plus impérieuse que celle que je viens de vous énoncer… »

Aussitôt, le mulâtre déposa son verre sur le bureau et s'élança à grandes enjambées vers la porte d'entrée, tout en lançant :

« Je reviens, Monseigneur ! Je reviens tout de suite ! »

Eu sou Lereno
De baixo estado
Choça nem gado
Dar poderei[1]

Dans un tonitruant éclat de rire, Domingos Caldas Barbosa venait de plaquer le dernier accord de l'une de ses chansons et, dans la grande salle du rez-de-chaussée du Douze, une vingtaine de filles dépoitraillées et presque autant de clients, tous plus saouls les uns que les autres, se mirent à applaudir le musicien à tout rompre. Quelques heures plus tôt, après avoir précipitamment quitté le bureau de Dom Cristiano da Fonseca, le Portugais du Brésil était revenu à toutes jambes, serrant sa *viola* sur sa poitrine et, malgré les

1. « Je suis Lereno / De basse extraction / Ni cabane ni troupeau / Je ne pourrai donner. »

protestations ennuyées du maître de maison, il avait entamé une *modinha* de sa composition. Dès les premières mesures, une sensation étrange et indicible avait saisi Dom Cristiano à la gorge. Loin du crincrin dont il qualifiait volontiers les concerts traditionnels, la mélodie, les harmonies et le rythme que parvenait à tresser Caldas Barbosa de ses deux mains agiles avaient agi sur son humeur morose à la façon d'un onguent sur une brûlure. Quant aux paroles, elles ne chantaient pas plus la guerre que les exploits chevaleresques, mais bien l'amour, l'amour impossible, la douleur de l'amour de deux êtres séparés.

Durant toute la fin de l'après-midi, le musicien avait joué et chanté et, l'estomac lesté de plusieurs verres de vin, l'esprit mélancolique, ils s'étaient finalement dirigés vers le Douze pour revenir s'ancrer dans les plaisirs de la chair. Une fois le repas avalé dans l'atmosphère jaunâtre des bougies, Caldas Barbosa avait tiré à nouveau sa *viola* de son étui et, jusque tard dans la nuit, il avait joué et chanté sans cesse, mais cette fois des *lundus* drolatiques et caustiques, improvisant, racontant des histoires incroyables sur le Brésil et ses nuits de bamboche.

Le visage en sueur et les tempes en feu, le musicien remisa son instrument et, pendant qu'une fille remplissait les cruchons de vin et les rapportait sur les tables, sous la surveillance de chaque instant de Dona Carlota qui notait scrupuleusement les consommations sur une souche de papier depuis son sofa, il s'exclama :

« Le Portugal est un bien beau pays, Monseigneur ! Mais je ne sais pas si je vais pouvoir y rester…

– Pourquoi donc ? s'exclama Dom Cristiano, passablement éméché.

– C'est parce que, ici, tout me semble un peu triste et figé.

– Que voulez-vous dire ?

– Imaginez-vous que, ne serait-ce que pour faire une apparition à la cour royale, j'ai dû entrer dans les ordres et me faire nommer chapelain de la Casa da Suplicação. Moi, un chapelain ! Moi qui ne crains ni Dieu ni diable ! »

Sans cesser de peloter machinalement les fesses nerveuses de Marina qui gloussait en fumant un cigare, Dom Cristiano s'amusa :

« Il n'y a pas de mauvais procédé pour parvenir à ses fins. Et je paierais cher pour vous voir en robe de moinillon, l'ami !

– Ça encore, ce n'est pas le pire…

– Qu'y a-t-il donc de pire que de prêcher en latin dans une église glacée ?

– Comme vous ne pouvez l'ignorer, compte tenu de la couleur de ma peau, j'ai du sang de Nègre dans les veines.

– Eh bien ? »

Caldas Barbosa essuya d'un revers de manche la sueur qui coulait sur son visage, puis il répliqua :

« Le Portugal n'est pas le Brésil. Ici, malgré la blancheur de ma perruque, je ne suis qu'un demi-Blanc ou un demi-Nègre, c'est selon. Tandis que chez moi, aux Amériques, j'ai l'âme blanche et l'on me respecte comme étant le fils d'un Portugais. Vous ne pouvez pas comprendre, Monseigneur… »

Dom Cristiano cessa de caresser sa favorite et, fixant Caldas Barbosa dans les yeux, il murmura :

« Du sang noir dans les veines…

– Oui, Monseigneur. Au Brésil, cela ne revêt que peu d'importance. Le pays est immense et, si les esclaves ne manquent pas, les maîtres sont difficiles à faire venir du Portugal. Des coupe-jarrets, des voleurs, des assassins ou des excommuniés, il y en a à revendre. Mais des nobles, ou même des bourgeois… »

Dans les discussions qui, aux tables voisines, allaient bon train, tranchées quelquefois par des éclats de rire qui fusaient sans la moindre retenue, Dom Cristiano se pencha vers Caldas Barbosa et, d'une voix où perçaient tout à la fois la curiosité et l'amusement, il lui confia :

« Monsieur, vous aimez le vin, la bonne chère, la musique et les filles. Vous êtes bon compagnon et vous n'appréciez ni la morgue des papelards, ni celle des nobles empoussiérés. Avec vos chansons, vous faites rire ou pleurer, au gré de vos envies et grâce à votre *viola*. Je vais donc vous présenter à Dom Sebastião de Melo.

– Vous feriez cela ?

– Avec lui et moi à vos côtés, toutes les portes vous seront ouvertes et les poisons ne quitteront pas leurs fioles, vous pouvez me croire sur ce point. Toutefois, je vous demanderai à cela une petite contrepartie…

– Demandez, Monseigneur ! Demandez ! »

Approchant son visage du chandelier qui les séparait, Dom Cristiano souffla :

« Je veux que vous me parliez de ce Brésil dont vous êtes issu. Les bruits les plus fous circulent à son sujet et je désire mieux le connaître, par votre bouche. J'ai en effet de la parentèle qui y a vécu, mais ils n'ont jamais rien voulu me dire de cette terre étrange qui fait tant parler… »

CHAPITRE IX

Zumbi avait tenu parole. Dès sa journée de travail terminée, il se rendait chez Laurinda et l'aidait à ranger son étal. Puis, sur la table de la pièce unique, les fers à repasser, les chaufferettes, les pattemouilles et autres nécessaires à coudre disparaissaient, remplacés par la Bible – unique livre qu'une lavandière pouvait se permettre de posséder –, une plume, un gobelet d'encre et une petite pile de feuilles de papier grossier qui, d'ordinaire, servait à emballer les sucreries vendues à la sauvette dans les ruelles de Rio.

Au début, Zumbi essuya les railleries de ses compagnons de peine sur le port et, plus encore, celles de l'Aveugle que toute cette aventure de lecture et d'écriture faisait osciller entre la moquerie, le mépris, le sarcasme, mais aussi une certaine admiration et une jalousie qu'il refusait de s'avouer. Un soir où le jeune homme était rentré de chez Laurinda et avait oublié chez elle le cruchon quotidien de *cachaça* et le panier contenant le repas, il avait tempêté :

« Regarde donc un peu ce que toutes ces niaiseries te font faire, tête de mule ! T'en oublies le boire et le manger, à cette heure ! Mais de quoi est-ce que ça a l'air, ce grand Noir qui essaye de changer sa vie en apprenant dans des livres ? T'es sans doute l'un des plus forts sur le port, et je suis sûr qu'y a pas un animal qui te dépasse pour soulever les barriques et les ballots. Mais quoi ? Est-ce qu'on a jamais vu un Noir avoir de l'instruction, foutre Dieu ? »

Sans rien vouloir répondre à cette bordée de critiques, Zumbi était ressorti réparer son oubli et, après le repas, au moment où la pipe de *maconha* avait apaisé les esprits, l'Aveugle avait marmonné un semblant d'excuse, allongé sur sa paillasse :

« Faut pas m'en vouloir pour tout à l'heure, fils... Je sais qu'elle fait ça pour du bien, Laurinda. Mais écoute aussi ce que je te dis, moi. Attends pas trop de toute cette histoire... »

Puis il avait ajouté, amer :

« Attention, c'est pas parce que t'es un Nègre que tu pourrais pas être savant comme un Blanc. C'est parce que t'es un pauvre, un miséreux. Contre ça, l'instruction y peut pas grand-chose, crois-moi. »

Puis il s'était endormi dans la mélancolie car, Nègre ou pas, riche ou pas, lui, l'Aveugle, il ne pourrait de toute façon jamais prétendre à lire et à écrire.

Dans la renaissance de Zumbi, les premiers jours furent les plus durs. Dès qu'il s'asseyait près de Laurinda, il était pris de désirs amoureux qui l'empêchaient de fixer son attention sur les lettres que la jeune femme traçait devant ses yeux. Plutôt que de se concentrer pour apprendre, il lui caressait la cuisse, le dos, il lui murmurait des mots tendres dans le creux de l'oreille et, dès qu'il le pouvait, il l'embrassait dans le cou et lui volait, au passage, un baiser sur les lèvres.

Au bout de quelques soirées, lorsqu'elle s'aperçut que son élève n'avait même pas réussi à apprendre la totalité de l'alphabet, elle se fit plus ferme :

« Écoute-moi bien, mon Nègre. Si tu n'as pas envie d'apprendre, il faut me le dire tout de suite. Je n'ai pas de temps à perdre pour enseigner ce que je sais à un lourdaud de roulier qui ne voit pas plus loin que le bout de son nez. »

Avec une grimace de lassitude, le jeune homme maugréa, tout en montrant ses mains puissantes et rendues calleuses, à force d'ouvrage :

« C'est pas ça, mais qu'est-ce que j'y peux si j'ai les doigts trop gros pour la plume ?

– Ils sont trop gros pour écrire, mais pas trop gros pour me caresser, c'est ça ?

– Exactement, ma petite reine. Ils sont pile faits pour ton corps. Et l'alphabet, ça peut attendre un peu, non ? »

Sans goûter à la plaisanterie, Laurinda se leva et, les lèvres serrées, elle remisa dans le tiroir de la table l'encre, la plume et le papier. Comme Zumbi essayait de la prendre par la taille pour l'asseoir sur ses genoux, elle se retourna soudain et, faisant de son mieux pour contenir sa colère et sa déception, elle lâcha avec froideur :

« Si tu me veux vraiment, il faudra que tu me mérites.

– Laisse-toi faire…

– Lâche-moi, je te dis ! Et dis-toi bien que, si je tombe sur un homme qui me plaît et qui est plus cultivé que toi, c'est lui que je choisirai…

– C'est ça… Tu dis ça pour me faire tourner en bourrique, je me trompe ?

– Crois un peu ce que tu veux.

– Un autre homme ? T'es pas sérieuse, là… »

Tout en repoussant aux épaules le jeune homme qui

essayait de l'agripper, un sourire inquiet sur les lèvres, Laurinda rétorqua :

« Je suis très sérieuse, Zumbi. Tu vas prendre tout ton saint-frusquin et tu ne reviendras me voir que lorsque tu auras pris une décision. Ton avenir, tu peux le faire avec ou sans moi. C'est à toi de décider. »

Debout maintenant, roulant des yeux angoissés, il tenta à nouveau de la serrer contre lui mais, grâce à leur différence de taille, la jeune femme l'esquiva et le poussa vers la porte. Avant de la refermer sur lui, elle martela encore :

« Si tu veux faire l'âne, fais-le. Mais ne compte pas sur moi pour braire avec toi.

– S'il te plaît, laisse-moi encore te…

– Rien du tout. Ce n'est pas de l'or ni des bijoux que je te demande. Je veux juste que tu te prouves que tu vaux aussi bien qu'un autre, quelle que soit la couleur de sa peau. Si c'est ce que tu veux, toi aussi, tu pourras revenir me voir demain soir. Maintenant, laisse-moi. Il est déjà tard et j'ai encore à faire… »

À dater de cette soirée, et après une nuit agitée au cours de laquelle il ne parvint pas à trouver le sommeil, Zumbi prit une décision définitive. Son grand-père avait lutté pour la liberté aux côtés de Zumbi, dans la forêt de la Barriga. Il avait vaincu sa condition d'esclave par les armes. Lui, son petit-fils, il y parviendrait par les lumières de la lecture et de l'écriture.

*

Dès que la capitale du Brésil avait été transférée de Bahia à Rio de Janeiro, en 1763, celle-ci avait immédiatement commencé à se métamorphoser. Certes, ses rues étaient encore en terre battue pour la plupart, étroites, tortueuses et construites au petit bonheur la chance. Les immondices s'accumulaient toujours sur les chaussées et les gens en armes avaient les pires peines à contenir dans leurs quartiers les voleurs et les assassins, sans parler des prostituées qui se gonflaient de la semence des marins, venus du monde entier pour atterrir dans leurs ventres. Ces bougres-là, sevrés de sexe durant de longues semaines, se précipitaient dans les maisons de passe pour soulager leurs besoins et jouaient volontiers du couteau envers un rival qui aurait jeté son dévolu sur la même femme qu'eux. Quant aux entôleuses, elles n'avaient rien à leur envier. Lorsque les soiffards avaient fini de boire leur paye et qu'ils tentaient d'obtenir leurs charmes sans débourser la moindre pièce, elles se muaient en harpies hurlantes et ordurières, faisant intervenir leurs maquereaux dans les cas les plus graves, sans quoi elles se débrouillaient fort bien sans leur aide, étant toutes armées d'une petite dague qui ne les quittait jamais, même durant l'amour. Dans ces affrontements qui éclataient soudain dans la chaleur irritante, à la façon d'un coup de grisou, les militaires préféraient tourner le dos et laisser les protagonistes régler leurs affaires entre eux, car, de toute façon, un matelot ou une putain en plus ou en moins, cela n'avait pas la moindre importance.

Ce qui avait changé, à Rio de Janeiro, c'était l'arrivée des fonctionnaires de la Capitainerie qui rejoignaient la nouvelle capitale. Avec femmes et enfants, ils débarquaient du Portugal ou bien descendaient de Bahia, avec des besoins de gens aisés. Sur le bord des plages et dans le centre-ville, ils faisaient construire des maisons avec des murs de briques surmontées de toits solides qui, pour nombre d'entre elles, possédaient un patio planté de fleurs et d'arbustes qui les protégeaient des ardeurs du soleil. Depuis peu, un nouveau quartier résidentiel avait commencé à apparaître sur l'un des multiples mornes qui entouraient la cité. Là, au lieu dit « Santa Teresa », les nobles et les bourgeois les plus argentés vivaient dans des habitations de deux étages tout au plus qui trouaient la jungle sombre de taches d'un blanc vif. À l'intérieur, les sols étaient revêtus d'un épais plancher de bois noir et, s'ouvrant sur la baie de Guanabara et jusqu'au Pain de Sucre, de grands balcons agrémentés d'*azulejos* azur offraient le plus merveilleux des panoramas.

Pour s'occuper de cette nouvelle population, des corps de métier avaient pris pied dans la ville et Laurinda avait connu un tel surcroît de travail qu'elle avait dû embaucher deux, puis cinq, puis une dizaine de petites mains qui, toute la journée, lavaient le linge sale des Blancs. Dans le centre, on avait dû surélever les bâtiments les plus solides ou détruire des bicoques en planches pour les remplacer par des édifices à trois ou quatre étages. Le nombre de commerçants et d'artisans s'était accru, un projet de tout-à-l'égout faisait son chemin dans les esprits et l'on parlait même de prolonger le grand aqueduc de Lapa et de le poursuivre jusqu'au Largo do Paço, voire plus loin encore.

Dans cette nouvelle euphorie, il avait fallu de nombreux efforts à Zumbi pour parvenir à maîtriser les arcanes de la lecture et de l'écriture. En 1764, un an après le transfert de la capitale à Rio, il avait réussi son pari, malgré ses journées de travail éreintant sur le port. D'ennuyeuses et laborieuses, les leçons dispensées par Laurinda s'étaient rapidement révélées passionnantes. En ânonnant tout d'abord des syllabes sans signification, puis en les liant entre elles, il avait découvert qu'il parvenait à lire des mots, des mots qui formaient des phrases qui, elles-mêmes, racontaient une histoire qui lui apprenait des choses nouvelles. Le soir où il parvint à lire les premières lignes de l'Ancien Testament[1], ce fut, pour Zumbi comme pour Laurinda, une émotion intense qui leur fit monter les larmes aux yeux. Dans l'appartement exigu, éclairé à la chandelle, le jeune homme avait ressenti une sensation de délivrance et de puissance infinie. Il comprit qu'il avait vécu jusque-là dans l'obscurité d'une grotte dont il ne connaissait les contours que par le toucher. Désormais, il s'était libéré de ses liens et avait marché vers l'entrée jusqu'à ressentir la lumière inonder ses yeux, son corps et son âme entière.

Si, par cette première belle journée de printemps, Laurinda et Zumbi gravissaient les pentes rudes du morne de Santa Teresa au plus clair du soleil, c'était pour fêter sa première lettre d'écrivain public qu'il avait rédigée pour un marchand de poules désireux d'acquérir, auprès de la Capitainerie, une parcelle de terrain supplémentaire. Portant sur ses larges épaules un sac contenant le nécessaire pour le repas, ils cheminaient depuis une petite heure et atteignaient le faîte de la colline. À la faveur d'une clairière ombragée, Zumbi déposa sa charge sur un tapis d'herbes parsemées de fleurs jaunes, puis il lâcha, d'un ton satisfait :

« On va être bien ici. Et en plus, j'ai la faim qui me dévore les entrailles… »

1. « Au commencement, Dieu créa les cieux et la terre. / La terre était informe et vide : il y avait des ténèbres à la surface de l'abîme, et l'esprit de Dieu se mouvait au-dessus des eaux. / Dieu dit : Que la lumière soit ! Et la lumière fut. / Dieu vit que la lumière était bonne ; et Dieu sépara la lumière d'avec les ténèbres. »

Une heure plus tard, les ventres rebondis par une fricassée de poulet agrémentée de cœurs de palmier, de petits piments rouge vif, de poudre de manioc longuement travaillée au beurre et de haricots noirs, le tout généreusement arrosé de bière blonde et glacée, Laurinda, assise sur le tapis d'herbes odoriférantes, contemplait Zumbi. Allongé sur le dos, une fleur fichée entre ses lèvres, il avait fermé les paupières et commençait à s'assoupir, heureux et rassasié. De loin en loin, des perroquets lançaient des cris stridents, et des singes, aux courses subites et imprévisibles, se poursuivaient avant de disparaître dans les cimes des arbres. Ce qu'elle avait tout d'abord pensé peu probable venait pourtant de se réaliser. Son homme, comme elle aimait à l'appeler avec un accent de fierté dans la voix, son homme avait réussi. Certes, il ne serait jamais un grand écrivain comme on en trouvait tant, disait-on, dans la lointaine Europe. Mais il avait réussi à devenir un simple écrivain public qui en savait désormais beaucoup plus que bien des Blancs ou des métis qui occupaient pourtant des postes à responsabilités dans la colonie portugaise du Brésil. Il avait transformé sa vie, et ses mains, bientôt, n'auraient plus à toucher les eaux saumâtres du port et il n'aurait plus à obéir aveuglément aux aboiements méprisants des contremaîtres.

Installée sur le flanc, dans sa robe légère de toile bleue et blanche, elle cueillit un brin d'herbe et s'amusa à le promener sur les narines de son amant. Croyant à une mouche, celui-ci s'éventa à plusieurs reprises le visage du dos de sa main, puis il finit par entrouvrir les yeux et par grommeler :

« Qu'est-ce que tu fais, ma princesse ? Tu ne vois pas que ton mari se repose ?

– Se reposer… Quand tu soulevais des caisses et des ballots, je comprenais. Mais maintenant que tu tiens la plume !

– Il se passera encore du temps avant que je ne quitte définitivement le port. Mais bon… D'ici quelques mois, qui sait ?

– Tu crois vraiment que tu vas y arriver ? »

Reprenant appui sur ses fesses, Zumbi bâilla avec force puis, face à la baie de Guanabara qui étincelait sous le soleil, il répondit :

« Oui, ma toute belle. Ce n'est pas l'ouvrage qui manque, en ville. Je ne gagnerai peut-être pas de quoi t'offrir un château ici, à Santa Teresa. Mais j'aurai de quoi nous faire déménager pour une maison plus grande, toi, nos deux filles, l'Aveugle et moi.

– Tu n'as écrit qu'une seule lettre et, déjà, tu bâtis des châteaux en Espagne !

– Et pourquoi pas ? C'est toi qui m'as appris que rien n'est impossible, non ? Celui qui tente quelque chose risque de perdre. Celui qui ne tente rien, il perd à chaque fois. Peut-être que je pourrai un jour avoir les moyens de nous installer dans un petit hôtel comme celui que tu vois, juste en dessous… »

En contrebas, à une vingtaine de mètres, émergeant avec peine d'une jungle dense faite de palmiers, d'avocatiers, de manguiers et de lianes entremêlées, une habitation élevait ses façades d'un blanc pur et, dans la petite cour intérieure, une fontaine coulait sans discontinuer. De solides grilles noires en interdisaient l'entrée et, sous la surveillance apathique d'une domestique nègre offrant un sein à un bébé emmailloté, de jeunes enfants jouaient mollement à s'éclabousser dans la chaleur.

Laurinda, maintenant sur le dos, posa sa tête

recouverte d'un turban sur les cuisses de Zumbi, puis elle plaisanta :

« Tu peux rêver, mon Nègre, mais pas trop haut ni trop vite, tout de même. Tes écritures nous donneront le boire et le manger, puis mon ouvrage nous logera toujours. Mais il ne faut pas oublier que nous sommes déjà cinq à faire vivre.

– Et alors ?

– Je veux que mes filles et les enfants qui suivront aient de l'éducation. Et les précepteurs coûtent un argent fou, tu le sais bien.

– C'est vrai. Mais ce n'est pas avec l'argent que je gagne que je compte améliorer les choses…

– Avec quel argent, alors ? Tu crois qu'il tombe du ciel ? »

Caressant l'épaule de sa femme, et sans cesser de contempler l'océan sur lequel d'énormes navires gagnaient ou quittaient le port, encadrés par de petites barques aux voiles fortement colorées de jaune, de vert ou de bleu, Zumbi répliqua, un sourire sur les lèvres :

« Peut-être qu'il ne tombe pas du ciel, mais il peut contribuer à y monter…

– Qu'est-ce que c'est que tout ce charabia ? C'est la bière qui te fait déparler ?

– Pas du tout, ma princesse. Il y a simplement que je vais arrêter la confrérie de l'église Notre-Dame-du-Rosaire.

– Ce n'est pas en économisant l'argent de tes contributions que tu vas mettre de côté de quoi te payer une maison !

– C'est vrai. Mais depuis que le nouveau roi et sa reine ont été sacrés, tout a changé. Ce ne sont pas de mauvaises personnes, mais j'ai l'impression qu'ils ont honte d'être fils et fille d'Africains… »

Se retournant sur le côté et s'appuyant sur un coude, Laurinda l'observa un instant, l'air inquiet. Puis elle demanda :

« Pourquoi tu dis ça ?

– Pour un tas de raisons que tu connais déjà. À chaque réunion, on n'entend plus parler que de messes en latin, de processions et de neuvaines. Quant aux festivités pour la Semaine sainte, ça ressemblait plus à du guignol qu'à autre chose.

– Tu n'as pas le droit de dire ça…

– Mais si ! Pour soi-disant expier leurs péchés, ils poussent de plus en plus les frères et les sœurs à porter des chemises de cilice, à se mettre des gifles, à se fouetter les uns les autres. Ils hurlaient tellement qu'on n'a rien entendu de ce que disait le prédicateur ! »

Avec un sourire, Laurinda consentit :

« C'est vrai ce que tu dis. Mais de là à quitter la confrérie, tout de même…

– Et qu'est-ce que tu dis des esclaves ?

– Quels esclaves ?

– Ça fait des mois que la confrérie n'a pas racheté un seul esclave aux maîtres blancs. Elle a pourtant été créée pour ça, non ?

– Oui, mais laisse passer un peu de temps. Il y a fort à parier que tout rentrera dans l'ordre après les prochaines élections.

– Ou pas ! Une confrérie, ça se juge sur les faits. Du temps de Bouche-Tordue, mon grand-père et mon père m'ont affirmé qu'il n'y avait rien à redire. De nos jours, tout l'argent qu'on gagne par les messes sert à acheter des croix et des chandeliers en or. »

Zumbi se retourna et observa alors Laurinda, droit dans les yeux. Puis, l'air grave, il poursuivit :

« Mon grand-père était esclave et je sais que chaque

minute d'un homme qui est privé de liberté, c'est un crime contre lui-même et contre l'Afrique.

– J'ai bien fait de te donner de l'instruction. Te voilà qui raisonnes, maintenant...

– Parfaitement.

– Et qu'est-ce que cette histoire d'abandonner la confrérie a à voir avec ton envie de rouler carrosse ?

– Absolument tout ! »

Se mettant à genoux, il caressa la joue de la jeune femme, puis il expliqua :

« Je vais quitter la confrérie pour en ouvrir une autre, tout simplement...

– Quoi ? Mais tu es devenu fou, mon pauvre garçon !

– Au contraire ! Les Blancs ont tellement peur de finir en Enfer qu'ils donnent beaucoup, à chaque messe. Surtout ceux qui avaient des mines d'or et des *fazendas*[1].

– Et alors ?

– Alors, je vais organiser plus de messes pour qu'ils puissent donner encore plus d'or pour le salut de leur âme et qu'ils aient une bonne mort, une bonne fin. Et j'appellerai ma confrérie : la confrérie de Bom-Fim... »

Laurinda, un instant interdite, se recroquevilla un peu, puis murmura :

« Tu as la folie des grandeurs, mon homme...

– C'est toi qui te trompes ! Je vais tout t'expliquer et je pense que je peux faire ce qu'a réussi Chico Rei.

– Qui c'est, celui-là ?

– C'est l'histoire d'un homme qui était à Ouro Preto, dans le temps, et que l'Aveugle m'a racontée.

1. Grandes propriétés agricoles.

– Ça m'étonnait, aussi ! Qu'est-ce qu'il a encore bien pu inventer, ce vieux fou ?

– Écoute-moi, je te promets que c'est une histoire vraie. Écoute-moi bien et ne dis rien. En fait, Chico Rei, avant de posséder ce nom, s'appelait Galanga et il était le chef d'une puissante tribu du royaume du Congo… »

Dans une brise douce parfumée d'iode qui montait du large, Zumbi raconta l'histoire de Chico Rei avec une profonde et sincère émotion, comme si cet homme avait été un membre de sa famille ou un ami de son grand-père, arraché à la terre d'Afrique. Avec un luxe de détails qui pouvait laisser à penser qu'il avait vécu lui-même ce périple, il évoqua les commerçants portugais et leurs armes à feu encerclant soudain à cheval le village de Galanga, par une nuit chaude et odoriférante. Puis il insista sur la marche harassante qu'il avait dû accomplir, lui et sa famille, pour parvenir jusque dans les cales lugubres du négrier *Madalena* et le voyage terrifiant qui, chaque jour, avait apporté son lot de cadavres.

« Le pire, poursuivit-il en soulignant chacune des phrases d'un geste de ses mains, ça a été quand une tempête d'une fureur incroyable s'est déclenchée et a failli ouvrir le *Madalena* en deux, comme une simple coquille de noix…

– C'est vrai ? s'inquiéta Laurinda. Le bateau a vraiment failli couler ? »

Tout à son histoire, Zumbi ignora la question et poursuivit avec fièvre :

« Cette nuit-là, le ciel crachait la foudre et le tonnerre faisait vibrer la mer démontée, toute blanche d'écume et noire en dessous. Pour échapper à la mort et à celle de son équipage, le capitaine du négrier a décidé d'offrir un sacrifice à son dieu. Il a fait monter sur le pont la reine Djalô et la princesse Itulo et il les a fait jeter à la mer pour calmer la colère des éléments… »

Parvenus à Rio de Janeiro, Galanga et son fils furent vendus au marché aux esclaves et envoyés travailler dans les mines du Minas Gerais, à Ouro Preto. Les dieux de l'Afrique ne l'abandonnèrent pas et, un jour où son maître blanc lui avait donné pour mission d'aller explorer une mine abandonnée, il finit par y découvrir une pépite d'une taille considérable. Pour le remercier, le maître lui rendit sa liberté et celle de son fils. Puis il lui demanda de continuer à fouiller cette parcelle, lui promettant qu'il garderait pour lui la moitié de ses découvertes.

« Là, poursuivit Zumbi avec émotion, Galanga creusa et pria si fort qu'il fut entendu à nouveau. En quelques mois, le placer se remit miraculeusement à donner à plein et, avec ses gains, il commença à racheter la liberté de dizaines d'autres Africains enchaînés. Quant à sa mine, il la baptisa du nom d'*Encardideira*[1]… »

Le nombre d'esclaves affranchis grossit rapidement et ceux-ci finirent par donner à Galanga le nom de Chico, auquel ils ajoutèrent celui de « roi », pour parfaire le nouveau patronyme.

Se rapprochant encore un peu de Laurinda, Zumbi poursuivit, à voix plus basse :

« Pour que toutes ces Négresses et ces Nègres se soudent comme une famille, il a alors eu l'idée de créer une confrérie en l'honneur de Santa Ifigênia. Le

1. « Celle qui a été mal lavée. »

jour de la fête des Rois de 1747, pour montrer sa puissance, il a eu l'autorisation de défiler dans les rues d'Ouro Preto. Tu imagines ça ? Habillé en roi du Congo, avec toute sa suite, il a défilé au son des *caxambus*[1], des *pandeiros*[2], des *marimbas*[3] et des *ganzas*[4]... »

Ce jour-là, Chico Rei pénétra en grande pompe dans l'église Santa Ifigênia, il fut couronné roi de sa confrérie et le gouverneur général de la province lui-même, Dom Gomes Freire de Andrade, comte de Bobadela, le nomma officiellement monarque d'Ouro Preto.

Après avoir essuyé ses lèvres humides du dos de la main, Zumbi souffla :

« Alors ? Qu'est-ce que tu dis de ça, ma princesse ? »

Laurinda secoua lentement la tête de gauche à droite, puis elle répondit, une moue compatissante sur son visage :

« J'en dis que l'Aveugle a une belle imagination et qu'il avait dû dépasser depuis longtemps son content de *cachaça*, quand il t'a débité des sornettes pareilles...

– Pourquoi tu dis ça ?

– Parce que j'ai de la chance d'avoir de la jugeote pour deux, mon Nègre. Tu ne te souviens déjà plus de ce que ce maudit or t'a fait souffrir ?

– Mais il ne s'agit pas d'aller chercher de l'or ! L'or, il viendra tout seul...

– Avec les messes ? Tu crois que les bourgeois sont prêts à payer autant d'or pour leur bonne fin, comme tu dis ? »

1. Tambours.
2. Tambourins.
3. Instruments proches du xylophone.
4. Maracas de forme cylindrique.

Zumbi croisa ses bras sur sa poitrine, puis il répliqua :

« Pour leur bonne fin, je n'en doute pas. Pour s'acheter une place au Paradis des Blancs, j'en suis sûr et certain. Et n'oublie pas qu'avec Rio comme nouvelle capitale, ils arrivent toujours plus nombreux, ici. La confrérie de Bom-Fim occupera une bonne place. »

Après s'être relevé et étiré, il conclut, de façon mystérieuse :

« Puis, j'ai encore d'autres idées pour faire rentrer l'or. Mais je t'en parlerai plus tard, quand le moment sera venu… »

*

Quelques semaines après cette discussion tenue au sommet du morne de Santa Teresa, Zumbi refusa obstinément de se rendre aux arguments de Laurinda et, sans un mot d'explication, il quitta la confrérie de l'église Notre-Dame-du-Rosaire de façon définitive. Avec encore plus d'acharnement que d'ordinaire, il se cassa l'échine sur le port plus de douze heures par jour et, tous les soirs, il se creva les yeux à la flamme de la chandelle afin d'emplir sa fonction d'écrivain public. Celle-ci, bien que de plus en plus prenante, n'émanait pas encore de gens très aisés et, s'il acceptait de coucher sur le papier des requêtes et des réclamations – voire quelques lettres d'amour –, leurs auteurs étaient à peine plus argentés que lui. Tout d'abord perplexe, Laurinda laissa faire son homme, puis, au vu de son opiniâtreté, elle finit par se laisser prendre au jeu. À son tour, et en dépit de la naissance de deux nouvelles petites filles, elle abattit plus d'ouvrage qu'à l'ordinaire et tint les cordons de la bourse d'une main de fer, ce qui eut pour effet immédiat de contrarier l'Aveugle qui dut, désormais, rouspéter au quotidien afin d'obtenir sa ration d'alcool de canne et sa carotte de tabac.

En l'espace de trois ans, le rêve de Zumbi prit forme et devint une réalité palpable. Un matin de printemps, il serra toutes les économies familiales dans une poche de cuir et, chaussé de bottes neuves, vêtu de propre et rasé de frais, il se rendit à la Capitainerie où il parapha tous les papiers officiels qui le rendirent propriétaire d'une bicoque mangée d'herbes folles et ouverte à tous les vents, située au pied du morne da Saúde. Le lendemain, il s'arrêta chez un Tsigane de sa connaissance, un usurier dur en affaires mais de parole, auquel il emprunta une somme d'argent afin d'assurer les premiers frais de restauration du bâtiment. Durant deux années supplémentaires, il jongla avec les traites à régler et, en sus de son travail de roulier et de celui d'écrivain public, il alla tous les dimanches dès l'aube au morne da Saúde, où il joua du rabot et de la scie, du marteau et du pinceau, ne rentrant que tard dans la nuit, épuisé mais heureux.

Enfin, après de nombreux mois de travail, sous une pluie battante et par une matinée de dimanche frileux, il se rendit en procession sur le lieu de son chantier, tenant sa femme par la main et tirant derrière lui un Aveugle bougonnant. Avant l'ultime virage, il fit une pause et, la poitrine gonflée de fierté, il murmura à sa femme :

« On va y être, ma princesse. Ce que tu vas voir maintenant, c'est moi qui l'ai fait avec ces deux mains et l'aide de personne. »

Puis il se tourna vers l'Aveugle et ajouta :

« Toi, tu ne pourras rien voir, mon frère. Mais Laurinda va tout bien t'expliquer avec des mots. Et ce sera comme si tu y voyais à nouveau, comme en plein jour… »

Après avoir déposé un baiser sur les lèvres de sa femme, il se remit en marche sous le déluge et, quelques mètres plus loin, il s'immobilisa à nouveau, le corps trempé d'une pluie grasse et généreuse. Face à eux, s'élevait maintenant une coquette maison forte d'un étage, agrémentée d'un balcon étroit et repeinte en jaune vif. Sur son fronton, tracées de manière irrégulière avec de la peinture indigo, des lettres affichaient sans ostentation les mots : « Confrérie de la Bonne-Fin ». En accord avec la jungle luisante sur laquelle la pluie crépitait, quatre volets et une porte à deux battants ponctuaient la façade de cinq touches de vert.

Protégée par un foulard de l'orage qui redoublait de violence et s'abattait par rafales irrégulières, Laurinda écarquilla de grands yeux et laissa échapper, stupéfaite :

« Nossa Senhora ! Qu'est-ce que c'est que ça ? »

Lui serrant la main plus fortement, Zumbi s'inquiéta :

« Alors ? Qu'est-ce que t'en dis ? Ça te plaît pas, c'est ça ?

– C'est… c'est vraiment toi qui as fait tout ça ? C'est vraiment toi ? »

Avant qu'il puisse répondre, l'Aveugle grogna, impatient :

« Laurinda ? Dis-moi un peu comment c'est, ce palais…

– C'est comme dans un rêve, mon frère !

– Mais encore ? T'as perdu ta langue ou quoi ?

– C'est beau comme du soleil en pleine nuit. C'est beau comme un espoir, un espoir avec tout l'amour de mon homme à l'intérieur… »

CHAPITRE X

« Il est impératif que vous soyez raisonnable, mon cher ami…

– Mais c'est absolument impossible, Monsieur le marquis ! Je suis né au Portugal et je travaille à vos côtés depuis déjà vingt ans ! Toute ma vie est ici.

– Je le sais bien, mais c'est la sagesse qui me pousse à agir ainsi. Agir avec la raison est sage, mais cela ne veut pas forcément dire que c'est agréable à accomplir… »

Installé dans le carrosse luxueux de Dom Sebastião de Melo, nommé depuis 1770 marquis de Pombal, Dom Cristiano da Fonseca ne goûtait en rien la beauté de la promenade dans les rues de Lisbonne. Par cette soirée de printemps, le soleil crépusculaire éclaboussait ses flèches de lumière sanguine sur les façades flambant neuves de la grande place du Comércio qui, sous leur effet, semblaient s'enflammer en braises rougeoyantes. Deux décennies avaient suffi pour reconstruire la partie basse de la capitale qui, désormais, comptait parmi les plus modernes d'Europe et les plus sûres en matière de sécurité civile.

Tourné vers son interlocuteur, Dom Cristiano da Fonseca supplia encore :

« Je vous demande cela comme un service vital,

Monsieur. Ne me forcez pas à l'exil. J'ai maintenant plus de quarante ans et je ne me sens pas les forces d'accomplir un tel périple…

– Que devrais-je dire alors, moi qui en porte soixante-seize !

– Mais vous, vous allez rester ici ! »

Le marquis de Pombal désigna d'un mouvement de bras Lisbonne qui, plus industrieuse que jamais, s'activait sous les remparts protecteurs du château São Jorge qui, à son tour, semblait prendre feu de toutes parts. Puis, la voix rendue plus faible par les années, il expliqua, avec mélancolie :

« Moi, je ne risque rien. Mon œuvre restera à jamais gravée dans l'Histoire et je me dois de rester près d'elle pour la protéger, jusqu'à mon dernier souffle. Et ces canailles de la noblesse n'auront plus, hélas, à attendre bien longtemps pour reprendre leurs bassesses avec toute la curetaille de l'Europe…

– Mais nous les avons presque tous éliminés, n'est-ce pas ? Les plus puissants, en tout cas. »

À cet instant, le marquis de Pombal fut saisi d'une quinte de toux désagréable à l'ouïe, une toux qui se faisait désormais de plus en plus fréquente et semblait vouloir le vider de toute son énergie. Après avoir craché une épaisse glaire dans un mouchoir, le vieil homme s'essuya les yeux et, d'une voix qu'il voulut autoritaire, mais qui ne résonna que faiblement dans l'habitacle du carrosse tiré par deux chevaux noirs avançant au pas, il répliqua :

« Vous ferez comme vous avez toujours fait : vous allez m'obéir, sans discuter.

– Oui, Monsieur. Mais je…

– Taisez-vous et obéissez. Vous êtes encore jeune

et vous pouvez entretenir l'espoir de rebâtir une autre vie, mais sous d'autres cieux. D'ici peu, des choses vont changer, à Lisbonne comme dans l'ensemble du pays… »

En effet, si l'état de santé du marquis de Pombal inquiétait, celui du roi Dom José Ier était depuis peu devenu critique. Unique et tout-puissant protecteur de son Premier ministre, celui-ci allait se retrouver sans défense à la mort du monarque, ouvrant les portes en grand à un contre-pouvoir trop longtemps muselé.

Après s'être raclé la gorge et avoir dégluti avec douleur, le marquis reprit :

« Selon les lois qui régissent notre royaume, c'est sa sœur, Dona Maria Ire, qui va hériter du trône. Ce n'est pas à proprement parler une mauvaise femme, mais elle n'a pas plus d'esprit que d'entendement. Elle vit cloîtrée dans sa chambre et parle toute seule. Pour ne rien arranger, des armées de prêtres tentent par tous les moyens de faire croître encore sa folie, en la menaçant des flammes de l'Enfer si elle ne restaure pas l'autorité absolue de l'Église au Portugal.

– J'ignorais que la malheureuse souffrait à ce point d'une faiblesse de l'esprit.

– La réalité est pire encore. Voilà bien la preuve, s'il fallait en apporter une supplémentaire, des dégâts que provoquent les mariages consanguins… »

Lorsque le carrosse fit halte devant le monastère des Hiéronymites, le marquis de Pombal, avant de prendre congé, se tourna vers Dom Cristiano da Fonseca. Après avoir observé un instant de silence durant lequel l'on n'entendit plus que bruisser les joncs et les roseaux environnants, il grommela :

« La noblesse est semblable aux mauvaises herbes. Lorsque vous les tranchez, elles repoussent toujours plus vertes, toujours plus fortes. Sur mon ordre, vous les avez taillées de façon régulière. Lorsque Dom José Ier ne sera plus et lorsque j'aurai disparu à mon tour, ces gredins ne se priveront pas pour vous rendre la monnaie de vos pièces.

– Mais je saurai entrer dans les grâces de la reine !

– Elle est folle à lier, je vous l'ai dit. En vous abattant, les nobles et les papelards voudront m'abattre, moi ou mon cadavre. Voilà pourquoi vous devez quitter le pays dans les jours qui viennent. Je vous nommerai personnellement à un poste d'importance dans l'une de nos colonies et vous partirez, croyez-moi, avec suffisamment d'or pour pouvoir refaire votre vie dans le luxe et la tranquillité.

– Où allez-vous donc m'exiler, puisque votre décision semble prise ? »

Avec peine, le marquis de Pombal descendit le marchepied du carrosse et, dans la nuit qui tombait en linge léger sur Lisbonne, il répondit :

« Elle est irrévocable, mon ami. Et, dès demain, vous serez nommé officiellement superintendant des Mines du royaume du Portugal. Au Brésil… »

*

Cette promenade en carrosse fut la dernière occasion pour Dom Cristiano da Fonseca de discuter avec le marquis de Pombal. Celui qui avait provoqué tour à tour, avec la même violence, son bonheur et son malheur, celui auprès de qui il avait rebâti Lisbonne et éliminé les caciques de la tête du Portugal, celui qui l'avait séparé de son fils et de sa femme, s'était retiré très vite dans ses appartements. Là, toujours avec le même acharnement, il s'était cloîtré afin de se préparer à subir les infamies d'un procès qui, il en était à peu près sûr, lui laisserait la vie sauve mais le priverait de tout pouvoir, lui confisquerait ses richesses et le cantonnerait au secret.

Debout, les bras croisés derrière le dos, Dom Cristiano restait stoïque à la poupe du navire *Santa Maria*, une caravelle légère et racée qui venait de mettre toutes voiles dehors. Dans l'horizon brumeux du petit matin, Lisbonne se diluait peu à peu et les cris brefs et rauques des fous de Bassan ajoutaient encore à la tristesse de ce tableau de départ. À quarante-cinq ans, le nouveau superintendant des Mines du royaume du Portugal quittait sa patrie avec, toutefois, le sentiment réconfortant du devoir accompli. Lisbonne avait fait peau neuve, les Jésuites avaient été expulsés et la noblesse, ainsi que l'Inquisition, avaient dû apprendre à obéir de nouveau au roi du Portugal. De plus, les administrations, l'économie et la société avaient été réformées de fond en comble, l'esclavage avait été aboli dans le pays dès 1761, et les universités de Lisbonne et de Coimbra pouvaient s'enorgueillir de former des esprits éclairés et humanistes. La tâche avait été aussi immense qu'ardue à accomplir et, alors qu'il aurait pu continuer à vivre dans le confort et le plaisir, entre les filles de chez Dona Carlota, au Douze, et les virées animées aux côtés de Domingos Caldas Barbosa, il était à ce jour obligé de s'enfuir comme un voleur et de mettre le cap sur Rio de Janeiro.

Le musicien impertinent et turbulent avait, lui, en revanche, parfaitement réussi son affaire. Après s'être rebaptisé par coquetterie du nom de Lereno Selinuntino, il avait usé de tout son charme pour séduire la future reine par ses *modinhas*[1] et ses *lundus*[2]. Toujours dédaigneux envers le clavecin, il avait su trousser des vers galants sur sa *viola* et Dona Maria avait voulu voir en lui une source de détente qui la distrayait de ses terreurs de l'Enfer. Hélas, malgré toute son insistance, Caldas Barbosa n'était pas parvenu à imposer Dom Cristiano à la monarque et il avait dû se résigner à voir partir son ami vers l'exil.

Rectifiant son chapeau de cuir d'un geste sec du pouce et de l'index, Dom Cristiano murmura, pour lui-même :

« J'espère que ce satané gratteur de cordes ne m'aura pas menti… »

Durant toutes ces années passées ensemble, le musicien n'avait en effet pas tari d'éloges sur le Brésil. Au cours de beuveries interminables, lorsque les effets de l'alcool l'empêchaient de jouer correctement de son instrument et le plongeaient dans une béatitude absolue, quand les tables voisines se vidaient et que les filles, les yeux gonflés de fatigue, s'affaissaient lentement sur leurs chaises, la tête inclinée sur le côté, Caldas Barbosa commençait à raconter. Les montagnes en forme de pains de sucre, les métis, les Indiens mystérieux, les esclaves africains dont certains possédaient des nez troués de bijoux en os et des scarifications, mais aussi les immenses marchés grouillants d'odeurs, les *fazendas* qui s'étendaient à perte de vue, la couleur de l'océan sous les Tropiques, ses démêlés avec la police et son temps de prison, à Sacramento : tout y passait et il jurait que toutes ces histoires étaient authentiques, même les plus étranges.

1. Genre musical aux paroles païennes.
2. Genre musical fortement influencé par la rythmique africaine.

Ainsi en était-il allé pour l'histoire de celle qu'il appelait Rosa l'Égyptienne de la Vraie Croix. Cette ancienne prostituée d'origine africaine avait connu la révélation de Dieu et avait abandonné aussitôt sa profession pour se convertir au catholicisme le plus effréné. Chaque jour, elle récitait l'office de Notre-Dame et celui de Saint-Joseph, s'infligeant des jeûnes déraisonnables et se lançant avec toute la dévotion de son âme dans des autoflagellations, des processions nocturnes et des neuvaines consacrées aux saintes et aux saints du Paradis. Très vite, le Brésil se mit à la surnommer l'Épouse de la Sainte-Trinité, la Mère de Miséricorde ou encore la Reine des Vivants et Juge des Morts.

À voix basse, par crainte d'une crise d'hystérie de Dona Carlota, que l'âge passant avait rendue plus bigote que jamais, Caldas Barbosa avait ajouté, sur le ton du secret :

« Elle n'avait pourtant pas oublié ses racines et, chaque jour, elle invoquait la Terre, celle de ses ancêtres.

– Tu y crois, toi, à cette histoire ? avait répondu Dom Cristiano.

– Bien sûr. Surtout qu'elle affirmait que l'enfant Jésus lui-même venait lui rendre visite la nuit, chez elle, et qu'il peignait de ses propres mains sa longue chevelure crépue… »

Comme Dom Cristiano, dans la lumière faiblissante des bougies, oscillait entre le rire, l'incrédulité et l'émerveillement, le musicien avait poursuivi :

« Pour le remercier, Rosa l'Égyptienne ouvrait son corsage et lui donnait à téter son sein. Le sein d'une Négresse à l'enfant Jésus, est-ce que tu peux imaginer ça ?

– Moi, non ! Il n'y a aucun risque. Mais toi, je crois que tu as trop bu, pour le compte. »

Avant de porter son verre à ses lèvres épaisses, Caldas Barbosa n'avait rien objecté et, les yeux brillants de malice, il avait conclu :

« L'Afrique qui donne le sein au Christ des Blancs. Vrai ou faux, quelle importance ? En tout cas, ça pourrait faire une *modinha* du tonnerre… »

*

La traversée depuis le Portugal jusqu'au Brésil dura à peine plus de deux semaines, avantagée par un temps clément et un vent régulier qui faisait se tendre les voiles en édredons rebondis et gonflés à souhait. Dans les cales, des objets manufacturés s'entassaient jusqu'à faire craquer les coques calfatées et vernies et l'on y trouvait, pêle-mêle, des miroirs dorés à l'or fin, des essieux de charrue, des socs d'acier qui iraient féconder les terres grasses de la colonie, des tonneaux de clous, des enclumes rutilantes, des caisses de mousquets et de pistolets, des barils de poudre, des pelles et des haches, sans oublier des statues de la Vierge Marie et des Christs crucifiés par douzaines, protégés par des couches de paille et qui laissaient flotter une bonne odeur d'herbe fraîchement taillée.

Au-dessus de ces marchandises, une centaine de migrants se pressaient dans la promiscuité la plus absolue, ne disposant, pour leurs besoins intimes, que de trois tonneaux que, tous les soirs, ils devaient déverser dans l'océan et nettoyer abondamment au vinaigre et à l'eau. Ces malheureux en quête d'une nouvelle existence étaient majoritairement des Portugais qui comptaient fermement reprendre pied dans cette colonie du bout du monde, ce mirage qui s'apparentait à l'Eldorado de Voltaire et qui peuplait tous leurs songes et leurs pensées. Voleurs, excommuniés, violeurs, assassins pour certains, charlatans, simples pickpockets ou paysans et artisans, ils voguaient vers l'inconnu, l'âme ouverte aux quatre vents, frissonnant de terreur et d'espoir mêlés, ne connaissant à peu près rien du Brésil, sinon que l'or et les diamants y abondaient encore et qu'il fallait se méfier des Indiens qui tous, sans exception, dévoraient des femmes, des enfants et des hommes à chacun de leurs repas.

Au premier niveau, enfin, se trouvaient les membres d'équipage, le capitaine, ainsi qu'une poignée de voyageurs aisés dont Dom Cristiano da Fonseca faisait bien évidemment partie. Dans sa carrée, il avait remisé trois malles de taille imposante contenant ses effets personnels, ainsi que deux tonnelets de porto et suffisamment de tabac pour pouvoir tenir pendant la durée du voyage. Préférant ne pas avoir à côtoyer les gueux pas plus que les nouveaux bourgeois, soucieux avant tout de faire fructifier leur fortune par l'or du Brésil, Dom Cristiano ne parla à personne durant la traversée et se fit servir tous ses repas dans sa chambre, passant le temps à boire, à fumer et à s'abîmer dans une tristesse que déridait, quelquefois, l'excitation du voyage. Un soir, cependant, alors que la lune couleur de beurre frais semblait émerger de la noirceur de l'océan, il se décida à faire quelques pas sur le pont, jusqu'à la proue, comme s'il voulait regarder bien en face le destin vers lequel il se dirigeait inexorablement. Au bout de quelques minutes d'un silence rythmé par la musique régulière des vagues frappant les flancs du navire, alors qu'il grillait une pipe de tabac parfumé, le capitaine, un petit homme d'une bonne cinquantaine d'années portant barbe et moustaches, la perruque à rouleaux bien poudrée sur le crâne, l'aborda avec un ton amical :

« Bonsoir, Monseigneur. Y a-t-il quelque chose que je puisse faire pour vous ? »

Sans se retourner, les yeux toujours fixés sur l'horizon empli d'étoiles, Dom Cristiano répliqua :

« Non, Capitaine. Ou plutôt, si… Connaissez-vous bien le Brésil ?

– Je fais la liaison Lisbonne-Rio de Janeiro depuis plus de vingt ans, au point que je ne sais même plus si je suis portugais ou brésilien. Que désirez-vous donc savoir ?

– Je ne sais pas trop. On m'a dit beaucoup de choses sur ce pays. Vous qui le fréquentez depuis tant d'années, quel est votre avis sur la question ? Est-ce vraiment la terre de lait et de miel ? »

Après avoir allumé sa longue pipe avec un briquet d'amadou, le capitaine répondit en bougonnant :

« La terre du lait et du miel, certainement pas, Docteur. Là-bas, tout n'est que jungle, chaleur à en crever et moustiques qui vous sucent le sang à toute heure du jour et de la nuit.

– Et les habitants ? Sont-ils au moins affables ?

– Le Brésil, c'est l'égout du Portugal. La Couronne y envoie tous les indésirables et la police a un mal de chien à faire respecter l'ordre et la loi. C'est comme pour l'Amérique du Nord où les Anglais ont débarqué tous les meurtriers et les catins vérolées de Londres, pardonnez l'expression, pour fonder une colonie qui n'a que le vice dans le sang. »

Dom Cristiano se retourna vers lui et, tout en tapotant sa pipe contre le bastingage, il objecta :

« Vous exagérez, sans doute. Le Portugal dépêche

aussi au Brésil des gens honorables et fort capables, non ?

– Il y a des exceptions, je ne dis pas. Et vous en êtes la preuve vivante, Docteur. Mais quand même, il y a des choses qui ne sont pas chrétiennes…

– Que voulez-vous dire ? »

Parfaitement au fait de l'identité et de la qualité de son passager, le capitaine hésita un instant, puis il poursuivit, tête basse :

« Est-ce que vous connaissez l'île Santa Catarina, l'île aux Sorcières ?

– Pas le moins du monde. De quoi s'agit-il ?

– Oh… C'était en 1747 ou 1748, je ne me souviens plus très bien. Il faut dire que je n'étais qu'un moussaillon, à l'époque. Pour peupler la colonie, le roi Dom João V a fait transférer sur cette maudite île, en provenance des Açores et de Madère, plus de 4 000 personnes. Moi-même, j'ai vogué sur l'un de ces navires et je peux vous dire que ça a été le pire voyage de toute ma vie.

– Et pourquoi ce nom d'île aux Sorcières ? »

Après avoir expulsé un nuage de fumée qui se disloqua aussitôt dans l'air marin, le capitaine répondit :

« J'y viens, Docteur… Dans les bateaux qui ont assuré la traversée, il y avait des déserteurs et des gens pas très recommandables. Mais il y avait aussi beaucoup de femmes convaincues de sorcellerie. C'étaient des traînées comme celles qu'on rencontrait dans le temps sur les rives du Tage, de celles qui jettent des sorts, qui peuvent vous maudire sur plusieurs générations et qui utilisent l'esprit du malin pour vous empoisonner ou vous rendre le corps débile.

– Tiens donc ?

– C'est la vérité vraie, Monseigneur. Cette île, elle

est diabolique et je vous conseille de vous en tenir à l'écart, si j'ose me permettre. Sur cette terre, même les soldats du roi n'osent pas poser le pied… »

Un instant, Dom Cristiano da Fonseca eut une pensée émue pour Dona Angelica et son fils. Après tout, peut-être que la haine de Dom Sebastião de Melo les avait exilés sur cette île de Santa Catarina. Aussitôt, il balaya cette idée de son esprit. Les colonies du Portugal étaient nombreuses et il n'y avait qu'une chance infime pour que son enfant et sa compagne aient justement fini leur course sur ce bout de terre, à plusieurs centaines de kilomètres au sud de Rio de Janeiro. À cette heure, son fils avait plus de vingt ans et Dona Angelica, compte tenu de sa condition, n'avait certainement pas supporté d'être rabaissée au simple rang du peuple.

Avant de retourner vers sa carrée, Dom Cristiano questionna à nouveau :

« Il n'y a donc rien de bon, selon vous, dans ce Brésil ?

– Pas grand-chose, en tout cas. Rio est un coupe-gorge, le pays grouille de bêtes féroces et d'Indiens qui ne sont même pas assez bons pour cultiver la terre. Et je ne vous parle pas des esclaves qui prennent la fuite et qui se mettent à étriper les Blancs qui veulent les rendre à leur condition.

– Et l'or, dans tout cela ? »

Avec un sourire amer, le capitaine lâcha :

« L'or ? C'est le malheur du monde, Docteur. Et ça l'est encore plus pour le Brésil.

– Pourquoi donc ?

– Il n'y a plus d'or. Plus autant qu'avant, en tout cas. Et pourtant, ils sont encore des centaines de milliers de pauvres bougres à laver la terre, dans l'espoir de faire fortune. En ville, on court vers la disette, car tous les bras valides ont déserté les champs pour fondre sur le Minas Gerais. Le Brésil, ça ne sera jamais un pays de cocagne. Vous pouvez m'en croire, Monseigneur… »

*

« Voilà donc cette fameuse cité de Rio de Janeiro. On est tout de même loin de la merveille que ce coquin de Caldas Barbosa m'avait vantée… »

Bien campé dans ses bottes, la chemise collant à son torse et le front dégoulinant de sueur, Dom Cristiano da Fonseca observait la ville avec méfiance, depuis le balcon de la Capitainerie. À ses pieds, dans les rues non pavées, s'écoulaient des eaux usées dans des semblants de rigoles. Le nouveau superintendant des Mines du royaume du Portugal ne cachait pas son dégoût à la vue d'un tel spectacle. Si le musicien métis avait largement enjolivé la réalité, le capitaine du navire qui l'avait débarqué au Brésil, le matin même, n'avait en rien minimisé la noirceur du tableau. À l'inverse de la nouvelle Lisbonne, tout n'était ici que venelles tortueuses, chiens et chats errants à la maigreur effrayante, armées de clochards et de mendiants qui exhibaient avec des mines larmoyantes leurs infirmités, yeux crevés, bras et jambes tronqués, oreilles et nez coupés ou encore de larges et épaisses plaques infectées de pus qui couraient sur les visages, les cous et jusque sur les mains. Ici, nulle avenue rectiligne, mais des taudis dont les moins insalubres affichaient des façades où quelques pierres de taille noyées dans du pisé tentaient vainement de donner une impression de solidité. Entre les masures, dès que la terre le permettait, des bouquets d'arbustes et de plantes grasses poussaient dru et, de leurs robustes racines, faisaient se lézarder les murs. Dans ce paysage désolé, plombé par une chaleur intense et suffocante, Dom Cristiano se sentit subitement las et décida, en son for intérieur, de repartir au plus tôt au Portugal, même au risque de finir ses jours dans un cachot.

Dans son dos, une voix retentit soudain, fraîche et enjouée dans la fournaise :

« Monseigneur ! Vous ne pouvez pas imaginer l'honneur et la joie que votre arrivée me procure ! Enfin, un individu civilisé de notre bonne cour du Portugal daigne nous honorer de sa visite ! »

L'homme qui venait de prononcer ces mots, Dom Luís de Almeida Silva Mascarenhas, venait de pénétrer dans la pièce et, à petits pas rapides, vint saluer son visiteur. De haute stature et le visage couvert d'une barbe fournie, il ne portait pas de perruque, malgré son titre de vice-roi, et, lorsqu'il ôta son chapeau de cuir noir, Dom Cristiano put découvrir une opulente chevelure brune, coiffée en rouleaux et qui lui descendait jusque entre les omoplates.

Après quelques banalités d'usage, Dom Luís de Almeida invita son visiteur à prendre place dans l'un des fauteuils de velours vert qui entouraient une table basse recouverte d'une épaisse vitre biseautée, puis il claqua des mains par deux fois. À ce signal, deux jeunes Négresses, les cheveux coupés court et vêtues de simples robes blanches retenues à la taille par une ceinture de flanelle rouge, firent leur apparition. Les yeux baissés, elles vinrent déposer deux plateaux sur la table, l'un portant les alcools et les jus de fruits, l'autre des verres de cristal de différentes tailles. Puis, les mains derrière le dos et les yeux baissés, elles attendirent les ordres.

« Quelle boisson puis-je vous proposer, Monseigneur ? Désirez-vous de la citronnade, du jus de mangue ou bien encore du porto, venu tout droit du Douro ? »

Face au visage jovial du vice-roi, Dom Cristiano se détendit légèrement et, d'une voix monocorde, il répondit :

« J'écluse du porto à petites lampées depuis mon départ du Portugal et sa seule vue commence à me provoquer des nausées. Quant aux jus de fruits, ce sont des boissons que je ne réserve qu'aux femmes, aux enfants et aux malades.

– Après quelques mois passés sous les Tropiques, vous serez prêt à tuer pour pouvoir tremper vos lèvres dans du porto du Portugal, je vous en réponds, Monseigneur ! »

Comme Dom Cristiano se tenait coi, le front buté, Dom Luís de Almeida reprit, d'un ton complice :

« Mais peut-être que vous ne connaissez pas l'alcool du Brésil, la *cachaça* ? »

Sur ce dernier mot, le superintendant fronça les sourcils et demanda :

« De la *cachaça* ? L'un de mes amis brésiliens, actuellement à la cour de Lisbonne, m'en a en effet dit le plus grand bien…

– C'est étonnant. Ce breuvage vous brûle les lèvres et il est presque impossible d'en avaler une gorgée sans grimacer aussitôt. Pour que votre ami ait vanté cette décoction, c'est certainement qu'il devait se morfondre dans la mélancolie de son lointain Brésil ! »

Se penchant soudain sur la table basse, Dom Luís de Almeida reprit, sans se départir de son sourire engageant :

« Toutefois, si Monseigneur m'y autorise, je vais vous préparer un verre de *cachaça* à ma façon. »

Joignant le geste à la parole, il saisit le plus grand de tous les verres et y fit couler une large rasade d'un liquide d'une couleur ambrée de châtaigne qui s'irisa dans la lumière crue du soleil. Puis il compléta cette ration par du jus de limette d'un vert très pâle que l'une des servantes servit d'une carafe. Enfin, il cassa lui-même un petit morceau de pain de sucre, remua le tout à l'aide d'une cuillère d'argent et tendit la préparation à son invité, tout en glissant :

« Le jus de la canne, les fruits et le sucre : vous allez goûter trois des multiples richesses de notre colonie, Monseigneur… »

Vingt minutes plus tard, les effets lénifiants de ce cocktail avaient assoupli les traits sévères de Dom Cristiano da Fonseca. Confortablement installé dans son fauteuil, tirant avec plaisir sur sa pipe, rafraîchi désormais par l'une des Négrillonnes grâce à un éventail composé de plumes de paon multicolores, le nouveau venu conversait aimablement avec Dom Luís de Almeida. Celui-ci, toujours prévenant, lui expliqua :

« Monseigneur, je sais que vous éprouvez ce que tout homme civilisé qui débarque dans notre colonie du bout du monde ressent. Déjà, vous regrettez la fraîcheur des palais de Lisbonne, vous vous étonnez de la présence de tant de Noirs dans les rues et, pour le vice-roi que je suis, vous trouvez que le protocole qui sied à votre réception est bien maigre, au regard du Portugal. Mais, que voulez-vous ? Nous sommes ici sous les Tropiques et les perruques et les ronds de jambe à répétition ne conviennent pas à notre climat…

– Pour l'instant, Monseigneur, c'est surtout l'odeur de la pourriture qui m'incommode.

– À cela aussi il faudra hélas vous y faire. Outre les ordures de la rue, tout pourrit par ici. La jungle, les fleuves, les lacs et les marais. Tant que Lisbonne n'ordonnera pas la mise en chantier de travaux d'importance, Rio restera une cité encadrée par des marigots putrides tels que celui de la zone d'Ipanema qui, en dialecte tupi, signifie la plage du poisson pourri. Mais je reste persuadé que vous parviendrez très bientôt à apprécier ce pays, vaste comme un continent, à sa juste valeur.

– En quoi serait-il tellement appréciable ? De mon trajet du port jusqu'ici, je n'ai fait que traverser une cour des miracles peuplée de Noirs en haillons, de camelots et de montreurs de bêtes sauvages. Sans exagérer, vous êtes la première figure honnête que je croise depuis que j'ai mis pied à terre.

– Que voulez-vous dire, Monseigneur ?

– Tout simplement que vous êtes le premier homme à n'avoir que du pur sang portugais dans les veines et que cela se voit. »

Levant les paumes des mains vers le ciel en signe de fatalité, Dom Luís de Almeida répliqua, avec sa bonne humeur coutumière :

« Méfiez-vous des apparences, Monseigneur. Si tout pourrit, au Brésil, tout s'y mélange aussi. Blancs, Noirs, Indiens. Quant à moi, j'ai dans le corps, paraît-il, un seizième de sang indien et j'espère que cela ne vous déçoit pas trop.

– Comment cela se peut-il ?

– Les mœurs sont très légères au-delà de l'équateur et, comme vous ne l'ignorez sans doute pas, le Brésil manque cruellement de population blanche pour le diriger et le gouverner. Mes aïeux étaient certes issus d'une noble lignée portugaise, mais il se murmure que l'un d'entre eux aurait eu un fils illégitime avec une *cabocla*[1]. Celui-ci a donc hérité de ce que l'on appelle ici une âme blanche et il n'a donc rien perdu de ses prérogatives. Quant à moi, j'ai accompli toutes mes universités à Coimbra et je suis donc considéré officiellement comme un Portugais… »

À cet instant, Dom Cristiano ordonna d'un geste autoritaire de la main à la Négrillonne chargée de l'éventer d'accélérer son mouvement, puis il répliqua :

« Que Votre Seigneurie se rassure : ce genre d'aventures est arrivé dans ma propre lignée. Mes grands-parents étaient brésiliens d'origine portugaise et, même si cela ne se voit pas à l'œil nu, je possède pour ma part quelques gouttes de sang noir. Je n'en tire aucune honte particulière, mais c'est le genre de détail disgracieux qu'il vaut mieux tenir secret, au Portugal, si l'on veut avoir la chance et l'avantage d'évoluer dans les meilleures sphères. »

Après avoir inspiré une pincée de tabac par les narines, Dom Luís de Almeida s'amusa :

« Depuis les travaux du marquis de Pombal, Lisbonne est devenue, il est vrai, une capitale à la pointe de la modernité. Toutefois, sur le plan de la question raciale, vous me permettrez de vous apprendre que le Brésil possède une avance très nette sur l'Europe.

– Mais cela va faire bientôt quinze ans que l'esclavage est interdit au Portugal, tout de même ! »

Le vice-roi remisa sa tabatière dans la poche de sa redingote, puis il expliqua :

1. Une femme issue d'un Portugais et d'une Indienne.

« C'est exact. Mais, ici, l'esclavage reste un mal nécessaire, sans quoi la Couronne ne pourrait pas rouler carrosse avec l'or lavé par les bois d'ébène, pas plus qu'elle ne pourrait tirer des bénéfices substantiels de son sucre ou de son café. Toutefois, nous laissons aux meilleurs de nos Noirs une liberté que vous ne soupçonnez pas…

– De quelle liberté parlez-vous, Monseigneur ? Tous les Noirs que j'ai vus travaillaient sous le fouet ou mendiaient à la sortie d'une église. Est-ce donc cela que vous appelez la liberté ?

– Certes non ! Ceux-ci sont en règle générale des Africains arrivés récemment. Je voulais vous parler de certains de nos esclaves qui ont recouvré la liberté, soit par leur mérite, soit par la volonté de leurs maîtres qui, sur leur lit de mort, les ont ainsi récompensés pour leur total dévouement. Pourtant, plus nombreux encore sont ceux qui ont été rachetés par des Noirs libres et regroupés en confréries. »

Fronçant à nouveau les sourcils, Dom Cristiano se pencha en avant et s'inquiéta subitement :

« Avec quel or ces animaux-là peuvent-ils racheter leurs congénères ? Et pourquoi la Couronne n'interdit-elle pas un semblable commerce qui me paraît absolument contre nature ?

– L'or vient des Blancs qui le distribuent en quantités non négligeables lors de messes qu'ils font dire pour leur salut futur, dès qu'ils ont atteint l'âge adulte. Quant à interdire ces confréries, cela est tout bonnement impossible. Ces groupements d'esclaves libres font plus pour la paix sociale, les soins et l'éducation que la Couronne du Portugal. Grâce à eux, nous n'avons jamais eu à déplorer la moindre révolte armée dans notre colonie et, de plus, les esclaves en fuite se font de moins en moins nombreux.

– Vous plaisantez, je suppose ?

– Pas le moins du monde, Monseigneur. Certaines de ces confréries sont tellement riches et influentes qu'elles ont pu faire construire des églises dont le Portugal n'aurait pas à rougir. Certaines, même, ont véritablement pignon sur rue et ont obtenu le droit, dans les cas les plus délicats, de me demander personnellement audience, à moi, le vice-roi du Brésil.

– J'ai peine à vous croire…

– Je vous en apporterai la preuve en vous présentant un dénommé Zumbi qui possède la confrérie de Bom-Fim et dont la renommée va chaque jour en enflant. »

Comme Dom Cristiano restait bouche bée, le verre de *cachaça* vide dans sa main gauche, Dom Luís de Almeida ajouta :

« Vous n'êtes pas au bout de vos surprises, Monseigneur. Croyez-moi sur parole : le Brésil risque tout autant de vous déplaire que de vous émerveiller, ou encore de vous révolter… »

CHAPITRE XI

Quelques années déjà avaient passé depuis que Zumbi, aidé par Laurinda, avait ouvert sa confrérie de Bom-Fim. Dans cette aventure hasardeuse, le nouveau prédicateur avait su faire preuve d'une volonté sans faille, persuadé que les dieux de l'Afrique l'épauleraient et veilleraient sur ses intérêts. La capitale grossissant chaque jour de nouveaux migrants, il avait, par son caractère affable et son sens naturel du service, réussi tout d'abord à attirer dans sa confrérie des gens du bas peuple, de pauvres bougres qui se louaient pour de menus services dans les maisons des maîtres, afin de ne pas crever de faim. Accueillis à Bom-Fim avec les mêmes égards que les bourgeois, ces miséreux avaient très vite vanté les qualités de cette maison à travers la ville et, en quelques mois, Zumbi avait été contraint de refuser du monde aux portes de sa petite confrérie. À chaque messe, les dons affluaient et, dès qu'il se hissait sur sa chaire improvisée, faite d'une simple table de bois grossier, le prédicateur sentait son âme entière s'emplir de joie et de piété, et les sermons qui jaillissaient de ses lèvres ne lui semblaient pas de son propre fait, mais comme prononcés par une voix lointaine qu'il laissait couler sans pouvoir influer sur le sens de ses paroles.

En deux ans, Zumbi abandonna définitivement sa tâche de portefaix et, s'il continua d'exercer à l'occasion le métier d'écrivain public, ce ne fut plus que gratuitement, dans l'espoir parfaitement assumé d'aider les bourgeois illettrés et de les rallier ainsi à sa Bom-Fim. D'autre part, il se faisait aussi un devoir de venir en aide aux plus humbles de ses congénères pour pénétrer les arcanes administratifs des hommes de plume de la Capitainerie. Trois ans plus tard, il réunit suffisamment d'or pour faire ériger une véritable église au nord de Rio de Janeiro, non loin des ports, dans la rue de Gamboa. Cet édifice, bâti en pierres de taille, brillait par la sobriété de ses lignes et l'humilité de son ensemble. À l'intérieur, nulle statue baroque ni le moindre chandelier ou crucifix d'or. Les icônes étaient simplement en bois et peintes à la main, et, du ciboire à l'encensoir, tout n'était que laiton, cuivre ou plomb. Quant à la petite bicoque en planches, elle avait été consacrée en partie à un orphelinat et, derrière l'édifice, trois autres pièces avaient été bâties pour accueillir le *terreiro*[1] d'une Mère-de-saint, Dona Graziela, qu'il avait lui-même choisie. Là, régulièrement, des séances de candomblé avaient lieu et, si les offrandes en nature étaient tolérées, il avait interdit de faire payer les indigents pour les soins prodigués.

Durant dix ans, Zumbi et Laurinda acquirent ainsi une réputation de générosité et de droiture vantées par tous et, si les dons continuèrent à emplir les cassettes de la confrérie, ils tinrent leur promesse et libérèrent des Africains par dizaines du joug de l'esclavage. Désormais, Bom-Fim inspirait le respect à tous, non

1. Lieu accueillant les cérémonies du candomblé.

seulement dans la ville et dans l'État de Rio de Janeiro, mais aussi jusqu'aux villes voisines, de São Paulo à Ouro Preto, et même jusqu'à la lointaine Bahia.

« Comme ça, t'es fier de toi, beau masque ? Tu fréquentes tout le gratin de la ville, à cette heure, tu portes des chemises de soie et des bottes en cuir, t'as cinq filles qu'apprennent le grec et le latin, tu manges de la viande trois fois par jour et t'es fier de toi ?

– Pourquoi je ne le serais pas ? Je suis sorti de ma condition.

– T'es sorti de rien du tout, l'ami. T'es juste qu'un Nègre qu'est riche parce qu'il promet de prier pour des Blancs qu'ont peur de crever en Enfer. T'es qu'un moulin à prières et rien de plus… »

Ronchon, comme à son habitude, l'Aveugle venait de reprendre sa posture devant l'église do Carmo, à genoux sur sa caisse, les bras en croix et ses yeux morts tournés vers les cieux. Depuis que les affaires de Zumbi s'étaient améliorées, il n'avait rien voulu changer à ses habitudes et continuait à mendier, un sourire extatique accroché sur sa face que le temps avait émaciée.

Du haut de sa monture, une superbe jument baie qu'il avait acquise quelques jours plus tôt, Zumbi répliqua, les mains bien à plat sur le pommeau d'argent de sa selle :

« Qu'est-ce que tu veux que je fasse, l'homme ? Que j'aie honte de ma bonne fortune ? Que je rougisse de porter de belles livrées et de manger à ma faim ? Et puis, il me semble que tu en profites toi aussi, non ?

– Qui te parle de ça ?

– Qu'est-ce qu'il y a, alors ? »

Toujours sans bouger, l'Aveugle grimaça :

« Y a que je te reconnais plus. T'es devenu un bourgeois et, si j'avais encore mes fichus yeux, je suis sûr que je verrais que t'es en train d'engraisser comme un cochon. »

Gêné, Zumbi rentra instinctivement son ventre rebondi et rétorqua, pincé :

« Que veux-tu ? C'est l'âge. Est-ce qu'on n'a pas coutume de dire que, dès qu'un homme passe la quarantaine, tout lui fait ventre ? »

Après avoir laissé passer le fracas d'un attelage tiré par deux chevaux qui s'engouffrait en direction de l'océan, l'Aveugle maugréa encore :

« Puis, y a pas que ça…

– Qu'est-ce que tu veux dire ?

– Y a ton canasson de malheur, voilà ce que je veux dire.

– Qu'est-ce qu'il t'a fait ?

– Il a que, avec tout le bon or que tu l'as payé, t'aurais pu acheter au moins quatre ou cinq esclaves et leur rendre la liberté… »

Cette fois-ci, le visage de Zumbi s'empourpra et, se redressant soudain sur sa selle, il lança :

« Depuis que Bom-Fim a ouvert ses portes, j'ai racheté plusieurs centaines de Négresses et de Nègres et…

– J'ai racheté ! Tu parles comme les maîtres blancs, à cette heure !

– Et alors ? Ce n'est pas vrai que c'est moi qui les ai rachetés ?

– Non ! Avec l'or des Blancs, t'as racheté des injustices, pas des libertés ! »

Pendant quelques secondes, un silence gêné plana et l'on n'entendit plus, sur les marches blanches de l'église do Carmo, que les gémissements douloureux de mendiants estropiés et les rires bravaches d'une bande de garnements qui jouaient à jeter des pierres sur un chien à trois pattes qui claudiquait au coin de la ruelle.

Avant de tourner la bride et d'éperonner son cheval, Zumbi demanda, une ultime fois :

« Alors, c'est décidé ? Tu ne veux pas venir déjeuner à la maison ? Laurinda a fait préparer une *feijoada*[1] et des flans à l'ananas et à la mangue, juste pour toi…

– Elle a fait préparer ? Elle est trop riche, maintenant, pour se servir de ses propres mains, la princesse ?

– Ne manque pas de respect à ma femme !

– C'est pas à elle que je manque de respect. C'est à la vie que vous menez, depuis que l'or vous a touchés… »

À ces mots, Zumbi repartit au petit trot et l'Aveugle, lorsque les bruits des sabots s'estompèrent tout à fait, s'essuya le front avec son mouchoir sale et murmura, pour lui-même :

« Maintenant qu'il est riche, il mange avec des bourgeois et même des nobles. Un Nègre qu'a des sous, ça reste qu'un Nègre. Et on le respecte encore moins qu'un Nègre pauvre, par jalousie. Sûr que cette histoire est trop belle. Ça va finir par mal tourner… »

*

« Alors, ma princesse ? Ça y est ? Tout est bien prêt comme on l'avait dit ?

– Mais oui, mon homme. Tout va bien se passer, tu vas voir.

1. Plat national brésilien, à base de viande, de haricots noirs, de riz, de manioc et de quartiers d'oranges crues.

– C'est que c'est très important, tu sais ? Pour toi, pour moi, pour la confrérie… »

Dans le petit hôtel particulier de Santa Teresa qu'ils avaient fait construire, deux ans auparavant, Laurinda, vêtue d'une élégante robe de dentelles blanches et le crâne ceint d'un foulard, à la mode bahiane, cessa d'inspecter la table de la salle de réception. Avec lassitude, elle répliqua :

« Tu commences à me fatiguer, Zumbi. Ce n'est quand même pas le roi du Portugal qu'on va recevoir, non ? »

Vêtu de ses plus beaux vêtements, barbe et moustaches taillées de près, une haute perruque poudrée et ornée de rubans posée sur sa tête, le prédicateur rectifia, l'index pointé vers le plafond :

« C'est encore plus que le roi du Portugal ! C'est le vice-roi du Brésil, mais aussi le superintendant des Mines du royaume et l'archevêque !

– Eh quoi ? Ils ont deux bras et deux jambes et ils vont tous au petit coin, tout comme nous !

– Laurinda ! »

À pas lents, la maîtresse de maison vint se poster devant son mari et, après l'avoir observé l'espace d'un instant, elle posa ses mains aux longs doigts effilés sur ses joues et souffla, dans un sourire :

« Je sais que c'est important pour toi, cette visite. Mais, en ce qui me concerne, je suis pressée que ce soit terminé.

– Pourquoi ?

– Parce que les hommes influents, ceux qui ont plus d'or que tu n'en posséderas jamais, ça te met dans des états qui m'inquiètent. Toi qui te moquais de tout, auparavant, tu transpires et tu trembles comme une jeune fille le jour de son premier rendez-vous d'amour.

J'en viens à regretter ma petite maison de lavandière et tes pantalons déchirés…

– Ne dis pas de bêtises ! »

Avec langueur, Laurinda reprit son inspection du chemin de table et de la bonne disposition des couverts et des verres, puis elle murmura :

« Tu étais beau parce que tu étais libre. Avec ta perruque sur la tête et tes brodequins, tu as l'air riche, mais tu es prisonnier… »

Un quart d'heure plus tard, Dom Cristiano da Fonseca, accompagné par Dom Luís de Mascarenhas, le vice-roi, et par l'évêque du Brésil, Dom José de Castelo Branco, pénétrèrent en carrosse dans la cour de l'hôtel de la rue dos Meireles. Encadrés par des hommes d'armes, ils avaient roulé au pas sur les raidillons sévères du morne de Santa Teresa, entraînant dans leur sillage des dizaines de curieux. En cette belle matinée de dimanche, les fenêtres des maisons bourgeoises s'étaient emplies de domestiques, et les maîtres des lieux, pour faire honneur au cortège, s'étaient installés sur le devant de leur demeure et saluaient avec force sourires les symboles du tout-puissant Portugal qui leur faisait l'honneur de les frôler.

Au numéro 12 de la rue dos Meireles, lorsque le trio quitta le carrosse, des applaudissements et quelques vivats retentirent dans l'air chaud et saturé de parfums de jungle. Près de la porte d'entrée, une haie d'honneur d'une dizaine de domestiques, buste fléchi et fleurs à la main, accueillit les nouveaux venus, et les lourdes grilles noires furent refermées dans un bel ensemble. Tout frémissant d'honneur et de fierté, le front perlant de sueur, Zumbi fut le premier à venir s'incliner devant les voyageurs :

« J'espère que le trajet de Messeigneurs n'a pas été trop pénible et qu'ils apprécieront quelques rafraîchissements avant de passer à table ? »

Dom Cristiano, un mouchoir parfumé posé devant ses narines, grimaça et répondit, d'une voix glaciale :

« Pour les rafraîchissements, vous pouvez donner l'ordre de les servir sur l'instant. Durant ce trajet, j'ai simplement eu l'impression de traverser les écuries d'Augias, tant cette ville marine dans le purin et les excréments… »

Puis, sous le regard incrédule de Laurinda postée sur le perron, il pénétra dans la maison, sans adresser la moindre attention à son hôte.

« Vous êtes donc ce fameux Zumbi, un homme riche mais sans particule, tel que l'on peut en trouver dans notre colonie ?

– Je n'en tire ni honte ni orgueil, Monseigneur. Mais il s'agit bien de moi, homme de basse extraction qui a su sortir de sa misère, à la force du poignet.

– Votre poignet me semble en effet fort musclé, après tant de prières…

– Si je prie tellement, Monseigneur, c'est que les Blancs du Brésil ont suffisamment de péchés à se faire pardonner.

– Que voulez-vous ? Les colonies sont un mal nécessaire, pour la bonne fortune du royaume du Portugal. Les immigrants ne sont pas issus de la fine fleur de la cour, mais l'on ne peut rien bâtir de solide sans des hommes rugueux, tout comme l'on ne peut pas faire d'omelettes sans briser d'œufs.

– Casser des œufs est une chose, Monseigneur. Tordre le cou des poules qui les pondent en est une autre… »

Assis dans de confortables fauteuils damassés, Dom Cristiano et Zumbi conversaient à fleurets mouchetés pendant que les domestiques servaient à table un luxe insensé de plats composés de pâtés et de saucisses fumées, de salades, de rôtis et de poulardes farcies, de poissons grillés et de crustacés en ragoût, sans parler des accompagnements qui se déclinaient en riz, haricots noirs, farine de manioc, tomates émincées relevées de gingembre et de coriandre, cœurs de palmier qui fondaient sur la langue, l'ensemble bercé par du vin de Porto du meilleur cru et des bouteilles de champagne français.

Piquant, avec une moue dégoûtée, un morceau d'agneau à la pointe de son couteau, Dom Cristiano demanda :

« Et vous-même, Monsieur ? Est-il bien vrai que vous êtes né libre et que vous n'avez pas eu à racheter votre liberté ?

– Grâce à Dieu, si mon grand-père était esclave, mon père est né libre et moi de même. Mais je n'ai pas toujours eu la chance de demeurer dans ce modeste hôtel. »

Avec un sourire narquois, Dom Cristiano laissa retomber le morceau de viande dans la sauce, puis il objecta :

« Modeste ? Comme vous y allez ! À ce que je peux voir, vous ne faites pas partie des plus pauvres de cette ville. Vos couverts sont en argent, vos verres en cristal et vous ne manquez pas d'esclaves pour vous faire servir !

– Ce ne sont pas des esclaves, Monseigneur, mais des serviteurs. Et je les paye pour leur tâche.

– C'est vrai, j'avais oublié un instant que vous étiez le fameux fondateur de la confrérie de Bom-Fim !

– J'ai, en effet, cette chance et cet honneur. »

Se penchant vers Zumbi, le superintendant murmura :

« Vous avez trouvé le bon filon, me semble-t-il. Hôtel particulier, vins fins, repas copieux, serviteurs, livrées de belle facture. Et tout cela sans avoir à s'échiner à chercher de l'or dans les fleuves ou les mines, mais bien plutôt dans les poches des bigots… »

Le prédicateur se redressa alors et, drapé dans sa dignité, il rétorqua :

« Il ne faut pas vous fier aux apparences, Monseigneur. J'ai longtemps été homme de peine, sur les quais de Rio. Puis je suis devenu chercheur d'or, du côté d'Ouro Preto.

– Est-ce là que votre bonne fortune a commencé ?

– Non. Dans la jungle, je n'ai rencontré que la misère, la douleur et les maladies. Les mineurs ne vivent que de rêves et, quand ces pauvres bougres récoltent soixante-dix grammes de paillettes dans une année, un grand propriétaire terrien en empoche plus de quinze kilos. »

D'un geste froid, Dom Cristiano da Fonseca se fit resservir un verre de champagne. Après en avoir avalé quelques gorgées, il reprit :

« S'enrichir en vendant des places au Paradis à des crédules pour libérer des Noirs… Je ne vous cache pas que je trouve votre affaire astucieuse.

– Merci, Monseigneur. Pour ma part, je dirais plutôt que délester des maîtres blancs vieillissants de quelques pièces d'or pour libérer des Nègres qu'ils ont eux-mêmes réduits en esclavage est un juste retour des choses… »

Quatre heures plus tard, lorsque la table fut débarrassée et que les convives s'installèrent dans le patio extérieur, les liqueurs, la *cachaça* et le café remplacèrent les vins et, aux bouches des hommes, des cigares commencèrent à lâcher leurs premières volutes de fumée parfumée et corsée. Comme le vice-roi et l'évêque discouraient avec passion de *L'Ingénu*, le dernier ouvrage de Voltaire traduit en portugais qui déclenchait des tollés d'indignation auprès de la noblesse, Dom Cristiano da Fonseca questionna encore, l'haleine lourde d'alcool :

« Dites-moi, Monsieur ? Pourquoi votre épouse semble-t-elle donc si absente et lasse ? Elle donne l'impression de s'ennuyer à mourir, même en compagnie de dignitaires tels que nous. »

Légèrement grisé, Zumbi répondit, un sourire faussement gêné sur les lèvres :

« C'est justement parce qu'elle s'ennuie, Monseigneur…

– Une Noire aussi belle et élégante, voilà qui est fort dommage. Si elle n'avait été votre propriété, je lui aurais volontiers fait un brin de cour, histoire de la distraire un peu… »

Comme son hôte ne répondait pas, maintenant l'air buté et les traits crispés, il reprit :

« Et cette ombre que j'ai vu rôder autour de la salle de réception ? Vous savez, cet homme qui est répugnant de saleté avec ses yeux crevés ? Est-ce l'un de vos pauvres ? »

Cette fois, Zumbi releva la tête et, le regard brillant de fierté, il répondit avec fermeté :

« Lui ? C'est mon meilleur ami, Monseigneur. L'ami que j'ai de plus cher au monde.

– Tiens donc… Une petite Noire sans éducation et un aveugle déguenillé, dans une maison d'aussi bonne condition. Vous m'étonnez, mon cher. Mais je ne regrette pas d'être venu. Ça, non, vous pouvez m'en croire… »

*

Au fil des semaines qui suivirent, la tension ne fit que croître, au numéro 12 de la rue dos Meireles, entre Laurinda, l'Aveugle et Zumbi. À la suite de ce repas dominical, qui avait encore rehaussé le prestige du prédicateur auprès de la population carioca, Dom Cristiano da Fonseca et son hôte d'un jour s'étaient revus, à la Capitainerie tout d'abord, puis dans les appartements du superintendant des Mines. Au cours de ces deux repas, où Zumbi s'était rendu seul, les deux hommes avaient appris à mieux se connaître et, peu à peu, à s'apprécier. Nés la même année, ils possédaient l'identique fierté d'avoir réussi leurs quarante premières années de vie et d'avoir su se hisser plus haut, dans la hiérarchie, que leurs pères respectifs. Ils jouissaient également d'un commun intérêt pour les chevaux de race, la bonne chère et la boisson. De plus, l'ardeur du soleil carioca avait tanné le visage de Dom Cristiano d'une manière si singulière que les racines africaines de celui-ci semblaient maintenant vouloir remonter à la surface. Lorsqu'ils se promenaient à cheval, côte à côte, d'aucuns auraient même pu penser que les deux hommes possédaient des liens de parenté.

Une nuit où ils se délectaient, dans le restaurant Le Paris, rue de Guarda Velha, d'une soupe de poissons safranée et de larges filets de mérou sautés et recouverts d'une sauce montée aux échalotes, à la crème fraîche, au vin et aux noix de cajou grillées, Dom Cristiano se laissa aller à quelques confidences :

« Cher ami… Le vice-roi avait vu juste. Le Brésil est un pays étonnant. Dès que j'y ai posé le pied, j'ai aussitôt eu envie de le quitter. Aujourd'hui, je sens que je commence à m'y plaire et l'idée de devoir l'abandonner pour retourner au Portugal me causerait du tracas.

– Il y a sans doute, de par le monde, des lieux bien pires que celui-ci, je vous l'accorde.

– Cette réflexion s'adapte aussi à votre cas… »

Interloqué, Zumbi avala sa bouchée de riz regorgeant de sauce, puis il interrogea :

« Que voulez-vous dire par là ?

– Lorsque je vous ai rencontré chez vous, pour la première fois, vous m'avez aussitôt été antipathique.

– Pourquoi donc ? »

Repoussant son assiette vide devant lui, Dom Cristiano ne répondit pas immédiatement. Puis, dans le brouhaha enfumé des discussions qui flottaient aux tables voisines, les yeux fixés sur les flammes des bougies qui montaient, droites, sur un chandelier à quatre branches posé entre les deux hommes, il lâcha :

« Je n'ai rien contre les Noirs et vous le savez fort bien. D'ailleurs, je ne dînerais pas aussi régulièrement en votre compagnie.

– Qu'est-ce qui vous a donc tant déplu en moi ? Le fait que je ne porte pas de haillons et que je ne sois pas, comme la majorité des Nègres, un homme de peine ? »

Dom Cristiano balaya la réponse d'un revers de la main, ce qui fit trembloter les flammes devant lui. Puis il rétorqua :

« Cela non plus n'a rien à voir. Un homme a le droit de réussir sa vie, quelle que soit sa couleur de peau. N'oubliez tout de même pas que j'ai été élevé à Lisbonne et que, au Portugal, cela fait presque quinze ans que le marquis de Pombal a interdit l'esclavagisme. Votre entreprise est florissante et en outre, à vous seul, vous faites plus pour les pauvres de ce pays que la Capitainerie.

– Quoi donc, alors ? »

Après qu'un serveur eut débarrassé en silence les assiettes et qu'un autre, tout aussitôt, les eut remplacées pour servir une fricassée de poule au sang avec lardons grillés et champignons, Dom Cristiano poursuivit :

« Je ne sais pas exactement. En vous découvrant, j'ai eu la sensation gênante de vous avoir déjà vu. Ce fut un sentiment très étrange et cela explique sans doute mon humeur maussade de ce jour-là. »

Puis il ajouta, d'une voix traînante et un peu absente :

« Il est vrai que coule dans mes veines un quart de sang de Noir brésilien… »

À ces mots, Zumbi roula ses gros yeux dans leurs orbites, avant de souffler :

« Que me dites-vous là ? Vous avez du…

– Oui, cher ami. C'est une sombre histoire dont mon père ne m'a parlé qu'à mots couverts et dont je ne connais ni les tenants, ni les aboutissants précis. Je n'en sais, à vrai dire, que les grandes lignes. »

Saisi d'une soudaine excitation, Zumbi questionna :

« N'accepteriez-vous pas de me conter cette histoire ? Bien entendu, si cela ne vous chagrine pas !

– Point du tout, très cher. C'est une aventure d'une banalité navrante, à la vérité. Ma grand-mère paternelle, Dona Josefina da Fonseca, a dû quitter le Brésil après avoir fauté avec un Noir. Dans le temps, la chose était mal vue et elle s'est enfuie avec son frère, un bon à rien soit dit en passant, pour trouver refuge à

Lisbonne. Là, elle a dilapidé l'essentiel de la fortune familiale, celle de son oncle qui l'avait recueillie étant enfant.

– De quel endroit du Brésil venait Madame votre grand-mère ?

– D'ici, de Rio de Janeiro.

– Et quel métier exerçait Monsieur son oncle ?

– Oh… un métier peu reluisant, vous pouvez m'en croire. Il faisait le commerce de Noirs, entre l'Afrique, le Portugal et le Brésil. »

À cet instant, Zumbi sentit une violente vague de trouble lui brouiller l'esprit et son corps entier se mit à trembler. En s'apercevant de ce subit changement d'état, Dom Cristiano s'empressa :

« Eh bien ? Que vous arrive-t-il ?

– Rien…

– Désirez-vous que je fasse apporter un linge mouillé ou un flacon de sels ?

– N'en faites rien. C'est déjà passé, voyez… »

Au moment où ils quittèrent Le Paris et avant de dénouer leurs montures, Zumbi s'approcha de Dom Cristiano et, sans le regarder en face, il lui dit :

« Pour Madame votre grand-mère, elle s'appelait bien Dona Josefina da Fonseca ?

– Oui, c'est le nom que je vous ai donné tout à l'heure.

– Est-ce que, par hasard, elle demeurait sur les flancs du morne do Castelo ?

– Je ne pourrais pas vous l'affirmer mais, maintenant que vous le dites, il me semble que c'est le lieu dont mon père m'avait parlé. Pourquoi cette question ? »

Dans la nuit venteuse, Zumbi sentit à nouveau son

corps se couvrir de sueur et ses jambes flageoler sous lui. Après avoir dégluti avec difficulté, il murmura :

« Mon grand-père était esclave. Et il travaillait dans la plus belle maison du Castelo, chez un négrier qui portait votre nom.

– Et alors ?

– Il a dû s'enfuir dans les *quilombos* des Palmares, après avoir… après avoir…

– Mais avoir quoi ? Parlez donc !

– Après avoir couché avec la fille ou la nièce du maître, je ne sais pas… »

Sous la lune qui donnait à plein, dans les rires qui montaient de la foule, grouillante et désordonnée, Dom Cristiano se tint coi durant de longues secondes. Puis il balbutia :

« Vous voudriez insinuer que nous serions issus de la même lignée ? Vous et moi ?

– Je n'ai pas dit cela ! s'exclama Zumbi, tout en reculant d'un pas.

– Rassurez-vous. De ce que j'ai pu apprendre de ma grand-mère, il n'y aurait rien d'étonnant à ce qu'elle ait pu avoir une aventure avec l'un des esclaves noirs de son oncle. C'était une catin qui avait le vice dans la peau et qui, pour cacher sa grossesse, n'avait rien trouvé de mieux que de se marier avec son propre frère, en catimini, dès son arrivée au Portugal.

– Vous pensez donc que c'est une chose concevable ?

– Je n'en sais rien. Ma grand-mère avait des dizaines de Noirs à sa disposition, elle n'avait que l'embarras du choix. Il n'y a donc que peu de chances pour que nous soyons issus de la même souche.

– C'est exact. Mais il y en a une… »

L'accolade que s'échangèrent les deux hommes, cette nuit-là, fut différente de toutes celles qui avaient précédé. Il s'y mêlait tout à la fois de la gêne, de la peur, de l'espoir et une chaleur fraternelle inaccoutumée.

*

« C'est à cette heure-ci que tu rentres ? Tu n'as pas vu tes filles de toute la journée et tu empestes l'alcool comme si tu avais passé une soirée dans un beuglant avec l'Aveugle ! »

Le chandelier à la main, vêtue d'une simple chemise de nuit ouverte sur la poitrine, les pieds nus, Laurinda fulminait devant Zumbi, dans l'entrée de leur hôtel particulier. Dehors, le vent s'était levé et fouettait par rafales nerveuses la jungle, sur les flancs du morne endormi. Sans un mot, le visage rêveur et souriant, le prédicateur tenta d'embrasser sa femme mais celle-ci, en deux pas rapides sur le parquet, se déroba et reprit, avec le même ton dur :

« D'où viens-tu ? Le soleil va bientôt se lever et j'exige de savoir ce que tu as fait de ta nuit. Je suis ton épouse, tout de même ! »

Après avoir marché jusqu'au salon et avoir saisi, au passage, une bouteille de *cachaça*, Zumbi s'affala dans l'un des imposants fauteuils de velours, puis il répondit :

« Calme-toi un peu, s'il te plaît…

– Je me calmerai si je veux. En attendant, dis-moi où tu étais !

– Au restaurant. Au Paris, si tu veux tout savoir.

– Les restaurants ne ferment pas à l'aube, Monsieur. Qu'est-ce que tu as fait, après ?

– Après, je me suis promené sur le port.
– Avec qui ?
– Tout seul, ma princesse. Tout seul… »

Le chandelier toujours en main, Laurinda rétorqua :

« Tout seul ? Toi ? Je n'en crois pas un traître mot, grand Nègre de malheur ! Tu as horreur de ça !

– Pas cette nuit. Il fallait que je sois seul pour penser un peu. »

Approchant les bougies du visage de Zumbi, Laurinda pesta encore :

« Arrête de mentir et de sourire comme un bienheureux ! Dis-moi plutôt la vérité. Avec qui étais-tu ? Une de ces catins de théâtreuses, des moins que rien que des maisons font venir de France ? C'est ça ?

– Mais tu sais bien que non…

– Pour avoir l'air aussi béat, il faut bien hélas que ce soit ça ! À moins que ce ne soit l'une des sœurs de la confrérie avec qui tu es allé jouer à la bête à deux dos. Ose dire que je me trompe ! Ose un peu ! »

Pensif, Zumbi ôta le bouchon de la bouteille, vissa le goulot à ses lèvres et en avala trois bonnes lampées. Dans le silence tendu qui suivit, Laurinda fit de son mieux pour ne pas laisser exploser sa colère puis, dans la lueur tremblante des bougies, elle lança :

« Pour la dernière fois, dis-moi quelle est la traînée qui te fait sourire comme un imbécile. Donne-moi son nom tout de suite ou je fais un malheur !

– Je n'étais pas avec une femme, je te le jure. Mais je n'étais pas seul. J'étais avec mon grand ami Dom Cristiano da Fonseca… »

À ces mots, Laurinda pâlit et porta l'une de ses mains à ses lèvres. Après avoir retrouvé un peu de salive dans sa bouche sèche, elle prit une ample inspiration, puis elle répliqua :

« Ton grand ami, n'est-ce pas ? J'aurais préféré que tu aies passé la nuit à forniquer avec qui tu veux plutôt que de passer du temps avec un homme comme lui. »

Sur ce, sans prononcer une seule parole de plus, elle quitta la pièce, fantôme vêtu de blanc dans l'obscurité. Se remettant debout, Zumbi la rejoignit en quelques enjambées et, la prenant aux épaules, il la retourna vers lui. Le visage étrangement calme et détendu, il tenta d'expliquer :

« Je sais que tu ne l'aimes pas, mais essaie de ne pas être trop dure avec lui. C'est un homme de bien et… »

Se libérant de l'emprise, Laurinda fixa son époux dans les yeux et dit, sur un ton méprisant :

« Il n'est pas un homme de bien, je te l'ai répété mille fois déjà ! C'est même une créature du diable…

– Comment peux-tu penser ça ?

– Je le sens, par tous les pores de ma peau. Dès que je l'ai vu, j'ai senti que la mort rôdait dans cet homme. C'est une canaille, il est lâche et il est cruel.

– Tu ne le connais même pas !

– Pas besoin de connaître des créatures de cette engeance pour les cerner. Je ne sais pas ce qu'il a fait de sa vie, au Portugal, mais je peux te dire qu'il a du sang sur les mains… »

Saisissant à nouveau sa femme aux épaules, Zumbi ne se départit pas de son sourire et, à voix basse, il répondit :

« Je ne sais pas s'il a du sang qui coule sur ses mains, mais une partie de son sang est le même que celui qui coule dans mes veines… »

Face au visage stupéfait de Laurinda, le prédicateur expliqua alors toute l'affaire en quelques phrases. Puis il conclut :

« C'est pour ça que, après avoir dîné au Paris, j'ai eu besoin de me promener un peu et de penser à tout ça. »

Avant de réagir, Laurinda retourna dans le salon, posa le chandelier sur la table basse et but une gorgée de *cachaça*, ce qui eut pour effet immédiat de la faire frissonner dans la pâleur de l'aube qui commençait à poindre. Puis, après s'être assise dans l'un des fauteuils, elle nia :

« Ce n'est pas l'un des petits-fils de ton grand-père. Il n'est pas de ta famille. C'est impossible qu'il soit de ta famille. Oxala n'aurait pas permis ça. »

S'accroupissant à ses pieds sur le parquet de bois, une main posée sur un accoudoir, Zumbi reprit, avec douceur :

« Mais tout concorde, ma princesse. Absolument tout, les dates, les lieux, les noms…

– Non ! Et qu'est-ce qui te dit que ton Dom Cristiano est issu de la famille Da Fonseca où ton grand-père était esclave ? Des Da Fonseca, je pourrais t'en trouver des dizaines qui n'ont rien à voir les uns avec les autres, rien que dans le centre de la ville ! Et puis, regarde un peu la couleur de ta peau : elle est noire comme du charbon, pas la sienne !

– Sa grand-mère était blanche et sa mère était blanche. C'est pour ça que sa peau a oublié l'Afrique… »

Pendant plus d'une heure, les deux époux discutèrent de la chose, chacun campant sur ses positions. Puis Zumbi loua la générosité de Dom Cristiano vis-à-vis de la confrérie de Bom-Fim, il rappela l'honneur qu'il leur avait fait en acceptant leur invitation à déjeuner à Santa Teresa, il répéta tout le bien que le vice-roi lui avait confié à propos du superintendant, il laissa entrevoir la chance qu'une telle opportunité d'amitié leur offrait. Bref, il fit tant et si bien que Laurinda se laissa insensiblement convaincre.

Au moment où elle se leva, Zumbi la serra entre ses bras et, à son oreille, il murmura encore :

« Il n'est peut-être pas de ma famille et on ne le saura sans doute jamais. Mais, s'il l'était, même s'il n'y avait qu'une seule petite possibilité sur des milliers, je te demande de lui laisser cette chance. Apprends à le connaître un peu, ma princesse. Et tu verras que c'est un homme de bien… »

CHAPITRE XII

Un an après son arrivée à Rio de Janeiro, Dom Cristiano da Fonseca s'était parfaitement acclimaté aux tropiques du Brésil et les nouvelles qu'il recevait du Portugal prouvaient, sans le moindre doute possible, que le marquis de Pombal avait eu raison de lui forcer la main et de le contraindre à l'exil. Dès que Dom José Ier était passé de vie à trépas, les prédictions du Premier ministre s'étaient révélées exactes. Les obsèques célébrées, les caciques de la noblesse et du clergé avaient réinvesti le palais royal sans rencontrer la moindre opposition, tant le marquis de Pombal avait régenté le pays seul, sans allié politique ni soutien de la société civile. Une fois le trône vacant, Dona Maria Ire avait été sacrée reine du Portugal et s'était entourée, dans la nouvelle résidence royale de Queluz, de toute une armée de prélats. Dévote forcenée, priant jour et nuit jusqu'à l'hystérie, peu instruite, ne vivant que dans la terreur de finir dans les flammes sulfureuses des Enfers, elle s'était immédiatement appliquée à éteindre les lumières qui avaient illuminé son pays et, à mots couverts, tous les esprits modernistes l'avaient surnommée Marie la Folle, tandis que ses partisans la qualifiaient de Marie la Pieuse.

Se promenant à pas comptés dans les jardins de sa

villa, située sur le morne São Bento, face à l'océan, admirant des massifs de fleurs dont les teintes vives éclataient comme autant de feux d'artifice dans le foisonnement des ramures et des feuilles, vertes et brillantes, Dom Cristiano se félicitait donc de sa bonne fortune. Il avait fait meubler sa propriété avec goût, sa fonction de superintendant des Mines lui laissait tout le temps libre qu'il désirait et, ainsi, il pouvait s'adonner sans modération à ses plaisirs quotidiens. Chaque matin, il se levait sur le coup de 10 heures, prenait un copieux petit déjeuner, puis signait des lettres, sans même vérifier ce dont il s'agissait car la majorité était constituée par des comptes rendus des maisons de fonderie chargées de prélever la taxe royale sur les masses d'or retirées au Brésil. À 14 heures, il se rendait en solitaire dans l'un des sept restaurants qu'il avait choisis et où il avait ses habitudes et, le soir venu, après une sieste réparatrice, il se rendait indifféremment chez le vice-roi, chez l'évêque, à l'hôtel particulier de Zumbi ou bien chez un architecte ou un médecin de ses amis, le temps de discourir sur tout et sur rien, un verre à la main. Tous les dimanches, il se faisait violence pour assister à la messe et, l'après-midi, il recevait peu, des invités triés sur le volet.

Pour ce qui était des choses de l'amour, Dom Cristiano avait résolu la question en fréquentant le Lido, une enseigne cossue et fort bien pourvue en jeunes filles européennes que Dona Rita, la patronne, faisait venir à grands frais. Le champagne y coulait à flots et seuls les hommes de la meilleure condition pouvaient accéder à ce lieu de débauche. S'y introduisant par une porte dérobée, au gré de ses envies, le superintendant goûtait alors à des plaisirs immédiats où les préliminaires n'avaient pas droit de cité et où il forniquait à la diable, ahanant quelques minutes et ne repartant jamais sans avoir dégusté un bon cigare et siroté du cognac à discrétion.

Définitivement oui, Dom Cristiano da Fonseca avait tiré le bon numéro et menait une vie façonnée dans l'oisiveté et la luxure, sous les ors du royaume du Portugal. Pourtant, une chose clochait dans ce tableau idyllique. Il ne s'agissait pas de Dona Angelica ni de son fils. Ce qui l'ennuyait et l'agaçait à la façon d'un gravier dans une chaussure, c'était que Zumbi semblait plus heureux encore que lui. Ce petit-fils d'esclaves était parfaitement amoureux de Laurinda, élevait ses cinq filles avec les meilleurs précepteurs de la ville, dirigeait la plus puissante confrérie du Brésil et continuait à libérer les esclaves par dizaines, cachant de moins en moins son hostilité envers les *fazendeiros*[1] et les maîtres blancs qui achetaient leurs pièces de Guinée comme les ménagères leurs kilos de viande, à l'étal du boucher.

Un *beija flor*[2] vint voleter sur place, à quelques dizaines de centimètres du visage de Dom Cristiano. Ses ailes remuaient à une vitesse si rapide qu'il ne pouvait qu'en deviner les mouvements et, agacé, il le repoussa d'un geste de la main. Voilà bien quel était son mal-être. Il était respecté de tous pour sa fortune et son poste de haut dignitaire. Il était craint par les nobles comme par les bourgeois. Il était reçu avec les plus grands honneurs par les familles les plus prestigieuses de la ville. Pourtant, il n'était pas aimé. Cette froide constatation, qui jusqu'alors ne l'avait pas troublé, avait peu à peu commencé à le ronger et à

1. Grands propriétaires terriens.
2. Colibri-abeille.

l'aigrir. Il ne regrettait rien de ce qu'il avait entrepris depuis ce funeste tremblement de terre de Lisbonne, pas plus les missions d'espionnage dont il avait été chargé que sa participation au simulacre de procès des Távora. Ce qu'il commençait à détester, c'était ce qu'il était devenu. Un homme seul, sans personne d'autre à aimer que lui-même.

Puis, il y avait Laurinda. Belle, fière, généreuse, totalement aux antipodes du fonctionnaire bedonnant qui, ce matin-là, promenait sa tristesse dans son jardin baigné de soleil. Depuis quelques mois, et à la demande de Zumbi, son époux, il s'était mis à leur rendre visite sur les flancs de Santa Teresa et sa froideur avait, paradoxalement, attisé l'attirance qu'il ressentait pour elle. Elle n'était pas comme toutes ces pimbêches bien nées qui faisaient des mines et se mêlaient de tout commenter sans rien connaître à quoi que ce soit. Laurinda, elle, n'était pas femme à parler pour ne rien dire, pas plus qu'elle ne se serait laissé séduire par des fleurs, des diamants, de l'or, ni même des présents, aussi fastueux soient-ils.

Au début, elle s'était butée et n'avait répondu à ses questions que par des phrases laconiques. Pour lui faire prononcer ne serait-ce qu'un mot aimable, il avait fait des dons somptueux à la confrérie de Bom-Fim. Elle les avait acceptés sans un sourire. Il avait tenté de lui décrire sa charge, ses responsabilités dans le commerce de l'or, son prétendu prestige à la cour de Lisbonne. Elle avait accueilli ses discours avec un silence poli, mais teinté de mépris. Il était alors descendu de ses grands chevaux et avait entrepris de lui parler des derniers livres à la mode, mais aussi de la faire rire en lui contant les ultimes potins dont on faisait les gorges chaudes, au Brésil comme en Europe. Rien n'y avait fait.

Bien évidemment, Dom Cristiano avait esquissé ces tentatives de séduction en parfait stratège, en toute discrétion, et Zumbi n'y avait vu que du feu, taquinant même son épouse, devant lui, sur son manque de chaleur, voire de gentillesse. Quant à l'Aveugle, avec qui il avait tenté de nouer des rapports cordiaux, il s'était heurté à une muraille d'indifférence et n'avait jamais pu lui tirer autre chose que des bougonnements grincheux avant qu'il ne lui tourne le dos et qu'il quitte les lieux.

« Monseigneur, vos invités sont arrivés. »

Surpris dans l'amertume de ses méditations, Dom Cristiano da Fonseca sursauta et se retourna. Près de lui, les yeux baissés au sol en signe de profond respect, un serviteur en livrée dorée, à la peau anthracite et au crâne rasé, attendait. D'une voix pensive, son maître questionna :

« Sont-ils tous arrivés ?

– Oui, Monseigneur. Il y a là Monseigneur le…

– Tais-toi. Je sais tout de même qui j'ai invité à venir déjeuner, non ?

– Oui, Monseigneur. Je m'excuse.

– On ne s'excuse pas, on demande à être excusé. Ça fait plus de cent fois que je te le dis, ignorant. »

Puis, d'un mouvement sec du menton, il lui indiqua l'allée de gravier qui menait à la salle de réception et aboya :

« File les rejoindre, faquin. Et fais servir des rafraîchissements et la collation d'avant repas. Je serai là dans une minute.

– Tout de suite, Monseigneur. »

Pendant que le domestique repartait à pas pressés, Dom Cristiano observa sa livrée qui brillait dans le soleil et murmura, pour lui-même :

« Ce n'est pas parce qu'on met une couronne sur la tête d'un gueux qu'il se transforme en roi. Ces noirauds mal dégrossis sont décidément encore plus bêtes que des singes… »

*

« Que me contez-vous donc, Votre Excellence ? Des histoires pour les enfants ou pour les simples d'esprit ?

– Pas le moins du monde, mon cher superintendant de nos bonnes mines du Portugal. Ce que je viens de vous narrer est la stricte vérité. »

Avant de passer à table, Dom Luís de Almeida régalait les convives avec l'incroyable destinée de Chica da Silva, une histoire qui défrayait la chronique depuis plusieurs années déjà. Francesca da Silva, de son vrai nom, s'était acoquinée avec Dom João Fernandes de Oliveira, le responsable de l'extraction des pierres précieuses du district d'Arraial do Tijuco, dans le Minas Gerais. Cet homme, que l'on disait plus riche que le roi du Portugal lui-même, était tombé amoureux fou de cette Négresse de basse condition et, afin de la séduire, il avait cédé à tous ses caprices. Il lui avait fait construire une demeure ne comprenant pas moins de vingt et une chambres. À l'extérieur, un jardin semé de plantes exotiques et d'essences rares avait été conçu et il avait fait installer une cascade artificielle.

« Mais ce n'est pas tout, poursuivit avec gourmandise le vice-roi.

– Que pourrait-il y avoir de plus farfelu que de gaspiller sa fortune pour une Noire sans particule ? » se gaussa l'évêque Dom José de Castelo Branco, un petit homme grassouillet, au crâne tonsuré et aux courtes mains boudinées.

Avec un regard désolé, Dom Luís de Almeida rétorqua :

« N'en déplaise à Monseigneur, l'amour est une chose et le sexe en est une autre. Certaines créatures femelles possèdent l'art satanique de mettre le feu dans le corps d'un homme et de lui faire perdre tout entendement… »

Chica da Silva, en effet, était réputée pour jouir d'un appétit sexuel inextinguible. Usant avec perversité de celui-ci, elle s'était entièrement aliéné Dom João Fernandes de Oliveira. Pour lui plaire toujours plus, et comme on lui avait vanté les beautés de la mer qu'elle n'avait jamais vue, ainsi que les délices de la navigation, il avait fait creuser par des centaines d'hommes, sur les terres de sa propriété de Palha, un lac. Puis il avait aussi fait fabriquer un navire de belles proportions. Pour que la fête soit complète, cet amoureux transi avait engagé à demeure un orchestre et érigé un théâtre de poche où les meilleures troupes du pays et de l'étranger venaient se produire régulièrement.

Après avoir essuyé le porto qui luisait à ses lèvres d'un revers de manche agacé, l'évêque grogna :

« Que d'argent ainsi gaspillé pour une femme de mauvaise vie, alors que tant de pauvres hères grouillent dans les villes et les campagnes et ne survivent qu'à la grâce de Dieu et à nos bonnes œuvres…

– Mais vous n'êtes pas encore au bout de vos surprises, Monseigneur.

– Que peut-il donc y avoir de pire, je me le demande !

– Il y a ceci… »

Puisqu'elle partageait la demeure de Dom João Fernandes de Oliveira sans être officiellement son épouse, les prélats du Minas Gerais avaient interdit d'église Chica da Silva. Pour se venger, elle avait demandé qu'une chapelle richement ornée soit construite près de la *fazenda* et qu'elle soit consacrée à Santa Quitéria. Enfin, pour ne plus être perturbée dans son sommeil par les cloches de l'église Nossa Senhora do Carmo, elle avait forcé son amant à faire détruire le clocher et à le faire rebâtir à l'opposé de l'édifice. La chose fut faite en 1765, faisant du bâtiment baroque une pièce unique dans tout le Brésil.

« Là, vous exagérez, Votre Majesté ! Jamais le diocèse n'aurait accepté une telle bassesse ! Je viens d'être nommé évêque et j'arrive en droite ligne de Coimbra, je ne connais que peu de chose des mœurs brésiliennes, soit. Mais les lois de l'Église restent les mêmes à travers toute la planète ! »

Les joues rosies par l'alcool et l'indignation, l'évêque fulminait. Avec un sourire complice adressé au vice-roi, Dom Cristiano da Fonseca posa la main sur l'avant-bras de son voisin, puis il souffla :

« Le Brésil est une colonie bien à part, Monseigneur. Vous vous apercevrez bientôt, tout comme moi, qu'il peut vous émerveiller tout comme vous révolter. »

À ces mots, Dom Luís de Almeida gloussa de plaisir, puis il conclut :

« Cet homme, je vous l'ai dit, est plus riche que le roi et, peut-être, que toute la cour du Portugal réunie. De plus, comme vous le dites, les pauvres pullulent sur notre territoire et certains dons, pour peu qu'ils soient conséquents, savent faire tourner les têtes les plus sages… »

Dès que le soleil atteignit son mitan, Dom Cristiano da Fonseca fit calfeutrer les portes et les fenêtres donnant sur l'extérieur, afin de conserver le maximum de fraîcheur dans la demeure, et le déjeuner fut servi par une dizaine de Négresses qu'il avait choisies pour leur beauté et leur jeunesse. Les mets, concoctés par les cuisiniers du restaurant Le Paris qui s'activaient en coulisses, eurent sur l'évêque un effet immédiatement relaxant et, oubliant Chica da Silva, il se mit à pérorer sur les églises qu'il entendait bien faire construire, un peu partout dans le pays, afin que les indigènes se rapprochent toujours plus de Jésus-Christ et de la Sainte Trinité.

Installé en bout de table, Dom Cristiano demanda à voix basse à Zumbi, assis immédiatement à sa droite :

« Madame votre épouse n'est pas venue avec vous ? »

D'une voix gênée, celui-ci répondit :

« Non, Monseigneur. Au dernier moment, elle s'est sentie souffrante.

– Je vois. Dites plutôt qu'elle n'a pas pu honorer mon invitation car elle ne l'a pas voulu. Cela aura au moins le mérite d'être la vérité.

– Je vous promets que…

– Ne dites pas un mot de plus, je vous en prie. Si je connais les hommes, je pense connaître encore mieux les femmes. Qu'ai-je donc de si déplaisant pour qu'elle me fuie ainsi ? Suis-je donc difforme ou bête à manger du foin ?

– Je ne sais pas ce qu'elle a, Monseigneur. Mais je vous promets que, dès ce soir, je me ferai fort de lui faire changer d'avis sur votre personne. »

Après un silence consommé, Dom Cristiano s'amusa :

« Vous aurez bien du mal, très cher, car Madame votre épouse semble être taillée dans le même bois que celui de Chica da Silva, sans vous offenser.

– Détrompez-vous, Monseigneur. Elle n'aime en rien étaler sa richesse et me reproche bien souvent d'avoir oublié mes vieilles hardes et l'époque où j'étais roulier, sur le port.

– Lorsque je faisais un parallèle avec cette Chica da Silva, c'était uniquement sur le plan du caractère. »

Zumbi saisit une cuisse de poulet de la pointe de son couteau, puis il s'exclama :

« Pour ce qui est du caractère, elle en a à revendre ! Je ne compte plus le nombre de fois où elle me fait la guerre, pour un oui ou un non.

– Et vous lui obéissez, vous lui cédez à chaque fois !

– Non ! Enfin…

– Pas toujours, mais presque toujours. C'est bien ça ? »

Pour se donner une contenance, Zumbi appela une esclave afin qu'elle remplisse à nouveau son verre, puis il concéda :

« Elle a le bon sens chevillé au corps et elle ne se trompe que rarement, Monseigneur. Puis elle me dit toujours, lorsqu'elle me houspille, que c'est pour mon bien et pour m'améliorer.

– Les femmes sont toutes des Chica da Silva en puissance, mon ami. Regardez ce pauvre Dom João Fernandes de Oliveira : il cède à tous les caprices de cette créature en pensant qu'il pourra ainsi s'attacher son amour plus fortement encore. Madame votre épouse utilise, elle aussi, ce stratagème vieux comme le monde.

– De quel stratagème parlez-vous ? »

Dom Cristiano plissa les paupières et, dans le ballet des esclaves qui proposaient une nouvelle farandole de plats, il glissa :

« De la culpabilité, mon cher. De la perfidie de la culpabilité. Si Dom João Fernandes de Oliveira ne lui offre pas ce qu'elle veut, Chica da Silva lui fait sentir qu'il n'est pas assez bien pour elle, qu'il est avare. Et ce pauvre bougre, qui tremble qu'elle ne le quitte, lui passe tout. Pour vous, c'est exactement la même chose.

– Mais Laurinda m'aime !

– Là n'est pas la question. Si vous ne lui cédez pas, elle vous fait comprendre que vous refusez de vous améliorer, que vous refusez de faire des efforts pour elle et que, quelque part, vous ne la méritez pas. Et c'est là que commence la culpabilité, l'éternel duel entre l'acceptation et le refus, le mal et le bien. »

Légèrement abasourdi, Zumbi repoussa la cuisse de poulet dans son assiette, puis il s'inquiéta :

« Que dois-je faire pour sortir de cette situation, selon vous ? »

Admirant au passage la peau parfaitement huilée d'une servante, Dom Cristiano souffla :

« C'est d'une simplicité rare, très cher. Dans un couple, il y a toujours celui qui court après l'autre. Croyez-moi sur parole, il vaut mieux être celui après qui l'on court.

– J'ai peine à vous comprendre…

– Vous courez derrière Madame votre épouse et, ainsi, c'est elle qui vous mène toujours où elle le désire. Changez donc les rôles et vous verrez.

– Comment le puis-je ?

– Ne cédez plus, que diantre ! Résistez à votre peur de la perdre et, surtout, sachez vous rendre plus désirable. »

D'un air désolé, Zumbi lâcha :

« C'est que je n'ai guère d'attrait pour les costumes et les perruques et…

– Il ne s'agit pas de cela, mon ami… »

Plissant à nouveau les paupières et se penchant vers lui, Dom Cristiano da Fonseca murmura :

« Vous avez passé les quarante ans, mais vous êtes encore bel homme. Soyez plus prévenant avec les femmes que fréquente Madame votre épouse. Soyez même courtois. Laissez-vous surprendre, dans votre confrérie, à rire avec une beauté ou deux. Rentrez tard la nuit, sans donner d'explication. Bref, soyez un homme et montrez-lui qui porte les bottes, dans votre maison. »

Puis, parlant encore plus bas, il termina :

« Vous êtes l'un des rares hommes que je connaisse qui ne trompe pas son épouse. Et le temps passe vite, très vite. Pourquoi ne prendriez-vous pas un peu de bon temps avec l'une ou l'autre de mes esclaves ? Elles sont exquises, à cet âge… »

*

Durant plusieurs semaines, Zumbi s'efforça d'appliquer à la lettre les conseils de Dom Cristiano da Fonseca. Au début, lorsque Laurinda s'aperçut que son attitude changeait et qu'il faisait de son mieux pour séduire les plus désirables des sœurs de la confrérie, elle commença par s'étonner. Puis, en fine mouche et comme son mari se faisait trop voyant, elle comprit qu'il tentait d'allumer en elle le feu de la jalousie. Piquée au vif et amusée à la fois, elle alla s'entretenir de toute cette affaire avec l'Aveugle.

Un soir, comme Zumbi n'était pas rentré pour le

repas sans donner d'explications, Laurinda envoya ses cinq filles se coucher et elle resservit elle-même un verre de *cachaça* au vieil homme. Après avoir fourragé de ses doigts aux ongles noirs sa barbe immaculée qui lui donnait l'air d'un apôtre, le vieil homme grommela :

« Qu'est-ce qui t'arrive, ma fille ?

– Rien, je te donne de quoi boire. C'est tout.

– Toi qui me reproches toujours de trop écluser de godets, tu me ressers ? Ça annonce rien de bon, cette histoire…

– Tu vois le mal partout, l'ami.

– C'est qu'il est partout ! »

Lorsque la domestique eut fini de débarrasser la table et retourna aux cuisines, l'Aveugle lança :

« Allez, fille. Je t'écoute. Qu'est-ce que t'as à me demander ?

– Mais rien !

– Ne tourne pas autour du pot et dis-moi un peu ce qui te tracasse. »

Laurinda hésita un instant puis, bourrant sa pipe de tabac, elle répondit :

« C'est Zumbi.

– Qu'est-ce qu'il a encore fait, ce grand dépendeur d'andouilles ?

– Je crois qu'il essaie de me rendre jalouse.

– Comment ça ? »

Après avoir allumé une brindille à la flamme d'une bougie et l'avoir placée au-dessus du culot de sa pipe, elle expliqua :

« Ce sont des choses que tu ne peux pas comprendre, puisque tu ne mets presque plus les pieds à la confrérie.

– Je suis trop vieux pour aller traîner jusque-là. Et

puis, ma place est ici, avec les cinq petites. Chaque jour qui passe, elles grandissent. Et moi, je me racornis comme une vieille carne que je suis… »

Laurinda aspira l'extrémité de la pipe à plusieurs reprises et le tabac s'embrasa dans une bonne odeur de fumée aux volutes mielleuses.

« Alors ? Qu'est-ce qu'il te fait, ton Zumbi ? insista encore l'Aveugle.

– Il a qu'il tourne après toutes les femmes les plus aguichantes de la confrérie et qu'il le fait devant moi.

– C'est tout ?

– Comment ça ? Il fait du charme à d'autres et, dès qu'il sent que je le regarde, il en fait encore plus ! »

Le vieil homme se fendit d'un bâillement sonore et il rétorqua :

« Ça peut pas être bien grave, fille. Soit c'est un coup de la prétentaine et, s'il te trompe un peu, y aura pas mort d'homme. Soit c'est…

– Non, il y aura mort de femme, c'est tout ! »

Avec un petit rire, l'Aveugle saisit à tâtons son verre de *cachaça* et répliqua :

« Comme tu y vas, ma belle ! Tu pourrais assassiner une pimbêche qu'aurait forniqué avec ton homme ? Si toutes les cocufiées du Brésil faisaient comme toi, le pays serait un foutu désert ! »

Sur cette dernière réflexion, Laurinda se mit debout et commença à marcher nerveusement autour de la table. Dans son sillage, la fumée du tabac montait dans les airs et, tout aussitôt, rebondissait au sol, bleue électrique dans la faible clarté dispensée par les bougies. L'Aveugle prit le temps de vider son verre, fit claquer sa langue contre son palais, puis il reprit :

« Comme je te le disais, fille, c'est peut-être le

démon de midi. Mais j'y crois pas l'ombre d'un seul instant.

– Et pourquoi pas ?

– Parce que je connais l'animal. Zumbi est tellement honnête et amoureux de toi qu'il en deviendrait bête. Il vous aime, les filles et toi. Et il se pourrait aussi qu'il m'aime bien un peu, moi. Je le vois pas courir la gueuse. Ça lui ressemblerait pas. En revanche, y a une chose qui m'inquiète bien plus que tes histoires de coucheries…

– Laquelle ?

– C'est l'autre face de Carême.

– Qui ça ? Dom Cristiano da Fonseca ?

– Tout juste, fille. Ça fait des mois que Zumbi jure que par cet oiseau de malheur. Il me parle pour ainsi dire plus et, quand il le fait, c'est pour me raconter par le menu tout ce qu'il a fait avec son soi-disant nouvel ami… »

Avec une pointe de moquerie dans la voix, Laurinda reprit :

« Dis-moi, vieux fou ? On dirait presque de la jalousie, non ? »

Croisant ses bras sur sa poitrine, l'Aveugle rétorqua :

« C'est un bien grand mot et je laisse la jalousie aux amants. Zumbi, c'est juste mon ami et c'est déjà bien lourd à porter.

– Pourquoi dis-tu ça ?

– Parce qu'il est honnête et bon. Mais il est aussi naïf et le premier beau parleur qu'il croise pourrait bien lui faire faire des folies, pourvu qu'il sache le prendre. Sa nouvelle manie de tourner autour des sœurs de la confrérie, ça lui ressemble pas comme je te l'ai déjà dit. Il faut que ce soit son Dom Cristiano qui lui ait mis ça dans la tête. »

Laurinda reposa sa pipe fumante sur la table vernissée et, immobile maintenant devant le vieil homme, elle s'inquiéta :

« Pourquoi cet homme aurait conseillé à mon mari de jouer au courtisan ?

– J'en sais foutre rien.

– Pour me rendre jalouse ? Mais quel serait son intérêt, dans toute cette affaire ? Quel avantage pourrait-il en tirer ?

– J'en sais rien, je te dis. Mais reste sur tes gardes. Ce Dom Cristiano est fait d'un bois qui semble solide, mais il est pourri de l'intérieur. Si tu poses ton pied dessus, il s'effondre et tu te retrouves par terre, avant même d'avoir compris pourquoi. »

Puis il se redressa et, tanguant d'avant en arrière, il ajouta :

« Zumbi a beau être fort comme deux hommes, il a quelquefois pas plus de jugeote qu'un nouveau-né. J'ai pas de conseil à te donner mais, si j'étais toi, je saisirais la première occasion pour avoir une discussion avec ce Dom Cristiano da Fonseca. Belle et intelligente comme t'es, tu tarderais pas à deviner ce que ce cochon-là prépare. »

Avant de quitter la pièce, il marmonna encore :

« Moi, je vais me coucher. J'ai promis de raconter demain à ta cadette Josefina comment c'était ma vie, quand j'étais encore au Portugal. Et mes souvenirs ont besoin de se reposer.

– Tu vas lui raconter des mensonges plus gros que toi, je me trompe ?

– Mensonges, vérités… C'est que des mots, tout ça. L'essentiel, c'est que ce que je vais lui raconter soit beau et qu'elle y croie. Le reste, c'est que de la littérature, non ? »

*

« Ne vous avais-je pas dit que le jeu en valait la chandelle, très chère amie ? Je vous accorde que la vérité est souvent très cruelle à observer en face. Mais vous connaissez désormais tout l'amour que vous porte votre mari… »

Installés dans la taverne du Chien-qui-mord, près d'une fenêtre, Dom Cristiano da Fonseca affichait une mine satisfaite devant Laurinda, dans cette fin d'après-midi venteuse. Une heure plus tôt, suite à un mot de billet envoyé par porteur, le superintendant lui avait donné rendez-vous dans cet estaminet sordide encombré d'ivrognes cuvant leur solitude. De l'autre côté de la rue, la porte d'entrée de la propriété de Dom Cristiano avait servi de décor à un drame que Laurinda n'aurait jamais cru avoir à vivre. À peine était-elle arrivée que Zumbi était apparu à cheval et avait cogné à l'huis. Une jeune esclave lui avait ouvert la porte et, sans autre forme de procès, l'avait embrassé à pleine bouche, durant de longues secondes, avant de l'attirer à sa suite dans la demeure.

Sans cesser de l'observer, Dom Cristiano reprit, un sourire retors sur les lèvres :

« Vous voilà bien silencieuse, tout à coup. Où sont donc passés votre superbe et votre mépris à mon encontre ? Que votre mari ait une aventure galante vous étonne donc tant que cela ? Il ne s'agit pas d'un crime, après tout… »

Impavide, Laurinda rétorqua :

« Faut-il que vous soyez un bien mauvais homme

pour pousser mon mari dans les sentiers de la tromperie et de l'adultère.

– Rassurez-vous, je n'ai pas eu à le pousser bien fort. Je n'ai fait qu'entrouvrir la porte pour lui donner à voir. Le reste s'est fait de la plus naturelle des façons.

– Pourquoi avez-vous jeté Zumbi dans les bras de votre esclave ? »

Avec délectation, Dom Cristiano répondit :

« Parce que tel était mon bon plaisir, je suppose.

– Quel plaisir pouvez-vous prendre à ce jeu infect ?

– Celui de vous avoir près de moi, pour commencer.

– Mais encore ?

– Pour pouvoir vous proposer un marché, le plus honnête qui soit, me semble-t-il.

– Quel est-il ? »

Dom Cristiano embrassa d'un regard la pièce enfumée où un guitariste faisait retentir les notes d'une *modinha* nostalgique, pendant qu'une serveuse renouvelait les consommations à pas lents. Puis il enchaîna, tout en se penchant sur Laurinda qui ne pouvait détacher son regard de la haute propriété, giflée par des bourrasques :

« Votre mari vous trompe, soit. Mais l'on pourrait en conclure aussi autre chose.

– Que voulez-vous dire ?

– Par exemple qu'il s'est introduit dans ma demeure sans autorisation de ma part. À la manière d'un coquin, si vous préférez. »

À cet instant, Laurinda frémit et délaissa la fenêtre aux carreaux douteux pour regarder son interlocuteur bien en face. Puis elle questionna :

« Dites-moi où vous voulez en venir, Monsieur da Fonseca. Dites-le-moi immédiatement. »

Sans cesser de sourire de manière insane, Dom Cristiano rétorqua, en détachant bien chacun de ses mots :

« À ceci, chère Madame. En ce moment même, votre époux est dans mes appartements sans que je l'y aie convié.

– Vous l'avez pourtant bien invité, puisqu'il s'y trouve !

– Qui sait ? Tout ce dont je suis sûr, c'est qu'il ne tient qu'à moi, ou plutôt à vous, que Zumbi reparte librement chez lui, une fois sa petite affaire terminée.

– Sinon ?

– Sinon, je n'ai qu'à claquer des doigts pour que les hommes d'armes viennent l'arrêter sur les lieux de son forfait et le conduisent directement en prison. Ceux-ci attendent d'ailleurs mes ordres, installés dans l'arrière-salle… »

Subitement, Laurinda blêmit et écarquilla des yeux où se lisaient la colère, la révolte et l'incompréhension. Puis elle balbutia :

« Mais c'est atroce… Vous n'avez pas le droit ! Ce serait un mensonge !

– Entre la vérité et le mensonge, il n'y a que la distance de mon appréciation. Et vous seule avez le pouvoir de me faire pencher d'un côté plutôt que de l'autre.

– J'ai peur de comprendre…

– Ne vous inquiétez pas. Cette taverne est bien modeste, en comparaison avec votre beauté. Mais j'ai ordonné que, au-dessus, l'une des chambres soit lavée à grande eau et que des draps propres y soient tendus.

– Taisez-vous ! »

Dom Cristiano saisit la main de Laurinda et la retint prisonnière dans la sienne. Puis il poursuivit :

« Je vous désire depuis le premier jour où nos regards se sont croisés, et vous le savez très bien.

– Je vous ai dit de vous taire ou je crie !

– Criez tout votre saoul, cela ne changera pas les choses. Votre mari s'active avec l'une de mes servantes. Alors, soit vous me donnez ce que je vous demande comme service, soit je le fais arrêter sur-le-champ. Vous tenez la liberté de votre mari dans votre réponse… »

D'un geste furieux du bras, Laurinda libéra sa main de l'étreinte et, se dressant derrière la table, elle s'écria :

« Vous êtes un porc ! Comment osez-vous seulement imaginer que je puisse m'abaisser à coucher avec vous ! »

À son tour, Dom Cristiano se leva, contourna la table et saisit l'épouse de Zumbi contre lui. Tout en commençant à lui tâter les fesses et les seins, il souffla :

« Ce ne sera pas long, vous verrez. Une fois l'affaire conclue, nous ne parlerons plus de tout cela et je comblerai votre confrérie d'or et de diamants.

– Lâchez-moi ! Vous me faites horreur !

– Ne faites pas l'enfant ! Dans un instant, tout sera fini et vous pourrez rentrer chez vous pour retrouver vos filles.

– Plutôt mourir !

– Et qui sait ? Votre mari a été incapable de vous donner un fils. Peut-être que moi, j'y parviendrai. Et tout le monde sortira satisfait de ce petit marché… »

Alors, Laurinda n'y tint plus. Comme les mains humides de Dom Cristiano s'aventuraient vers son sexe et que sa bouche accentuait sa pression pour trouver la sienne, elle saisit son couteau dissimulé dans ses jupons et, d'un coup sec, elle le planta dans le dos du superintendant, juste sous l'omoplate. Sous le choc, celui-ci se raidit, ouvrit des yeux figés par l'incompréhension et, d'une seule masse, il s'abattit sur la table encombrée d'assiettes sales et de chopines vides.

*

Suite à cette altercation, Dom Cristiano da Fonseca oscilla entre la vie et la mort deux semaines durant. Opéré par le plus habile chirurgien de la colonie, il fut soigné chez lui et gardé jour et nuit par deux religieuses. Lorsqu'il sortit de son coma, la première chose qu'il fit fut d'envoyer chercher Dom Luís de Almeida, le vice-roi du Brésil. Le lendemain, en fin de matinée, accompagné par une douzaine de gardes en armes, celui-ci accéda à sa requête et trouva le superintendant dans son lit, fortement amaigri, les traits tirés et le corps couvert d'une mauvaise sueur. Parmi les odeurs d'onguents et de pommades médicinales, il prit place dans un fauteuil et attendit que les religieuses se retirent pour entamer une courte discussion. À voix basse, il demanda :

« Comment vous sentez-vous, mon cher ami ? La douleur n'est-elle pas trop vive ? »

Avec une respiration sifflante, Dom Cristiano répondit :

« La blessure n'est rien, Monseigneur, comparée à la douleur d'avoir été trahi par ceux que je considérais être des amis. »

Les mains jointes sur le pommeau de sa canne, le monarque se désola :

« Qui aurait pu deviner que Madame l'épouse de Zumbi était capable d'une telle violence ? Savez-vous ce qui l'a poussée à perpétrer un tel acte ?

– C'est la jalousie, Monseigneur. Lorsque l'une de mes servantes m'a avoué qu'elle donnait ses faveurs à Zumbi, j'ai réfléchi longuement à la position à adopter. J'en ai même parlé à l'évêque, Dom José de Castelo Branco, pour bénéficier de ses lumières.

– Vous avez fort bien fait, mon ami. Dom José de Castelo Branco est une sainte personne et il parle d'or. »

Essuyant la sueur qui coulait sur son front à l'aide de la manche de sa chemise de nuit, Dom Cristiano confirma :

« C'est un fidèle serviteur de notre seigneur Jésus-Christ. C'est lui qui m'a dit que je devais mettre la malheureuse au courant de son infortune. Quand elle a vu son époux embrasser ma servante, elle est devenue littéralement folle et m'a couvert d'injures, comme si cette trahison était de ma faute.

– Mon pauvre ami…

– Le patron du Chien-qui-mord pourra vous le confirmer, si vous doutez de ma parole. Il n'a rien manqué de cette scène.

– Ne dites pas de bêtises. Comment un homme tel que vous pourrait-il mentir ? »

Tout en se crispant dans une moue de remerciements affectés, Dom Cristiano poursuivit, avec la même voix geignarde :

« J'ai bien essayé de la calmer, mais sa rage a triplé et, alors que je me dirigeais vers le comptoir pour réclamer de l'aide, elle s'est jetée sur moi par-derrière et m'a poignardé. Voilà tout ce dont je me souviens…

– Les femmes sont décidément de drôles de créatures, que je classe, pour ma part, en deux catégories : les niaises et les perfides, celles dont les sangs s'échauffent soudain sans que l'on sache réellement pourquoi. Madame l'épouse de Zumbi fait indubitablement partie de la seconde. »

Dom Cristiano grimaça pour se réinstaller dans son lit, puis il s'inquiéta :

« Qu'en est-il de l'enquête, Monseigneur ?

– Après ce que je viens d'entendre, il n'y en aura pas. Ou, du moins, ce ne sera qu'une enquête de façade. Le juge prendra ma déposition, sans doute la vôtre, et l'affaire sera entendue. Elle, elle est coupable de tentative de meurtre sur le superintendant des Mines du royaume du Portugal. Lui, il s'est infiltré dans votre demeure, à votre insu.

– Ce n'était que pour la bagatelle, après tout.

– Pas du tout. Sachez que les militaires qui l'ont arrêté ont trouvé, dans les poches de sa redingote, un gousset empli d'or.

– Qu'a-t-il dit, pour sa défense ?

– Comme tous les voleurs, il a juré qu'il ne savait rien de cet or et que c'était sans doute votre esclave qui l'avait mis là. Ces deux forfaits réunis méritent, à mes yeux, les peines les plus graves. »

Puis, se levant et faisant claquer l'extrémité de sa canne sur le sol marqueté, le vice-roi du Brésil ajouta :

« Désirez-vous que la peine capitale soit requise ?

– Monseigneur, je ne suis pas mort et il n'y a donc pas de raison d'expédier *ad patres* ce couple qui s'est joué de nos bontés et de notre crédulité.

– Vous êtes décidément bien bon. Que suggérez-vous donc ? »

Les yeux chassieux et la peau du visage livide, Dom

Cristiano trouva la force d'esquisser une grimace de satisfaction contrite puis, d'un air matois, il murmura :

« Si elle aime son mari tant que cela, il faut qu'elle ne le revoie jamais plus. Pour cela, je suggère le bannissement définitif dans l'île de Santa Catarina, l'île aux Sorcières. Elle et ses cinq filles.

– Voilà qui est parlé. Et pour Zumbi ?

– Vu sa passion immodérée pour l'or, je vous propose de fermer sa confrérie et de confisquer tous ses biens au profit du royaume du Portugal.

– Fort bien. Avez-vous d'autres doléances ?

– Oui, Monseigneur. Il serait opportun d'envoyer cet homme travailler dans les mines d'or du Minas Gerais, sous la surveillance des Dragons de Votre Majesté. Ce serait bien le diable si ce prédicateur de malheur n'y apprenait pas qu'il est dans l'ordre des choses que les Noirs cherchent l'or pour le donner aux Blancs. Et que ce ne sont pas les maîtres blancs qui doivent engraisser les Noirs à ne rien faire, dans des confréries que l'Église et vous-même ne faites que tolérer, avec une infinie bienveillance…

LA RÉVOLTE

CHAPITRE XIII

Ce qui avait été décidé par Dom Luís de Almeida et Dom Cristiano da Fonseca fut appliqué dans les semaines qui suivirent. Les membres de la confrérie de Bom-Fim et les amis du prédicateur et de son épouse manifestèrent bruyamment leur mécontentement devant le palais royal mais, aussitôt, des soldats furent dépêchés et, en quelques minutes, la place des Vice-Rois fut nettoyée *manu militari*. Pour éviter toute nouvelle vague de désordres possibles, Zumbi fut conduit quelques jours plus tard à la porte de la prison et deux gardes armés lui mirent un collier d'acier autour du cou et des bracelets aux chevilles, puis les relièrent entre eux avec une chaîne qu'ils attachèrent à la selle de l'un des chevaux. Après lui avoir ligoté les poignets dans le dos, ils se mirent en route, traînant derrière eux le prisonnier, par une nuit obscure et privée d'étoiles.

Pour Laurinda et ses filles, la maréchaussée agit aussi au crépuscule. Jetée à fond de cale ainsi que sa progéniture, elles voyagèrent sous le tirant d'eau d'un négrier, dans une puanteur et une pourriture indescriptibles. L'océan, de surcroît, fut mauvais et c'est dans les hurlements de terreur des fillettes et leurs déjections qu'elles accostèrent sur l'île aux Sorcières et furent emportées par un petit canot jusqu'à la côte sablonneuse. Là, les trois marins chargés de les convoyer et de les surveiller les jetèrent à terre et, immédiatement, ramèrent en direction du navire qui mouillait au large avant de rallier Rio Grande.

Zumbi dut marcher jour et nuit pour rallier Ouro Preto, dans le Minas Gerais. Pieds nus, sans chemise, derrière les deux chevaux, il souffrit atrocement des morsures des fers à ses chevilles et à son cou. Pourtant, ce n'étaient pas ces douleurs qui, quelquefois, faisaient monter des larmes à ses yeux. La cause réelle de ce désespoir résidait dans le fait qu'il allait être privé de liberté sans doute jusqu'à la fin de son existence. Dans son crâne, la réalité de sa nouvelle situation tourbillonnait. Qu'était-il advenu de Laurinda, sa femme aimée ? Et ses cinq princesses ? Avaient-elles été, elles aussi, réduites en esclavage ? Qui, désormais, allait gérer la confrérie de Bom-Fim ? Et, surtout, pourquoi avait-il cédé aux avances de Maria, la servante de Dom Cristiano da Fonseca ? Qu'est-ce que celui-ci avait à voir dans toute cette histoire sordide ? Était-ce lui qui avait ordonné à Maria de déposer subrepticement ce petit sac d'or dans sa redingote ? Et, si tel était le cas, pourquoi ?

Dans les éclairs des orages ou sous le soleil écrasant, ces questions le minaient, faisaient brûler ses tempes et le plongeaient dans la désespérance la plus absolue. À chaque fois que l'équipage traversait une ville ou un simple bourg, les enfants lui jetaient des pierres, les hommes et les femmes crachaient de dégoût sur le sol. Seuls les vieilles et les vieux se fendaient d'un signe de croix, car la vie les avait touchés plus que les générations suivantes et ils savaient, dans leur chair, que l'existence pouvait, soudain, devenir un chemin de misères et de malheurs continus. À Juiz de Fora, une servante aux cheveux blancs et au visage strié de rides profondes suivit le prisonnier, une écuelle de riz à l'huile de palme dans une main et son index plaqué sur ses lèvres pour lui intimer le silence. Puis, tout en claudiquant, elle nourrit Zumbi de ses doigts recroquevillés par l'âge. Pour le prédicateur déchu, ce fut le meilleur repas de toute sa vie.

Une fois sur l'île aux Sorcières, Laurinda crut sa dernière heure venue. Elle était forte et dure au mal, certes, même si l'opulence dans laquelle elle avait vécu ces dernières années lui avait rendu les mains plus douces et accroché quelques rondeurs sur les hanches. Sous un soleil de feu, elle avait serré ses filles contre elle durant un long moment afin d'apaiser leur angoisse et, main dans la main, elles avaient marché droit devant elles, vers le sud. Près de huit heures plus tard, elles étaient parvenues dans la petite ville de Santa Catarina que des bâtiments militaires défendaient d'éventuelles agressions maritimes. Après la traversée, elles s'étaient cru sales et mal vêtues. Dans les ruelles qu'elles empruntèrent, elles ne virent qu'une foule de mendiants crasseux et faméliques, des bandes d'enfants nus aux ventres douloureusement enflés, des prostituées décrépites et des étals où les aliments grouillaient pour la plupart de vers.

Les premières nuits, ses filles dormirent dans la rue, à même la terre rendue boueuse par une succession d'averses violentes. Laurinda, elle, ne prit du repos que durant la journée car, dès la tombée du jour, elle serrait contre elle ses enfants, à la façon d'une chatte protégeant ses chatons, et gardait les yeux ouverts, une grosse pierre dans chaque main. Pour manger, elle tenta piètrement de mendier, mais sa main tendue ne reçut aucune obole, tant les miséreux pullulaient et savaient se montrer hargneux envers la concurrence. Alors, elle vola ce qu'elle put, fouilla dans les détritus rejetés par les rares tavernes et, une nuit où la fièvre avait saisi la plus jeune de ses filles, elle songea même à se prostituer. Dans l'urgence de la situation, elle ne pensa pas aux raisons qui avaient provoqué sa déchéance. Elle ne s'accrocha qu'à une seule idée : vivre pour faire vivre ses enfants et ne pas sombrer dans la folie du désespoir absolu.

*

« Mon très cher ami, je viens de recevoir des ordres de Sa Majesté Dona Maria Ire qui sont parfaitement clairs. À chaque jour qui passe, la Couronne est flouée de nombreux kilos d'or et de pierres précieuses, dans le district du Minas Gerais. C'est donc à vous, en tant que superintendant des Mines, de mettre un terme à cet état de fait et de réclamer aux exploitants de la colonie le paiement de leurs arriérés.

– La dette est-elle donc si élevée que cela ?

– À ce jour, et d'après mes informations, elle atteint les 384 arrobes[1]. Imaginez-vous donc ce que 800 000 émigrants et 100 000 esclaves ont pu retirer des entrailles de la terre, depuis le début de ce siècle. C'est colossal. Tout simplement colossal ! Et je ne vous parle que des chiffres officiels et déclarés à la Caisse des monnaies, cela s'entend. »

Dans son bureau de vice-roi du Brésil, Dom Luís de

1. Mesure de poids valant 12,780 kilos. Soit 4 907,52 kilos.

Almeida marchait de long en large, les mains croisées derrière le dos, pendant que Dom Cristiano da Fonseca l'écoutait, confortablement installé dans un fauteuil crapaud tendu de velours rouge. Depuis une demi-heure, le monarque ne décolérait pas :

« La cour est très avare des richesses du Brésil et elle les croit infinies. Depuis les années 1720, plus de 900 tonnes d'or ont été extraites. C'est l'équivalent d'un troupeau de 150 éléphants en or massif et cela ne suffit pas. Il lui en faut encore et toujours plus !

– Pourquoi les exploitants du Minas Gerais ne payent-ils plus leur *quinto*[1] ?

– Parce qu'il y a moins d'or qu'auparavant, parbleu ! C'est aussi simple que cela ! »

Avec nervosité, Dom Luís de Almeida tamponna son mouchoir sur son front et reprit, plus ulcéré que jamais :

« Ajoutez à cela que les contrebandiers sont devenus un véritable fléau, dans cette province, qu'il convient d'éradiquer le plus promptement possible.

– Pourquoi la maréchaussée ne fait-elle pas usage de la force ?

– Parce que tout est pourri, Monsieur. Le gouverneur dissimule les richesses et truque les chiffres. Les fonctionnaires de la Caisse des monnaies en font de même et je ne vous parle pas des commerçants. Eux, sur les livres de bord, ils changent simplement l'intitulé de leurs cargaisons pour ne pas avoir à payer d'impôts. L'or devient du sel et le tour est joué ! Ces manières crapuleuses ne datent pas d'aujourd'hui, je le reconnais volontiers. Mais là, dans le Minas Gerais,

1. Chaque propriétaire, au moment de la fonte de l'or, devait s'acquitter de 20 % de la masse totale auprès de la Couronne.

elles dépassent les bornes et c'est maintenant à vous d'intervenir. Vous avez toute ma confiance, cela va sans dire. »

Dom Cristiano da Fonseca tapota le culot de sa pipe dans un cendrier et la remisa dans la poche de sa veste. Puis il se leva et vint se poster à la fenêtre qui dominait un jardin luxuriant. Sans se retourner, il interrogea :

« Pourriez-vous m'en dire un peu plus sur cette contrebande, Majesté…

– Elle gangrène la colonie à tous les niveaux, vous dis-je. À la sortie de leur journée de travail, les Noirs cachent des paillettes dans leurs cheveux, ou des diamants et des pépites sous leurs lèvres. Les propriétaires détournent une partie de leur or et le font transformer en bijoux, ce qui fait que leur *quinto* en est réduit à la portion congrue. D'autres le mélangent avec du cuivre et du nickel, pour mieux le dissimuler. Certains le métamorphosent en boutons de redingote que des hommes de confiance portent, depuis Ouro Preto ou Arraial do Tijuco jusqu'à Rio de Janeiro. Ces gredins ont plus d'un tour dans leur sac et se bâtissent des fortunes colossales. »

Opérant un lent demi-tour, Dom Cristiano souffla :

« Diantre… Et cette gabegie dure depuis combien de temps ?

– Depuis toujours, vous vous en doutez bien !

– Pourquoi Lisbonne n'a-t-elle pas agi avant ?

– Parce que les chevaux ne se battent jamais devant une mangeoire pleine. Maintenant que l'or vient à manquer, la Couronne exige qu'on lui restitue sa part. Le Minas Gerais doit payer. Seulement, il existe un problème de taille…

– Quel est-il ? »

Le vice-roi cessa ses allées et venues et vint se planter devant son invité. D'une voix grave, il expliqua :

« Les propriétaires des mines ne disposent pas de la totalité de ces 384 arrobes. Il va donc falloir appliquer la loi…

– Vous désirez que je taxe l'ensemble de la population sur ses biens propres afin d'atteindre ce chiffre ?

– Effectivement. Mais il vous faudra vous montrer particulièrement habile, car nous ne voulons pas déclencher de mouvement insurrectionnel. Dans le Minas Gerais, la misère est une lèpre qui sévit de pire façon encore qu'ici, dans la capitale. »

Un instant, Dom Cristiano da Fonseca demeura silencieux et ressassa en son for intérieur le tableau que venait de lui dépeindre Dom Luís de Almeida. Depuis des décennies, l'or fuyait de toutes parts et l'on se souvenait encore de la désagréable surprise, survenue en 1727, alors que les premières mines d'importance venaient d'être découvertes au Brésil. Dom João V, à Lisbonne, avait fait ouvrir en grande pompe un coffre bourré d'or jusqu'à la gueule, devant l'ensemble de la cour réunie. Là, en lieu et place de métal précieux, il n'y avait trouvé que du sable issu de Cuiabá et le monarque était entré dans une rage folle. On n'avait d'abord voulu croire qu'à un incident désagréable mais, quelque temps plus tard, un autre scandale avait éclaté. Dans la jungle de la Moeda, on avait appris que plus d'une centaine d'hommes de toutes conditions travaillaient dans des placers en toute illégalité. Leur chef, durant plus de dix ans, n'était rien de moins que le gouverneur des mines, Dom Lourenço de Almeida, qui rentra au pays avec une fortune telle qu'on n'en avait jamais vu sous les cieux de Lisbonne.

Le visage courroucé, le vice-roi saisit le verre d'eau

posé sur son bureau et le vida à grandes gorgées. Puis il termina :

« Il est de votre devoir de restaurer la toute-puissance du Portugal dans cette colonie. La guerre menace en Europe, et vous n'êtes pas sans savoir que l'or est le nerf de la guerre, *a fortiori* lorsque l'on veut rester indépendant. À l'heure où nous parlons, l'or traverse les sentiers de la Serra da Mantiqueira et de la Serra do Mar. Il descend les rivières Paraibuna et Paraíba. Parvenu sur le port de Rio, nous ne pouvons plus intervenir puisqu'il est acheté par des marchands étrangers et qu'il embarque aussitôt sur des navires à destination de l'Europe, pour finir sa course sur le chemin d'Izmir, en Turquie. Voilà pourquoi je vous dépêche, en mission officielle, dans le Minas Gerais, afin de détruire ces réseaux de contrebande.

– Aurai-je tous les moyens à ma disposition ?

– Absolument tous. Qu'ils soient parfaitement légaux ou pas. Je veux des résultats rapides et je vous donne carte blanche. »

L'air sombre, le superintendant rétorqua :

« Je suis à vos ordres, Majesté. Je vais me rendre en personne à Ouro Preto. Là, je vous donne ma parole que le moindre gramme d'or versera son *quinto* à la Couronne du Portugal. Je vous en donne ma parole de gentilhomme… »

*

Durant de longues et interminables années, Zumbi se cassa la santé dans les mines en tant qu'esclave, car appartenant désormais au royaume du Portugal. À Ouro Preto tout d'abord, puis à Arraial do Tijuco, il avait remué la boue vermillon de 6 heures du matin jusqu'à 8 heures du soir, solidement enchaîné et à la merci des mousquets des Dragons. À chaque paillette qu'il trouvait et qu'il devait remettre, le soir venu, au contremaître, il songeait avec une amertume grandissante à tout ce que cet or représentait et qui aurait pu, à terme, racheter sa liberté. Dès la première mine où il avait été affecté, il s'était rendu compte qu'il était, et de loin, le plus âgé. Les esclaves qui y soulevaient la terre par tonnes entières n'avaient pas vingt ans. Lui, il en avait plus du double. Pourtant, nombreux furent ceux qu'il vit mourir, épuisés par la dureté de la tâche, et qui furent tout simplement jetés dans le fleuve voisin pour leur dernière demeure. Un esclave de bonne corpulence pouvait tenir de cinq à six ans. Lui, il venait d'en accomplir sept.

Les premiers mois furent, pour lui, les plus pénibles à endurer. Zumbi n'avait jamais été esclave et il dut se plier aux règles, nouvelles pour lui, du fouet et des sévices tels que la privation de nourriture ou de sommeil, plusieurs jours durant. Les punitions, éructées par des métis ou des émigrants ne sachant pas distinguer leur main gauche de leur main droite, pleuvaient, pour un oui ou pour un non. Le crâne recouvert par un chapeau de cuir retombant sur les épaules, protégés des orages fréquents par d'amples gabardines huilées, le mousquet toujours armé, vociférant sans cesse sous les effets de l'alcool qu'ils ingurgitaient dès potron-minet, les gardes terrorisaient le troupeau d'esclaves pour le simple plaisir de se gonfler d'importance. À un esclave qui avait osé lever le regard sur le contremaître, ils insérèrent une cuillère dans la cavité orbitale, en arrachèrent le globe et, d'un coup de surin, lui tranchèrent les nerfs pour le rapporter, pleins de componction et d'obséquiosité, à leur chef. À la moindre parole non autorisée, c'était la langue qu'ils amputaient. Si, d'aventure, un mauvais geste était commis, le bras était cisaillé à hauteur du coude et, si l'esclave réchappait des infections de sa blessure, il devait poursuivre son métier de bête de somme, sans diminution de charge de travail. Enfin, dans le cas d'une tentative d'évasion, le fautif était fouetté à mort devant l'ensemble des prisonniers, afin de faire un exemple.

Au bout de sept ans de ce calvaire, Zumbi crut, tout comme sur les bords de son placer, devenir fou. Nourri une fois par jour d'un brouet fadasse où ne surnageaient dans de l'eau tiède que quelques haricots et des tranches d'oignons crus, cantonné dans le silence le plus absolu sous peine de sévices, il mit au point, au fil de longues semaines de réflexion, un plan pour quitter la mine et s'enfuir dans la jungle. Étant jeune, il l'avait déjà fait et il connaissait tous les arcanes des sous-bois, ainsi que les plantes et les racines qui nourrissent un homme sans risquer de l'intoxiquer. Le soir même où il voulut mettre ses projets à exécution, une apparition le força à renoncer à ses plans. Le soleil venait de se coucher et quelques torches s'étaient mises à grésiller de leur suif devant la *senzala*[1]. Alors qu'il allait regagner sa couche qui consistait en une planche de bois posée à même le sol, enchaîné avec les autres esclaves, le contremaître apparut à cheval, tirant dans son sillage un baudet qu'un homme montait à cru. Lorsqu'il découvrit la scène, il se frotta les yeux avec ses mains recouvertes d'une gangue terreuse puis, plissant les paupières, il dut repousser dans sa gorge un cri de bonheur. Enveloppé dans une cape

1. Grande bâtisse où logeaient les esclaves.

taillée dans du drap de coton grossier, le visage battu par les vents et une longue barbe blanche descendant jusque sur sa poitrine, les yeux clos dans l'obscurité dévorante, l'Aveugle passa devant lui et, malgré sa cécité, il s'ouvrit à cet instant-là d'un sourire discret.

« Mais comment tu as fait ton compte pour venir jusqu'ici ?

– J'ai baragouiné quelques foutus mots qui ressemblaient à du latin et je leur ai dit que j'étais prêtre. Voilà tout.

– Et ils t'ont cru ?

– La preuve ! Les contremaîtres ont tellement mauvaise opinion du métier qu'ils font qu'ils ont bien besoin d'un homme de Dieu pour leur donner meilleure conscience et leur garantir le Paradis, si tu vois ce que je veux dire… »

En quelques mots rapides, dans la discrétion d'un confessionnal bricolé dans du mauvais bois, l'Aveugle lui avait raconté ce qui s'était passé le jour où il avait été fait prisonnier. Il lui parla aussi de la bourse d'or qu'il avait subtilisée dans le bureau de Zumbi, juste avant que les Dragons ne viennent tout mettre à sac, sans oublier les demandes d'audience qu'il avait formulées auprès du vice-roi pour l'informer de l'innocence du prédicateur, demandes qui restèrent lettres mortes.

Chuchotant à travers les croisillons de bois, l'Aveugle reprit :

« Pendant des années, j'ai pas pu savoir où vous vous trouviez. J'ai cru que Laurinda, les filles et toi, vous croupissiez en prison, jusqu'au jour où, dans une taverne, j'ai appris que t'avais été envoyé ici, et Laurinda et les filles dans l'île aux Sorcières. Le lendemain, j'ai acheté une mule et, une fois à Ouro Preto, j'ai attendu le bon moment et la bonne idée. Et maintenant, me voici…

– Frère, je n'oublierai jamais ce que t'as fait pour moi et…

– Tais-toi ! Pour l'instant, j'ai encore rien fait. Et, pire que ça, je sais pas encore ce que je vais manigancer. Ça non, j'ai foutre pas la moindre idée de ce que je vais bien pouvoir faire pour te tirer de cette mélasse où tu t'es mis. »

Dans les gouttes de pluie qui filtraient à travers les planches mal jointes de la cassine faisant office de lieu saint, Zumbi reprit :

« Et Laurinda ?

– Quoi, Laurinda ? Je t'ai déjà dit tout ce que je savais sur la malheureuse et ses gosses.

– Mais pourquoi tu m'as suivi, moi, et pas elles, sur l'île aux Sorcières ? »

Gêné, l'Aveugle baissa la tête et finit par répondre, en bougonnant à nouveau :

« C'est pas parce que j'ai peur des sorcières, tu t'en doutes bien…

– Alors, c'est pourquoi ? C'est pour moi ?

– Oui. Après votre arrestation à tous les deux, j'ai bien réfléchi et je me suis posé cette question : qui a le plus besoin de moi, à cette heure ?

– Et tu en as déduit que c'était moi ?

– Comme tu le vois. Laurinda et les filles ont plus de jugeote que toi. Et c'est l'intelligence qui rend plus fort que les autres, pas les muscles.

– Dis-moi tout de suite que je suis un imbécile !

– Oui, tu l'es. Et quand tu seras sorti de cet enfer, compte sur moi pour t'en reparler. En attendant de savoir ce qu'on va faire, tâche de rester en vie et avale ça tout de suite. Je t'en apporterai d'autres, toutes les semaines. »

Ce disant, il lui glissa entre deux planches une tranche de viande séchée et boucanée, puis il conclut :

« Quant à Laurinda, ne t'inquiète pas pour elle. On sait pas ce qu'il en est de sa situation et, s'inquiéter sans savoir, ce serait que rajouter du mal au mal… »

*

Sur l'île aux Sorcières, Laurinda connut, elle aussi, la sensation vertigineuse de tomber de Charybde en Scylla. Il ne fallut en effet que quelques semaines pour que ses quatre fillettes les plus âgées passent de vie à trépas, emportées par les fièvres pour trois d'entre elles, et mordue par un serpent pour la plus grande. En proie au désespoir le plus absolu, elle décida de quitter l'enceinte de la ville et alla s'installer avec son dernier enfant sur les rives de l'océan, dans une cassine qu'elle bâtit de ses propres mains, avec des tiges de bambou et des palmes. Pour subsister, elles se nourrirent de baies glanées dans la jungle, de noix de coco et de coquillages, dans l'espoir de vivre plus tard des jours meilleurs.

Un soir où elle observait le feu s'éteindre en songeant à son malheur, Josefina, sa cadette, vint se blottir contre elle, dans la moiteur meuble du sable. Âgée de huit ans, la peau bleutée à force de tirer sur le noir de l'Afrique, menue et frémissante, elle se lova contre sa mère, comme pour combattre l'angoisse de la nuit qui commençait à les envelopper. Machinalement, Laurinda la serra contre elle et caressa de la main la masse crépue de ses cheveux, tout en murmurant une comptine de sa voix lasse.

Lorsqu'elle eut terminé le refrain, Josefina s'inquiéta :

« Petite mère ? Où elles sont mes quatre sœurs, maintenant ? »

Laurinda déglutit avec difficulté, puis elle répondit doucement :

« Les Blancs disent qu'elles sont au ciel, ma fille. Au ciel, avec les anges.

– Et toi, tu en dis quoi ?

– Pour moi, elles sont retournées sur la Terre, en Afrique. Elles sont de l'autre côté de l'océan, sur la Terre de nos ancêtres, sous la bénédiction d'Obatala et d'Oxala…

– Elles ne sont plus là, en tout cas. Et moi, j'aimerais bien aller les retrouver, au ciel ou sur la Terre… »

À cet instant, une voix éraillée de vieille femme se fit entendre, dans le ressac des vagues qui venaient lécher le rivage et la brise qui agitait les arbres :

« Sois pas trop pressée d'y aller, petite. C'est un voyage dont on revient pas et t'as toute ta vie devant toi qui t'attend… »

Aussitôt, Laurinda serra un peu plus fort sa fillette contre elle et, saisissant une branche de sa main droite, elle questionna d'un ton dur :

« Qui est là ? Répondez ! »

Apparaissant de derrière le tronc bombé d'un palmier qui laissait ses palmes pendre vers l'océan, une vieille femme s'avança vers le foyer, traînant la jambe. De petite taille, le dos voûté par le poids des ans, portant une longue robe noire rapiécée, elle pouvait avoir dans les soixante ans et ses cheveux poivre et sel retombaient en vagues sales jusque sur ses reins. Après s'être arrêtée devant les flammèches qui s'entêtaient à ne pas mourir sur le sable, elle posa ses poings sur ses hanches et considéra la scène de manière dubitative, tandis que Laurinda reprenait, hargneuse :

« Ici, on ne gêne personne. Alors, passez votre chemin et laissez-nous tranquilles !

– Calme-toi, ma belle. Ça fait quelques jours que je vous observe et je dois vous dire que vous me faites peine.

– On est très bien comme on est et on a besoin de personne !

– Une femme qu'a que la misère pour s'habiller et une petite pas plus grosse qu'un oiseau ! C'est sûr que vous avez besoin de personne…

– Laissez-nous en paix ! »

Sans cesser de suçoter un clou de girofle pour soulager son mal de dents, la vieille femme n'en fit rien et, fourrant ses mains dans la poche ventrale de sa robe, elle maugréa encore :

« C'est bien possible que vous ayez besoin de personne. Mais, à mon avis, vous avez sans aucun doute besoin de ça… »

Ce disant, elle leur tendit deux paquets graisseux entourés de morceaux de feuilles de bananier, puis elle expliqua :

« C'est du poisson, du riz bouilli et des oignons. C'est pas un plat des dieux et y a pas de quoi organiser un banquet avec. Mais ça devrait vous changer de votre ordinaire… »

Avançant d'un pas, elle les déposa sur le sable, puis elle sortit un cornet de carton d'une autre de ses poches et bougonna :

« Ça, c'est pour la petite. C'est les massepains les plus sucrés et les plus parfumés que je connaisse. Ça la changera un peu de tout son malheur, sauf votre respect… »

Cinq minutes plus tard, les morceaux de feuilles de bananier se racornissaient sur les braises et, dans la cassine, Josefina dégustait avec application les petits gâteaux, en prenant bien soin de ne pas en perdre une miette. Après avoir ajouté une branche dans le feu, Laurinda s'assit sur le sable, près de la nouvelle venue, et, d'un ton de défiance, elle demanda :

« Qui es-tu ? Et pourquoi tu as fait ça pour nous ?

– Qui je suis, c'est pas bien compliqué à expliquer. Ma mère a été accusée de sorcellerie, aux Açores. Elle a été emmenée ici, à bord d'un négrier, puis elle m'a donné la vie avec un Bantou que j'ai jamais connu. Quant à elle, elle est morte depuis longtemps déjà, après m'avoir appris ses secrets et avoir fait de moi ce que je suis. Une sorcière. »

Voyant l'air subitement inquiet de Laurinda, la vieille sourit avec indulgence, puis elle rectifia :

« Aie pas peur, étrangère. Sorcière, c'est qu'un mot qui fait peur et, moi, je préfère dire "rebouteuse". Je soigne par les plantes et je fais aussi de la magie que j'ai apprise, avec les Négresses venues de l'Angola. Pour mon petit nom, on me dit "la Portugaise", rapport à ma mère.

– Pourquoi vous nous avez apporté à manger ?

– Parce que, dans la misère, si on s'entraidait pas un peu, on serait pire que des chiens. Avec ma mère, on a dansé devant le buffet plus souvent qu'à notre tour. Une nuit, c'est une mendiante qu'est venue partager avec nous des ordures de riches qu'elle avait trouvées dans un caniveau. J'étais encore qu'un nourrisson et ma mère avait les seins tout secs, tellement elle avait faim. C'est peut-être bien la gentillesse de cette miséreuse qui a sauvé sa vie et la mienne, par la même occasion. »

Au large, des lumières falotes flottaient sur l'eau noire, accrochées à la poupe et à la proue de petites barques, pendant que des pêcheurs mouillaient leurs lignes et psalmodiaient d'anciennes chansons venues de Lisbonne, lourdes de nostalgie. La Portugaise sortit une bouffarde de sa poche, la bourra et la tendit à Laurinda, tout en murmurant :

« Fume ça, étrangère. C'est comme les massepains, pour ta fille. C'est bon pour ce que t'as… »

Une fois Josefina assoupie dans la cabane, les deux femmes parlèrent une partie de la nuit, à voix feutrée. Laurinda lui conta toute son infortune et la vieille femme compatit, jurant entre ses dents lorsqu'elle apprit la forfaiture de Dom Cristiano da Fonseca, puis elle cracha rageusement dans le feu à l'instant où elle sut que Zumbi avait été réduit en esclavage dans les mines du Minas Gerais. Pour la première fois, Laurinda ne retint pas sa peine et, lorsque de lourdes larmes silencieuses roulèrent sur ses joues et luisirent à la lumière des flammes, la Portugaise eut la délicatesse de faire semblant de ne pas les voir.

Au mitan de la nuit, la vieille se releva en geignant, épousseta sa robe maculée de sable et grogna :

« Étrangère, il se fait tard et l'air de la mer me vaut rien de bon pour mes jambes.

– Je m'appelle Laurinda, l'amie.

– Si tu le dis, c'est que ça doit être vrai. Demain matin, je repasserai vous voir et on trouvera bien une place moins misérable que cette cahute, pour vous loger.

– Je ne veux pas retourner en ville. Elle est terrifiante et…

– C'est parce que tu la connais pas, l'amie. »

Puis, tout en disparaissant dans les ténèbres de la jungle, elle lâcha encore, pour clore définitivement la discussion :

« Demain, ça sera un autre jour et, pour vous, il pourra pas être plus terrible que ceux que vous venez de passer. Quant à tes malheurs, dis-toi bien que la roue tourne et que ce fils de porc de superintendant qui vous a fait tout ça, il finira par payer. Il payera, et au centuple encore… »

*

« Monsieur, j'ai pour mission de vous démettre sur-le-champ de vos fonctions de gouverneur de la province du Minas Gerais, par ordre de Sa Majesté Dom Luís de Almeida, vice-roi du Portugal.

– Monsieur ! Comment osez-vous faire irruption chez moi sans y avoir été invité ? Et d'abord, qui êtes-vous ?

– Je suis le superintendant des Mines du royaume du Portugal et, si j'ose forcer votre porte, c'est parce que j'en ai le pouvoir. Pour l'heure, estimez-vous heureux de ne pas aller croupir en prison ni d'être contraint de retourner à Lisbonne, afin d'y subir les justes châtiments de la justice royale et divine. »

En entendant cette menace, Dom Luís da Cunha Meneses blêmit. Gras et trapu, ses rares cheveux longs plaqués sur une tête oblongue et couverte de sueur, arborant avec ostentation des bagues en or à tous les doigts, vêtu d'une livrée douteuse et d'une chemise à jabot défraîchie, le gouverneur de la province du

Minas Gerais, assis derrière son bureau, observait Dom Cristiano da Fonseca qui venait d'être introduit dans ses appartements. La canne à pommeau glissée sous le bras, celui-ci reprit, avec la même voix inflexible :

« Votre prédécesseur avait transformé Ouro Preto en capitale de la contrebande et des détournements d'or. Vous avez réussi l'exploit de métamorphoser cette cité en une véritable pétaudière. Les pierres et le métal précieux ne rentrent plus dans les caisses du royaume et je vous en tiens, vous et votre suite de fonctionnaires, pour seuls responsables. »

Le gouverneur cligna des yeux avec nervosité, à plusieurs reprises. Puis il se leva, contourna son immense bureau incrusté de nacre et, le visage penché sur le côté, se frottant avec fébrilité les mains l'une contre l'autre, à hauteur de poitrine, il balbutia, d'un ton tremblant de soumission :

« Monseigneur… Vous n'êtes pas sans savoir que l'or se fait de plus en plus rare et que notre province est déjà surendettée auprès de la Couronne.

– La faute à qui ?

– Mais je l'ignore, Monseigneur !

– Je vais donc devoir vous l'apprendre. Votre prédécesseur, déjà, s'était mis en tête de faciliter le travail des esclaves en modernisant les outils et ce, au détriment de la production. Comme si l'état des esclaves pouvait intéresser qui que ce soit !

– Mais je… »

Poussant le gouverneur à l'épaule, du bout de sa canne, Dom Cristiano le coupa net :

« Laissez-moi parler ! Ce jean-foutre était de plus, et vous ne pouvez pas ne pas le savoir, un ami de Dom Cláudio Manuel da Costa, un poète soi-disant épris des Lumières mais qui doit à lui tout seul, en tant que propriétaire de mines, plusieurs dizaines d'arrobes pour le *quinto* dû à la Couronne !

– Mais je n'y suis pour rien, dans les fréquentations de ce monsieur ! Je ne l'ai même jamais rencontré !

– Il se peut que vous ne le connaissiez pas. Les nobles qui taquinent la muse ne sont certes pas des criminels. Mais ceux qui ne s'acquittent pas de leurs dettes le sont, sans l'ombre d'une hésitation. Quant à vous, vous faites bien pire encore, avec les muses… »

Dom Luís da Cunha Meneses écarquilla les yeux et tendit ses mains boudinées devant lui, tout en protestant :

– Monseigneur, je ne me pique pas d'écrire, sachez-le…

– C'est exact. Les muses, vous ne les taquinez pas. Vous les lutinez !

– Oh !

– Osez donc me traiter de menteur et je vous fais arrêter sur-le-champ ! J'ai mené ma petite enquête et je sais, de source sûre, que vous vous pavanez, en ville comme dans les églises, avec vos multiples maîtresses !

– Monseigneur…

– Pour entretenir vos catins et leurs petites véroles, vous vous servez dans les caisses, car, au vu de votre physique disgracieux, vous devez les gaver d'or comme l'on gave des oies, pour parvenir à vos fins ! Votre conduite est devenue insupportable et c'est la raison pour laquelle je vous démets de vos fonctions, *sine die* ! Cette lettre cachetée de cire aux armes du Portugal vous l'ordonne. »

Le visage contrit, le gouverneur baissa à nouveau la tête et avança d'un pas vers Dom Cristiano. Les yeux rougis par trop de bonne chère et d'alcool, il arbora une mine madrée et tenta, une ultime fois, d'infléchir la décision du superintendant :

« Monseigneur, les mines ne donnent plus autant qu'avant, mais elles continuent à produire de façon encore très convenable…

– Que voulez-vous dire ?

– Pour qui sait y faire, le Minas Gerais reste une terre de cocagne. Vu les masses d'or et de diamants dont il regorge, on n'y voit que du feu lorsque l'on trempe ses doigts dans ce pot de miel. L'essentiel étant, bien entendu, de ne pas les tacher.

– Je ne comprends rien à tout votre charabia ! »

Frottant à nouveau ses mains l'une contre l'autre, Dom Luís da Cunha Meneses fit un pas de plus vers son interlocuteur et poursuivit, à voix basse :

« Si Monseigneur le désire, je peux ordonner d'augmenter le rythme de la production. Les masses d'or supplémentaires extraites pourraient, sans que l'on en fasse cas auprès de la Maison des monnaies, atterrir ailleurs, sans laisser de trace de leur existence…

– Pardon ?

– Et si, par le plus grand des hasards, cet or atterrissait dans votre poche, qui le saurait et qui trouverait à y redire ? »

Sur cette dernière réplique, Dom Cristiano da Fonseca s'empourpra de colère et, serrant violemment le pommeau de sa canne, il pointa l'extrémité de celle-ci sur la poitrine du gouverneur, tout en tempêtant :

« Monsieur, nous ne mangeons pas du même pain ! Sachez que je ne suis pas à vendre et que l'on ne m'achète pas comme l'une de vos vulgaires catins !

– Mais…

– Vous êtes démis de vos fonctions ! Dans les semaines à venir, c'est Dom Luís Antônio Furtado de

Mendonça qui va vous remplacer. Il est vicomte de Barbacena et neveu du vice-roi. Contrairement à vous, il fera appliquer la loi de décembre 1750 et fera rentrer 1 500 kilos d'or chaque année dans les caisses du royaume au titre du *quinto* impayé !

– Monseigneur, le Minas Gerais ne pourra jamais payer de telles…

– Taisez-vous ! Cet ordre sera appliqué, fût-ce par la force des armes ! Et maintenant, disparaissez ! Hors de ma vue, si vous ne voulez pas que je vous passe au fil de mon épée !

CHAPITRE XIV

Trois années supplémentaires s'écoulèrent avant que Zumbi n'entrevoie le bout du tunnel qui menait à la liberté. Durant ce laps de temps, les quelque mille journées se succédèrent, chacune identique à la précédente, lourde de boue remuée et d'efforts inhumains, sans cesse recommencée. Chaque dimanche, seul jour chômé, il se rendait au confessionnal et, dans le secret le plus absolu, il recevait des mains de l'Aveugle de la viande séchée et, quelquefois, des sucreries grasses de beurre qu'il dévorait sans même prendre le temps d'en ressentir le goût sur sa langue. Au début de l'année 1785, Zumbi se laissa aller à s'apitoyer sur son sort. Famélique, les articulations rendues douloureuses à force de patauger dans les marigots, l'âme taraudée par le souvenir de Laurinda et de ses filles, désespéré de devoir quitter l'existence dans sa condition d'esclave, il se rendit au confessionnal la tête basse, traînant ses pieds nus dans la riche terre du campement. Lorsqu'il se retrouva seul avec l'Aveugle, il lui avoua :

« L'ami, je suis fatigué. Je vieillis tous les jours un peu plus et la vie s'entête à ne pas vouloir me quitter.

– Qu'est-ce que tu racontes ?

– Il faut absolument que tu me rendes un service et je te jure que celui-ci sera bien le dernier… »

Derrière la claie, le vieil homme ne put s'empêcher de grimacer, tout en se grattant la barbe avec nervosité. Puis il demanda, d'une voix neutre :

« Qu'est-ce qu'il t'arrive, fils ? C'est quoi, ce fameux service ? Et puis, c'est quoi cette histoire de vieillir ? C'est le sort de tous les hommes et j'aurai bientôt, moi aussi, passé plus de temps sur cette terre que Mathusalem lui-même !

– Arrête… Ça fait dix ans que je trime dans ces mines de malheur. Il ne me reste sans doute plus beaucoup de temps à vivre et je ne sais même pas si ma femme et mes filles sont encore de ce monde. Vivre comme ça, ce n'est pas vivre. Aussi, je voudrais…

– Attends… »

L'Aveugle colla son oreille contre la grille du confessionnal et, d'un ton qu'il voulut dégagé, il répliqua :

« Fils, ne va pas dire de bêtises que tu pourrais regretter par la suite. T'es en vie et, tant que tu le resteras, il y aura de l'espoir.

– Tu es bon avec moi, mais tu ne sais pas ce que c'est que d'être ici.

– Foutaises. La mine, je la connais. Elle aura été l'amante la plus cruelle et, hélas, la plus fidèle de toute mon existence.

– Non. J'ai vécu l'enfer, dans mon placer. Puis j'ai été l'homme libre le plus comblé du monde, à Rio de Janeiro. Maintenant, il faut que tout ça s'arrête et j'aimerais que, dimanche prochain, ce soit la dernière fois qu'on se rencontre.

– Qu'est-ce que tu dis ? »

Grattant la vermine qui grouillait dans la corne de ses pieds, Zumbi reprit :

« Tu m'as bien entendu, l'homme. Dimanche, je

voudrais que tu m'apportes autre chose que de quoi manger.

– Qu'est-ce que tu voudrais ?

– De la *cachaça*, pour dire adieu à la vie.

– Quoi ?

– De la *cachaça* et du poison fort. Quelque chose qui puisse me faire partir pour que je n'aie plus à voir ni à endurer cette misère de l'or. L'or fleurit sur les têtes couronnées, mais c'est bien ici qu'il pousse, arrosé par le sang et les larmes des miséreux comme moi… »

Un instant, l'Aveugle demeura silencieux. Puis, après avoir toussoté, il tenta de plaisanter :

« Voilà que tu parles comme les poètes, à cette heure !

– Peut-être parce qu'il n'y a que les poètes, les enfants et les fous qui peuvent réellement voir les terreurs de notre monde.

– Et les ivrognes, aussi. Oublie pas que, en la matière, je sais de quoi je parle… »

Comme un garde frappait à la porte pour signifier la fin de la confession, Zumbi ajouta :

« Alors ? Je peux compter sur toi ? Tu m'apporteras ce que je t'ai demandé ?

– Pour ce qui est de la *cachaça*, je suis ton homme. Tu la lipperas à travers la grille, avec une paille. Pour le reste, je ferai ce que je pourrai.

– Tout ce que tu feras sera bien fait, pourvu que tout s'arrête… »

Le dimanche suivant, l'Aveugle se rendit effectivement à la mine avec, dissimulée sous sa cape, une fiole de *cachaça*. Lorsque le gardien lui ouvrit la porte du confessionnal, un grand dadais fraîchement débarqué du Portugal qui arborait des oreilles décollées et tous les signes d'un crétinisme rampant, il lui sourit affectueusement et lui glissa une carotte de tabac dans la main, tout en ajoutant :

« L'homme que je viens voir sera sans doute mort dans les jours qui viennent.

– Et alors ?

– J'ai de l'amitié pour cet esclave, et ce serait bien si tu me laissais un peu plus de temps avec lui. »

Le jeune garde serra son tabac dans la poche de la gabardine et, méfiant, il acquiesça d'un grognement. L'Aveugle le bénit alors d'un signe de croix et pénétra dans l'enceinte. Dès que Zumbi fut derrière la grille, le vieil homme lui laissa ingurgiter son content de *cachaça*, sans mot dire. Lorsque cela fut fait, il murmura :

« Fils, j'ai deux nouvelles à t'annoncer, une bonne et une mauvaise. Par laquelle tu veux que je commence ?

– Par celle que tu veux, mais fais vite et donne-moi le poison pour que j'en finisse au plus vite avec tout ça.

– Justement. Ça, c'est comme qui dirait la mauvaise nouvelle.

– Quoi donc ?

– Pour le poison.

– Qu'est-ce qu'il y a ? Donne-le-moi et qu'on se quitte. J'en peux plus de croupir ici ! Donne-le-moi tout de suite ! »

Les mains bien au chaud dans ses poches, l'Aveugle sourit et tempéra :

« Parle moins fort, fils. Tu veux que le garde entre et interrompe ta confession ?

– Donne-moi le poison, je t'en supplie ! Fais au moins une bonne action dans ta vie…

– Je l'ai pas.

– Quoi ?

– T'as de la boue dans les oreilles ou quoi ? Je t'ai dit que je l'avais pas. Mais j'ai bien mieux que ça… »

Étonné par la voix maintenant enjouée de son ami, Zumbi attendit quelques instants, puis il s'inquiéta :

« Qu'est-ce qui pourrait être mieux que le poison ? Tu vas encore me proposer une de tes idées farfelues ?

– Pardon ?

– Tu veux encore me faire évader ? Tu as un pistolet à briquet ? Une scie pour que je coupe mes chaînes ? Tu veux engager des mercenaires pour me faire libérer ? Tu veux soudoyer des gardes ? Tu m'as déjà parlé mille fois de tes projets et ils sont tous plus irréalisables les uns que les autres…

– Pas celui-ci, tu peux me faire confiance. Et en plus, il est légal et sans danger. »

Avant de délivrer la bonne nouvelle à son ami, l'Aveugle prit le temps de respirer amplement, afin de refouler la vague d'émotion qui montait dans sa gorge. Puis il poursuivit :

« Tu te souviens de Dona Gloria ?

– C'est celle qui a été si bonne avec nous, avant qu'on parte pour Rio ? Celle qui a dit que tu ressemblais à son père qui venait de mourir ?

– Tout juste. Depuis que je suis revenu à Ouro Preto, y a trois ans, elle me croit prêtre et elle est tombée en bigoterie.

– Tu lui as pas dit que c'était un mensonge ?

– Et pourquoi que je le lui aurais dit ? Tous les jours, elle veut que je lui rende visite et elle me nourrit comme un prince.

– Mais ce n'est pas honnête ! »

Embarrassé, l'Aveugle bafouilla :

« Si on faisait que ce qui est honnête dans la vie, on s'ennuierait ferme, non ?

– Oui, mais je…

– Laisse-moi parler et te dire la bonne nouvelle. Dona Gloria, j'irai plus la voir.

– Pourquoi ? Tu as des remords ?

– Non. J'irai plus la voir parce qu'elle est morte.

– Quoi ?

– Oui, et c'est ça la bonne nouvelle. »

À cet instant, le garde donna le signal de la fin de la confession et l'Aveugle, les yeux brillants de plaisir, eut juste le temps d'ajouter :

« Dans la nuit de mardi à mercredi, elle m'a fait appeler sur son lit de mort, pour sa dernière confession. Avant de partir, elle m'a confié une petite cassette pleine de pièces d'or parce qu'elle était seule au monde, sans héritiers. Elle m'a supplié de la prendre et de faire le bien autour de moi. Dans cette cassette, il y a cinquante fois de quoi racheter ta liberté, fils… »

*

Au fil des jours, Laurinda et sa fille Josefina avaient pu constater que la Portugaise avait eu raison et que la vie, sur l'île aux Sorcières, n'était pas plus terrible qu'à Rio. Dès le lendemain de leur rencontre, la vieille femme leur fit effectuer le tour des quartiers et les présenta à tous les petits chefs de cette cour des miracles en leur recommandant de ne jamais importuner ses nouvelles protégées, sous peine de représailles. Ces hommes, pour la plupart issus du bagne, étaient de redoutables bretteurs, portant des cicatrices et des tatouages, buvant du soir au matin et se battant souvent sans autre raison que celle de démontrer leur force et leur domination sur les plus faibles. Pourtant, même s'ils n'auraient pas reculé devant le diable en personne, tous reçurent la Portugaise avec affabilité, certains par crainte de déchaîner les sorts maléfiques de la sorcière, d'autres parce qu'elle était la seule à pouvoir et à vouloir soulager leurs maux lorsqu'une blessure se mettait à suppurer ou quand les fièvres les clouaient sur leur grabat, en nage et désespérés.

Les premiers temps, Laurinda et Josefina dormirent chez la vieille femme, dans une chambre au sol en dur, et ce fut elle qui les nourrit. Un soir où elles fumaient une pipe de *maconha*, assises sur le perron de la petite maison bâtie sur un seul niveau, après s'être sustentées d'un ragoût de queue de lotte safranée accompagné de riz, de tranches d'ananas et d'une purée de piments verts, la vieille femme lui demanda :

« Maintenant que vous vous êtes requinquées, ta fille et toi, qu'est-ce que vous comptez faire ? Je veux dire : comment allez-vous vous y prendre pour gagner votre pitance ? »

Aussitôt, Laurinda sentit le rouge de la honte lui monter au front mais, avant qu'elle ne puisse répondre, la Portugaise ajouta :

« Ne m'en veux pas, femme. Mais je suis plus très jeune et deux têtes de plus à nourrir, c'est pas rien, à mon âge.

– Je le sais et je n'ai jamais eu besoin de personne pour faire bouillir la marmite ni pour m'installer un toit sur la tête.

– C'est pas pour te faire de la peine que j'ai dit ça. C'est juste que c'est la vérité vraie.

– Je ne t'en veux pas pour ce que tu as dit. Tu as d'ailleurs été plus que bonne pour nous et je ne te remercierai jamais assez. Dès demain, on quittera ta maison et tu n'auras plus à te préoccuper pour ma fille et moi. »

La vieille femme sourit dans la nuit en recrachant une bouffée de fumée, puis elle tempéra :

« Te voilà bien fière, tout à coup. Si on décide de monter sur ses grands chevaux, encore faut-il en avoir ! Pour le coucher, vous pourrez rester le temps qu'il vous faudra. Par contre, ce que je voudrais savoir, c'est comment tu vas faire pour apporter ton écot.

– Pour l'instant, je n'en sais rien.

– Qu'est-ce que tu faisais à Rio, avant de t'occuper de ta confrérie ?

– J'étais lavandière.

– Et tu travaillais bien ? »

Avec une pointe de fierté dans la voix, Laurinda répliqua :

« Sans vouloir me vanter, j'avais la plus belle clientèle de la ville. C'était à moi que les nobles et les bourgeois confiaient leurs vêtements en dentelles et en soie.

– Pour la grande dame que t'es devenue après, ça t'ennuierait de remettre tes mains dans les lessiveuses et de reprendre les chaufferettes et les fers à repasser ?

– D'abord, je ne suis jamais devenue une grande dame. Puis, le travail ne m'a jamais fait peur. Mais si à l'époque je connaissais tout Rio, ici je n'ai aucune entrée chez des familles capables de me payer pour mon ouvrage. »

Trois soiffards passèrent devant elles, agrippés les uns aux autres, le cruchon de *cachaça* à la main, les yeux vitreux, chantant faux des chansons de marins et s'empêtrant dans les paroles. Lorsqu'ils disparurent à l'angle de la ruelle, la Portugaise reprit :

« Pour ce qui est des connaissances, t'en fais pas.

Ici, toutes les portes des grandes maisons me sont ouvertes.

– Mais je croyais que les Blancs avaient peur des sorcières !

– C'est vrai. Mais quand je dis toutes les portes, je parle pas des grandes portes d'entrée, celles où on reçoit ses connaissances en plein jour. Je voulais plutôt dire les portes dérobées, les portes du fond de la cour, celles qui sont réservées aux fournisseurs.

– Pourquoi cela ? »

Avec un nouveau sourire blasé, la vieille femme croisa ses bras sur sa poitrine et expliqua :

« Parce que c'est la vie, je suppose. Les Blancs nous méprisent et nous craignent, mais, dès que les médecins peuvent plus rien pour eux ou l'un des leurs, ils nous envoient chercher, dès la tombée de la nuit. C'est un peu comme le ragoût de lotte qu'on a mangé tout à l'heure.

– Je ne comprends pas.

– C'est pourtant simple. Les gens du Brésil ne mangent pas ce poisson parce qu'il a une gueule à vous glacer les sangs. Sur le port, on l'achète pour trois fois rien et même, quelquefois, les pêcheurs le donnent.

– Et alors ?

– La queue de lotte est pourtant le morceau de poisson le plus succulent que je connaisse. Voilà pourquoi je dis que les sorcières, c'est comme des queues de lotte. On ne veut jamais avoir affaire à elles, mais, quand l'assiette est vide et que le ventre crie famine, on doit bien s'y résoudre. Et là, on s'aperçoit que, non seulement la faim disparaît, mais, en plus, on s'est léché les doigts ! »

Un instant, Laurinda sourit à son tour et recouvra un peu de paix, en son for intérieur. Depuis près d'un mois qu'elle avait été arrachée à sa vie d'opulence et de tranquillité, elle entrevoyait enfin le moyen de recommencer son existence et, qui sait, de repartir un jour vers Rio et retrouver Zumbi, l'homme qu'elle aimait plus encore qu'elle-même. La Portugaise se leva alors et prit sa chaise par le dossier. Avant de rentrer, elle lâcha encore :

« Demain soir, on fera le tour des belles maisons et tu trouveras certainement de l'ouvrage. Les Négresses d'Afrique, celles qui viennent d'arriver, elles savent pas manier le fer à repasser et t'auras bientôt tellement de clientes que tes deux bras te suffiront pas pour tout abattre.

– J'apprendrai le métier à ma fille !

– Tu crois qu'elle accepterait ?

– Je voudrais bien voir ça, qu'elle refuse ! Elle a huit ans et elle a l'âge de mettre la main à la pâte. Quand on ne roule plus sur l'or, il faut avoir des bras.

– Ça, c'est parlé.

– Mais dis-moi... Pourquoi tu vas encore nous aider ? »

La vieille femme ne répondit tout d'abord à la question que par un silence embarrassé. Puis elle maugréa, tirant sa chaise derrière elle :

« Qui sait ? Sans doute parce que je vous aime pas bien... »

*

« Alors, mon ami ? Comment s'est passé votre voyage en pays de France ? Avez-vous eu la chance de rencontrer ce Thomas Jefferson ? Et que vous a-t-il dit de notre entreprise ? Est-il prêt à nous aider ?

– Oui, j'ai eu l'honneur de le rencontrer, dans une

ville que l'on nomme Nîmes, entre les arènes et la Maison carrée. Mais, sur la terre d'histoire des Gaulois et des Romains, l'ambassadeur des États-Unis d'Amérique n'a pas montré beaucoup d'enthousiasme pour nos projets.

– Pourtant, cela fait à peine quelques années que sa nation s'est libérée du joug de l'oppresseur anglais ! Il pourrait s'en souvenir et montrer un peu plus de solidarité vis-à-vis du Brésil !

– J'ai bien peur, hélas, que l'or du Portugal et les bonnes relations avec Dona Maria Ire lui importent plus que le Brésil lui-même. En revanche, la France est devenue une véritable poudrière et elle est à l'aube d'une révolution telle qu'il ne s'en est jamais produit dans le monde, durant toute l'histoire de l'humanité. Et c'est de la France que nous devons nous inspirer, mes amis. Avec ou sans l'aide des États-Unis d'Amérique ! »

L'homme qui venait de parler, du haut de ses trente-sept ans, se nommait Dom José da Maia e Barbalho. Dans la demeure du *fazendeiro* Dom João Rodrigues de Macedo, il répondait au feu nourri des questions de ses amis rassemblés, une réunion secrète visant à préparer une insurrection contre la décision du nouveau gouverneur, le vicomte de Barbacena, de lever un impôt colossal afin que le Minas Gerais rembourse la dette due à la Couronne du Portugal sur le *quinto*.

Le propriétaire des lieux, un vieux barbon roublard et appartenant à la plus haute bourgeoisie de la province, se leva de son fauteuil et, les pouces passés dans les poches de sa redingote, se dirigea vers le bar, tout en marmonnant dans sa barbe :

« Ça ne m'étonne guère des Américains. Ils pensent à eux avant tout et l'on ne peut pas leur en tenir rigueur.

Mais cette histoire de France au bord de la révolution ? Est-ce bien sérieux ? »

Dans la clarté des chandelles, Dom José da Maia e Barbalho se récria, le front brûlant :

« Mon ami, il n'y a aucun doute sur ce point : la révolution est en marche ! Nous sommes en 1788 et l'on ne parle, là-bas, que de pendre les aristocrates à la lanterne, de raser la prison de la Bastille ou d'envahir le palais de Versailles ! Le peuple crève de faim et les nobles n'ont jamais été aussi riches qu'aujourd'hui !

– Les révolutionnaires ont-ils, au moins, des appuis financiers ou en armes, aux frontières ? »

Le jeune homme ouvrit les bras devant lui, dans une posture désolée, et finit par admettre :

« Je ne le crois pas, mais je n'en suis pas sûr.

– Leur affaire est alors bien mal engagée, si tel est le cas. Et leur espoir de révolution ne sera hélas, tout comme pour nous, qu'un coup d'épée dans l'eau…

– Comment osez-vous douter de notre victoire finale, Monsieur ? »

Dom João Rodrigues de Macedo prit le temps de se servir un verre de cordial et d'en apprécier la robe à la lueur d'une bougie. Puis, après en avoir avalé une gorgée, il revint s'asseoir dans son ample fauteuil et rétorqua :

« J'ai le privilège de l'âge et je jouis, de surcroît, d'une mémoire infaillible. Curvelo, 1760. Mariana, 1768. Sabará, 1775. Curvelo à nouveau, 1776. Quatre tentatives de révolution fomentées contre la Couronne du Portugal, quatre révolutions réprimées dans le sang par faute d'appuis extérieurs. Et si je le sais aussi bien, c'est que j'étais des deux dernières…

– Comment se fait-il que vous n'ayez pas été traduit en justice pour y avoir participé ?

– Le privilège de l'âge, je vous l'ai déjà dit. De plus, j'ai toujours prêté énormément d'argent aux gouverneurs en place et c'est pourquoi la justice n'est jamais venue fouiner dans mes affaires, que celles-ci soient légales ou un peu moins.

– Et je suppose que le nouveau gouverneur, le vicomte de Barbacena, vous en doit aussi beaucoup ? »

Le *fazendeiro* reposa son verre sur la table basse installée près de lui et, après avoir fait claquer sa langue contre son palais, il fronça ses sourcils en bataille et répliqua :

« Vous avez tout à fait raison de dire cela, mon jeune ami. Et vos persiflages n'y changeront rien. Il faut toujours songer à protéger ses arrières et la vie vous apprendra cette leçon plus tôt encore que vous ne pouvez l'imaginer.

– Mais, en agissant ainsi, vous pactisez avec la Couronne royale, notre pire ennemi !

– Vos scrupules d'oie blanche commencent à m'échauffer les oreilles. Le vicomte de Barbacena me doit en effet beaucoup d'argent, mais il m'en fait gagner aussi beaucoup. À moi, comme à vous. Il ferme les yeux sur nos petites combines, sans parler de la contrebande que nous organisons tous ici, dans nos mines respectives.

– Monsieur, comme vous y allez !

– J'y vais comme l'on se doit d'y aller. Vous tous, ici, vous flouez la Couronne de son or et cette attitude est, à mon sens, un véritable acte révolutionnaire. »

À ces mots, l'assistance se mit à protester dans un vacarme contrastant avec le calme bourgeois de la demeure, décorée de statues catholiques et de tableaux du XVIIe siècle que le cacique faisait venir de façon régulière d'Europe. Se levant à nouveau, celui-ci reprit, de sa voix de stentor, pointant de son index l'un après l'autre les conjurés présents dans la salle de réception :

« Vous, Dom Alvarenga Peixoto ! Vous êtes soi-disant poète et vous possédez plusieurs mines dans toute la région. Vous, Dom Cláudio Manuel da Costa ! Vous êtes soi-disant avocat, mais votre fortune vous vient, elle aussi, de vos mines qui tournent à plein. Vous, Dirceu ! Vous êtes auditeur au tribunal d'Ouro Preto, mais votre richesse ne porte qu'un seul nom : la contrebande. Et je ne parle pas de nos amis, absents aujourd'hui, mais qui font tous partie des hommes les plus riches du Brésil, grâce à l'or : Dom Francisco Pires Bandeira, Dom João Rodrigues de Macedo, Dom Francisco Freire de Andrade, Dom Luís Vieira da Silva. Sans oublier les papelards, Carlos Correia de Toledo, José da Silva ou Oliveira Rolim. Tous enrichis par la contrebande de l'or, des diamants et des esclaves ! Alors ? Qu'avez-vous à répondre à cela ? »

Dans le silence, le *fazendeiro* posa ses mains sur ses hanches et les toisa, avec un air supérieur. Puis il poursuivit, d'un ton plus apaisé :

« Le gouverneur, vicomte de Barbacena, n'est pas un mauvais bougre, vous pouvez m'en croire. Si nous sommes tranquillement rassemblés ici, à siroter du brandy, c'est parce que je le tiens par les cordons de sa bourse. Pour l'heure, il est aussi inoffensif qu'un enfant, mais il est pourtant une chose qui me tracasse diablement… »

Dom José da Maia e Barbalho, maintenant revenu de ses ardeurs révolutionnaires, l'interrogea :

« Quelle est cette chose, cher ami ?

– S'il n'y avait que le gouverneur, nos affaires continueraient à aller pour le mieux. Mais il y a dans son entourage ce Portugais, ce Dom Cristiano da Fonseca, le superintendant.

– En quoi pourrait-il être un danger ?

– Il pose beaucoup de questions et il épluche d'un peu trop près les livres de comptes de la Maison des monnaies.

– Eh bien ? Il ne fait là que son travail.

– Il le fait avec un peu trop d'assiduité, à mon sens. Il sait certainement que nous nous rassemblons régulièrement de façon clandestine et, s'il ne bouge pas, c'est qu'il n'a pas encore de preuves suffisantes pour nous envoyer devant la justice. »

À ces mots, Dom José da Maia e Barbalho se rembrunit :

« Pensez-vous qu'il trouvera ces preuves ?

– À force de chercher, l'on finit fatalement par trouver.

– Que proposez-vous pour éloigner ce Dom Cristiano da Fonseca ? »

Dom João Rodrigues de Macedo lissa de la paume de ses mains ses tempes blanchies par les années, puis il répondit :

« Notre objectif est de ne pas régler à la Couronne la dette du *quinto*. Son objectif, à lui, est de découvrir qui sont les coupables de la dette due à Lisbonne et de les traduire devant les tribunaux. Nous allons donc trouver du grain à moudre à ce monsieur…

– Que voulez-vous dire ?

– Nous allons lui faire croire qu'une révolte des Lumières se prépare dans le Minas Gerais. Au moment venu, il interviendra et arrêtera le meneur de cette prétendue fronde que nous appellerons la révolution *Mineira*. Le pauvre bougre qui sera pris passera quelques années au cachot et nous le rétribuerons largement, à sa sortie. S'il a la chance d'être pendu, il deviendra un héros, un martyr passé à la postérité. Dom Cristiano da Fonseca pourra rentrer à Rio de Janeiro, couvert de gloire, avec le sentiment du devoir accompli. Et nous, grâce à nos petits arrangements avec le gouverneur et ses fonctionnaires, nous continuerons à boucler nos affaires. Quant au *quinto*, nous ferons un petit geste pour prouver notre bonne foi et l'on promettra de le régler, un jour… »

Le *fazendeiro* prit un cigare qui se trouvait dans un coffret de bois précieux posé sur la hotte de la cheminée. Avant de l'allumer, il le fit craquer à ses oreilles, entre son pouce et son majeur, puis il termina :

« Il ne nous reste plus maintenant qu'à trouver ce révolutionnaire exalté dont la capture assouvira les velléités de Dom Cristiano da Fonseca… »

*

Par une belle matinée baignée de soleil, Zumbi marchait à pas lents dans le petit jardin de la villa Gloria, une demeure aux façades passées à la chaux et aux volets d'un bleu crétois. Nichée sur les flancs de Mariana, un bourg que les mines avaient rendu opulent et qui se situait à une douzaine de kilomètres d'Ouro Preto, l'habitation semblait comme sertie dans un écrin de verdure et, même lorsque la chaleur se faisait violente, on pouvait se tenir dehors sans avoir la sensation de suffoquer ni de suer d'une façon désagréable. En contrebas, des maisons d'un seul étage épousaient les ondulations de la colline, blanches, d'un bleu électrique, jaunes, vert d'eau, voire rose pâle pour certaines. Les seuls bruits qui montaient à ses oreilles, outre le chant des oiseaux, se limitaient aux cris des vendeurs ambulants et des rémouleurs, aux chocs réguliers du marteau du forgeron sur l'enclume, ainsi qu'aux aboiements de chiens sauvages, toujours à se battre pour un os ou quelques tripailles, devant l'étal du boucher.

Un instant, Zumbi s'assit sur le muret de pierre qui faisait face à la villa, puis il s'alluma une pipe de tabac, luxe qu'il redécouvrait après dix années d'esclavage. Si, dans les mines, son esprit avait su résister à cette souffrance suprême qu'est la privation de toute liberté, son corps, en revanche, avait été proche de la rupture. À ce jour, son visage s'était émacié et de profondes rides s'étaient ouvertes dans sa peau. Sa vue avait diminué, des crevasses dans ses gencives trahissaient la perte de plusieurs dents, causée par une insuffisante et trop mauvaise nourriture. Les rares promeneurs qui passaient sur la route, devant la villa Gloria, ne le saluaient que de loin, impressionnés par cet homme longiligne, efflanqué, au crâne nu et noir ceint d'une couronne de cheveux blancs, cette ombre dont la maigreur avait encore accentué les yeux exorbités et luisants d'une tristesse sans nom.

Enveloppé dans une redingote sombre lui descendant jusqu'aux genoux et piquée de gros boutons dorés, Zumbi revint sur la terrasse où un plat en terre l'attendait sur la table dressée, à l'ombre d'un avocatier. À l'intérieur, un ragoût d'épaisses tranches de lard agrémenté de haricots, préparé par la servante Graça, commençait à se figer dans son huile. Lentement, il y plongea une cuillère en bois, puis il interrompit son geste, le cœur au bord des lèvres. Cela faisait deux semaines qu'il était sorti de son enfer et la faim qui lui avait tiraillé les entrailles jour après jour, année après année, semblait s'être évaporée. Après trois bouchées, il devait arrêter, sous peine de vomir tripes et boyaux. Son corps, à la suite de tant de privations, avait perdu son appétit et, de la même façon, ce n'était que depuis peu qu'il pouvait enfin recommencer à porter du linge, tant le contact du tissu propre lui brûlait la peau. Ses pieds, épaissis de deux centimètres de corne et gonflés d'eau, ne pouvaient entrer dans aucune chaussure et il passait ses journées ainsi, à hanter la terrasse de la villa Gloria, fantôme de lui-même, perdu dans ses pensées et dans une liberté désormais taillée trop large pour ses épaules frêles.

« Alors, compère ? Tu vas encore faire comme d'habitude ? Tu vas encore pas décrocher un mot ? Y a des fois où je me demande si j'ai bien fait de te tirer de ce trou à rat… »

Dans son costume de drap rouge à parements de cuir noir, l'Aveugle venait de faire son apparition, le visage froissé, un bandeau blanc masquant ses yeux. Sans autre forme de procès, il s'assit à table et se servit une belle portion de lard aux haricots qu'il commença à mastiquer, le menton rentré dans la poitrine. Entre deux bouchées qui laissaient ses lèvres brillantes d'huile, il ajouta :

« Voilà quinze jours qu'on est installés ici, comme des princes, et tout ce que j'ai gagné, c'est ton silence de brute. Tu vas finir par me dire ce qu'il se passe dans ta caboche, à la fin ? C'est pas Dieu possible, tout de même ! »

Les bras croisés dans le dos, Zumbi reprit sa marche pensive, tandis que le vieil homme continuait :

« Si t'étais mieux là-bas, je peux t'y renvoyer, tu sais ? T'es mon esclave, aujourd'hui. J'ai le droit.

– Ne dis pas de bêtises, l'ami. Je ne sais même pas moi-même ce que j'ai.

– Qu'est-ce que tu racontes ?

– Le jour, je suis triste comme la mort. La nuit, je fais des cauchemars à m'arracher l'âme et je me réveille avec l'impression que tous mes os ont été réduits en poudre.

– Ça, je sais.

– Comment tu pourrais le savoir ?

– Cette nuit, je me suis levé pour boire un coup. Comme je quittais la cuisine, j'ai entendu du bruit. Alors, je suis allé voir. Ça venait de ta chambre. »

Avant de replonger son nez dans son assiette, le vieil homme expliqua :

« Par tous les saints du Paradis, j'aurais jamais cru que je devrais vivre ça un jour. Tu pleurais.

– Qu'est-ce que tu racontes ?

– Comme je te le dis. Tu pleurais comme une fillette et, quand je suis venu te recouvrir, t'avais ton corps qui transpirait, pire qu'une fontaine. Je me suis assis près de toi et j'ai failli aller chercher le médicastre, histoire de te trouver une potion. Mais tu t'es calmé, petit à petit. »

Zumbi passa ses mains sur son visage, puis il dit :

« Je te remercie, l'homme. Mais il ne faut pas que tu te fasses du souci à mon sujet, ce n'est pas la peine.

– Je fais ce que je peux. Et m'inquiéter pour toi, il faut que tu saches que ça m'ennuie. Alors, il faudrait quand même que tu m'expliques ce que t'as sur le foie. Si tu le sors pas, j'ai peur que tu finisses bientôt par crever de tout ça, par l'intérieur.

– Je ne sais pas. J'ai juste l'impression d'avoir laissé ma vie sur le côté.

– Qu'est-ce que tu déraisonnes ?

– Tu m'as tiré de la mine et tu mérites le Paradis pour ça.

– Si le Paradis était si facile à avoir, ça se saurait, fils. »

Zumbi étouffa un sourire, puis il enchaîna :

« Je ne suis plus un esclave et je ne suis pas encore un homme libre. Et à mon âge, je suis incapable de remplir ma propre assiette par mon travail.

– Vu ce que tu manges, c'est pas ce qui me coûte le plus cher ! Et il me semble que t'oublies un peu vite ce que toi t'as fait pour moi, avant. »

Sur ces mots, le vieil homme repoussa son assiette et se servit un grand verre d'eau qu'il avala avec une grimace de déplaisir. Après s'être réinstallé confortablement sur sa chaise, il ajouta :

« L'eau, c'est vraiment pour les canards… Mais dis-moi, fils ? Ce serait pas Laurinda et les filles qui te travaillent l'esprit pour que t'aies même plus le goût de vivre ?

– Sans doute. Mais je ne sais pas. J'aimerais bien aller à Rio ou dans l'île aux Sorcières, pour les retrouver. Mais qui sait où elles sont, à ce jour ? Est-ce qu'elles sont seulement encore vivantes ? »

Comme les cloches de l'église São Francisco de Assis sonnaient la fin de la messe, Zumbi poursuivit :

« Et puis, je pense aussi à l'autre…

– À qui ça ?

– Dom Cristiano da Fonseca. »

Avec une moue écœurée, l'Aveugle cracha sur le sol et rétorqua :

« Tu lui donnes encore du Dom, à cette ordure ? Il mérite même pas qu'on gaspille du plomb pour l'envoyer crever. Une corde, ça suffirait. Parce qu'une corde, ça se réutilise. Un couteau aussi, remarque bien…

– Tu crois que c'est lui qui est responsable de tout ça ? »

Subitement, le vieil homme fit claquer la paume de sa main contre le plateau de la table, puis il explosa :

« Bougre d'imbécile ! Mais qui tu veux que ce soit d'autre ? Quand t'as couché avec son esclave, t'étais encore bel homme. Mais t'étais déjà une vieille carne et les jeunesses, ça doit aller avec les jeunesses ! C'est dans l'ordre des choses et y a rien à redire là-dessus ! Ton soi-disant ami a tout fait pour que t'ailles pourrir dans les mines et ça se voit comme un nez au milieu de la figure. »

Saisissant le cruchon de *cachaça*, il le porta à ses lèvres et en descendit deux belles gorgées. Puis il essuya ses lèvres du revers de la manche et poursuivit :

« Ce salaud-là t'a mis dedans. Je sais pas pourquoi il a fait ça, mais il l'a fait et bien fait. Aujourd'hui, il paraît qu'il est en poste à Ouro Preto et c'est bien pour ça qu'on s'est installés ici, à Mariana.

– On aurait pu rester à Ouro Preto, non ? Je suis libre, maintenant.

– Quand on était à Rio, t'étais libre et ça l'a pas empêché de te faire mettre en prison, que je sache ?

– Ce n'est pas faux…

– Alors, maintenant, tu vas faire comme je dis. Tu vas continuer à te remplumer et, après, on verra ce qu'on peut faire.

– À propos de quoi ? »

L'Aveugle se remit debout et, avant de rentrer dans la villa, il répondit :

« Pour Laurinda et les filles. Si elles sont encore vivantes, il faudra bien qu'on aille les chercher, non ?

– Et Dom Cristiano da Fonseca ?

– Cette saloperie ? Oublie-le, ça sera mieux pour toi. La vengeance, ça a jamais rien valu de bon à personne. S'il repasse sur ta route, je dis pas qu'il méritera pas un coup d'épée ou de mousquet. Mais va pas le chercher. Des hommes comme ça, ça sème que la mort et les larmes, fils… »

CHAPITRE XV

« Vous voici bien silencieux, Monsieur le gouverneur. Y aurait-il quelque chose qui ne soit pas à votre goût ? La journée est pourtant charmante et le déjeuner a été tout à la fois copieux et succulent… »

Dom Luís Antônio Furtado de Mendonça, vicomte de Barbacena, lissa son bouc de ses doigts gantés de blanc, aspira une pincée de tabac pour tenter de masquer l'odeur repoussante qui emplissait le fiacre puis, les yeux dans le vague, il répondit d'une voix lasse :

« Il y a que j'espère que l'Église a parfaitement raison et qu'il n'y a aucune place au doute, quant à ses jugements.

– Que voulez-vous dire par là ?

– Que les Noirs ne sont que des Noirs, et qu'à l'image de n'importe quel animal ils n'ont pas d'âme et méritent d'être traités ainsi, pour la plus grande gloire de la Couronne du Portugal… »

Ce disant, il désigna de la main les placers et les mines qui s'étendaient à leurs pieds, dans les environs d'Ouro Preto. Des dizaines de milliers d'hommes, maculés de boue, portaient sur leurs crânes des couffins de terre dégoulinante qui recrachaient leur eau sur leurs visages et leurs épaules, tandis que les contremaîtres, à cheval et le fouet à la main, glapissaient des injures pour accélérer la cadence. Dans ce tableau monochrome, ce qui frappait le plus était le vide dans les regards des mineurs, résignés à leur statut de bête de somme, les muscles endoloris, pliés vers le sol par leur fardeau.

Dom Cristiano da Fonseca, le ventre repu et le cigare fumant entre les lèvres, rétorqua, sans laisser paraître la moindre once de commisération dans sa voix :

« Le paysan fait des légumes et l'éleveur fait de la viande. Le Noir fait de l'or et le pape et l'Église savent certainement ce qu'ils font. En tout cas, ce n'est pas à nous qu'il appartient de trancher cette question.

– Avez-vous déjà eu l'occasion de fréquenter l'un de ces Noirs ? Je veux dire, en dehors des relations entre maître et esclave ?

– Oui, Monseigneur. Et je n'ai eu qu'à m'en repentir.

– Pour quelle raison ?

– C'est une longue histoire que je vous raconterai peut-être un jour, mais cela s'est conclu par un coup de couteau que j'ai reçu dans le dos et qui a bien failli me faire passer de vie à trépas.

– Ce n'est pas possible !

– C'est comme je vous le dis. La coupable a été bannie sur l'île aux Sorcières. Quant à son mari, puisqu'il s'agissait d'un couple de Noirs, il doit trimer à l'heure actuelle dans l'une des mines de cette province. »

Le vicomte de Barbacena renifla une nouvelle pincée de tabac, puis il commenta, avec amertume :

« Alors, à la vue de ce que vous me contez là, le pape doit avoir raison. Il n'est pas humain de poignarder qui que ce soit, qui plus est lorsque c'est d'un chrétien dont il s'agit… »

Parvenus sur le parvis de l'église São Francisco de Assis, les deux hommes, escortés par une dizaine de soldats, descendirent du fiacre et pénétrèrent dans l'imposant édifice qui resplendissait au soleil, avec sa façade d'un blanc éclatant et les encadrements jaunes de la porte et des fenêtres. Là, le premier magistrat de la ville, tout ventre dehors, le visage couperosé et la perruque fermement arrimée sur le crâne, les attendait, en compagnie de ses adjoints et des membres éminents de la catholicité. De chaque côté de l'allée centrale, vêtus de leurs plus beaux atours, les propriétaires de mines privées et les représentants des cités voisines, les villes les plus riches de la province du Minas Gerais, faisaient de même, stoïques dans la chaleur, tous accompagnés de deux esclaves qui se tenaient immobiles, derrière eux, tête basse.

En cette après-midi de décembre 1788, la réunion, houleuse, fut de courte durée et le vicomte de Barbacena ne mâcha pas ses mots. Face à l'assistance rapidement médusée, il rappela le montant des arriérés du *quinto* et décida d'une levée d'impôts exceptionnelle, fixée pour le mois de février 1789 et s'élevant à un total de 8 000 kilos d'or. Lorsqu'une volée de protestations indignées s'éleva, ce fut Dom Cristiano qui prit la parole et qui expliqua, sur un ton ferme et résolu :

« Messieurs, en tant que superintendant des Mines du royaume du Portugal et en ma qualité de Lisboète, je tiens à vous dire que cette décision est irrévocable. Notre très sainte reine Dona Maria Ire ne peut plus supporter que l'or du Minas Gerais échappe à la nation mère. Le Brésil est, je vous le rappelle, le fils du Portugal et, à ce titre, il n'a que des devoirs à remplir et ne peut revendiquer quelque droit que ce soit. Vos municipalités paieront l'impôt jusqu'au dernier gramme d'or, sans dispense aucune. »

Dans l'assistance, une voix anonyme s'éleva, entraînant à sa suite un nouveau brouhaha indigné :

« Mais nos caisses sont vides, Messeigneurs ! Nous ne pouvons pas payer et nous ne paierons pas ! Nous n'avons pas encore la formule magique qui nous permettrait de transformer le plomb en or ! »

Dom Cristiano da Fonseca, figé dans ses certitudes et fort de sa toute-puissance, rétorqua, inflexible :

« Vous paierez, vous dis-je ! Et si vous ne vous pliez pas aux ordres de votre gouverneur, tout comme aux miens, c'est la garde qui se rendra, *manu militari*, dans les villes que vous représentez et qui investira aussi les mines privées. Cet or, c'est par la force que nous l'obtiendrons ! Et si les caisses sont vides, c'est à la population que l'armée de la reine le réclamera et auprès de laquelle elle le prélèvera ! »

Comme l'assistance, de plus en plus hostile, commençait à s'échauffer et que des hommes se levaient de leurs bancs, furieux, Dom Cristiano da Fonseca reprit, le visage impavide :

« Vous pouvez protester, messieurs ! Cela ne servira à rien ! Les soldats du royaume sont fortement armés et ne craignent personne, et surtout pas vos milices privées ! Résistez à cet ordre et vous serez immédiatement destitués et jugés pour insubordination… »

Une nouvelle voix, presque geignarde cette fois, se fit entendre :

« Mais puisque l'on vous dit que nous n'avons pas une telle quantité d'or…

– Je ne veux pas le savoir. Il fallait y penser avant

de tromper la confiance que le Portugal avait mise en vous. Et puis, lorsque je vois la magnificence de vos églises et de vos demeures, toutes ornées d'anges et de chérubins en or, je n'en crois pas un seul mot… »

Avant de remonter l'allée centrale, en compagnie du vicomte de Barbacena et de la garde militaire, il ajouta encore :

« Je sais aussi que des mouvements d'insurrection se préparent et que des projets de coups d'État mûrissent dans l'ombre. Pour ces traîtres, mon discours sera encore plus clair. Je sais qui ils sont, je sais où ils se réunissent et je sais aussi quelle sera leur punition, le moment venu. Ce sera le supplice de l'écartèlement en place publique, suivi d'une mort lente et exemplaire. Alors, plutôt que de perdre votre temps à lutter contre la toute-puissance du royaume, employez-vous à réunir l'or qui lui est dû. Messieurs, il ne vous reste plus que soixante jours pour vous mettre en conformité avec la Couronne et rentrer dans un rang que vous n'auriez jamais dû quitter… »

Dans l'église São Francisco de Assis, un murmure de stupéfaction parcourut l'assemblée. Au fond de l'édifice, près de la monumentale porte d'entrée, les membres de la conjuration *Mineira* n'osèrent pas échanger un seul regard entre eux et préférèrent garder la tête basse. Seul, dans la lumière d'un rayon pénétrant par l'une des fenêtres de la nef, le *fazendeiro* Dom João Rodrigues de Macedo esquissa un sourire énigmatique.

*

Dans les collines du Minas Gerais, les cascades dégringolaient, toutes plus majestueuses les unes que les autres, crachées avec générosité et vigueur par le ventre de la terre. Elles giclaient des anfractuosités des rochers, s'élançaient dans les airs et éclataient sur les pierres qui, sous leurs caresses continuelles, se façonnaient en conques lisses, grises dans le vert émeraude de la végétation. Par plein soleil, c'était bonheur de les voir caracoler, à chaque virage de la route, et laisser dans l'air bleu des myriades de gouttelettes qui dessinaient un brouillard de vapeur dansant. Installés sur leur calèche, Zumbi et l'Aveugle formaient un tableau étrange pour qui venait à croiser leur chemin, un vieil apôtre bandé à la barbe blanche et un Nègre décharné, aux yeux fixes, enveloppé dans une redingote noire aux boutons que l'on aurait dits en or.

« Pourquoi veux-tu que je rencontre ce sculpteur ? maugréa à nouveau Zumbi, les rênes à la main.

– Parce qu'il est comme toi, il est handicapé.

– C'est toi qui es handicapé, je te le rappelle. Ce n'est pas moi.

– Te laisse pas prendre par les apparences, fils. Toi, t'es un fichu handicapé, et de la pire espèce encore. T'es de celle qui s'ignore… »

Sur la route de Mariana à Sabará, les deux hommes se turent et ne montèrent plus alors à leurs oreilles que les claquements des sabots ferrés du cheval marchant au pas et, régulièrement, le chant vivifiant des cascades trouant la jungle. Encaissée au fond d'un vallon, Sabará apparut enfin, petit bourg engraissé lui aussi par l'or et la contrebande des esclaves où, hormis quelques demeures seigneuriales, les bâtiments officiels et les chapelles, la misère la plus infâme s'invitait dans la rue. Tout le long du chemin, les deux hommes entendirent le feu nourri des supplications larmoyantes des mendiants, des prostituées, d'enfants malingres et de chiens affamés réclamant, encore et toujours, de quoi manger pour ne pas crever de faim sous le soleil, face contre terre.

Devant l'église Nossa Senhora do Carmo, Zumbi stoppa la calèche et lâcha, d'une voix sourde :

« On y est, vieux fou. Mais si c'était pour voir toute cette misère, on aurait aussi bien pu rester à Mariana.

– Dis pas de bêtises et fais un peu confiance à un homme qui pourrait être ton père, freluquet…

– Je veux bien te faire confiance, le problème n'est pas là.

– Il est où, alors ?

– Il est que je ne vois vraiment pas pourquoi tu tiens absolument à ce que je rencontre ce sculpteur. »

L'Aveugle ouvrit ses bras en grand dans le soleil, puis il se lamenta :

« Tu vois pas ? Dire que toi, contrairement à moi, t'as tes deux yeux pour contempler le monde et tu viens me dire que tu vois pas !

– Parfaitement ! »

Face à l'église, un cimetière à la porte à doubles battants jaune et ornée de têtes de morts blanches et en relief recrachait par grappes lentes des malheureux venus enterrer l'un des leurs. Lorsqu'il s'en aperçut, Zumbi baissa subitement la voix et, dans un murmure agacé, il reprit :

« Qu'est-ce que tu veux que je lui dise, à ton sculpteur ? Que je suis malheureux et que je n'ai plus le goût à la vie ? Qu'est-ce que ça va bien pouvoir lui faire, ma misère ?

– Entre, et tu lui diras ce qu'il te passera par la tête.

– Et d'où tu le connais, d'abord ? Les sculpteurs, ce n'est pas trop ton genre de fréquentations, que je sache.

– Alors, tu sais pas grand-chose, fils. Puis, ce

sculpteur-là, il est pas comme les autres. Je l'ai rencontré voilà un mois. C'était à Ouro Preto, devant sa maison, une nuit de pleine lune. Il était saoul comme une bourrique et on a fait la noce toute la nuit.

– Ça m'aurait étonné… »

L'air subitement plus grave, l'Aveugle railla à son tour :

« T'es beau parleur mais, je te le redis, tu vois pas plus loin que le bout de ton nez. Et pourtant, il est pas bien grand. »

Après un silence gêné, il poursuivit :

« Maintenant, regarde l'église et dis-moi ce que tu vois sur la droite. Il m'a dit qu'il y avait une petite cour, carrée et pavée.

– Elle est bien là, mais je ne vois rien de spécial, sauf une toile qui a été tendue. Elle est haute de deux mètres et elle a été placée devant l'entrée de service, comme si on voulait dissimuler quelque chose. Juste devant, il y a aussi des billes de bois de belle taille. »

Le vieil homme sourit de contentement et se frotta les mains avec une satisfaction visible. Puis il dit :

« Alors, il m'a pas menti et il est bien là. Maintenant, tu vas descendre de cette calèche et tu vas passer derrière le rideau de toile. Le moment est venu. Si tu le peux, laisse tes yeux dehors. Ne les prends pas avec toi parce que ça t'empêcherait de voir les choses telles qu'elles sont, réellement.

– Tu n'es vraiment qu'un vieux fou…

– Quand tu le verras, dis-lui surtout que tu viens de la part de l'Aveugle. Je lui ai déjà parlé de toi. Sans quoi il t'accueillerait à grands coups de marteau ! Et prends ce cruchon de *cachaça*, ça pourra aider… »

Un instant plus tard, Zumbi traversa la petite place

et entrouvrit le rideau de toile. Aussitôt, une voix lugubre et menaçante résonna dans le silence :

« Qui que tu sois, rebrousse ton chemin ! J'ai rien à faire avec quelque foutu corniaud que ce soit, par tous les diables de l'Enfer réunis ! »

Dans la pénombre, Zumbi cligna des yeux à plusieurs reprises et finit par distinguer une forme noire qui remuait dans un coin. En attendant que sa vue s'habitue à la semi-obscurité, il s'annonça :

« Je suis un homme de bien et je suis envoyé par l'Aveugle, Monsieur.

– Chez moi, on donne du Monsieur qu'aux bourgeois et du Madame qu'aux putains qu'ont la croupe leste et l'appétit d'une jument en chaleur ! Je suis ni l'un ni l'autre, alors dis-moi ce que tu veux et sors d'ici, étranger.

– L'homme, l'Aveugle m'a dit que tu pouvais m'aider.

– Je veux aider personne et j'ai de l'ouvrage. File ou j'envoie mes ouvriers s'occuper de ton cas !

– C'est dommage. C'est dommage parce que j'avais aussi apporté de la *cachaça*… »

Après un instant de silence hésitant, la forme répliqua, d'une voix moins courroucée :

« Si t'as de la gnôle et que tu dis venir de la part du prophète aveugle, tu peux entrer. Mais je te préviens tout de suite que j'ai pas de temps à perdre… »

*

« T'as vu comme la vie est étrange, fille ? Y a pas si longtemps, c'est moi qu'étais à ton chevet. Et maintenant, c'est toi qui veilles sur la demi-morte que je suis devenue.

– T'es encore plus vivante que tu veux bien le dire, femme. Et ce n'est pas encore demain que ton heure sera venue de faire tes révérences devant le bon Dieu.

– Ça tombe bien, alors. J'ai jamais été très forte pour ce genre d'exercices. »

Sur son grabat de feuilles et d'herbes séchées, la Portugaise ne respirait qu'avec difficulté, la poitrine prise dans un étau douloureux et la gorge sifflante. Les yeux chassieux soulignés de profonds cernes noirs, le corps secoué de frissons sporadiques dont elle ne pouvait dire s'ils étaient dus au froid ou à un état fébrile, elle terminait son existence à la façon dont la chandelle, sur la table de chevet, finissait de se consumer. Attrapée par les fièvres une semaine plus tôt, elle avait dû se résoudre à quitter sa maison de Santa Catarina pour venir se réfugier chez Laurinda et sa fille, Josefina. Celles-ci, en dix années, avaient su faire preuve de leur valeur et de leur talent auprès des familles les plus riches de l'île. Leur savoir-faire avait séduit cette clientèle qui, désormais, leur confiait son linge le plus délicat, qu'elles rendaient, toujours à la date convenue, repassé et amidonné, dans une bonne odeur de fleurs coupées.

Avec peine, la vieille se réinstalla sur sa couche et demanda :

« Dis-moi une chose, fille…

– Qu'est-ce que tu veux savoir ?

– Depuis que t'es à Santa Catarina, t'as jamais voulu te remettre en ménage. C'est pourtant pas les occasions qu'ont manqué, non ?

– Il n'y a pas eu d'occasions. C'est la fièvre qui te fait délirer, femme.

– Je suis peut-être à l'article de la mort, mais pas

encore folle à lier, belle. Qu'est-ce que tu fais de Francesco, par exemple ?

– Le palefrenier ? Il pue encore plus que ses chevaux et il a bientôt dix ans de plus que moi ! Peut-être même quinze ou vingt !

– Eh quoi ? T'es pas un perdreau de l'année non plus, je te rappelle. Et João, le marchand de poissons ?

– Lui ? Pour l'odeur, c'est encore pire ! Et il n'a d'yeux que pour ma poitrine. Un homme, ça ne doit pas penser qu'à la chose. Ça doit aussi avoir de la conversation et des attentions. Sinon, ça reste qu'un animal. »

La Portugaise reprit difficilement sa respiration, en étouffant un gémissement, et laissa sa tête se reposer sur le côté, en direction du chandelier. Les yeux toujours brillants de fièvre, elle poursuivit :

« T'es difficile, fille. Mais c'est vrai que tu peux te le permettre. T'as bientôt cinquante ans qui vont sonner et t'es encore belle comme une jeunesse. Mais, depuis dix ans que t'es là, t'as encore fauté avec personne et tu peux pas continuer comme ça. C'est contre la nature, je te le dis.

– Qu'est-ce que tu en sais que je n'ai fauté avec personne ? Et, de toute façon, c'est mon problème à moi.

– N'empêche… Ce que je crois, c'est que ça te ferait du bien de voir le loup, au moins de temps en temps… »

Laurinda, un sourire fatigué sur le visage, délaissa son fer à repasser et son linge et vint ajuster la maigre couverture de laine sous le cou de la vieille femme. Puis, après s'être assise sur le bord du grabat, elle répondit :

« Pour ce qui est de la chose, j'ai bien le temps d'y

penser. Avant ça, il y a Josefina et la maison à faire tourner. Ce n'est pas en couchant avec un homme que je remplirai le chaudron qui nous donne à manger.

– En attendant, un homme avec une situation, ça aide bien, quand l'ouvrage vous manque. Et oublie pas que le temps passe, pour tout le monde. Les occasions ratées se rattrapent jamais, tu le sais ça ? »

Laurinda remisa une mèche de cheveux sous son fichu et rafraîchit la Portugaise d'un linge trempé dans de l'eau fraîche qu'elle tamponna sur son front. Puis, avec un soupir de lassitude, elle rétorqua :

« Ne t'en fais donc pas pour moi et pense plutôt à toi. »

Claquant des dents, la vieille lança vers elle un regard désolé, puis murmura :

« Moi ? J'en ai plus pour longtemps et tu le sais très bien.

– Ne dis pas d'âneries.

– C'est toi qu'en dis. Je suis plus qu'une vieille carogne et t'es bien assez intelligente pour le savoir. »

Après une quinte de toux qui la laissa en nage, elle reprit, d'une voix toujours plus faible :

« Si t'as pas repris d'homme, je sais pourquoi.

– Ne recommence pas avec ça, je t'en prie...

– T'as beau prendre ton air agacé, je te dis que je sais pourquoi. Si t'es une pucelle de dix ans, c'est à cause de l'autre, de ton Zumbi.

– Tais-toi, je te dis !

– Ce sagouin-là, il t'a trompée et c'est comme s'il t'avait mis une ceinture de chasteté. Tu lui dois quand même pas la vie, que je sache. »

Avec nervosité, Laurinda se leva et se rendit à l'âtre, où une soupe de lentilles au lard finissait de mijoter.

Avec une grande cuillère en bois, elle remua le liquide épais et riche en odeurs grasses. Puis elle répliqua :

« Tu n'es pas une sorcière pour rien, l'amie. C'est vrai que Zumbi me manque, mais, si je ne couche pas avec d'autres depuis tant de temps, ce n'est pas à cause de lui.

– C'est à cause de quoi, alors ?

– C'est à cause du souvenir que j'en ai. Avant de se laisser aller avec cette servante, il m'a donné tellement de bonheur que ça me coupe tous les désirs, pour les autres hommes. Je ne les vois même pas.

– Ça, ça peut se comprendre, fille. »

Après avoir reposé le couvercle de fonte avec amertume, la cuisinière se retourna vers le grabat et, la cuillère à la main, elle dit :

« Mais aimer, ça n'empêche pas d'avoir de la mémoire et, si Dieu me prête vie et que je retrouve ce pendard sur ma route, je te jure que je l'assommerai sur-le-champ, aussi vrai que je m'appelle Laurinda ! »

Un nouvel accès de toux fit tressauter le corps frêle de la vieille sous sa couverture et, après avoir repris son souffle, elle fit un signe de son index en direction de son hôtesse pour la faire revenir près d'elle. Lorsque Laurinda s'exécuta, elle la regarda dans les yeux et chuchota, avec une grimace douloureuse :

« Ton mari a bien de la chance, fille. Maintenant, je vais te dire une chose grave.

– Je ne veux pas…

– Tais-toi. Il me reste que quelques instants à vivre, c'est une chose qu'est écrite.

– Ce n'est pas vrai.

– Je suis une sorcière, comme tu l'as dit. Et je sais ce qu'il va se passer. Quand le soleil se lèvera, je serai plus de ce monde et j'aimerais bien que tu me fasses enterrer sur la plage, à l'endroit où je t'ai trouvée avec Josefina. »

La flamme de la bougie vacilla dans un grésillement triste et la Portugaise poursuivit, sur un ton toujours plus faible :

« J'aurais bien aimé le cimetière, mais c'est interdit aux Nègres et aux sorcières. Puis, de toute façon, peu importe où on entrepose la viande, quand elle est morte.

– Ne dis pas ça.

– Quant aux dernières heures qu'il me reste à souffrir sur cette terre de misère, je vais te dire ce que je vais en faire. »

Sur le front brûlant de la mourante, Laurinda passa à nouveau son chiffon humide, en même temps que celle-ci expliquait :

« Je vais prier les dieux pour que tu retrouves ton mari. Les dieux d'Afrique que les esclaves bantous m'ont appris et celui de chez moi, le Christ du Portugal. C'est pas tellement que ton Zumbi le mérite, mais toi, t'en as besoin. Sans lui, t'es comme un arbre sans racines. Ça a pas de sens.

– Tu es bonne, l'amie. Mais n'oublie pas que je suis une bannie et qu'il est dans les mines du roi. Ce que tu dis, ça ne pourra jamais arriver.

– La réalité est toujours plus inventive que l'imagination, fille. Oublie jamais ça. *Se Deus quiser*[1], apprête-toi à le retrouver... »

Avec un nouveau gémissement, elle se retourna sur le côté et, tandis que la chandelle s'éteignait dans une volute de fumée noire, elle ajouta :

« Embrasse fort ta fille pour moi. Je l'aime bien,

1. « Si Dieu le veut. »

cette petite. Et maintenant, laisse-moi. J'ai des prières à faire. »

*

Afin de ne pas manquer à ses devoirs et de tenir son rang, Dom Cristiano da Fonseca avait dû se résoudre à assister, à Ouro Preto, à la grande cérémonie de l'église Matriz de Nossa Senhora do Pilar qui, chaque 15 août, partait en procession solennelle dans les rues escarpées de la ville. En compagnie des ecclésiastiques et du vicomte de Barbacena, sous un soleil froid, dans les tintements des cloches de toutes les églises de la cité, il avait eu le temps d'admirer les richesses d'Ouro Preto, brandies ou portées comme autant de signes de toute-puissance. Les dignitaires et les propriétaires des mines arboraient des vestes de satin rose à veinules d'or, brodées avec art, ainsi que des perruques poudrées agrémentées de rubans de soie. Gros et gras, pour la plupart, ils cliquetaient d'une infinité de médailles en or, de crucifix portés en sautoir, de scapulaires, sans parler des bagues, des colliers, des broches et des bracelets qui s'entrechoquaient et s'allumaient de mille feux dans la lumière du midi.

À l'intérieur de l'église, tout n'était que vierges d'or, colonnades somptueuses, riches tapis persans, encensoirs, mitres et crosses, retable finement sculpté, statues et statuettes pieuses devant lesquelles chacun se prosternait, singeant la piété et ne songeant, en réalité, qu'à la bonne marche de ses affaires ou tentant de deviner qui portait la plus belle tenue. Dans les rues étroites d'Ouro Preto, à un rythme lent, le défilé s'était engagé, sous les yeux de la population faite de valetaille, d'esclaves en courses, de mendiants et de pauvres hères de tous poils qui se tenaient cois, partagés entre l'admiration d'une telle magnificence et l'envie, violente, de se ruer sur les chars allégoriques. Des Sept Planètes aux Quatre Vents, tirés par des palefrois équipés de selles en velours brodées d'or dont les crinières brillaient de pierreries tressées, ces équipages représentaient à eux seuls l'équivalent du labeur de plusieurs dizaines de générations d'esclaves que les mines avaient assassinés.

Toutefois, le clou du spectacle, qui dépassait en richesse les autres chars, restait sans conteste celui qui représentait l'homme symbolisant Ouro Preto. Vêtu à l'orientale de tissus damassés aux couleurs vives, la tête ceinte d'un turban fait d'or, de diamants et se terminant par un plumet précieux, il portait sur la poitrine un plastron entièrement recouvert de diamants, de topazes et de rubis sertis dans une lourde orfèvrerie, avec, en son centre, les armes royales de la cour du Portugal.

Lorsque, après trois longues heures de marche, la cérémonie retrouva l'atmosphère plus intime de l'église Matriz de Nossa Senhora do Pilar et que Dom Cristiano da Fonseca s'installa dans le profond fauteuil de cuir qui lui était dévolu, il se pencha vers le vicomte de Barbacena et, l'air mauvais, il murmura :

« Dire que ces jean-foutre osent nous affirmer que les caisses sont vides et qu'ils ne pourront pas s'acquitter de leurs dettes. D'après mes renseignements, il y a, dans cette église, plus de 400 kilos d'or et autant d'argent… »

Sur le même ton, le gouverneur répliqua :

« Ce pays crève sous la fortune et il n'a pas la moindre reconnaissance du ventre. Mais, au fait, où en êtes-vous de votre enquête ? »

Pendant que l'orchestre, composé d'une cinquantaine de musiciens, entamait, plutôt qu'une mélodie religieuse, un menuet interprété *allegro vivace*, Dom Cristiano souffla :

« L'heure n'est plus loin où nous pourrons coincer cette bande d'illuminés qui entend déclencher ce qu'ils appellent l'*Inconfidência Mineira* ou la révolte du Minas Gerais. J'ai deux hommes qui ont réussi à les infiltrer et, ce matin même, l'un d'eux est venu me rendre son rapport.

– De qui s'agit-il ?

– Je ne peux rien vous dire pour l'instant, mais sachez qu'il s'agit de l'un des hommes les plus respectés et les plus riches de toute la province.

– Diantre !

– Quant à l'autre, c'est un soldat entièrement soumis à mon autorité. »

Après avoir adressé un hochement de la tête respectueux à l'évêque d'Ouro Preto qui passait dans la travée, le superintendant des Mines confia :

« Ces soi-disant révolutionnaires sont tout au plus une vingtaine et se réunissent régulièrement pour préparer l'insurrection.

– À quelle engeance appartiennent ces misérables ?

– Ce sont surtout des propriétaires de mines, mais il y a aussi des intellectuels, des hommes de loi et des hommes d'Église.

– Que savez-vous exactement de leurs desseins ? »

Avec une moue méprisante, Dom Cristiano s'amusa :

« Comme tous les exaltés, ils rêvent d'un monde nouveau et, même, de vous faire assassiner, Monseigneur. Ils désirent prendre les armes et que le Minas Gerais s'autoproclame République libre et indépendante…

– Ils n'oseraient tout de même pas !

– Et ce n'est pas tout. Ils veulent aussi que São João del Rei devienne la capitale de cet État et que des Parlements soient installés dans toutes les grandes villes. »

Comme le vicomte de Barbacena blêmissait, le superintendant posa sa main gantée sur son avant-bras et poursuivit, de la même voix détachée :

« Ils ont même prévu d'imposer un premier président de la République pour trois ans et, ensuite, d'organiser des élections démocratiques tous les ans. Mieux encore : ils projettent de créer un Hôtel des monnaies, des manufactures, des usines de poudre et de production de diamants. »

Dans les applaudissements qui saluaient les prestations de l'orchestre, le gouverneur ordonna, d'un ton sec :

« Il faut les arrêter sur-le-champ, m'entendez-vous ? Sur-le-champ !

– Calmez-vous, cher ami. L'énormité de leur projet en démontre l'absurdité. Une fois qu'ils auront conquis le pouvoir, figurez-vous qu'ils ne désirent rien de moins que de remplacer l'armée par des milices, collecter des dîmes pour créer des hôpitaux et une université, libérer tous les esclaves natifs du Minas Gerais et autres billevesées dont je vous fais grâce.

– Ce que vous m'annoncez me fait froid dans le dos…

– Rassurez-vous, vous dis-je. Concevoir ce type de desseins est plus facile à formuler qu'à réaliser. Et il y a loin de la coupe aux lèvres.

– Que comptez-vous faire pour déjouer leur entreprise ? »

Dans les notes sautillantes d'un nouveau menuet

que les pieds des demoiselles de la noblesse scandaient discrètement sous les volants de leurs robes longues et empesées, Dom Cristiano attendit un instant avant de se pencher à l'oreille du vicomte de Barbacena et de murmurer :

« Je connais le meneur. Il s'agit d'un certain Joaquim José da Silva Xavier, dit aussi Tiradentes car il a exercé autrefois la profession de dentiste. C'est lui qui mène la danse et il faut absolument que je sois sûr de mon coup avant de le faire arrêter et mettre aux fers. En attendant, faites-moi confiance. Je mets tout en œuvre pour m'attacher les sympathies de l'immense majorité de la population, que ce soient les petits commerçants, les négociants ou le bas peuple. S'ils n'ont pas l'appui de ces derniers, leur révolution de pacotille mourra avant même d'être née… »

CHAPITRE XVI

« Januário ! Déplace un peu le toit pour qu'on ait de la lumière. Et obéis plus vite, sans quoi je te donnerai du bâton !

– Bien, Maître. »

Sur ces mots, un mulâtre d'une trentaine d'années sortit du ventre de l'église de Nossa Senhora do Carmo et, à pas lents, il vint déplacer quelques feuilles de palmier qui composaient la toiture. Alors que le jour commençait à baigner l'atelier, le sculpteur, enveloppé dans une cape et coiffé d'un chapeau aux bords mous qui lui descendait jusque sur le menton, grogna encore :

« File de là, maintenant. Tu vaux pas plus cher que ton fainéant de larron, Maurício. Tous les deux, vous faites une belle paire d'aigrefins… »

Traînant toujours les pieds, Januário franchit à nouveau la porte de service de l'église et, de la même voix étale, il répondit :

« Oui, Maître… »

À la faveur des rayons du soleil, Zumbi découvrit un échafaudage de fortune, composé de planches et de ficelles grossières, sur lequel le sculpteur se tenait assis. Près de lui, dans un désordre apparent, se trouvaient des ciseaux à bois de toutes tailles, des marteaux et des plans, des esquisses chiffonnées, des limes et des râpes, des rabots, ainsi qu'une multitude de pots de peinture et de vernis, sans oublier des bouquets de pinceaux qui fleurissaient dans des cruches de terre.

Toujours sans se retourner, le maître des lieux interrogea à nouveau, avec la même voix grave et courroucée :

« Alors, l'étranger ? Qu'est-ce que t'as de si important à me dire pour que je m'interrompe dans mon travail ? »

Après avoir déposé la bouteille d'eau-de-vie sur un tabouret, Zumbi croisa ses bras sur sa poitrine, toussota pour éclaircir sa voix, puis il répondit :

« Je suis venu te raconter mes malheurs, l'homme.

– Alors, vas-y. Et fais vite. J'ai pas toute ma journée pour ça.

– Ça ne sera pas long, tu peux m'en croire… »

En quelques phrases, Zumbi résuma sa vie, depuis son aventure tragique de chercheur d'or en solitaire, le succès rencontré par sa confrérie de Bom-Fim, jusqu'au bannissement de Laurinda et son propre enfer dans les mines du roi. Lorsqu'il eut terminé son récit, le sculpteur grommela :

« Et alors ? Qu'est-ce que tu veux que ça me foute, ton histoire ?

– Je sais pas. C'est l'Aveugle qui m'a dit que tu pouvais m'aider…

– Ce sac à alcool ? Ça m'étonne pas de lui ! Si on l'écoutait, il faudrait sauver la terre entière ! Je sais pas où il est allé chercher tout ça… »

Après s'être raclé la gorge d'abondance et avoir craché sur le sol pavé, il ajouta, avec amertume :

« Ou plutôt si, je le sais trop bien. Quand il a vu ta

misère, il s'est dit que de voir une misère encore plus grande que la tienne te donnerait peut-être plus de courage…

– Mais je ne vois pas de misère, ici.

– Tu crois ça ? Avance un peu vers moi et viens me regarder en face, si t'es un homme et pas une de ces femmelettes qui courent les rues en caquetant comme des poules. Allez, amène-toi avant que je change d'avis… »

Le front barré par des rides de perplexité, Zumbi marcha vers l'échafaudage qu'il contourna par la gauche. Lorsqu'il découvrit la statue que le sculpteur venait d'ébarber et de polir, il resta tout d'abord bouche bée. Il s'agissait d'un saint dont le visage empli de sérénité possédait un nez aquilin et dont les joues étaient couvertes de barbe, hormis au niveau du menton où une fossette se dessinait. Cette œuvre en pied avait été taillée d'un seul bloc et il émanait de sa physionomie une beauté à vous couper le souffle. Avec une admiration sincère, Zumbi murmura :

« Si c'est ce que tu as sculpté que tu appelles la misère, on en a pas la même idée, l'homme…

– Si t'es venu pour écouter mes conseils, laisse-moi la parole, foutre Dieu ! C'est pas de cette statue dont je voulais parler… »

Antônio Francisco Lisboa était né cinquante-huit ans plus tôt, d'une esclave noire nommée Isabel et d'un ingénieur portugais, Dom Manuel Francisco Lisboa. Dans le quartier d'Ouro Preto où il habitait, le garçonnet avait très vite compris que la nature avait été cruelle avec lui, tant les moqueries et les quolibets incessants dont il faisait l'objet étaient trempés dans le fiel de la méchanceté. Petit, gros, de grandes oreilles en feuilles de chou, un cou quasi inexistant, le front plat, il était de surcroît frappé par l'infamie du mulâtre car son sang mêlé d'Afrique lui interdisait la fréquentation des confréries aristocratiques.

Le visage dissimulé par son chapeau, le sculpteur reprit, sur le même ton lugubre :

« La seule chance que j'aie eue dans ma chienne de vie, si on peut appeler ça une chance, ça a été la sculpture. C'est mon père et mes oncles qui m'ont mis ce vice dans la peau. Ils m'ont montré des gravures venues d'Europe, des allemandes et des italiennes du Quattrocento, et ça a fait comme une étincelle dans mon crâne. À chaque fois que j'en voyais une, c'était comme si je me souvenais de l'avoir déjà vue, dans une autre vie. Alors, je me suis mis à étudier avec la famille et c'est eux qui m'ont enseigné les secrets de la taille et des proportions. Mais c'était juste de la technique et rien de plus… »

À vingt-huit ans, sur les plans de son oncle Bento, le jeune homme fit son premier coup d'essai en réalisant les autels de l'église de Caeté. Face à la beauté de ses œuvres, les commandes commencèrent à pleuvoir de la part des membres des tiers ordres franciscains et, au fil des années, les édifices religieux comme ceux de Morro Grande, São Francisco de Assis d'Ouro Preto, São João del Rei ou encore celui des Carmes s'ornèrent des réalisations du sculpteur. À voix plus basse, celui-ci poursuivit :

« Je roulais pas sur l'or et j'avais que les filles de joie pour la bagatelle, mais j'étais presque heureux. Tout ça, jusqu'à ce que le doigt de Dieu se pose sur moi et m'envoie sa purulente malédiction…

– De quoi veux-tu parler ? Un homme qui sait sculpter comme toi n'a pas le droit d'être malheureux ! Ce don, c'est une bénédiction de Dieu, au contraire !

– Tu crois ça, toi ?

– Mais oui ! Je ne suis pas très instruit en architecture ni en sculpture, mais c'est bien Dieu qui parle par tes mains !

– Dieu est alors un drôle de farceur. Parce qu'il s'est pas contenté de me faire ce don, comme tu dis. Il m'a aussi offert celui-ci… »

Avec lenteur, l'homme passa l'une de ses mains sous sa cape et fit glisser son chapeau noir vers l'arrière. En découvrant son visage, Zumbi ne put s'empêcher de murmurer, les yeux exorbités par la stupeur :

« *Nossa Senhora…*

– Tu comprends maintenant pourquoi on m'appelle l'Aleijadinho, le petit estropié ? »

Ne réprimant qu'avec difficulté une grimace de dégoût, Zumbi détailla le visage du sculpteur. Sous un nez épaté et crevassé, les deux lèvres avaient disparu, comme rongées de l'intérieur, et le peu qui en restait se recroquevillait sur des gencives totalement édentées. De larges plaques de peau brunâtre tapissaient son front et ses joues, cernant ses yeux engoncés aux paupières enflées, et donnaient l'impression de vouloir craquer sous la pression d'un sang vicié. Avec un sourire qui rendit l'expression de sa face encore plus hideuse, le sculpteur ajouta :

« Et encore, t'as pour ainsi dire rien vu de mon malheur, l'homme. Regarde un peu ça, maintenant… »

Sans se presser, il retroussa la cape qui masquait son corps, tout d'abord au niveau des bras, puis à la hauteur de ses pieds. Les doigts de ses mains, hormis les pouces et les index, avaient disparu et il ne restait plus rien de ses orteils. Satisfait de l'impression que ses moignons provoquaient, l'Aleijadinho se recouvrit avec la même lenteur calculée, tandis que Zumbi s'inquiétait :

« Comment est-ce que ça t'est arrivé ?

– C'est l'autre don de Dieu, l'homme. Tout a commencé à se recroqueviller, comme si tout brûlait à l'intérieur. Alors, je les ai achevés.

– Quoi ?

– Ces foutus doigts et ces orteils du diable. Ils étaient plus secs que de la corne et je les ai coupés, avec un marteau et des ciseaux. Ça a bien un peu pissé le sang, mais j'avais l'impression d'avoir Lucifer dans le corps. Maintenant, c'est fini. »

Plongeant son regard dans celui de Zumbi, il poursuivit :

« Comme tu le vois, je suis le sculpteur sans mains. Aujourd'hui, je suis un satané sculpteur sans mains à qui Dieu a laissé quatre doigts intacts pour que je sculpte des statues à sa putain de gloire. Tous les matins, mes deux esclaves m'attachent les outils aux moignons et je travaille le bois ou la pierre-savon. Tous les soirs, ils me les enlèvent et ils me chargent sur mon canasson. Je sors le matin, avant le lever du soleil, et je rentre qu'à la nuit tombée. »

Après avoir saisi le verre que Zumbi venait d'emplir de *cachaça*, il le descendit d'un trait, puis il maugréa :

« Dans mon état, je veux plus voir personne et c'est bien pour ça que j'ai accepté de boire avec l'Aveugle, l'autre nuit. Il a pas pu se rendre compte de ma misère et c'est très bien ainsi. Mais c'est pas encore ça, le plus terrible de ma vie…

– Qu'est-ce qu'il peut y avoir de plus terrible que ça ? »

L'Aleijadinho observa son visiteur lui servir un

nouveau verre d'alcool et, après l'avoir torché, il ronchonna, les yeux dans le vague :

« Il y a que c'est pas moi qui sculpte ces statues.

– Mais je viens de te voir les…

– Tais-toi ! Tu sais rien et tu parles toujours. Bien sûr que c'est moi qui tiens les outils, mais je fais que ça. Le reste, c'est le grand barbu qui décide. Je suis qu'une fichue marionnette qui connais rien à l'art et c'est Lui qui guide mes bras. Lui et Lui seul. C'est pas possible autrement…

– Et l'inspiration ? Ça existe, non ?

– Qui le sait ? Le soir, je découvre le travail que j'ai fait durant la journée. Je le découvre comme si c'était la première fois que je le voyais ou comme si c'était un autre qui l'avait fait. Quand j'essaie de faire des statues à mon idée, le résultat est comme moi : biscornu et informe. Non, la vérité est là : je dois sculpter ce qu'Il veut.

– Tu veux dire que c'est Dieu qui décide ? »

Avec difficulté, l'Aleijadinho se recala sur son échafaudage et hurla soudain, avec une fureur renouvelée :

« Januário ! Viens ici me remettre les outils au bout des bras, corniaud de malheur ! »

Puis, avec lassitude, il expliqua :

« C'est Lui qui décide, ou un autre. Mais je suis pas encore au bout de mes peines. Cette nuit, j'ai compris que j'étais venu sur terre pour faire l'œuvre de ma vie. Tout ce que j'ai fait avant, c'était que pour ça, pour me faire entrer le métier dans la peau. À Congonhas do Campo, je vais sculpter le chemin de croix de Jésus-Christ. Il faudra que je fasse soixante-six statues en cèdre et je devrai y ajouter encore les douze apôtres. Rien que ça… »

Comme Januário arrivait, portant entre ses doigts un système ingénieux de harnais de cuir, l'Aleijadinho conclut :

« Tu sais ce que t'avais à savoir, l'homme. Comme je te le disais, on arrête de se lamenter sur soi-même souvent en regardant le malheur des autres. C'est pas que ça fasse du bien, mais on se sent moins seul. Maintenant, t'as ta vie à finir et moi la mienne à terminer, et j'ai bien peur, hélas, qu'elle soit encore longue. Quant à l'Aveugle, dis-lui de passer boire un cruchon, un soir ou un autre. Puis, si ça te dit, tu pourras venir aussi te dessécher le gosier avec nous, maintenant que tu sais ma vérité… »

*

Sur les pentes vallonnées et tortueuses qui conduisaient à Ouro Preto, Tiradentes savourait sa victoire, bien installé sur la selle de cuir de son cheval fauve. Muni de lettres de recommandation signées par les conspirateurs, il avait réuni à Rio de Janeiro une belle somme d'argent auprès des bourgeois cariocas qui, tous, s'étaient montrés favorables à une insurrection devant, selon les plans établis, être déclenchée simultanément dans la capitale et toutes les villes du Minas Gerais. Dans les chemins rouges de poussière, il cheminait maintenant, l'âme légère, prêt à faire sauter le joug de l'occupation portugaise et à faire du Minas Gerais la première province libre et indépendante du Brésil.

Sous le clair soleil qui baignait les *tico-ticos*[1], les pins, les cèdres, les araucarias et les fougères, Tiradentes

1. Espèces de palmiers.

se sentait investi d'une mission divine et souriait de bonheur. Lui le raté, le sans-grade, orphelin de père et de mère dès l'âge de dix ans, il allait réussir. Jusque-là, il avait échoué dans toutes ses entreprises. Mineur, commerçant, joaillier ou dentiste, tout n'avait été qu'une succession d'échecs cuisants. Entré dans la compagnie des Dragons du roi, par dépit et par nécessité, il n'avait connu qu'une seule promotion en l'espace de quatorze longues années ! Mais, désormais, il était sûr de son coup. Aux côtés des insurgés du Minas Gerais, il ne pouvait pas connaître une nouvelle désillusion. La révolution se ferait ici comme elle se préparait en France, et il en serait l'un des héros nationaux pour l'éternité !

Pour se donner du courage avant de franchir les derniers kilomètres, Tiradentes tira de son havresac un gousset où il remisait ses feuilles de *lobrobro*[1], une plante que les esclaves avaient pris l'habitude de mâcher pour soulager leurs peines, et en introduisit quelques-unes dans sa bouche. Bien sûr que toute cette entreprise ne pouvait qu'être couronnée de succès ! À ses côtés, il ne comptait que des propriétaires de mines influents, des artistes, des hommes de loi et des prélats, la crème des Mineiros[2] qui, depuis des mois, conspiraient dans l'ombre et fourbissaient leurs armes. Dom Alvarenga Peixoto, Dom Cláudio Manuel da Costa, membre de l'ordre du Christ, Dirceu ou Dom José da Maia e Barbalho… En tout, ils étaient une vingtaine à souhaiter le départ de la Couronne et l'instauration d'une totale liberté du commerce. Seul, Tiradentes n'était rien, mais, poussé vers la gloire par

1. Aussi appelée « *ora pro nobis* » (« priez pour nous »).
2. Habitants du Minas Gerais.

ses compagnons, il allait écrire une nouvelle page du Brésil !

« Eh bien, mon ami ? Comment s'est passé votre périple, à Rio de Janeiro ?

– Tout s'est passé pour le mieux, Monsieur. Nos amis cariocas sont prêts à renverser le vice-roi dès que la révolution aura commencé ici, dans le Minas Gerais… »

Les poings sur les hanches, tout ventre dehors, le propriétaire de mines Dom João Rodrigues de Macedo observait, depuis le perron de sa *fazenda*, Tiradentes qui venait d'attacher les rênes de son cheval à un poteau et qui, maintenant, se dépoussiérait le torse et les épaules du plat de la main. Après avoir gravi quelques marches et donné l'accolade au maître des lieux, il ouvrit son havresac et en tira deux bourses rebondies d'or qu'il tendit avec fierté au cacique, tout en disant, la gorge nouée par l'émotion :

« Monsieur, ceci est pour notre cause. Tous les partisans à qui vous m'avez adressé ont participé et nous voilà maintenant prêts à acheter des armes et à lever une milice pour la liberté du Minas Gerais !

– Voilà qui est bien, mon ami. Mais ne restons pas dehors et allons discuter de tout cela devant un cordial.

– Je suis à vos ordres, Monsieur ! »

Avec avidité, Dom João Rodrigues de Macedo saisit les deux bourses et, les yeux luisants de concupiscence, il précéda son invité dans la grande entrée de sa *fazenda*, tout en lâchant :

« Vous avez fait du bon travail, mon ami. Vraiment

du très bon travail et vous en serez remercié comme il conviendra, croyez-moi sur parole.

– Je n'ai fait là que mon devoir ! »

Sous les regards fixes des statues et des tableaux, les deux hommes se firent servir une collation abondamment arrosée de verres d'alcool et, lorsque Tiradentes, les lèvres encore humides des *pastéis de angu*[1], se laissa aller en arrière dans le canapé de toile brodée, le *fazendeiro* s'alluma un épais cigare avant d'expliquer, d'une voix outrancièrement grave et solennelle :

« Mon cher ami, avant toute chose, je dois vous avouer que vous avez gagné mon entière confiance.

– Pardon ?

– Vous avez transporté plus d'or que vous n'en gagnerez jamais de toute votre existence. Et vous n'avez même pas songé à le dérober… »

Se redressant subitement, Tiradentes bomba le torse avec orgueil et répliqua :

« Monsieur ! J'ai rapporté à la cause la moindre pièce d'or et je vais vous donner sur l'heure la liste des contributeurs que…

– Calmez-vous, voyons ! Je vous crois sur parole et nous verrons cela plus tard. En revanche, depuis votre départ, de nombreux événements sont survenus, à Ouro Preto…

– Que voulez-vous dire ? L'insurrection est ajournée ? Ou pire : annulée ?

– Rassurez-vous, il ne s'agit pas de cela. Notre révolte aura bien lieu, vous pouvez m'en croire.

– Alors, de quoi s'agit-il ? »

1. Coquilles de farine de maïs et d'œuf, frites et fourrées de poulet ou de bœuf, agrémentées de piments et de citrons verts.

Plissant les paupières pour donner plus de solennité à son discours, le cacique expliqua, à voix basse :

« Il s'est passé ce que je craignais. Dom Cristiano da Fonseca, le superintendant des Mines, a eu vent de notre affaire…

– Que me dites-vous, Monsieur ? L'un de nous aurait parlé ? Mais c'est totalement impossible, voyons !

– Dans les troupeaux, il y a des brebis galeuses. Et, en l'occurrence, nous ne faisons pas exception à la règle.

– Savez-vous qui est-ce ? Donnez-moi son nom et, je le jure devant Dieu, je lui ferai rendre gorge par le fil de mon épée ! »

Avec un sourire madré, Dom João Rodrigues de Macedo tira de courtes bouffées sur son cigare, puis il tempéra :

« Tout doux, mon ami. Je ne sais pas qui est ce traître, mais je le saurai bientôt, faites-moi confiance sur ce point.

– Monsieur, les jours de ce scélérat sont comptés !

– Je n'en doute pas. En attendant, les choses pressent. Dom Cristiano da Fonseca a déjà commencé à réunir des soldats, au sein de la caserne d'Ouro Preto. Il possède les identités de plusieurs d'entre nous et il ne se passera pas quarante-huit heures avant qu'il ne les fasse arrêter et conduire en prison. »

Sur cette dernière phrase, Tiradentes blêmit et passa ses mains tremblantes sur ses longs cheveux et sa barbe rousse. Puis, dans un silence devenu pesant, il déclara :

« Monsieur, donnez vos ordres et j'y obéirai sur-le-champ. Si je dois offrir ma poitrine aux mousquets des soldats de l'occupation, je le ferai sans l'ombre d'une hésitation.

– Votre mort ne changerait rien à l'affaire. Gardez votre poitrine loin des balles et écoutez-moi plutôt. Si vous désirez vraiment que l'*Inconfidência Mineira* réussisse, rentrez au plus tôt chez vous retrouver votre compagne, Dona Antônia Maria, et attendez mes ordres.

– Quand me ferez-vous envoyer un mot de billet, Monsieur ? »

Avec une jubilation que ne trahissait pas son visage empâté et creusé de profondes rides, le *fazendeiro* tapota son cigare pour en faire tomber la cendre, puis il répondit :

« Ce ne sera pas long, cher ami. Une question de quelques heures, tout au plus… »

*

« Je pourrai pas venir avec toi sur l'île aux Sorcières, fils…

– Ne dis pas ça, l'ami. Tu auras attrapé une mauvaise indigestion ou tu auras encore abusé de *cachaça*. Je suis certain que ce n'est pas plus grave que ça.

– Je sais surtout ce que ma carcasse me dit. Si je sens encore mes cuisses, j'ai l'impression que mes mollets et mes pieds sont plus là. J'ai la vie qui me quitte le corps par le bas. »

Allongé sur son lit, grelottant malgré la chaleur de ce mois de février 1789, l'Aveugle transpirait à grosses gouttes pendant que Zumbi tentait de le réconforter à l'aide d'arguments auxquels il ne croyait pas lui-même. Depuis leur visite chez l'Aleijadinho, quelques semaines auparavant, la santé du vieil homme avait commencé à se dégrader de manière de plus en plus sensible et, la veille, il s'était subitement écroulé lors du repas du soir. Aussitôt, Zumbi s'était rendu dans le centre-ville de Mariana pour trouver le rebouteux, mais l'esclave de celui-ci lui apprit qu'il était parti en course pour quelques jours, à Ouro Preto. Face au désarroi du visiteur, l'homme hésita un instant puis, alors que la longue silhouette ceinte de noir repartait dans la nuit, une torche fumante à la main, il le rejoignit en quelques enjambées et lui demanda, avec des airs de conspirateur, de revenir ici même le lendemain, à la première heure, afin de rencontrer un Indien de sa connaissance.

Après s'être abîmé dans une toux à vous fendre l'âme, l'Aveugle tenta de plaisanter, un sourire douloureux sur son visage crispé :

« C'est sur ce sauvage que tu comptes, pour me guérir ?

– L'esclave du rebouteux m'a dit qu'il était excellent et qu'il faisait des miracles. Ça ne te coûte rien d'essayer, non ?

– Ma foi... Un carabin ou lui, qu'est-ce que ça change ? Puis, comme j'aime pas les carabins, celui-ci saura bien me faire passer de vie à trépas en m'épargnant le latin et les bondieuseries. C'est déjà ça de gagné... »

Debout, face à une commode, un homme de petite taille, le pantalon noué par une ficelle, les pieds et le torse nus, s'attelait à confectionner un remède en écrasant lentement dans un bol, à l'aide d'un pilon, des feuilles et des baies qu'il avait emportées avec lui. Cet Indien, aux longs cheveux noirs et au visage impassible, vivait la plupart du temps dans les bois, selon la mode ancestrale des Tupiniquins. De lui, on ne savait pratiquement rien, sinon qu'il se faisait appeler Febrônio, que rares étaient ceux qui avaient entendu le son de sa voix et que, lorsque les médecins et les rebouteux échouaient dans leurs soins, c'était lui que l'on venait consulter, en dernière extrémité.

Dans la chambre que d'épais rideaux protégeaient de la chaleur, l'Indien mélangea sa mixture dans un verre d'eau et, avec une élégance naturelle, marcha jusqu'au lit et posa le récipient contre les lèvres de l'Aveugle. Celui-ci maugréa, hésita un bref instant, puis finit par se résoudre à ingurgiter le tout. Lorsque ceci fut fait, il afficha une grimace de dégoût extrême et pesta :

« Par tous les saints du Paradis ! Je veux bien crever, si c'est mon heure, mais que ce soit au moins avec un bon goût dans la bouche !

– Calme-toi, l'ami.

– Pour faire passer ça, verse-moi une rasade de *cachaça* ou je me laisse mourir plus vite et ce sera ta faute… »

Lorsqu'il se leva, Zumbi se rendit compte subitement qu'ils n'étaient plus que tous les deux dans la chambre. Aussi incroyable que ça pouvait paraître, Febrônio avait disparu, lui, ses plantes, son pilon et son bol. Plusieurs fois, Zumbi fouilla la pièce du regard et il dut se rendre à l'évidence : l'Indien s'était comme évaporé.

Dans son dos, la voix irritée de l'Aveugle reprit :

« Alors ? Il vient, ce cruchon de *cachaça* ?

– Oui, il arrive.

– Apporte-le et viens t'asseoir près de moi. J'ai des choses importantes à te dire… »

Quelque part, sur les collines de Mariana, une fête battait son plein et, portées par une brise douce, quelques notes de *modinha* venaient caresser les oreilles des deux hommes. L'esprit apaisé par les effets de l'alcool, ne ressentant plus rien des douleurs de son corps grâce à la mixture qu'il avait ingurgitée, l'Aveugle était étendu sur son lit et souriait, sans savoir pourquoi. D'une voix faible, il s'adressa à Zumbi :

« Tu sais, fils, ton Indien est sans doute un bon médecin. Mais quand le corps est fatigué, il faut le laisser partir.

– Arrête. Tu as l'air presque plus jeune que le jour où je t'ai rencontré, dans le quartier des Pouilleux.

– C'est ça. Mais, à l'époque, tu mentais mieux qu'aujourd'hui, tu sais ? »

Le vieil homme déglutit avec difficulté, puis il reprit, le souffle toujours plus court :

« Avant de partir – parce que je vais partir –, il faut que je te dise plusieurs choses. Elles sont plus qu'importantes et il faut bien que tu m'écoutes, tu comprends ? »

Sans bruit, Zumbi essuya du dos de la main des larmes qui perlaient à ses paupières, puis il répondit :

« Oui, l'ami. Je t'écoute.

– Bien. D'abord, il faut pas que tu pleures.

– Je pleure pas…

– Les larmes, ça arrange rien. Je sais pas si c'est l'Enfer ou le Paradis qui m'attend et, pour parler franc, je m'en fous complètement. Quand on a eu une vie comme la mienne, on sait bien que, dans l'au-delà, ça peut pas beaucoup être pire. Je vais passer de l'autre côté, mais, dans ce satané monde où je suis encore, je sais que c'est les vivants qui comptent. »

L'Aveugle prit quelques secondes pour respirer et il poursuivit, sur le même ton faible :

« Quand je serai plus là, c'est toi qui vas rester du côté des vivants. Et il faut que tu fasses attention à ta couenne, fils. À la tienne, à celle de Laurinda et à celles de tes filles, si elles sont encore parmi nous.

– Je ferai ce qu'il faut, mon frère. Je te le promets. »

Tout en geignant, l'Aveugle tira son bras de sous la couverture et, à tâtons, posa sa main sur celle de Zumbi. Puis il souffla :

« Je te connais mieux que ta propre mère et je sais que t'es pas un mauvais homme, loin de là. Mais il faut que t'arrêtes de penser à ça.

– Penser à quoi ?

– Fais pas la bête. Tu sais que j'ai plus beaucoup de temps.

– De quoi tu parles ?

– De ce sagouin de Cristiano da Fonseca. Depuis que je t'ai sorti de la mine, t'y penses jour et nuit. Mais il est pas la solution à tes problèmes. Ce qui est arrivé est arrivé. Maintenant, il faut que tu penses à autre chose. »

Comme Zumbi ne répondait rien, le vieil homme ajouta :

« La solution à tes problèmes, c'est Laurinda et les filles. Quand tu m'auras jeté en terre, c'est là-bas que tu devras retourner, et quitter Ouro Preto, pour toujours. Tu me le promets ?

– Oui, frère. Je te le promets. »

Serrant une dernière fois ses doigts décharnés sur la main de son ami, l'Aveugle conclut :

« Et surtout, t'embrasseras bien Laurinda. Pour les filles, tu les embrasseras aussi, mais tu donneras un baiser bien spécial à Josefina. Maintenant que je pars, je peux te l'avouer. Sur les cinq enfants que vous avez faits, c'était elle, ma préférée. Un caractère de cochon, comme sa mère. Et une vraie gentillesse, comme son père… »

Deux jours plus tard, par une pluie chaude et drue, le cortège mortuaire remonta la rue principale de Mariana. En tête, un curé anonyme flanqué de deux enfants de chœur mal réveillés ouvraient la route, suivis immédiatement après d'une carriole tirée par un baudet supportant un cercueil de bois vernissé. Derrière, Zumbi avançait, accompagné d'une poignée de bigotes qu'il n'avait jamais croisées et qui égrainaient leurs chapelets en marmonnant des prières inaudibles. Compte tenu du temps exécrable, la mise en terre fut rapide et, lorsqu'il se retrouva seul devant la fosse comblée, il ne versa pas une larme. Alors que de nouveaux coups de tonnerre le firent tressaillir, il se dit qu'il tiendrait parole à cet homme qui avait été son seul et véritable ami. Il rallierait l'île aux Sorcières et il embrasserait Laurinda et ses filles, puis Josefina, d'une façon plus spéciale que les autres. Mais, auparavant, il accomplirait une chose que, durant dix longues années dans les mines des Dragons du roi, il s'était promise. Ouro Preto était là, à portée de la main, et il allait s'y rendre.

Au moment de quitter le cimetière, Zumbi fut pris d'un étrange pressentiment qui lui fit lever les yeux en direction de la forêt. À travers les rideaux de pluie qui s'abattaient en vagues successives et nerveuses, il crut voir, sur les cimes les plus hautes des arbres, la silhouette de Febrônio flottant dans les airs. Avec un sourire triste, l'Indien le regardait et semblait lui dire que ce qui serait fait serait bien fait. Le temps de chasser la pluie qui lui brouillait les yeux, Zumbi perdit de vue l'apparition et il ne resta plus, au sommet de la végétation, que le grouillement vert et noir des feuilles et des branches que les rafales d'un vent d'orage affolaient.

CHAPITRE XVII

Le même jour, dans ses appartements situés sur la place centrale d'Ouro Preto, Dom Cristiano da Fonseca finissait son déjeuner dont le plat principal était composé de *feijões á tropeira*, des gros haricots noirs parfumés à l'huile de palme et avec des oignons finement ciselés, que la cuisinière avait agrémentés de bardes de lard, de saucisses et de queues de cochon boucané, mais aussi d'œufs en quantité pantagruélique. Après avoir émis une série de petits rots de satisfaction et terminé le pichet de porto, il sonna les servantes pour qu'elles débarrassent la table et il sentit son esprit s'emplir d'une *saudade* due, lui parut-il tout d'abord, à son éloignement de Lisbonne et du Portugal. Puis, il songea à Dom Sebastião de Melo. Cela faisait six ans que le marquis de Pombal était mort, seul et sans aucune reconnaissance ni le moindre honneur de la part de la cour, malgré l'œuvre qu'il avait accomplie après le tremblement de terre. Tout comme lui, le superintendant se retrouvait désormais dans la solitude la plus absolue, et ce n'étaient pas les réunions avec le gouverneur, le vicomte de Barbacena, qui parvenaient à le distraire de son ennui. Quant aux jeunes esclaves métissées dont il faisait son ordinaire, elles accentuaient au contraire son désarroi.

Lorsque les servantes, une fois leur ouvrage accompli, quittèrent la grande salle à manger aux murs fraîchement repeints et aux parquets de bois sombre, Dom Cristiano da Fonseca fut subitement saisi par une bouffée d'angoisse. Et si, suite à son départ forcé du Portugal, il allait finir ses jours dans la solitude du Brésil, tout comme le marquis de Pombal, dans sa petite propriété lisboète ? Certes, le Brésil était démesuré en comparaison avec la maison de celui qui avait régné sur le royaume durant plus de vingt ans. Mais la solitude se moquait bien de l'espace, tout comme du temps. Avec un goût amer dans la bouche, il se leva et alla se poster à la fenêtre. Tandis que des gouttes de pluie crépitaient sur les vitres, il considéra un instant les groupes d'hommes qui, par grappes animées et bavardes, se rendaient dans des estaminets pour boire et faire bombance, en ce jour de dimanche. Un instant, il les envia et se surprit à vouloir descendre pour se mêler à eux et participer à ces fêtes bon enfant où, la chopine à la main, on blague, on parle du vaste monde et où l'on en profite pour tirer des pinces à des serveuses peu bégueules. Ce désir ne fut toutefois que fugace et il disparut de ses pensées lorsque, s'appuyant sur sa canne à cause de ses articulations qui souffraient de l'humidité ambiante, il quitta la pièce et se rendit à son bureau pour honorer le seul rendez-vous de sa journée.

« Alors, mon brave ? Les nouvelles que vous m'apportez sont-elles bonnes ?

– Je le pense et j'espère qu'elles siéront à Monseigneur. »

Debout, dans une attitude martiale, les doigts bien

alignés sur la couture de son pantalon de Dragon du roi, le colonel Joaquim Silvério dos Reis, le visage mangé par une barbe et des moustaches noires imposantes, attendit que le superintendant l'enjoigne de parler. Depuis plus de quatre mois, le militaire avait su se faire accepter par le groupe des conjurés de l'*Inconfidência Mineira* et, très régulièrement, il venait remettre son rapport.

Croisant ses bras sur la poitrine, Dom Cristiano da Fonseca finit par grogner :

« Parlez, je vous écoute. Et soyez bref.

– Bien, Monseigneur. »

Dégouttant de pluie, les yeux fixés droit devant lui, le colonel expliqua, d'une voix claire et posée :

« Monseigneur, tout s'est déroulé comme vous l'avez désiré. Le nommé Tiradentes a terminé sa mission. Je l'ai personnellement suivi dans son voyage à Rio de Janeiro et j'ai noté, par écrit, les noms et adresses des bourgeois qui ont versé de l'or à leur cause pour renverser le pouvoir royal.

– Parfait. Où se trouve l'or et y en a-t-il en quantité ?

– Il s'agit de deux grosses bourses qui ont été remises au *fazendeiro* Dom João Rodrigues de Macedo, Monseigneur.

– Et ce Tiradentes, où est-il à cette heure ?

– Chez lui, Monseigneur. Il est en compagnie de la prostituée Antônia Maria do Espírito Santo et de leur fille, Joaquina. Il attend les ordres du *fazendeiro* précédemment cité et il est persuadé que la révolution aura lieu demain ou d'ici deux jours, au plus tard.

– L'imbécile… »

Assis dans son fauteuil, les deux mains posées sur le pommeau de sa canne, Dom Cristiano prit le temps de réfléchir, un sourire mauvais sur son visage marqué de couperose. Ce Tiradentes de malheur était allé plus vite en besogne qu'il ne l'aurait cru. S'il y avait suffisamment d'or entre les mains des conspirateurs, cela ferait tourner les têtes les plus sages, chez les bourgeois et les commerçants d'Ouro Preto. Les mercenaires seraient faciles à enrôler et les armes se trouveraient plus aisément. Dans les rues, la bataille serait rude, les morts se compteraient par dizaines, voire par centaines, et le prestige du royaume du Portugal s'en trouverait fortement terni.

D'un coup de main agacé, le superintendant fit tinter la sonnette qui se trouvait sur le plateau de son bureau. Dans l'instant, un serviteur apparut et, à pas pressés, vint s'incliner devant son maître avec la plus grande des déférences. Celui-ci aboya alors :

« Marcelo ! Mon nécessaire à écriture, vite ! »

Avec zèle, l'homme ouvrit les portes d'une armoire qui se trouvait entre deux grandes fenêtres donnant sur la place et apporta une écritoire à Dom Cristiano qui, d'un geste de la main, le congédia aussitôt. Avant de saisir une feuille de papier frappée aux armes du Portugal et une plume, il s'adressa en grommelant au colonel, toujours au garde-à-vous :

« Vous allez vous rendre sur-le-champ à la *fazenda* de Dom João Rodrigues de Macedo.

– Bien, Monseigneur. Quel sera le message ?

– Vous lui direz que le gouverneur a renoncé à lever l'impôt exceptionnel sur les propriétaires de mines et la population du Minas Gerais. Cette information sera annoncée publiquement dès demain et ne sera pas remise en question avant plusieurs années.

– Pardon, Monseigneur ? »

Avec un claquement sec de sa canne sur le parquet, Dom Cristiano gronda :

« Exécutez mes ordres et répétez au *fazendeiro* ce que je viens de vous dire, mot pour mot. Je ne vous paye pas aussi grassement pour penser ni pour discutailler, mais pour agir.

– Oui, Monseigneur !

– Maintenant, sortez et revenez me voir dès demain, pour me rendre compte de votre mission. »

Après avoir exécuté un salut militaire selon les règles de l'art, le colonel Silvério dos Reis effectua un demi-tour et disparut de la pièce, pendant que Dom Cristiano da Fonseca commençait à rédiger sa missive. Cette annulation d'impôts visait à éviter le soulèvement, mais elle constituait aussi le meilleur moyen pour gagner du temps, recueillir des preuves sur tous les suspects, repérer ceux qui ne l'étaient pas encore et resserrer ainsi les mailles du filet autour de l'*Inconfidência Mineira*. Quant à ce Tiradentes, le plus exalté de tous, il allait devoir lui trouver une bonne raison de retourner à Rio de Janeiro. Dans la capitale, où il ne connaissait presque personne, il aurait toutes les peines du monde à déclencher une action insurrectionnelle. À Ouro Preto, sa ville natale, son esprit révolutionnaire risquait, en revanche, d'échauffer un peu plus les membres de la conspiration et d'en gagner d'autres à sa cause…

*

Trois jours après le décès de l'Aveugle, Zumbi rassembla ses quelques affaires, la bourse d'or dont il avait hérité de son ami et il se rendit en carriole à Ouro Preto. Il y arriva entre chien et loup et trouva aisément à se loger dans une auberge sans prétention, dans les faubourgs de la ville. Durant un mois, il ne sortit qu'à la nuit tombée et fréquenta tous les estaminets pour tenter de lier connaissance et obtenir des informations sur Dom Cristiano da Fonseca. Peu avare en tournées et en repas réglés recta, il connut ainsi tous les ivrognes de la cité, faillit se battre à plusieurs reprises et vit ses économies fondre comme neige au soleil, sans rien apprendre d'intéressant sur les habitudes du superintendant.

Un soir, alors qu'il allait se décider à regagner ses pénates et songeait à interrompre son entreprise, il fit la connaissance, à l'auberge du Serpent-qui-vole, d'un homme qui, visiblement éméché, sortait d'une rôtisserie voisine. La quarantaine passée, vêtu en bourgeois d'une redingote bleue à boutons de cuivre, d'une chemise à jabot blanche, d'un pantalon de toile écrue et de bottes remontant au-dessus des genoux, celui-ci s'assit à la table d'à côté et, d'une voix forte, il ordonna :

« Tavernier ! Apporte-moi une pinte de ta meilleure bière ! »

Puis, dans les fumées de tabac et les odeurs de cuisine, il tira de sa poche une longue pipe qu'il alluma à la bougie. Lorsqu'il sentit que Zumbi l'observait avec insistance, il se retourna vers lui et l'interrogea :

« Alors, l'étranger ? On se connaît ? »

Baissant la tête, Zumbi répondit avec politesse :

« Non, Monsieur. Ça m'étonnerait qu'on se connaisse car je suis arrivé dans cette ville il y a peu.

– Vous avez de la chance.

– Pourquoi ? »

D'un regard méprisant, il désigna l'assemblée présente qui parlait et riait fort en faisant sauter les dés, puis il lâcha, avec amertume :

« J'ai longtemps cru qu'Ouro Preto était une grande cité où les braves grouillaient par centaines. Mais il n'y a en fait qu'un troupeau de lâches et de couards. »

Après que la serveuse eut déposé une pinte de bière moussante sur la table de bois où des taches de gras formaient des auréoles, l'homme étancha sa soif et, le regard torve, il expliqua :

« C'est toute l'œuvre de ma vie qu'ils ont ruinée, ces imbéciles. J'allais être tout et je suis resté rien. J'allais avoir la tête dans les étoiles et je me retrouve les pieds dans la boue. Tous des couards et des farauds, je vous dis…

– J'ai connu ça aussi, Monsieur, mais c'était à Rio de Janeiro. Voulez-vous vous joindre à moi pour boire quelques bières ? »

Avec un soudain enthousiasme, il se leva, alla s'asseoir à la table de Zumbi et lui lança :

« Quel est votre nom, étranger ? À moi, on me dit Tiradentes ! »

Trois heures et quelques pintes plus tard, les deux hommes avaient fait connaissance et discutaient à voix basse. Pour se présenter, Zumbi n'avait rien caché de son histoire, mais avait évité de citer le drame qui l'avait frappé, ainsi que ses dix années d'infamie dans les mines du Portugal. Officiellement, il était à Ouro Preto dans le but de créer une confrérie de Bom-Fim. Tiradentes, lui, avait été plus disert. Malgré le clair-obscur de la pièce, le front recouvert de sueur ainsi que sa barbe et sa tignasse rousses brillaient étrangement à la lueur des trois bougies disposées sur la table. À son tour, il lui avait dépeint son existence faite d'échecs et de frustrations, sa vie conjugale du moment avec Antônia Maria, une prostituée de seize ans qui lui avait donné un enfant, sa vie monotone dans sa petite *fazenda* où quelques esclaves cultivaient la terre et exploitaient un placer pour son compte.

Alors que le ton de la voix de Tiradentes commençait à faiblir et que son discours dérivait insensiblement vers la tristesse des ivrognes, Zumbi lui demanda :

« Certes, vous ne roulez pas sur l'or, mais votre sort semble enviable, non ? Vous êtes propriétaire, tout de même.

– Foutaises…

– De plus, j'ai appris que le gouverneur avait annulé son projet de lever des impôts pour rembourser la dette.

– Il l'a repoussé, nuance. Soyez sûr que, bientôt, il nous forcera à les payer, ces maudits impôts. Et les Mineiros paieront, comme ils l'ont toujours fait. »

À cet instant, Zumbi se pencha légèrement sur le plateau de la table, puis il se lamenta, avec une rage sourde :

« Quel malheur que personne ne se lève pour protester contre la Couronne…

– Pardon ?

– Je disais : si seulement le Brésil possédait des hommes que la peur ne fait pas reculer et qui aient le courage de protester contre le *quinto*, le superintendant et ses impôts scandaleux. On dit qu'en France la révolution gronde et qu'un ordre nouveau va voir le jour dans les semaines qui viennent… »

Sur ces derniers mots, Tiradentes reposa lentement sa pinte et, les yeux écarquillés par la surprise et une joie subite qui le tiraient de sa torpeur, il balbutia :

« Vous… vous connaissez ce qu'il se passe en France ? Et vous… vous êtes partisan de ces idées nouvelles qui arrivent d'Europe ? »

Feignant la méfiance, Zumbi recula un peu et se défendit :

« Je n'ai pas tout à fait dit cela et je…

– Si, vous l'avez dit ! Vous avez parlé de la révolution française !

– Ne criez pas, je vous en supplie… »

Pour toute réponse, ce fut Tiradentes qui se pencha à son tour sur la table et, écartant de la main le chandelier à trois branches qui séparait les deux hommes, il approcha son visage de celui de Zumbi et chuchota :

« Vous avez raison, l'ami. La ville grouille de mouchards et Dom Cristiano da Fonseca, le superintendant, possède une police qui est toujours aux aguets. Allons plutôt parler de tout cela dehors… »

Après que Zumbi eut réglé les consommations, les deux hommes sortirent sous la lune d'Ouro Preto et ils cheminèrent côte à côte lentement, ne croisant personne à cette heure avancée de la nuit, sinon quelques mendiants affalés au pied des façades. L'esprit échauffé par l'alcool, Tiradentes raconta, point par point, la tentative d'insurrection de l'*Inconfidência Mineira*, ses espoirs fous d'entrer dans la grande Histoire du Brésil, puis cette décision incompréhensible du gouverneur, de ne plus lever l'impôt dont il avait brandi la menace depuis tant de temps.

Sur la place centrale de la ville qui commençait à s'envelopper d'un rideau de brume chaude et humide, Tiradentes se lamenta :

« Nous étions à la veille de remporter la victoire et mes compagnons ont abandonné la lutte parce qu'ils pouvaient conserver sans crainte leur précieux or.

– Pourquoi m'avez-vous raconté toute cette histoire, Monsieur ?

– Je ne comprends pas votre question…

– Qui vous dit que je ne suis pas un mouchard, moi aussi ? »

Incrédule, Tiradentes fronça un moment les sourcils, puis il s'amusa :

« Vous ne pouvez pas être un espion et ce, pour deux raisons. La première, c'est que vous êtes noir et que la police n'utilise pas les Noirs pour ce type de tâche. La seconde, c'est que Dom Cristiano da Fonseca a déjà eu vent de l'*Inconfidência Mineira* et qu'il connaît probablement mon identité et le rôle que j'y ai joué. Pourquoi perdrait-il du temps à me faire espionner ?

– C'est fort justement raisonné. »

Tendant un doigt en direction d'une façade de la place qui disparaissait peu à peu dans la brume, il ajouta, la mine sombre :

« Je connais tout des habitudes de Dom Cristiano da Fonseca et je pourrais, assez facilement, l'éliminer d'un seul coup de feu.

– Pourquoi n'en avez-vous rien fait ?

– Le *fazendeiro* Dom João Rodrigues de Macedo, qui est l'un des conspirateurs les plus acharnés, me l'a interdit. Je bous de savoir que, à l'heure qu'il est, le superintendant est là et qu'il doit dormir comme un ange. Les propriétaires des mines, les bourgeois pas plus que les commerçants ne se révolteront. En renonçant à l'or des impôts, il a acheté la paix… »

*

« Quand comptez-vous enfin passer à l'action et en finir avec cette poignée d'exaltés qui n'ont que le mot de "révolution" à la bouche ?

– Ce sera fait dès la semaine prochaine, Monseigneur. Le 10 mai 1789…

– Êtes-vous bien sûr de votre coup, cette fois ?

– Comme une brodeuse de ses coups d'aiguille. »

Dans le bureau du gouverneur, vicomte de Barbacena, Dom Cristiano da Fonseca jubilait en son for intérieur. Il avait réussi à établir la liste complète de ceux qui préparaient l'insurrection et, s'il manquait de quelques preuves pour certains d'entre eux, il en fabriquerait de toutes pièces. Dans un fauteuil installé près du sien, une voix d'homme, grasse et comme brûlée de tabac, s'éleva :

« Monseigneur da Fonseca, la rafle que vous projetez de faire n'est-elle pas disproportionnée ?

– En quoi le serait-elle, Monsieur ?

– Monseigneur le gouverneur l'a dit lui-même. Ce ne sont que des exaltés et ils n'ont à ce jour pas commis d'autre crime que celui de s'enthousiasmer pour des idées, tout de même. »

Dardant sur son voisin un regard noir, le superintendant répliqua :

« Pour réussir une révolution, Monsieur Dom João Rodrigues de Macedo, deux choses doivent être impérativement réunies : des idées et des ventres vides. Hormis quelques privilégiés dont vous faites partie, le peuple du Minas Gerais crève littéralement de faim. Si des idées subversives entraient avec suffisamment de persuasion dans leurs crânes d'illettrés, ils croiraient qu'il leur suffit de renverser une Couronne pour changer leur ordinaire. »

Vêtu de ses plus beaux atours, le *fazendeiro* se tint coi. Quelques semaines plus tôt, il avait sollicité une audience auprès de Dom Cristiano da Fonseca et, en affairiste rompu aux roueries des négociations, il avait fini par lui apprendre l'existence de l'*Inconfidência Mineira*, puis il l'avait quitté sans ajouter un mot de plus. Durant la nuit, le superintendant avait réfléchi à la meilleure des décisions à prendre. Dom João Rodrigues de Macedo était, dans tout le Minas Gerais, un homme riche et respecté. De plus, c'était à lui que le gouverneur empruntait de fortes sommes d'argent pour assurer son train de vie fastueux. S'il était au fait de cette insurrection, c'est qu'il en faisait certainement partie, de près ou de loin. Enfin, s'il lui avait fait part de ce complot, c'était, de toute évidence, qu'il espérait en retirer des avantages substantiels.

Le lendemain, Dom Cristiano da Fonseca le fit convoquer chez lui et lui imposa ses plans. Afin que l'*Inconfidência Mineira* ne voie jamais le jour, les deux hommes ne devraient plus se rencontrer et, pour échanger des informations, ils utiliseraient les services du colonel Silvério dos Reis que le *fazendeiro* introduirait auprès des conspirateurs. En échange, il ne serait pas inquiété lors des arrestations et sa dette serait effacée.

Avec une voix mal assurée, le gouverneur reprit :

« Monseigneur, comment comptez-vous agir pour boucler cette affaire dont la Couronne ne sortira pas grandie ?

– Pour que votre autorité soit ternie, il faudrait que l'un de nous quatre parle. Et sachez que c'est souvent dans les restaurants les plus somptueux que l'on trouve les cuisines les plus sales. Laissons le peuple se contenter des apparences.

– Mais ce colonel ? Ne risque-t-il pas de trahir ?

– Je vais y venir. De nous quatre, Votre Seigneurie

et moi-même ne dirons rien de tout cela, car ce n'est évidemment pas notre intérêt. »

Se tournant à nouveau en direction de Dom João Rodrigues de Macedo, il le désigna d'un index menaçant :

« Pour ce monsieur, s'il lui prenait l'envie d'avoir la langue trop pendue, la sanction serait double. Il perdrait l'essentiel de sa fortune et serait aussitôt envoyé devant le tribunal pour dénonciations calomnieuses et infamantes, ce qui lui coûterait au bas mot la prison à vie, sinon la mort… »

D'ordinaire parfaitement capable de masquer ses émotions, le *fazendeiro* sentit une sueur désagréable sourdre sur son front et couler sous sa chemise. Sur un ton moins posé que de coutume, il se défendit :

« Monseigneur, il est évident que jamais je ne dirai un seul mot de toute cette histoire. Je suis un gentilhomme et mon honneur m'interdit de…

– Justement ! Parlons-en de votre honneur.

– Que voulez-vous dire ?

– Vous ne voyez pas à quoi je fais allusion ? insinua le superintendant.

– Pas le moins du monde, Monseigneur ! »

Dom Cristiano prit le temps de boire une gorgée de porto puis, avant de reposer le verre de cristal sur la table, il lâcha :

« Si je ne me trompe pas, c'est bien vous qui êtes venu me solliciter pour m'apprendre l'existence de l'*Inconfidência Mineira* ?

– Oui, mais…

– Et c'est bien vous qui, depuis ce jour-là, trahissez vos amis en me fournissant le nom de chacun d'entre eux ?

– C’est exact, mais c’est avant tout pour le bien de la Couronne.

– Quant aux deux bourses d’or que Tiradentes vous a remises ? Que sont-elles devenues ? »

À cet instant, le *fazendeiro* cligna à plusieurs reprises des paupières et son visage s’empourpra. Sous le regard de plus en plus inquiet du gouverneur, il finit par répondre :

« Mais elles sont dans ma propriété, Monseigneur, gardées dans un coffre par mes hommes en armes.

– Ne seraient-elles pas mieux à leur place dans les caisses du royaume du Portugal ? »

N’y tenant plus, le vicomte de Barbacena se leva de son canapé et, à pas nerveux, rejoignit Dom Cristiano. Sur un ton où pointait l’imploration, il intervint :

« Monseigneur, il ne faut pas être trop exigeant avec notre ami. Il a tout de même pris de gros risques dans cette histoire déplaisante.

– Et il sera payé en retour, comme convenu. Ses dettes seront effacées et le tribunal ne l’ennuiera pas l’espace d’une seconde. »

Le gouverneur posa sa main sur l’épaule du superintendant et, avec une gêne extrême, il ajouta :

« De plus, et vous ne le savez peut-être pas, Dom João Rodrigues de Macedo s’est montré, ces derniers temps, d’une générosité extrême à mon égard.

– Plaît-il, Monseigneur ?

– Disons qu’il m’a avancé des sommes que je ne lui ai pas encore remboursées. Si vous pouviez oublier l’existence de ces deux bourses, disons que ce geste scellerait encore un peu plus notre amitié… »

Sans se départir de son flegme, Dom Cristiano sortit un cigare de sa poche intérieure et l’alluma en tirant de courtes bouffées. Puis, sous les regards inquiets des deux hommes, il finit par consentir :

« Monseigneur, c'est vous le gouverneur et je me plie donc à votre volonté. Si vous êtes endetté, c'est comme si le Portugal lui-même l'était. Et le Portugal paye toujours ses dettes.

– Merci, mon ami ! Sachez que je n'oublierai jamais votre geste… »

Pendant que le gouverneur et le *fazendeiro* s'échangeaient des regards rassérénés, Dom Cristiano poursuivit :

« En ce qui concerne le cas du colonel Silvério dos Reis, vous pouvez, là aussi, être tranquilles. Je l'ai gratifié d'une copieuse pension à vie, d'une annulation des lourdes dettes qu'il a contractées et, le moment venu, je le décorerai moi-même avec l'une de ces belles médailles dont rêvent tous les militaires. »

En s'aidant de sa canne, le superintendant se leva à son tour et se rendit à l'une des fenêtres du salon pour y trouver un peu plus de lumière. Là, il tira de sa poche droite une feuille de papier pliée en quatre ainsi qu'une paire de bésicles qu'il chaussa sur son nez. Enfin, il se retourna et conclut :

« Maintenant, il ne nous reste plus qu'une seule chose à faire : choisir, sur la liste édifiée par Monsieur Dom João Rodrigues de Macedo, qui, parmi les conspirateurs, doit être blanchi, banni du Brésil ou exécuté… »

*

Au lendemain de cette réunion, Dom Cristiano da Fonseca s'offrit une heure de promenade dans la campagne d'Ouro Preto, comme il avait coutume de le faire chaque dimanche après-midi. À cheval, il se rendit sur les hauteurs de la ville et emprunta le chemin qui le conduisit dans les environs de la colline du Pico do Itacolomi. Tout en grimaçant, il descendit de sa monture et claudiqua, canne à la main, sous les frondaisons qui bruissaient de chants d'oiseaux. Malgré le soleil qui donnait à plein, les sous-bois restaient d'une fraîcheur surprenante et, lorsqu'il arriva à la petite cascade qui jaillissait d'une pierre, il s'assit sur un talus herbeux et commença, machinalement, à bourrer sa pipe. Alors qu'il allait l'allumer et méditer sur les derniers détails qu'il lui faudrait encore régler avant de décapiter l'*Inconfidência Mineira*, un craquement le fit sursauter. Aussitôt, il porta une main à sa ceinture pour dégainer son pistolet quand une voix, étrangement familière, lui lança :

« Ne faites pas un geste ou je vous abats sur place ! »

Dom Cristiano plissa les paupières pour tenter de distinguer qui avait eu l'audace de lui donner un ordre, mais, à cause de sa vue déclinante, il ne vit rien d'autre qu'un rideau de végétation d'un vert sombre ainsi que, durant l'espace d'une seconde, la silhouette d'un Indien semblant l'observer dans la ramée, une apparition qui s'évanouit aussitôt et qu'il expliqua par une simple fantaisie de son esprit. La main toujours à la ceinture, il cria alors :

« Qui êtes-vous ? Que me voulez-vous ?

– Je suis venu régler mes comptes avec vous.

– Quels comptes ? Montrez-vous donc, si vous n'êtes pas un lâche ! »

Après quelques instants de silence, une longue silhouette vêtue d'une redingote noire et d'un chapeau rabattu sur la face apparut entre les arbres et, à pas lents, se dirigea vers le superintendant, un pistolet armé dans chaque main. Une nouvelle fois, Dom Cristiano plissa les paupières et, sans se départir de son calme, il grogna :

« Qui êtes-vous, à la fin ? Ôtez votre coiffure, que je voie votre visage… »

Avec toujours la même lenteur calculée, l'apparition s'exécuta et, lorsque le superintendant découvrit l'identité du nouveau venu, il reposa sa main sur son genou et grommela, rassuré :

« Tiens donc, ce n'est que toi… Un instant, j'ai cru que c'était l'un des comploteurs de l'*Inconfidência Mineira*. Approche-toi et baisse les armes. Et dis-moi pourquoi tu me proposes ce voyage en amnésie.

– Détrompez-vous. Ce que je viens vous proposer, c'est votre dernier voyage.

– Toi ? Tu ne tuerais pas une créature du bon Dieu. Tout ce que tu as su faire, dans toute ta vie, c'est des prêchi-prêcha dans ta confrérie de Bom-Fim et d'essayer de me voler, toi que je croyais être mon ami. »

Sur ce dernier mot, Zumbi enclencha à l'aide de ses pouces les deux percuteurs et se retint *in extremis* de faire feu. Voyant qu'il ne plaisantait pas, Dom Cristiano reprit, d'une voix plus avenante :

« À quoi ça te servirait de me tuer ? Et d'abord, comment as-tu su que tu me trouverais ici, à cette heure précise ?

– Il n'y a pas que vous qui surveillez les autres. Un nommé Tiradentes m'a tout dit de vos habitudes.

– Ah… le chef des révolutionnaires en herbe ? Tu peux me croire sur parole que son heure ne va pas tarder à sonner… »

Avec le même ton froid et déterminé, Zumbi demanda :

« Pourquoi m'avez-vous fait ça, nous qui étions peut-être du même père ?

– Encore ces fadaises ? Tu sais fort bien que ce n'est pas possible ! Et même si cela l'était, regarde-moi et regarde-toi. Nous n'avons rien en commun.

– Pourquoi avez-vous envoyé ma femme et mes enfants dans l'île aux Sorcières ?

– Parce qu'elle m'avait poignardé, figure-toi !

– Que lui aviez-vous fait pour qu'elle tente de vous assassiner ? »

Soudain irrité, Dom Cristiano se leva de son talus et, appuyé sur sa canne, il gronda :

« Ça suffit, maintenant ! Baisse tes armes tout de suite, sinon…

– Sinon quoi ?

– Sinon, j'appelle la garde.

– Nous ne sommes que tous les deux, Monsieur, et vous le savez fort bien. »

Tout en geignant, le superintendant se mit à avancer vers Zumbi, distant d'une dizaine de mètres, et lui dit :

« Arrêtons tout ceci, l'ami. Faisons table rase du passé. De l'eau a coulé sous les ponts, maintenant…

– Ne faites pas un pas de plus, sans quoi je vais tirer. »

Dom Cristiano demeura sourd à cette injonction et continua à marmonner :

« Nous savons très bien tous les deux que tu ne tireras pas. Alors, dis-moi maintenant ce que tu veux vraiment. C'est de l'or que tu désires ? De ce bon or pour lequel tu t'es échiné toute ta vie sans jamais parvenir à le trouver ?

– Arrêtez…

– L'or donne tout, mon ami, et je suis le superintendant des Mines du royaume. Tu veux que je te couvre d'or pour que tu puisses refaire ta vie ? »

Le dos voûté, le regardant par en dessous, Dom Cristiano fit encore trois pas et reprit, les poings sur les hanches :

« Avec l'or que je vais te donner, tu pourras tout acheter, tu le sais ?

– Le bonheur ne s'achète pas avec de l'or. »

Balayant l'argument d'un revers de main, le superintendant rétorqua :

« Balivernes ! Le bonheur est comme tout : il est à vendre au plus offrant. Et mon or te permettra de t'acheter des femmes, des propriétés, des bijoux, les plus beaux chevaux du pays et j'en oublie encore.

– Alors, vous n'avez vraiment rien compris…

– C'est toi qui n'as rien compris. Maintenant, je vais tirer mon pistolet de ma ceinture et t'abattre sur place, si tu refuses ma proposition. »

Joignant le geste à la parole, Dom Cristiano da Fonseca s'exécuta et les deux hommes se retrouvèrent, face à face et les yeux dans les yeux, prêts à tirer.

Un instant plus tard, un coup de feu retentit, faisant s'envoler des myriades d'oiseaux affolés au-dessus des arbres, et une odeur de poudre brûlée domina un moment celle de la jungle. Dans les ramures, bien au-dessus du sol, la silhouette de Febrônio s'évanouit peu à peu, satisfaite et soulagée.

ÉPILOGUE

« Plus tu vieillis et plus tu es beau, mon homme.

– Plus le temps passe, moins tu vieillis et plus tu es belle, princesse.

– Tu mens toujours aussi mal, mais c'est gentil… »

Sur les hauteurs de Santa Teresa, à Rio de Janeiro, Zumbi et Laurinda regardaient le soleil se coucher sur l'océan. Un camaïeu d'orange et de jaune montait jusqu'à la jungle environnante qui, peu à peu, laissait s'éteindre les bruissements qui, tout au long de la journée, berçaient le quotidien des Cariocas. Après avoir quitté Ouro Preto, Zumbi s'était rendu dans le sud, dans l'île aux Sorcières où, moyennant finance, il avait obtenu auprès du gouverneur la libération de sa femme. Compte tenu de son âge, les négociations furent rapides et, moins d'un an plus tard, ils purent prendre un bateau avec leur fille qui les ramena dans la capitale. Cela faisait deux ans maintenant qu'ils avaient repris une vie normale mais, s'ils habitaient à Santa Teresa, ça n'était plus dans leur petit hôtel particulier. Celui-ci avait été saisi, au bénéfice de la Couronne, et ils demeuraient désormais dans une modeste cassine de planches, sur la propriété de l'un des anciens membres de la confrérie de Bom-Fim qui n'avait rien oublié de leur générosité de l'époque.

Tous deux assis sur un banc de bois, côte à côte, ils contemplaient le tableau marin qui glissait insensiblement dans le crépuscule lorsque Laurinda, sans le regarder, lui demanda :

« Pourquoi es-tu aussi silencieux, ce soir ? À quoi penses-tu ?

– Je pense à nos filles, femme.

– Il ne faut pas penser avec tristesse à celles qui sont reparties vers la Terre.

– Je ne suis pas triste. Elles me manquent, c'est tout.

– À moi aussi, elles me manquent. Mais la vie aurait pu être encore plus cruelle, puisqu'elle nous a laissé Josefina. »

Zumbi posa sa main avec tendresse sur la cuisse de sa femme et murmura :

« C'est déjà une belle jeune femme et, avec l'éducation que tu lui as donnée, elle trouvera sûrement un emploi qui la tirera de notre misère.

– De la misère comme la nôtre, je connais beaucoup de monde qui voudrait bien la partager. Alors, dis-moi maintenant ce qui t'inquiète vraiment.

– Ce n'est rien…

– Je te connais, l'homme. Et je sais quand quelque chose te travaille. »

Après un profond soupir, Zumbi finit par répondre :

« C'est Cristiano da Fonseca.

– Ce meurtrier de malheur ?

– C'est quand même moi qui l'ai tué, non ? »

Un pli amer aux coins des lèvres, Laurinda rétorqua, catégorique :

« C'est lui, le meurtrier. Il a d'abord tué l'amitié que tu lui portais. Puis il a voulu tuer notre amour en nous séparant. Ensuite, il a tué quatre de nos filles en nous bannissant sur l'île aux Sorcières. Et enfin, en t'envoyant te tuer à la peine, dans les mines de la Couronne, il a voulu que tu meures.

– C'est bien ce qui a failli m'arriver, femme. Mais je suis quand même un bien piètre meurtrier…

– Pourquoi dis-tu cela ? »

Après avoir étouffé un bâillement dû au copieux repas qu'ils venaient de prendre, Zumbi expliqua :

« À Ouro Preto, c'est lui qui a tiré le premier et il m'a manqué. Je croyais qu'il n'oserait pas le faire, mais il l'a fait.

– C'était donc un meurtrier, il n'y a rien à redire là-dessus.

– J'ai été si surpris que l'un de mes pistolets est parti tout seul. Je l'ai tué et je ne l'ai même pas fait exprès.

– Il n'a eu que ce qu'il méritait, mon homme. »

D'une voix sombre, Zumbi poursuivit :

« Quand je me suis approché, j'ai vu que la balle l'avait touché à la poitrine et qu'il était mort sur le coup. Malgré tout ce qu'il nous a fait endurer, j'ai quand même ressenti de la peine, au moment où je lui ai fermé les yeux… »

Laurinda esquissa un sourire attristé et se leva du banc. Face à l'océan qui se teintait de mauve avant de revêtir sa robe d'un bleu profond, elle plaisanta :

« L'Aveugle avait raison, à ton sujet. Tu as eu beau faire le fier-à-bras durant toute ta vie, tu n'es en fait qu'un grand enfant. »

À son tour, Zumbi se mit sur pied et alla prendre sa femme à la taille. Tout en plongeant son visage buriné dans son cou, il chuchota :

« On ne se refait pas. Face à la douleur de vivre, il

est quelquefois mieux d'être un enfant, tu ne crois pas ? »

À cet instant, Josefina apparut sur le seuil de la maisonnée et, d'une voix fraîche et rieuse, elle leur lança :

« Les amoureux ! Le café est prêt ! »

Laurinda frissonna en sentant les lèvres chaudes de Zumbi se poser sur l'une de ses oreilles. Puis, avant de rebrousser chemin, elle murmura :

« L'esprit de nos filles est retourné sur la Terre. Malgré son fichu caractère, l'Aveugle doit être à cette heure au paradis des ivrognes. Le présent, c'est Josefina.

– Tu crois qu'elle aura une belle vie ?

– Ça, c'est l'avenir qui nous le dira. Pour l'instant, elle ne vit que pour les idées venues d'Europe. Depuis que les Français ont fait leur révolution, l'an dernier, elle ne parle que d'indépendance du Brésil par rapport à la Couronne du Portugal. »

Avec inquiétude, Zumbi demanda :

« Ça n'est pas trop dangereux, pour une fille ? »

S'ouvrant alors de son plus beau sourire, Laurinda se retourna, enlaça son mari à son tour et, les yeux dans les yeux, elle répliqua :

« Oui, c'est dangereux. Mais n'oublie pas que Josefina, c'est une fille de l'Afrique et une fille du Brésil. Et c'est aussi la fille de Zumbi, l'homme qui a cherché de l'or sans jamais en trouver et qui, avec moi, lui a appris l'une des choses les plus importantes au monde.

– Laquelle ?

– De ne jamais rien lâcher. Jamais…

À PROPOS DE L'INCONFIDÊNCIA MINEIRA...

Le 10 mai 1789, l'*Inconfidência Mineira* fut démantelée. Vingt-neuf hommes furent arrêtés et, durant trois ans, croupirent dans les geôles brésiliennes.

Le 18 avril 1792, dans la salle du tribunal de Rio de Janeiro, la lecture de la sentence dura dix-huit heures. Tous les inculpés s'accusèrent mutuellement ou se jetèrent au sol pour implorer le pardon.

Seul Tiradentes resta digne.

Tous furent frappés de peines allant jusqu'au bannissement au Mozambique ou en Angola, et les prélats furent jugés en secret, à Lisbonne.

Seul Tiradentes fut condamné à la peine capitale, la pendaison suivie de l'écartèlement. Son corps disloqué fut exposé aux yeux de tous dans les faubourgs de Campo de São Domingos. Sa tête fut rapportée à Ouro Preto et exhibée sur la place centrale. Sa maison fut rasée, les décombres recouverts de sel et sa descendance fut frappée d'infamie jusqu'à la troisième génération.

Le *fazendeiro* Dom João Rodrigues de Macedo et le colonel Silvério dos Reis ne furent jamais inquiétés.

Dans tout le Brésil, Tiradentes est considéré comme un héros national et comme le premier homme à avoir offert sa vie pour l'indépendance de la nation.

DU MÊME AUTEUR

Brasil bossa nova
Édisud, 1988

Brasil : a musica
Parenthèses, 1998

L'Île aux femmes
roman
Métailié, 1999

Tu touches pas à Marseille
roman
Métailié, 2000

La Faction
roman
Atout Éditions, 2000

De l'eau dans le grisou
roman
Métailié, 2001

Chair de lune
roman
Métailié, 2001
et « Suites », nº 140

Embrouilles au Vélodrome
roman
Métailié, 2002

Droit aux brutes !
roman
ADCAN éditions, 2002

Saudade : petites chroniques brésiliennes
(en collaboration avec Gilles Del Pappas et Cédric Fabre)
récit
CLC, 2005

Corcovado
roman
Métailié, 2005
et « Points Grands Romans », nº P1462

Dans l'ombre du Condor
roman
Métailié, 2006
et « Points Grands Romans », nº P1700

Kâmâ sûtra : plaisirs et positions amoureuses
(texte, en collaboration avec Clara Morgane)
(photographies de Patrice Berchery)
P. Petiot éditeur, 2006

Samba triste
roman
Métailié, 2007
et « Points Grands Romans », nº P2091

Zumbi
roman
Buchet Chastel, 2009

Pour l'amour de Rio
roman
Le Passage, 2012

LIVRES POUR LA JEUNESSE

Plus fort que les montagnes
(illustrations de Gribouille)
Envol, 2001

Gaïa, le peuple des Horucks
(illustrations de Gribouille)
Envol, 2002

L'Incroyable Aventure de Momo-le-Mérou
(illustrations de Xavier Laroche)
Envol, 2003

Mais où est donc passée Princesse Lulu ?
(illustrations de Chantal Hocdé)
Lulin Matin, 2004

RÉALISATION : IGS-CP À L'ISLE-D'ESPAGNAC
IMPRESSION : CPI BRODARD ET TAUPIN À LA FLÈCHE
DÉPÔT LÉGAL : JUIN 2012. N° 108201 (68202)
IMPRIMÉ EN FRANCE

Collection Points Les Grands Romans

P8. La Marche de Radetzky, *Joseph Roth*
P46. La Ville des prodiges, *Eduardo Mendoza*
P52. La Maison du guerrier, Dar Baroud, *Louis Gardel*
P76. Pour la plus grande gloire de Dieu, *Morgan Sportès*
P87. L'Alliance, tome 1, *James A. Michener*
P88. L'Alliance, tome 2, *James A. Michener*
P117. Le Tarbouche, *Robert Solé*
P231. Ceux de 14, *Maurice Genevoix*
P236. Le Sémaphore d'Alexandrie, *Robert Solé*
P260. Le Guépard, *Giuseppe Tomasi di Lampedusa*
P280 Dixie, *Julien Green*
P301. Dieu et nous seuls pouvons, *Michel Folco*
P305. L'Homme à la vie inexplicable, *Henri Gougaud*
P306. Bélibaste, *Henri Gougaud*
P387. Les Seigneurs du thé, *Hella S. Haasse*
P396. Le Médecin de Cordoue, *Herbert Le Porrier*
P452. La Femme de chambre du *Titanic*, *Didier Decoin*
P453. Abraham de Brooklyn, *Didier Decoin*
P484. Les Lauriers du lac de Constance, *Marie Chaix*
P524. L'Expédition, *Henri Gougaud*
P545. La Terre et le Sang, *Mouloud Feraoun*
P546. L'Aurore des bien-aimés, *Louis Gardel*
P562. La Poussière du monde, *Jacques Lacarrière*
P660. Nu couché, *Dan Franck*
P692. Le Roman du conquérant, *Nedim Gürsel*
P740. Les Bûchers de Bocanegra, *Arturo Pérez-Reverte*
P753. Le Soleil de Breda, *Arturo Pérez-Reverte*
P845. Les Enfants des morts, *Heinrich Böll*
P868. Le Seul Amant, *Éric Deschodt, Jean-Claude Lattès*

P874. L'Opéra de Vigàta, *Andrea Camilleri*
P974. Les Feux du Bengale, *Amitav Ghosh*
P991. Les Étoiles du Sud, *Julien Green*
P992. En avant comme avant !, *Michel Folco*
P1033. Arthur, *Michel Rio*
P1047. Le Grand Roman indien, *Shashi Tharoor*
P1059. Le Mètre du monde, *Denis Guedj*
P1077. Les Turbans de Venise, *Nedim Gürsel*
P1091. Les Comptoirs du Sud, *Philippe Doumenc*
P1128. Les Adieux à la reine, *Chantal Thomas*
P1200. Le Luthier de Crémone, *Herbert Le Porrier*
P1290. La Dormeuse de Naples, *Adrien Goetz*
P1334. L'Amandière, *Simonetta Agnello Hornby*
P1388. Le Gentilhomme au pourpoint jaune
Arturo Pérez-Reverte
P1458. Sisyphe, roi de Corinthe.
Le Châtiment des dieux I
François Rachline
P1459. Le Voyage d'Anna, *Henri Gougaud*
P1460. Le Hussard, *Arturo Pérez-Reverte*
P1461. Les Amants de pierre, *Jane Urquhart*
P1462. Corcovado, *Jean-Paul Delfino*
P1500. La Tante marquise, *Simonetta Agnello Hornby*
P1501. Anita, *Alicia Dujovne Ortiz*
P1568. La Rose pourpre et le Lys, tome 1, *Michel Faber*
P1569. La Rose pourpre et le Lys, tome 2, *Michel Faber*
P1570. Sarnia, *Gerald Basil Edwards*
P1571. Saint-Cyr/La Maison d'Esther, *Yves Dangerfield*
P1586. Femme en costume de bataille, *Antonio Benitez-Rojo*
P1587. Le Cavalier de l'Olympe. Le Châtiment des dieux II
François Rachline
P1588. Le Pas de l'ourse, *Douglas Glover*
P1627. Equador, *Miguel Sousa Tavares*
P1628. Du côté où se lève le soleil, *Anne-Sophie Jacouty*
P1629. L'Affaire Hamilton, *Michelle de Kretser*
P1630. Une passion indienne, *Javier Moro*
P1674. L'Époux divin, *Fransisco Goldman*
P1689. En la forêt de Longue Attente.
Le roman de Charles d'Orléans, *Hella S. Haasse*
P1696. La Sœur de Mozart, *Rita Charbonnier*
P1697. La Science du baiser, *Patrick Besson*
P1700. Dans l'ombre du Condor, *Jean-Paul Delfino*
P1732. Persée, prince de la lumière. Le Châtiment des dieux III
François Rachline
P1733. Bleu de Sèvres, *Jean-Paul Desprat*

P2424. Le Scandale de la saison, *Sophie Gee*
P2425. Ursúa, *William Ospina*
P2458. Le Voyage de l'éléphant, *José Saramago*
P2507. Villa des hommes, *Denis Guedj*
P2520. Nord et Sud, *Elizabeth Gaskell*
P2552. Un monde d'amour, *Elizabeth Bowen*
P2568. Les Amants papillons, *Alison Wong*
P2569. Dix mille guitares, *Catherine Clément*
P2619. L'Histoire très ordinaire de Rachel Dupree
Ann Weisgarber
P2639. Le Roman de Bergen.
1900 L'Aube – tome I, *Gunnar Staalesen*
P2640. Aurora, Kentucky, *Carolyn D. Wall*
P2643. Le Ruban rouge, *Carmen Posadas*
P2652. Le Sari rose, *Javier Moro*
P2653. Le Roman de Bergen.
1900 L'Aube – tome II, *Gunnar Staalesen*
P2654. Jaune de Naples, *Jean-Paul Desprat*
P2656. Qui a tué Arlozoroff ?, *Tobie Nathan*
P2662. L'Incertain, *Virginie Ollagnier*
P2674. Le Testament d'Olympe, *Chantal Thomas*
P2675. Antoine et Isabelle, *Vincent Borel*
P2712. Mon patient Sigmund Freud, *Tobie Nathan*
P2713. Trois explications du monde, *Tom Keve*
P2715. Shim Chong, fille vendue, *Hwang Sok Yong*
P2716. La Princesse effacée, *Alexandra de Broca*
P2737. La Jeunesse mélancolique et très désabusée d'Adolf Hitler, *Michel Folco*
P2738. L'Enfant des livres, *François Foll*
P2739. Karitas, l'esquisse d'un rêve, *Kristín Marja Baldursdóttir*
P2762. Les Confessions de Constanze Mozart
Isabelle Duquesnoy
P2801. Le Marquis des Éperviers, *Jean-Paul Desprat*
P2822. Le Roman de Bergen. 1950 Le Zénith – tome III
Gunnar Staalesen
P2850. Le Roman de Bergen. 1950 Le Zénith – tome IV
Gunnar Staalesen
P2851. Pour tout l'or du Brésil, *Jean-Paul Delfino*

P2818. Aux malheurs des dames, *Lalie Walker*
P2819. Psychologie du pingouin et autres considérations scientifiques, *Robert Benchley*
P2820. Petit traité de l'injure. Dictionnaire humoristique *Pierre Merle*
P2821. L'Iliade, *Homère*
P2822. Le Roman de Bergen. 1950 Le Zénith – tome III *Gunnar Staalesen*
P2823. Les Enquêtes de Brunetti, *Donna Leon*
P2824. Dernière Nuit à Twisted River, *John Irving*
P2825. Été, *Mons Kallentoft*
P2826. Allmen et les libellules, *Martin Suter*
P2827. Dis camion, *Lisemai*
P2828. La Rivière noire, *Arnaldur Indridason*
P2829. Mary Ann en automne. Chroniques de San Francisco, épisode 8, *Armistead Maupin*
P2830. Les Cendres froides, *Valentin Musso*
P2831. Les Compliments. Chroniques, *François Morel*
P2832. Bienvenue à Oakland, *Eric Miles Williamson*
P2833. Tout le cimetière en parle, *Marie-Ange Guillaume*
P2834. La Vie éternelle de Ramsès II, *Robert Solé*
P2835. Nyctalope ? Ta mère. Petit dictionnaire loufoque des mots savants, *Tristan Savin*
P2836. Les Visages écrasés, *Marin Ledun*
P2837. Crack, *Tristan Jordis*
P2838. Fragments. Poèmes, écrits intimes, lettres, *Marilyn Monroe*
P2839. Histoires d'ici et d'ailleurs, *Luis Sepúlveda*
P2840. La Mauvaise Habitude d'être soi *Martin Page, Quentin Faucompré*
P2841. Trois semaines pour un adieu, *C.J. Box*
P2842. Orphelins de sang, *Patrick Bard*
P2843. La Ballade de Gueule-Tranchée, *Glenn Taylor*
P2844. Cœur de prêtre, cœur de feu, *Guy Gilbert*
P2845. La Grande Maison, *Nicole Krauss*
P2846. 676, *Yan Gérard*
P2847. Betty et ses filles, *Cathleen Schine*
P2848. Je ne suis pas d'ici, *Hugo Hamilton*
P2849. Le Capitalisme hors la loi, *Marc Roche*
P2850. Le Roman de Bergen. 1950 Le Zénith – tome IV *Gunnar Staalesen*
P2851. Pour tout l'or du Brésil, *Jean-Paul Delfino*
P2852. Chamboula, *Paul Fournel*
P2853. Les Heures secrètes, *Élisabeth Brami*
P2854. J.O., *Raymond Depardon*

„Manchmal gibt es nichts Betrüblicheres, als zu sehen, wie die Voraussagen, die man gemacht hatte, sich erfüllen – dies ist eine Art Demonstration, wie armselig das Mögliche ist."

PAUL VALÉRY

I

lose bis selten

ICH WERDE SOLANGE MIT DIR AM STRAND SPAZIEREN
Gehen, bis du mich liebst, hundert Meter
Weiter, noch nichts, keine Liebe, nur Paare, ältere
Paare und Hunde, andere Hunde, etwa zweihundert
Meter weiter, nichts, einfach nichts, noch immer
Keine Liebe, merkwürdig, es passiert gerade
Nichts, wenigstens das ist geblieben, die nächste
Biegung kommt, schräge, birkenähnliche Bäume, schon
Einige Kilometer später, wahrscheinlich Kiefern, dürre,
Knochige, mit Cola übergossene Dalmatiner
In einigermaßen hohen Laborgläsern, liebst
Du mich denn schon, ich war noch nie so der große
Geher, irgendwann hört der Spaß nämlich auch
Auf, Rucksack ausgepackt, Brote, Äpfel, Tee, als
Wenn ich jetzt gerne Tee trinken würde, Zingst, Polen,
Litauische Küste, Karelien, die Ostsibirische See, der
Proviant seit Wochen aufgebraucht, wir schon völlig
Abgemagert, nur Uferwaldfrüchte und die Insektenschatten
Auf den Nadelblättern, ich würde in den Dünen sogar
Undurchsichtige, an Land gespülte Quallen braten, aber ich
Weiß nicht, ob man die russischen Quallen überhaupt
Essen kann, irgendwo landeinwärts liegt bestimmt Omsk oder
Jerewan, aber das hilft uns ja jetzt auch nicht
Weiter, unsere Schuhe kaputt, die Schnürsenkel längst
Mürbe und durchgebrochen, einmal ganz rausgezogen und
Das eine ausgefranste Ende mit einem Streichholz wieder
Durch die Löcher gestochen, man denkt an alles, aber doch nicht
An Ersatzschnürsenkel, nur weil man solange am Strand
Spazieren gehen will, bis der eine den
Anderen endlich liebt, es muß Monate her sein, seit ich
Gedacht habe, wir kämen noch nicht mal ganz aus Ahrenshoop
Raus, bis du dich vollkommen für mich
Entscheiden würdest, Schnee mit Flußläufen, Schnee
Mit den Flussläufen, kiefernähnliche, hirnrissige
Birken, unsere Hündin wurde in der sibirischen Taiga
Von einem Bären gerissen, wir hatten
Unsere Gesichter mit Schlamm, Pinguinscheiße und Pilzen

Eingeschmiert, deshalb ließ uns das Tier in Ruhe, es
Folgte uns anstelle unserer Hündin, ich ahnte von
Weitem, an welcher Bruststelle des Bären von
Innen ihr Bellen zu hören gewesen
Wäre, auf diese Stelle zielte ich
Mit meinem Rucksackschloß, das
Mit der Pinguinscheiße und den Bären
Hatte ich mal vor Jahren bei Galileo gesehen, Guano,
Getrocknete Exkremente, zum Düngen geeignet,
Traktorenwurzeln am Strand, Inseln
Ohne Ende, bewohnte, unbewohnte Inseln, wie weich
Der Boden hier war, in den kalten Taigawäldern dauert
Es rund 350 Jahre, bis abgefallene Nadeln und
Andere Pflanzenreste komplett zersetzt sind, es gibt ein
Gesetz, das 1856 vom US-amerikanischen Kongreß verabschiedet
Wurde und bis heute gültig ist, das Guano Islands Act, wenn wir
Beide, du und ich, wenn wir echte
Amerikaner wären, auf irgendeiner Insel im Eismeer dahinten
Pinguinscheiße finden würden, und diese Insel würde weder
Einer anderen Nation gehören, noch von Bürgern einer
Anderen Nation bewohnt werden, würde dieses noch unentdeckte
Stück Land sofort mit zum
Amerikanischen Staatsgebiet zählen, vorausgesetzt, wir
Würden diese Insel friedlich in Besitz nehmen, das würde ich uns
Beiden zutrauen, ich würde meinen Rucksack im Wasser
Zurücklassen, meine Schlüssel und das Nietenhalsband
Unseres Hundes, Guano Island, Kamtschatka, ich kann nicht
Mehr, wir haben an der Awatscha-Bucht so bitterlich
Gefroren, daß wir vor lauter Verzweiflung
Frieren, ficken und hungern nicht mehr
Auseinanderhalten konnten, unsere Tochter war jetzt zwei
Oder fünf Jahre alt, sie konnte noch nicht sprechen, wir
Hatten ja auch schon lange damit aufgehört, deshalb
Konnte ich noch nicht mal erahnen, ob sich deine Gefühle
Mir gegenüber inzwischen verändert hatten, hätte ich dir doch
Bloß Jahre früher gesagt, daß ich solange mit dir an
Diesem Strand spazieren gehen will, bis du mich

Liebst, ich gefalle mir nicht mehr, du gefällst
Mir überhaupt nicht mehr, jetzt können wir von mir aus
Für immer zusammenbleiben, einmal,
Als ich für Camilla Lily Ivany
Stöckchen, Zweige und abgefallene Nadeln so
Im Schnee anordnete, auf dem Schnee, daß
Sie ein Rentier ergaben, jedenfalls ein
Ungefähres Rentier, ein bestimmt einmal mindestens 350 Jahre
Alt werdendes Rentier, lächeltest du zum ersten
Mal seit Jahren, wenigstens das war geblieben, liebst
Du mich denn jetzt endlich, ich kann nicht mehr, Fischwinter,
Die harten Wendemanöver in der Beringsee, wenn du mich
Gleich liebst, gehe ich auch noch einmal mit Ivany
Märchenwald spielen, ich balanciere dazu
Flugunfähige Seevögel und Moose auf vergessenen,
Russischen Windschutzstangen, Guano Island, was würde
Ich jetzt dafür geben, mit dir zusammen in einer Hütte
Am Wasser Galileo zu sehen, deine Brüste an der Awatscha-Bucht,
Entweder Ivany oder ich, es passiert gerade nichts, wenigstens
Das ist geblieben, Moose, Flechten und schwere,
Flugunfähige Singvögel an der Beringsee, nicht
Mit den Stangen ans Wasser, aber nicht mit
Den Stangen ans Wasser, die Stangen, den
Stangen, Stangen am Wasser, ans Wasser
Die Stangen, die Stöcker, sag du doch auch mal
Was, Wasser, das Wasser ins Wasser, die Stangen, die
Stangen, aber nicht mit den Stangen
Ans Wasser, ich kann nicht mehr, liebst
Du mich, jetzt können wir von mir aus
Für immer zusammenbleiben, Rentiernadeln,
Getrockneter Wind, laß,
Laß uns spazieren gehen, laß uns als
Geschlossene Gruppe im Wasser
Nicht ohne die Stangen
Spazieren
Gehen.

WIR LASSEN UNS ZU SELTEN GEHEN, WESEN
Wie du genießen Unverbindlichkeit,
Entfernungen, die Spielerei zu zweit,
Ich kann nicht ständig schreiben, saufen, lesen,

Zu dritt und daran denken, daß die Zeit,
Obwohl es Frauen gibt, die seltsam leben,
Erkältungen an Wiesen weitergeben,
Die Zeit vergeht, die Spielerei zu zweit,

Obwohl es Wesen gibt, zu dritt, die lieben,
Die sich erklären und dabei erkälten,
Was, glaubst du, soll ich daran nicht verstehen.

Die Wiesen haben sich so hingeschrieben,
Es gibt nur ein, zwei Spielereien, die gelten,
Wir beide lassen uns zu selten gehen.

NACHDEM ICH DIE FÜNFHUNDERT KILOMETER IN EINEM RITT
Runtergespult hatte, um dich vielleicht noch nachmittags
Von der Schule abzuholen, sah ich, wie du am Bahnhof
In einen komplett leeren Straßenbahnwaggon
Stiegst, der mit Girlanden und anderem Schnickschnack
Geschmückt war, Altweibersommer, Karneval für
Arme, im vorderen Waggon waren alle Sitzplätze und ein
Viertel der Stehplätze besetzt, etwa ein
Viertel, an Bahnhöfen
Stehen die Wagen immer ein bis zwei
Gefühlte Minuten länger, wahrscheinlich,
Weil es für die Fahrer spannender ist, noch
Auf Reisende zu warten, die
Mitteljung, stattlich und vom Schwitzen durch das
Laufen mit ihren Rollkoffern aus Übersee schon
Ganz schön durchlässig geworden sind für ihre
Kindliche Freude, endlich mit eben genau dieser
Bahn nach Hause bugsiert zu
Werden, nicht die
Kleinste entgegenkommende Feuerwehr, alles
Wie immer, ich konnte, ich mußte mit
Ansehen, wie sich einige Männer in den hinteren Teil des
Vorderen Waggons quetschten und zu dir
Rüberstarrten, dabei sahst du heute ganz normal aus, eher
Erschöpft und ein wenig gereizt, Mathe, Englisch,
Ethik, zwischendrin immer diese beiden
Freien Blöcke, im vorderen Waggon waren wirklich
Alle Sitzplätze gleich hinter der
Fahrerkabine belegt, du standest allein zwischen
All den Blättern, Spinnweben und Sonnenstrahlen
Im hinteren Teil deines hinteren Waggons, sahst
Wiederholt auf die Straße, den Rhein, und ich
Hatte nicht das Gefühl, daß du meinen Wagen
Erkanntest, die vielen Schiffe, vielleicht, weil
Ich dir in deinem hinteren Waggon
Anhand der Gleise in einem
Vorderen Waggon folgte.

ICH SEH GESPENSTER, SO WIRD NACHT GEMACHT.
Das Geistersehen hat mehr Eleganz
Aus schwarzen Schenkungen, Milieu Balance,
An Springkraut und an Francis B. gedacht.

Nichts wiederfinden, Kompetenzdiät,
Das Schubsen vor dem Wechsel, ärmeln, tasten,
Gedichte und ihr postmodernes Fasten
Aus Lässigkeit und Radikalität.

Spagat im Minus, sinnliche Präsenz,
Die Macht in Frauenhand, Gespenster sehen,
In Schweden, Montpellier und Ciscissi.

Die Angestrengtheit nennt sich Eloquenz,
In Deutschland fällt es auf, kaum durchzudrehen,
Du zuckst, läßt nach und stirbst nicht, c'est la vie.

GESTRANDET UND BEGOSSEN, FLOSSENTAUE.
Das Warten auf die Flut ist nur Getue.
Wir sind wie Fallada und wollen Ruhe
In unsern Häusern, Frauen, haargenaue

Etagen, Ängste, Unentrinnbarkeiten.
Musik, nach Umzügen, bleibt in Kartons.
Die Badenstraße zählt schon mit zur Bronx.
Du wechselst nachts die Mecklenburger Seiten.

Die Seen um Feldberg bringen keinen Frieden.
Wir sehen uns oft bald und sind verwirrt.
Ich hab noch Licht bei dir gesehen, mein Freund.

Dein Hausflur hat sich gegen dich entschieden.
Ein Wal, der nichts mehr schnallt, hat sich verirrt –
Ins Flachwasser von Queens, bei Breezy Point.

(für Micha Gawenda)

DIE JUNGE DOKTORANDIN AUS DER NÄHE VON PADERBORN, SIE
Hatte für ihre Studien drei Monate in Madrid
Zugebracht, zweieinhalb davon in Spanien, ihr Vortrag
Im Forst- und Jagdmuseum Ferdinand von Raesfeld
Interessierte mich nicht im geringsten, aber
Im Spätherbst, wenn du deine Großstadt mal zum
Gesunden, generationsübergreifenden Resignieren
Verlassen hast und sich die Einheimischen
Schon am frühen Nachmittag auf ihre Wintervorräte
In den Speisekammern besinnen, nimmst du hier an der Ostsee
Einfach alles mit, es war ihr Bild auf dem Plakat
Im Edeka Markt, Gesa Ileana Martin, die Kolonien der
Wäscheklammern in ländlichen Regionen, über die
Kulturgeschichte der Halterung von Säuberungsartikeln
In den Zeiten nach der Industrialisierung, warum
Solch ein Vortrag in einem Forsthaus gehalten
Wurde, war mir nach wie vor schleierhaft, das hatte
Bestimmt etwas mit der Geschichte des Windes
In Mecklenburg zu tun, denn bevor der Wind hier
In den Höfen auf die Wäsche traf, war er an Rotwild
Und Füchsen in Bächen entlanggezogen und hatte
Ihnen schon die winzigsten Partikel ihrer bereits
Gewitterten Beute abgenommen, um zu überleben, bis
In die sechziger Jahre war die Aufsteckklammer
Verbreitet, gespaltene oder mit Schlitzen
Versehene Hölzer von hellen, nicht abfärbenden und
Harzenden Baumarten, Klammern, die aber
An den Wäschestücken rieben beim Anbringen und
Abnehmen, in den siebziger Jahren wurden sie dann
Von den Kunststoffklammern verdrängt, um die
Herstellungskosten noch weiter zu senken, wurden die
Schenkelfedern aus Metall immer lascher und
Unbeholfener, so daß von diesen Teilen keine
Gleichmäßige, von der Öffnung der Schenkel unabhängige
Klemmwirkung mehr ausgehen konnte, ich sah die
Ganze Zeit nur Gesa Martins Kleidung vor mir, das, was
Sie ohne Halterung gerade noch trug, ein hellbraunes

Sweatshirt, darüber ein verblichenes,
Hauchrotes Minituch, das noch nicht einmal um
Ihren Hals reichte, ein kurzer, schwarzer Stoffrock,
Beinfarbene Strumpfhosen und helle Sambaschuhe
Von Adidas, wenn man es schaffte, die unter der Strumpfhose
Andrängende Beinfarbe aus den drei, aus den zweieinhalb
Unverschämtesten Monaten ihres so
Schamlos woanders abgelaufenen Sommers nicht auf sich zu
Beziehen, war man trotzdem verloren, durch das
Zusammenpressen der beiden Schenkel an dem
Einen Ende öffnet sich das andere Ende, wird die Klammer
Losgelassen, drückt die Spannkraft
Der Feder die Schenkel wieder zusammen, jedenfalls die
Spannkraft einer Feder aus den sechziger Jahren, bei sehr
Dünnen Leinen mußt du die untere, wirklich völlig
Ausgereizte Klammeröffnung auf das Wäschestück und die Leine
Setzen, bis du selbst schon in der Hand, die mit Daumen und
Mittelfinger sekundenlang die weiteste Klemmspanne
Offen hält, die innersten Organe vor der Feder
An der Leine spürst und nicht mehr
Am Wäschestück selbst, erst in den
Achtzigern, nach einer Rückbesinnung auf die Natur, kehrte
Die Holzklammer aus der Industrie in unsere Regionen
Zurück, den Abschluß ihrer Ausführungen bildete der
Roddy Wäscheclip, ein Vollkunststoffclip aus einem
Stück Polycarbonat, mit großer Greiffläche
Für schwache Hände und einer nach außen
Gebogenen Fixiernase, einfaches Aufstecken, verharren
Lassen, fertig, Haarbänder, klingelnde Gürtel,
Handyüberzieher, an der Ostsee
Nimmt einen eben alles mit, Gesa
Widmete ihren Vortrag einem gewissen Pablo Miranda
Tirado, so würde sich auch erklären, warum
Ihr Tüchlein während der gesamten Veranstaltung nicht
Ein einziges Mal ohne das kleinste Aufsehen zu
Erregen an der Beinfarbe ihrer
Beine vorbei auf den Boden
Fiel.

ICH WERDE WOHL NIE EINE PRAGER FREUNDIN HABEN.
Hätte ich gewußt, daß ich oben in der Vlašská
ulice, auf dem Weg zum Krankenhaus, in
Vjenka Balekovas Kaugummi getreten war, hätte ich
An diesem Nachmittag weniger Schmerzen im linken
Oberen Schulterbereich gehabt, mit dem Elektrobus 292 war ich
Bis zum Laurenziberg hochgefahren, um mich dort in die Obhut
Der Ärzte zu begeben, Stunden vorher hatten mich zwei Polizisten
Um meine Papiere gebeten und mir tausend Kronen
Strafgeld abgenommen, da ich auf dem Kleinseitner
Platz, nur etwa hundert Meter von einer Schule entfernt, Horka
Lihovina aus der Flasche getrunken hatte, sarvatka,
Sarvatka, der Bus, der nur elf Sitzplätze
Hatte, wurde mit einer Lithiumbatterie
Betrieben, die eine viel höhere Leistung als
Die herkömmlichen Blei-Akkumulatoren aufwies, Vjenka
Balekova hatte ihren Kaugummi ganz offensichtlich an
Ihrem Hals und den für Sekunden
Erstaunten Brüsten vorbei auf die Straße
Gespuckt, ohne jemals dafür
Belangt worden zu sein, die Haare so streng
Hochgesteckt, als könnte man im gleichen Atemzug auch das
Quengelnde, fehlerhafte Verhalten von Balekovas
Gesamtem Oberkörper in diese
Die Wangenknochen
Verjüngende Disziplinierungsmaßnahme mit
Einbinden, an der Endstation, im Hof
Des Krankenhauses der Barmherzigen Schwestern war ein
Widerstandsfähiger Stromanschluß installiert
Worden, nach sechs bis neun Stunden am Netz
Reichte die Batterie für weitere neunzig bis
Hundert Kilometer, die Prager Verkehrsbetriebe hatten gleich
Zwei dieser Fahrzeuge angeschafft, in Italien fuhren
Solche Elektrobusse schon seit Jahren, in Catania, Bologna und in
Den Abruzzen, ich bemerkte ihren Kaugummi unter
Meinem linken Schuh erst im Wartezimmer, ein Streichholz oder
Ein nie mehr zu benutzender Schlüssel war nicht

Zur Hand, Vjenka war höchstens fünfundzwanzig Jahre
Alt und wog vielleicht siebenundsechzig bis siebzig
Kilo, was aber nach meinem Dafürhalten zu keinen
Nennenswerten Erschütterungen ihrer Augenfarbe
Geführt hatte, das Braun blieb in
Den Gassen zu meiner Verwunderung
Blau, Leichtigkeit
Konnte sich so schnell
Abnutzen, sie fuhr sonst nie mit
Diesem Bus, der jeden Tag vor der Botschaft der
Vereinigten Staaten einen Zwangsstopp
Einlegen mußte, die beiden Polizisten hätten
Mit ihren Spiegeln und Taschenlampen nicht nur
Das äußere Fahrgestell abgesucht, wenn sie geahnt
Hätten, daß ein Mädchen wie
Vjenka Balekova, in welch einer Form auch
Immer, in einer derart
Von Nerven durchzogenen Höhe den
Spiegeln und Lichtnestern Amerikas
Unter sich trotzte, der Boden, der
Boden im Bus war sich jedenfalls nicht mehr so
Sicher, ob mein ganzes Auftreten
Während dieser Kontrolle überhaupt
Noch mit zu ihm
Gehörte.

DIE AMEISE HIER AUF MEINEM KÜCHENTISCH KÖNNTE
Nicht einfach umkippen, wenn ihr schummrig
Wird, schlecht wird vor Anstrengung, diesen
Einen Brotkrümel über das beleuchtete Feld eines
An den Seiten so jämmerlich
Ausgebauten Eishockeystadions zu
Schleppen, nirgends auch nur
Eine einzige Bande, die leeren Wasserfälle
An den Rändern, die offene Ofenklappe, das
Kinderstuhlgerüst, die Abwesenheit einer anderen,
Sich schon warm spielenden Mannschaft, Gretzkys
Büro, Wayne war der einzige Spieler, der
Jemals auf einer Eisfläche hinter dem
Gegnerischen Tor ein eigenes Büro
Hatte, als er im Sommer seinen Wechsel von
Den Edmonton Oilers zu den Los Angeles Kings bekannt
Gab, erschienen sämtliche Zeitungen in Edmonton
Mit Trauerrand, würde diese einzelne Ameise
Jetzt auf dem Eis auf ein für sie allein zu
Großes Beutetier treffen, auf
Einen Nachwuchstrainer oder einen Kartenabreißer, würde
Sie dieses Tier trotzdem angreifen und versuchen, ihm
Mit den Kieferzangen eine Wunde zuzufügen, in
Die sie dann aus der Giftdrüse ihre Säure
Spritzt, diese leicht flüchtige Säure
Signalisiert dann ihren Artgenossen, daß sie es
Allein nicht schafft und Unterstützung
Braucht, aber ich hatte schon vorsorglich
Alle Ausgänge mit Backpulver und Lavendel
Versehen, nur noch die Arbeiterin, der Puck und
Der Nachwuchstrainer im Stadion, der Puck in der Nähe
Von Gretzkys Büro, der Nachwuchstrainer
Gekrümmt auf dem Boden, die Säure, das
Gift, die Ameise am Rand ihrer Verzweiflung, hätte
Sie zwischen dem dreiundzwanzigsten Juli und dem
Dreiundzwanzigsten August Geburtstag, wäre
Sie ein Löwe, Tagestrend: unangenehme Nachwirkungen

Einer menschlichen Enttäuschung innerhalb der
Partnerschaft, aber diese Ameise war kein
Löwe, alle Eingänge zum Stadion waren zu
Hochgelegen oder schon meilenweit vorher
Verstopft, für ihre Enttäuschung
Brauchte sie keine Unterstützung, sie war viel zu
Flink, als daß du eine Nähnadel unter ihr
Hindurchschieben und sie kurz anheben
Könntest, indem die Nadelspitze etwa
Unter der Mitte ihres Hinterleibs, ohne daß
Du schon eine Einstichstelle zum schrägen,
Ruckartigen Aufrichten der ganzen Nadel
Gefunden hast, aufsetzt, um die Ameise, für sie
Selbst überraschend, auf ihren Rücken zu
Drehen, sie würde neben dem Nachwuchstrainer
Auf dem Boden liegend wie eine
Liebende aussehen, ich glaube kaum, daß das
Auf der ganzen Welt schon mal jemand
Ausprobiert hat, der mit einfachen,
Zierlichen Arbeiterinnen auf dem Eis nichts
Anzufangen
Weiß.

DU BRAUCHST DICH NIEMALS MEHR FÜR MICH ZU SCHÄMEN.
Ich werde nicht mehr vor den Schulen stehen,
Zu wenig Bildung für ein Wiedersehen,
Nur Neigungen von Brot bis Radio Bremen.

Ich habe dich anscheinend nie beschissen
Genug behandelt, daß es für uns langte,
Mir war nicht klar, woran ich mehr erkrankte,
Am Tod oder am Handy unterm Kissen.

An deinen freien Tagen bist du wer,
Mit facebook, web.de und wer-kennt-wen,
Nur sag mir rechtzeitig, um wen du wirbst.

Rod Stewart ist schon viel zu lange her,
Erspare mir, euch einkaufen zu sehen
Und melde dich erst wieder, wenn du stirbst.

NOTIZEN ÜBER MÖWEN UND GEDÄRME,
Ich denke an fast alles und an nichts.
Ein Haar ist ein Gelenk deines Gesichts
Und knackt nicht mal bei Demut oder Wärme.

Die Fische unter den Rialto-Brücken
Nicht ohne Kopfverband, Gerätegrab.
Und dieses Wort, das mir ein Mädchen gab,
Mich fast mit ihrer Liebe zu erdrücken,

Versank als Spracheinheit von Ericsson
Am ersten Abend neben scheuen Tieren.
Im Wasser lohnt es sicht, Portier zu sein,

Laterne, niemand hätte was davon.
Man könnte neben Kurznachrichten frieren
Und wäre eine Zeit lang nicht allein.

ES SIND DIE LETZTEN SCHÖNEN TAGE HIER
Auf dieser Welt, ich weiß, was nötig wäre,
Mit einem Ascher, einer Gartenschere,
Zertrümmer ich den Tisch mit Schalentier.

Wir hören Gieseking und warten lange,
Daß von den Ratten endlich Zeichen kommen
Und sie sich warnen, uns mal ausgenommen,
Bewegung mit Geruch in vollem Gange.

Gedächtnistraining ohne Instrument,
Die Einbeziehung des gesamten Arms,
Gaspard de la nuit in Zattere.

Das Licht, das uns von Heilgetränken trennt,
Die Flügeladern des Insektenschwarms,
Baronia brevicornis, flattere

(für Gaston Salvatore)

VEREINIGUNGEN, TROST, DAS MEER IM FLUR.
Wenn du nicht gehen willst, ich kann dich schleppen,
Durch Gassen, über Kinderwagentreppen,
Doch hinterher von Kindern keine Spur.

Gestank von Kleiderständern, falls die riechen,
Die Mantelränder, umgenäht, sind länger
Mit Feuchtigkeit versehen, stinken strenger,
Verbeugen wir uns tief genug und kriechen

Durch den Palazzo, neben Küchenzeilen,
Tapetensalz und Badesteinen lang,
Auf diesem Boden will ich alles machen.

Es ist gleich fünf, wir müssen uns beeilen,
Fantina mit den Eimern, mach mich krank,
Das Meer noch nicht im Flur, das Licht geht krachen.

FÜR EINEN TAG WAR ICH GESCHÄFTSFÜHRER VON
Einschlaf.de, einer Internetplattform, die es jungen
Frauen bis sechsundzwanzig Jahren ermöglichen
Sollte, die Nacht nicht allein verbringen zu
Müssen, gegen einen Aufpreis von nur fünf Euro war man
Schon dabei, Bedingung war lediglich, bei der Altersangabe
Nicht zu lügen und ein aktuelles Foto im Anhang
Mitzusenden, da dieses Unternehmen nur aus mir
Bestand, konnte ich es mir aussuchen, ja oder nein zu
Sagen, Berührungen, Bevormundungen oder gar
Vor der Frau einzuschlafen, waren bei Strafe
Untersagt, als erste kam
Allergie-Iris, es war wirklich eine
Tortur, ich mußte die Katze aus dem Haus
Jagen, meinen Teppich zusammenrollen, sämtliche Vorhänge
Abnehmen, die Spinnennetze mit Kölnischwasser
Abtupfen, die Hausschuhe mit ungespritzten Apfelsinenschalen
Und Watte ausstopfen, aber die Watte sich vorher mit
Lavendelöl vollsaugen lassen, den Staubsaugerkopf
Mit einer Plastiktüte zum Ersticken bringen, derweil Iris
Im Bett lag und mir zusah, mir war nicht klar, daß man
Trotz einer Allergie seinen Körper so makellos und
Afrikanisch offensiv gegen die scheue, lachsfarbene
Diktierwand eines Seidenschlafanzuges drücken
Konnte, den Seidenschlafanzug hatte die Geschäftsführung in den
Allgemeinen Rahmenbestimmungen so vorgesehen, mit oder
Ohne Knopfleiste, diesen Spielraum gab es, an Einschlafen
War jedenfalls nicht zu denken, aber ich glaube die fünf Euro
Von Iris waren trotzdem gut
Angelegt.

ERBÄRMLICH IST DER UMGANG MIT DEN WORTEN
In Poesie und lyriknahen Gremien,
Im Mittelpunkt steht meistens ein Bohemien
Aus Großverlagen, Suhrkamp und Konsorten.

Im Peloton die Tempofahrt genießen
Und nur den Widerstand der Luft verfluchen,
Im Windschatten des Vordermanns versuchen,
Zum Windschatten des Wagens aufzuschließen.

Bei Ortsdurchquerung, Stürzen und Defekten
Der Favoriten in der Heimat klaren
Die Fronten auf, Strapazen des Verzichts.

Die Lutscher hassen Winde und Insekten,
Verpassen es, die Löcher zuzufahren,
Ein Hauptfeld ohne Ausreißer ist nichts.

DAS EINFACHSTE: SIE MEIDEN DIE VERGLEICHE
Und jubeln über größte Poesie.
Sie loben, preisen, und sie feiern die,
Die sich im Hauptfeld wähnen, selten bleiche

Und blutleere Gedichtattrappen, starre
Gebilde ohne Trotz und Sprachverlangen.
Im Blick: Die Ausreißer nie einzufangen.
Verfolge das schon mehr als zwanzig Jahre.

Warum gelangt mit den Gedichten niemand
In meine Top Einhundertfünfunddreißig.
Ich hätte jetzt so gerne Gernhardt hier,

Auch Heine, Hacks und deren Sachverstand.
Auf Netzwerke und auf das Hauptfeld scheiß ich
Und lebe wohl: Am Meer. An Land. Bei mir.

(für Paulus Böhmer)

ICH RISS DEN SCHEISSHAUSFLIEGEN AB UND ZU
Die Flügel aus, von wegen Starallüren.
Mein Wagen mit den aufklappbaren Türen:
Ein Cardinal Red Silver Shadow II.

Metallisch blau, die Tiere brummten, Schäden
Am Motor gab es keine, Matsch und Schnee,
In Kurven bis nach Sospel, Moulinet.
Die Arme ausgestreckt, du kannst nicht jeden

Für Enge und Geschwindigkeit gewinnen.
Ich wollte nie bei allzu langen Strecken
Die Fahrer wechseln, ohne Atempause

Erlebten sie die Landschaften von innen,
Die umgekippten Sessel unter Decken.
Wir hatten keine Teppiche zuhause.

(für Max Sessner)

ICH BIN MIT MEINER AMEISE GEGEN EZRA
Pound angetreten, laut Jury lagen wir bis
Zuletzt vorn, aber Pound, Pound kam noch
Mal zurück, auch mit einer Ameise, allein hätte er
Es nämlich nicht gegen uns geschafft, wir spielten
Zu viert Palästina, West Bank, geharkte Sandwege,
Bewegungsmelder, wir mussten uns vorher nackt
Ausziehen, in die Hocke gehen und
Husten, die Ameisen auch, wir
Bewarfen uns mit Ziegelsteinen
Und Würfelzucker, immer einen Ziegelstein und
Ein Stück Würfelzucker im Wechsel, ich verwickelte
Die Jury während des Werfens in ein Gespräch
Über die Eitelkeit des Dechiffrierens, in der
Kulturgeschichte der unmittelbaren ländlichen
Gewißheit bedeutete eine einfache Arbeiterin
Schließlich noch immer viel weniger als eine
Lateinische Zeile von Augustinus, meine Ameise
Hielt inne und staunte, daß meine Ameise
Staunte, erkannte man daran, daß sie Anfang Mai
Fast einen Ziegelstein anstelle eines
Stück Würfelzuckers an den Kopf bekam, nur weil Pound
Im Stillen für sich die Reihenfolge der zu werfenden
Gegenstände geändert hatte und die Arbeiterin
Mir zuliebe nicht diese eine wenigstens für sie relevante
Ausweichbewegung mehr machte, West Bank,
Verunstaltete Sandwege, Elektronik, Beton, aber
Wir konnten doch nicht gleichzeitig fliegen und
Werfen, Venedig, die Dolomiten, Castel Fontana, die
Asphaltierten Patrouillenwege, siebenhundertneunundfünfzig statt
Dreihundertdreiundsiebzig Kilometer, laut Jury, die
Eigens für diesen Wettkampf aus Ulpana und
Migron angereist war, lagen wir bis zuletzt
Vorn, aber Pound,
Pound kam ein letztes
Mal zurück.

HOTEL KARIN, DORF TIROL, ZWÖLFTER JULI, WAS
Hast du zu deinem Mann gesagt, wo du
Am Wochenende bist, ich habe ihm
Gesagt, ich muß mal drei,
Vier Tage raus, den Kopf
Freibekommen, und
Du, was hast du zu deiner Frau
Gesagt, ich habe ihr gesagt, ich fahre für ein,
Zwei Tage in die Berge, ein wenig relaxen,
Wandern, mit der Seilbahn zur Texelgruppe
Hoch, zu den Spronser Seen, irgendwo
Ein Zimmer nehmen, mal wieder richtig
Ausschlafen, ein
Paar Dinge für mich
Ordnen, über die jahreszeitliche Abgeschiedenheit
Meiner Trinkgewohnheiten
Nachdenken, über Fitneß und Selbstmitleid,
Hochmut und Apfelrotkohl, es ist immer das
Gleiche, Größenwahn ist nichts
Anderes als von
Außen zugeschriebenes, bedenklich
Verwildertes Selbstbewußtsein, nicht
Mal hier oben hat man seine Ruhe, aber
Was, was hat dein Mann
Gesagt, er sagte, daß er Montag
Früh den Wagen bräuchte, ja und
Deine Frau, was
Hat deine Frau gesagt, was hat
Deine Frau zu dir gesagt, wonach
Sieht es denn aus, wenn ich
Mich jetzt daran erinnern würde, wäre ich ja
Wohl kaum hier, ich muß zum
Schreiben in die Berge, hier kommen
Mir Ideen, die nicht viel
Aufhebens um sich machen, Circus
Krone Portionen im Lift, Tiger, Wasseranschlüsse
Und eigener Bürgermeister, zuständig für alles

Reizlose in den Bergen, Schule und
Verlorene Zeltstangen auf dem Hinweg, Liebe,
Quartiertausch, das Heimweh der
Anastasini-Brüder in der Manege, das zu Unrecht
Ausgegangene Sägemehl, die Liliputaner
Und Winterrückstände an den Spronser
Seen sind Liliputaner und
Winterrückstände an den Spronser
Seen, niemand, der hier mit seinen Fußkanten
Von Schnee in ehemaligen Schnee
Wechselt, aus Scheu, sich selbst in der Ferne zu
Wiederholen.

LA PLAYA, HANDELSZENTRUM, ABENDROT.
Die Linien zählen alles, zählen nichts,
Das stufenweise Ätzen des Gewichts
Der Kupferplatte, Licht in Lohn und Brot.

Wir beide wollen alles, laß uns losen.
Viskosität der Gärten, Vernis mou,
Ich sehe einer Haarbewegung zu,
Die Zwetschgen handeln hier von Aprikosen.

Die schwarzen Linien sind die grauen, Stufen
Der Helligkeit mit Schaber rauspoliert,
Im syrischen Asphalt nur Syrien sehen.

Betrunken nachts noch Hopper anzurufen,
Die Leere dieses Sommers fast kapiert,
A Woman, Hill and Houses, Road in Maine.

(für Eva)

II

ev. später

BISWEILEN KOMMT ES VOR, DASS LEBENSLUST
Und purer Leichtsinn eine Liebe stören,
Zum Sehnen und zum Nummerntausch gehören
Nur ein, zwei Stimmen, die, in einem Wust

Von unterschiedlicher Erklärungskühle,
Nicht einfach untergehen, Zeichen senden,
Frühmorgens oder nachts die Dinge wenden,
Britannia rauh, Papier von Hahnemühle,

Beständigkeit im Alter kommt in Frage,
Den Block beim Anfeuchten mit Licht belohnen.
Es ist grad ungünstig, ich werde später

Zurückrufen, es gibt auch Feiertage,
Den Morgendusel beim Zusammenwohnen.
Die Skizze ohne Farbe wird konkreter.

NATÜRLICH KOMMT ES VOR, DASS SKIZZENBLÖCKE
Und Trotz im Alter die Beziehung ändern.
Die Nummern tauscht man auch in andern Ländern.
Du trägst die Haarbänder jetzt oft als Röcke.

Er schreibt dir messages, die du erwiderst.
Ihr habt fast nur Kontakt, wenn ihr euch seht,
So selten, daß es von allein vergeht.
In welche Arten du uns untergliederst,

Verrätst du mir, nur wenn du mit mir schweigst.
Was ist ganz süß und brennt auf einer Wiese.
Es hüpft und qualmt, du kannst darüber lachen.

Es ist die Leichtigkeit, zu der du neigst.
In jeder Trennung gibt es eine Krise.
Am Ende kannst du wieder alles machen.

ZUSAMMEN KOCHEN, TANGO-KURS, MUSEUM,
Zur Ausstellungseröffnung und zur Disse.
Du willst zuviel, ich mache Kompromisse.
Vergiß nicht morgen unser Jubiläum.

Dein Telefon liegt auf dem Tisch, behalts
Getrost so bei, die Strahlen in der Nacht –
Ich habe meinen Finger naß gemacht
Und lösch das Display neben deinem Hals.

Wir schlafen wenig, das war erst die zweite,
Die erste Nachricht klang schon sehr vertraut.
Du antwortest nicht gleich, das kann noch warten.

Die Walther weicht mir nicht mehr von der Seite.
Ich mache Übungen und bin nicht laut.
Die Sehnsucht zählt zu deinen Eigenarten.

ICH GLAUBE, DU ERZÄHLST NICHTS MEHR VON IHM,
Weil ich in deinen Augen übertrieben
Dramatisch reagierte, Tränen blieben
Als Zeichen unbedarft und legitim.

Verschon mich nicht, im Falle eines Falles.
Ich hab als Geher Fortschritte gemacht.
Du wohnst ja fast allein, und eine Nacht,
In der ihr nur getanzt habt, ändert alles.

Bewegungen, Geruch, dein Haar betont,
Was Kleider für Sekunden übertreiben.
Für diesen Leichtsinn wirst du niemals büßen.

Dein Zimmer wirkt am Abend unbewohnt.
Was bleibt von uns, wenn wir bescheiden bleiben.
Es steht nicht fest, ob wir uns weiter grüßen.

NACH OSTERN DACHTE ICH, ES SEI VON NUTZEN,
Dich gleich nach Ostern sofort anzurufen.
Ihr wähnt euch fast auf völlig neuen Stufen.
Du nimmst dein Handy mit zum Zähneputzen.

Genau am Hahn, dicht bei den Wasserfällen,
Verliert dein Telefon, auf stumm geschaltet,
Geduld, der Beckenrand ist längst veraltet.
Die Vibrationen haben Nervenzellen.

Die Zahnpasta bei dir ist für uns beide,
Aus einer Drogerie in Mosbach, Kräuter,
Obwohl ich Kräuter immer schon verfluchte.

Du warst dir sicher, daß ich nicht nur leide.
Ihr seid schon sehr vertraut, vielleicht bereut er,
Daß er dich anrief, während ich dich suchte.

IN EIN, ZWEI WOCHEN WIRD ES FAST EIN JAHR.
Im Park das Glashaus, Saft, Toilettengänge.
Dein Fahrrad zwischen uns in Überlänge.
Ob ich schon oft in festen Händen war.

Dein Haar an meinem Knopf hat ausgesetzt.
Der Lido, Wilthen und die Spinnerei.
Verzeihe mir, daß ich dir jetzt verzeih.
Ich habe dein Gewissen überschätzt.

Das Osterreiten, deine Angst vor Pferden.
Die Autobahn und ihre Möglichkeiten.
Wer Schmerzen zufügt und getrieben ist,

Der muß auch damit rechnen, alt zu werden.
Wir mühen uns, den Abschied abzustreiten,
Die Sicherheit des Lügens und des Liebens.

ES HAT AUCH EINEN NACHTEIL, ZU VERGEBEN.
Ich hab verstanden, was man nicht versteht.
Man bleibt nicht attraktiv, wenn man nicht geht
Und liegt mit jeder Angst ein Wort daneben.

Das Screening, Nachteile der Früherkennung.
Wir sind gedämpft, die Trauer hat nichts Wildes.
Das Unglück eines ungemalten Bildes.
Im nächsten Anlauf schaffen wir die Trennung.

Er ging für dich ins Wasser, Ende März.
Vermutlich ist er daran nicht gestorben.
Die erste Nacht, die Gnade und die Callas,

Der Hochmut und die Skizze eines Pferds.
Du wirst bestimmt bald wieder so umworben.
Nur ist es nichts und vorher war es alles.

DU KENNST DAS, NICHT ZU HAUSE AUFZUWACHEN.
Berufsverkehr, das Licht, dein Fahrrad lehnt
Zum Glück am Vorderhaus, so ausgedehnt
Der Ausflug war, du mußt jetzt Dinge machen,

Die gar nicht leicht zu regeln sind beim Fahren,
Woher du kommst, du hast doch aufgepaßt,
Von einer Freundin, falls du eine hast,
Den Weg aus Lindenau kannst du dir sparen.

Du legst dich nicht gleich schlafen, bist erschöpft,
Das Viertel zögert noch und tut sich schwer.
Dein ungemachtes Bett wirkt angeschlagen.

Du hast dir deine Küche vorgeknöpft,
Weil niemand fragte, wo kommst du jetzt her.
Dein zweites Aufstehen hat nichts mehr zu sagen.

ICH HATTE GÄSTE, DU WARST UNTERWEGS
Zum letzten Treffen, einmal und nie wieder,
Die Gäste waren Gäste, Gläser, Glieder,
Die Stunden waren Stunden, keine fakes.

An Schlaf war nicht zu denken, nur an Schlaf,
Ihr solltet euch verabschieden, sonst nichts,
Ein Abschied hält in Teilen des Gesichts
Den Trost auf Abstand, Trauer bei Bedarf.

Wozu die Liebe, wenn es Apathie
Und Sehnsucht gibt, die alles überstehen,
Du wolltest die Beziehung nicht gefährden.

Die Gäste waren Gäste wie noch nie.
Die Stunden blieben Stunden beim Vergehen.
Es sollte euer letztes Treffen werden.

DER MÄNNER UND DER FRAUEN WEGEN TATEN
Wir so, als wären wir von uns befreit,
Allein in unseren Zimmern, nie zu zweit,
Versuchten wir, uns niemals zu verraten,

Versuchten es und scheiterten erheblich,
Die Telefone glichen Wohnzikaden,
Ein Klingeln hatte sich nicht zugetragen,
Auf wilde Einsicht hoffte ich vergeblich.

In Cannaregio gingen wir auf Sand-
Canälen bis zum Rio della Sensa,
Wir tranken Wasser, wollten nicht verkalken,

Verließen uns und waren bei Verstand,
Ci sono numeri di emergenza,
Die Stimme hatte nur noch einen Balken.

III

la sereniximà

WIR DENKEN UNS DIE SELTENHEIT UND TRINKEN
Formelle Kleiderordnung an der Bar
Die Rebellion, die einmal wichtig war
Erschöpft sich vor Betuchten, die nicht winken

Die Haare kurz, die Stoffe grau, gediegen
Belluccis mit Bellini in den Gängen
Lagunenseelen, die nach innen drängen
Mein Wunsch, noch einmal weniger zu wiegen

Im Do Leoni seh ich Depardieu
Doch Doppelgänger dauern nur Sekunden
Ich sterbe und die Türsteher sind gnädig

Ein Hubschrauber vor dem Château Tigné
Die Frau, die mich nie liebte, ist verschwunden
Ich bau in meinem Waschbecken Venedig

ICH BAU IN MEINEM WASCHBECKEN VENEDIG
Aus Seifensplittern nach und Streichholzstangen
Serviettenabfall, Marshmallows, gefangen
In Tesafilm, Terrassen, lediglich

Sirenen, Acqua alta, Kemenaten
In einer Steilwand in der Calle Corner
Palazzo Barbarigo, eingefrorener
Amaro Montenegro ist kein Garten

Bei aufgedrehtem Hahn verlieren Atem
Und Seifensplitter ihren Halt am Rand
Die Frau, die Heimweh hatte, bleibt nicht ewig

Betrink dich nicht allein hier, si vis pacem
Signalcreme, wo das Cipriani stand
Ein Kopf an einem Kopf ist nie zu wenig

EIN KOPF AN EINEM KOPF IST NIE ZU WENIG
Wozu noch Trennungen, die wir nicht merken
Und Abschiede, die unsere Liebe stärken
Ich habe in deinem Haar versehentlich

Die Hand mit meinem Schlüssel liegen lassen
Von allen Anhängern zuerst die Brücken
Wir küssen nicht am Briefende, wir drücken
Zudem wir wochentags auf den Terrassen

Ganz unterschiedlich auf die Gondeln starren
Für dich sind sie Bananen, für mich Gyros
Wir scheitern an Vergleichen, weil wir trinken

Ich seh im Dunkeln Straßenbahnen fahren
Und laß womöglich gleich die Haare los
Denn Straßenbahnen müssen hier nicht blinken

DIE STRASSENBAHNEN MÜSSEN HIER NICHT BLINKEN
Laguna Nord, Palude della Rosa
Villosa, Apfel-Rosen, La Certosa
Die Fahrten nach Torcello zum Verlinken

In Harry's Bar geht alles endlos weiter
Europas Dunkelheit im Regen rege
Ich sehe in Gesichtern alte Wege
Von Glück, Bedarf und Schönheit längst entzweiter

Entschiedenheit beim Sehnen ehemals
Geliebter Wesen, die sich nie verspäten
Ich bin wie sie und finde nichts dabei

Idee der Logik eines Aufenthalts
Die Säure kommt und geht ganz ungebeten
Seitdem du weg bist nehm ich ab, verzeih

SEITDEM DU WEG BIST NEHME ICH AB, VERZEIH
Gebäck, mein Herz, Gebäck für dich, un etto
Ich brauchte Wechselgeld für das Traghetto
Die Muscheln auf dem Lido sind aus Blei

Was wickelte ich früher von den Flaschen
Die Kapseln von den Hälsen trister Weine
Mit diesen Nuggets hielt ich mich alleine
Am Leben, Kindersilber in den Taschen

Den Schwermetallgehalt nach fast zehn Jahren
Wenn erst die dünne Zinnschicht durch die Nässe
Zerstört ist, schmeckst du nicht, weil du vergibst

Der Säure, die das Zinn verschont, der wahren
Geschichten wegen halt ich meine Fresse
Ich werd solang dein Freund sein, bis du liebst

ICH WERDE SOLANGE DEIN FREUND SEIN, BIS DU LIEBST
Dann will ich unbemerkt von dir verschwinden
Vergessen, was mich jemals an dich binden
Und derart fesseln konnte, du verschwiegst

Mir, daß die Fähigkeit zur Liebe fairen
Bedingungen gehorcht mit Korrekturen
Die Ponte delle Tette ohne Huren
Wer schwul vom Meer zurückkommt, soll begehren

Wir wollten alles, hörten *Life on Mars*
Im Brief hast du jetzt doch einmal zuviel
Verlieb dich nie in mich gesagt, du gibst

Mich damit auf, die Angst war eine Farce
Von einem übertriebenen Gefühl
Kannst du dich noch erinnern, was du schriebst

KANNST DU DICH NOCH ERINNERN, WAS DU SCHRIEBST
Disziplinierungscodes im Liebesleben
Verschwendungen und Inversionen eben
Ich wollte dich, nicht weil du übrig bliebst

Die Samstage im Centro, Wasserscheine
Salotto mit Klavier und Tastentuch
Und gleich kommt meine Möwe zu Besuch
Ich habe sie markiert, es ist die eine

Mit diesem Kugelschreiberstrich am Hals
Ich denk ihn mit, es fehlte nur ein Meter
Wir können tun und lassen, wir sind frei

Wenn du am Tag woanders schläfst, nur falls
Verrate mir das lieber Jahre später
Hab keine Scheu, ich habe Angst für drei

HAB KEINE SCHEU, ICH HABE ANGST FÜR DREI
Du nimmst die Erdnüsse von einem Löffel hier
Nicht einfach aus der Schale, folge mir
Beschränkung führt fast nie zur Zauberei

Ich könnte mich in deiner Gegenwart
Auf Blätter stellen, um dich zu erreichen
Mit deinen Beinen ist nichts zu vergleichen
Bei solchen Gleisen muß der Bahnhof zart

Und mächtig sein, am Fischmarkt Menschenmassen
Ich habe die Asiatin, die sich setzte
An meinem Tisch gemalt, der Tisch blieb leer

Die Zuckertüten ständig anzufassen
Ist gar nicht meine Art, das Allerletzte
Als Freund etwas zu taugen, nie als Liebster

ALS FREUND ETWAS ZU TAUGEN, NIE ALS LIEBSTER

Was bliebe, wenn sich nichts veränderte
Nur Ungeduld, von Schmerz geränderte
Geschicklichkeit und Launen, Laisser-faire

Wer wagte es, sich so was auszumalen
Die Grenzen des Verzichts der eingelösten
Beteuerungen, welche Sätze trösten
Und welche nicht und unter welchen Qualen

Behaupten wir, daß Freundschaft alles wäre
Und alles andere nichts, wo bleiben Sucht
Begehren und Erklärungsnot, ich schweige

Auf deine Frage, wem ich zugehöre
Auf deine Frage hin, zu dir, verflucht
Erspar mir diese Demut, wenn ich bleibe

ERSPARE MIR DIESE DEMUT, WENN ICH BLEIBE
Sich nie zu lieben, niemals hinzulegen
Es ist hier oft so eng, daß du bei Regen
Den Schirm nicht offenhalten kannst, verschreibe

Dich bitte einmal, falls du dich erinnerst
Und schreibe meine Straße anstatt deiner
In deinen Absender, den sicher keiner
So liest und auch begreift wie ich, du hinderst

Die erste Angst an einer zweiten nur
Ich möchte mit dir einen Tag lang nackt
In deiner Stadt die eigenen vier Wände

Den Tisch benutzen, Stühle und den Flur
Ich habe alles von dir eingepackt
Familienglitzern abgewehrter Hände

FAMILIENGLITZERN ABWEHRENDER HÄNDE
Bis hierher und nicht weiter, keine Angst
Ich denke, daß du immer wieder schwankst
Ob du mich ganz verlieren magst, verschwende

Nicht meine Zeit mit deinen Dringlichkeiten
Mit Instabilität und Langeweile
Als ich dich wollte, schrieb ich keine Zeile
Du wolltest nie, das kannst du nicht bestreiten

Die eiweißreiche Kost kann ich mir schenken
E non mi dire più che ho bevuto
Am liebsten hab ich an der Küste Fieber

Ich muß schon länger an Systolen denken
Und doch, mein Herz bekommt genügend Blut so
Der Mann an deiner Seite, wie verblieb er

DER MANN AN DEINER SEITE, WIE VERBLIEB ER
Er hat bestimmt Humor, liebt Kinder, Hunde
Du mußt es hinkriegen, daß er gesunde
Begehrlichkeiten in dir weckt, was schrieb er

In seiner ersten Nachricht, Scheiß Venedig
Zu weit entfernt, was mir fast widerstrebt
Ich wüßte gerne, wie ihr fickt und lebt
Mein Gott, verschon mich damit bitte ewig

Ich sehe euch mit Hund und Kindern vor mir
Am Rio Terrà delle Carampane
Die Stufen schafft ihr schon allein, ich biege

Von deinem Bild die Stelle unter dir
Nach vorne ab, wenn ich mein Leben plane
In Liebe oder Ablehnung, in Liebe

IN LIEBE ODER ABLEHNUNG, IN LIEBE
Wenn ich begehrte, ging es selten Jahre
Obwohl ich Ewigkeit für eine klare
Entscheidung eines Schwachsinns ohne Triebe

Gehalten habe, hielt es nie für lange
Das Wasser steigt, Paläste gehen baden
Ich will zurück und werde ausgeladen
In vielen Drinks steckt die Getränkestange

Ob Bootsgewürze oder Giuggiole
Die Früchte werden kaum noch kultiviert
Ein Vorhof ist zugleich Betriebsgelände

Entspannungsphase einer Diastole
Ich hab dir meine Sehnsucht offeriert
Das tut mir leid für dich, das ist das Ende

ES TUT MIR LEID FÜR DICH, DAS IST DAS ENDE
In San Tomà, in Sachsen gelten Dinge
Die gar kein Wasser brauchen, Schlüsselringe
Und nachträgliche Frauen für die Strände

Was ausbleibt zählt zu den Ernüchterungen
Hat andererseits das Zeug zur Illusion
Ich finde, diese Stadt hat keinen Ton
Das Holz hat sich kein Lächeln abgezwungen

Das Wasser kommt und geht wie überall
Der Trost ist auch Begnadigung des Sehens
Ich werde nur noch liegen, nicht mehr winken

Die Menschen waren in der Überzahl
Verabschiedung in Form eines Verstehens
Wir denken an die Seltenheit beim Trinken

WIR DENKEN AN DIE SELTENHEIT UND TRINKEN
Ich bau in meinem Waschbecken Venedig
Ein Kopf an einem Kopf ist nie zu wenig
Die Straßenbahnen müssen hier nicht blinken

Seitdem du weg bist nehm ich ab, verzeih
Ich werd solang dein Freund sein, bis du liebst
Kannst du dich noch erinnern, was du schriebst
Hab keine Scheu, ich habe Angst für drei

Als Freund etwas zu taugen, nie als Liebster
Erspar mir diese Demut, wenn ich bliebe
Familienglitzern abgewehrter Hände

Der Mann an deiner Seite, wie verblieb er
In Liebe oder Ablehnung, in Liebe
Das tut mir leid für dich, das ist das Ende

IV

günaydin askim

Stralsund, 17.02.1982

Liebster Feri-San,

mein Gott, Winterferien, der verheerende Schlaf und die Ödnis der Ostsee, das Meer macht hier keinen Sinn, ich muß es in meiner Kindheit wohl immer zu lange betrachtet haben, die speckige Mole, die angebundenen Boote, Johanna Maria II, Yelda, Holsten Queen, keine Yachten, die Dampfer nach Hiddensee, die entfernteste Insel der Welt, der Geruch nach Fischbottichen, Algen, Seetang, die Marinehygiene, der Dänholm, die Parkanlagen nur für die Militärs, Winterferien, Winterferien, alle Freunde sind weg, im Schnee, ich würde so gern Dichter werden, weil ich, glaube ich, als Musiker nichts tauge, viel zu träge und unaufgeregt bin, aber, mein lieber Freund, als Dichter brauchst du eine Schreibmaschine, und woher soll ich die nehmen, vielleicht bleibt mir doch nichts anderes übrig, als einmal in die Hauptstadt zu fahren, alle fahren dorthin, nur ich nicht, aber solange ich keine Schreibmaschine habe, kann ich es sowieso vergessen, vollgekritzeltes Papier bedeutet gar nichts, Winterferien, Pausen und die Ödnis der Ostsee, es schneit, ich hab noch nie und mache mir langsam Sorgen, alle haben schon, nur ich noch nie, wenn ich wenigstens wichsen könnte, aber ich hab noch nie, alles zu eng und unkontrolliert, bestimmt wäre es viel erträglicher für Haut und Seele, ein Leben lang ohne Ficken auszukommen, wenn sich in polnischen oder ungarischen Filmen mal Liebesszenen ankündigten, ging mein Vater immer an den Fernsehapparat und drehte das Bild dunkler, nur der Ton blieb, wie eine Hand eine Brust oder einen Schenkel berührte, ohne dabei zu quietschen oder zu schuppern, nur Berührungen, die von den Männern ausgingen, der beschleunigte Atem, die Verwahrlosung der Vornamen, mein hochrotes Gesicht, als das Bild wieder hell war; nach einsetzenden Autogeräuschen oder Hundegebell, auch in Polen und Ungarn wurde regelmäßig zur Schicht gefahren, an Höfen und dünner besiedelten Landstrichen vorbei, bis gestern wußte ich nicht, daß da unten außer Pisse noch was anderes rauskommt, die verhärtete Substanz auf meiner Schlafanzughose, Frottee konnte extrem gut Wasser aufnehmen und wegen der besonderen Webung sehr schnell wieder trocknen, morgens, nach dem Aufwachen, ich mußte an Claudia Cardinale denken, *Spiel mir das Lied vom Tod*, diese Brüste, mein Gott, diese sinnliche, italienische Verbranntheit in der Wallachei von Flextown, meine Schlafanzughose in Stralsund, An den Bleichen, erster Stock, da ich aber von all diesen Dingen keine Ahnung habe, gibt es für mich in Gedanken nur die Delphinstellung, du liegst obendrauf, auf der Frau, hältst unten zu und bewegst dich nicht, dann tut es auch nicht weh, verstehst du, mein erstes Mal, mein erstes Mal, ich hab noch nie, verzeih mir, mein Freund, aber hast du es schon getan, ich muß dir das jetzt alles anvertrauen, ich weiß nicht mehr weiter, ich würde so gern Dichter werden, mein Freund, es schneit, ich hab noch nie, ich mach mir langsam Sorgen, alle haben schon, nur ich noch nie, hier, an der See, an meiner schlichten, gewöhnungsbedürftigen See, ich würde so gern mit dir eine Partei gründen, eine kommunistische, keine sozialistische, damit könntest du mich jagen, aber wir müssen leise sein, unsere Bekannten aus Fröndenberg bei Dellwig brachten bei ihrem Besuch heute einen Weißwein mit, einen richtig guten Weißwein, wie sie immer wieder beteuerten, der aber nur 7,9 Volt hatte, diese Brühe können sie gleich wieder mit über ihre Grenze nehmen, was machst du gerade in Kiel, ich schreibe dir ja gar nicht, ich stammele nur dieses Papier voll, Brieftauben im Winter, die einzige Chance für uns, ich werde immer hier bleiben, immer, weil ich Gedichte schreiben will, weil ich bald allein in die Hauptstadt fahre, weil ich bald richtig wichsen kann und alles andere, weil mir meine besten Freunde verbotene Bücher leihen, die ungefähren Abschriften von Kleist, Hölderlin und Nietzsche, weil ich anders klug werden möchte als in Bocholt oder Meppen, weil ich Stralsund liebe und den Blick auf Stralsund von Altefähr aus, die Hansa-Oberschule, die Klinkerkirchen, weil ich Mecklenburg liebe, mein Land mit den beschränkten Möglichkeiten, weil ich mit dem Schiff immer nach Hiddensee übersetzen kann, weil ich an Deck denke, mein Land hätte ein verwehtes, begehbares Obergeschoß, Feri-San, mir gefällt ein Mädchen aus der zwölften Klasse, Hanka, blonde Locken, vom Rest ganz zu schweigen, wir vertonten an einem Nachmittag das Buch *Amerikanische Bilder* von Jacob Holdt, sie blätterte die Seiten um, ich griff ein paar jämmerliche Gitarrenakkorde, aber keine Barrégriffe, und sie sang dazu, was sie sah, sie sah nicht mich, sie meinte nur die Bilder, mein Vater kam an diesem Nachmittag auffällig oft in mein Zimmer, obwohl er bei seinen Unterrichtsvorbereitungen doch nie gestört werden wollte, ich schwärme so für sie, aber sie ist für mich und meine Vorhautverengung unerreichbar, ich habe mich noch nicht einmal getraut, sie zu küssen, dadurch weiß sie jetzt alles von mir, den Rest erledigte Reiko aus Berlin in Berlin, ich bin mir ziemlich sicher, daß ich sie verlieren werde, auf einer Schuldisco tanzten wir ein einziges Mal zusammen, eng, hoffentlich für immer, Genesis, *Carpet Crawlers*, wir müssen da rein, um rauszukommen, in einer Zeitschrift für die gesamte Hygiene und ihre Grenzgebiete fand ich vor kurzem diesen merkwürdigen Aufsatz:

Über die Schwärmerei

Schwärmerei hat immer ein Ziel, ist eine Verliebtheit, beinahe nur im optischen Sinne, ohne eine wirkliche Kenntnis der auf diesem Wege begehrten Person. Schwärmerei, die ohne den Gedanken an eine zukünftige Lusterfüllung auskommt, ist gleichzusetzen mit gleichgültiger Verliebtheit, deren angehimmeltes Liebesobjekt jederzeit austauschbar ist. Schwärmerei, die aber unreflektiert auf eine unbewußte Lusterfüllung zusteuert, hat ein Ziel, begibt sich in ein äußerst strategisches Wechselspiel aus Macht und Unterwerfung. In dieser Art von Schwärmerei wird alsbald der Punkt erreicht, an dem eine bis dahin aufgestaute Triebäußerung unvermeidlich wird. Schwärmerei geht oft nur über die Augen, braucht keine Sprache. Das macht sie so selbstsicher und unbeherrscht. Es genügt schon eine verschämte oder dahin gedeutete Blickbewegung des Anderen, um zu begreifen, daß das Spiel eröffnet und schon längst verloren ist. Der Schwärmerei aber mit Schwärmerei zu begegnen, führt zum Verlieben. Nur in diesem Falle wird das Machtspiel außer Kraft gesetzt. Diese gegenseitige Erwiderung erfährt ihre größte Kraft in dem Moment, in dem sich die beiden vorher noch inaktiven, nur auf die äußerlichen körperlichen und sozialen Reize bedachten, handelnden Personen darüber bewußt werden, daß die Schwärmerei als leichte, nichts einfordernde oder gar einschränkende Spielart von Anfang an nur dazu ausgewählt wurde, um das Begehren und das Zustandekommen einer hinter jedweder Schwärmerei lauernden, gegenseitigen sexuellen Attraktivität zu verschleiern. Schwärmerei muß sich lohnen, sonst wäre es gescheiter, sich gleich zu lieben.

Liebster, wenn doch endlich Sommer wäre, ich habe mir für Hanka ein Konfekt ausgedacht, eine an den Rändern durchsichtige Erfrischungspraline, du nimmst ein Stückchen Kochschinken, wickelst eine Sauerkirsche darin ein, mit Stein, der verschieden zu kühlenden Schichten wegen, du nimmst so ein leeres, rundes Sahneschächtelchen, das du in der Bahnhofsmitropa zu deinem Kaffee bekommst, drückst dort deine jedesmal anders geformte Praline hinein, gießt Wasser bis an den Schachtelrand und überläßt alles deinem Gefrierfach. Rosa Plunder unterm Eis. Es gibt nur selten Pralinen, bei denen nach dem Lutschen etwas übrig bleibt.

Mein lieber Freund, ich langweile mich so, ich kann mit diesem Februar nichts anfangen, wie verbringst du deine Tage, liest du, lernst du, fickst du, säufst du, kämpfst du, ich schließe mich jetzt jeden Morgen für etwa eine Stunde im Bad ein, bereite mir lauwarmes Wasser in einer Schüssel zu, gebe dort Kamillenblüten, Badusan und aufgelöste Zinksalbe rein und versuche, in dieser

Lauge meine Vorhaut zurückzuziehen, die Hölle, immer ein wenig mehr, wenn ich damit durch bin, kann ich endlich Dichter werden, aber ich bin noch nicht soweit, habe noch Probleme mit der Enge an den Randgebieten, undurchsichtig, zuhalten, zuhalten, am liebsten die Hand noch mit rein, ich muß an Hanka denken, meine erste große, so gänzlich unerfüllte Liebe, ich hoffe, daß das bald alles anders wird, ich gehe jetzt auf den Dachboden, die Pferde anspannen, die Truhen verrücken, nach den Tauben sehen, ihre Augen, ihre Füße und die Flügel prüfen, es schneit, davon habe ich jetzt auch nichts, natürlich habe ich dir noch nie geschrieben, wir müssen leise sein, wir müssen eine Partei gründen, wir beide, auf diesem Dachboden in Mecklenburg-Vorpommern, wir müssen gut zu den Tauben und den Pferden sein, das Geschirr darf nicht klirren, wir dürfen uns nicht vorher erschießen, wir dürfen nicht abstürzen, ich hänge gerade die Wäsche auf, wenigstens dieses eine, mir gerade über den Kopf gezogene Oberhemd, es ist fast ganz weiß in diesem Dämmerlicht, wir müssen leise sein zu den Tauben und zum Geschirr, hörst du, ich habe hier noch nie Angst gehabt, vor wem auch, wenn wir uns zum Abendessen in der Küche unterhalten, stellt mein Vater immer die Musik lauter, obwohl er gar nichts von Musik versteht, er hat ein Streichholz neben den UKW-Knopf in das Radiogehäuse gesteckt, damit dieser Knopf nicht immer wieder von allein hochspringt und uns in unserer Küchenwelt erstarren läßt, je mehr ich lese, umso mehr habe ich das Gefühl, auf ganzer Linie zu versagen, was soll ich deiner Meinung nach mit diesem Satz von Roland Barthes anfangen, er bringt mich schier um:

„Der glücklichen Sexualität entsprach ganz natürlich das unausgesetzte, sich ergießende, jubilierende Glück des Schreibens: indem, was er schreibt, verteidigt jeder seine Sexualität."

Aber was habe ich denn bislang zu verteidigen, mein Lieber, einfach nichts, gar nichts, kein Land, keine Partei, keine Musik, ein paar gelesene Gedichte vielleicht und Claudia Cardinale, als ich etwa zehn, elf Jahre alt war, habe ich an die Rückseite eines

Klaviers, das quer zwischen zwei Wänden stand und ein winziges Raumdreieck frei ließ, ein Bild von C.C. genagelt, immer wenn ich dann hinter das Instrument kletterte, küßten wir uns auch, sie war damals noch genauso groß wie ich, habe ich dir schon von dem Stralsunder Lyriker Uwe Lummitsch erzählt, er sitzt im Rollstuhl, und ich besuche ihn jeden Mittwoch im Behindertenwohnheim, in der Nähe vom Hafen, ein roter Backsteinbau, auf den Fluren riesige Schiebewagen mit gewechselter Bettwäsche, wenn die Schwester keinen Dienst mehr hat, laß ich ihn in die Ente pullern, wenn du den Schwanz fast komplett in den Entenhals schiebst, brauchst du ihn nicht festzuhalten, Uwe liest mir immer Gedichte vor, wir trinken Unmengen an bulgarischem Rotwein, hören Musik, Kate Bush, vor allem Kate Bush, in mir passieren die merkwürdigsten Dinge, wenn ich ihn Gedichte lesen höre, seine eigenen und die der anderen, Vallejo, Ritsos, Cardenal, Neruda, Mistral, Paz, diese Gedichte lassen mich nicht mehr zur Ruhe kommen, ich spüre diese tiefe Wahrheit in ihnen, die Hölle jeder Angst und Kenntnislosigkeit, die nie Gesang sein kann, so komisch das auch klingen mag, aber wenn ich solche Gedichte höre, weiß ich, daß ich hierbleiben möchte, es gibt hier keine Zäune im Wasser, keine Luftmatratzenkontrollen, die Scheinwerfer aber halten die Ablegestrände sauber, Johanna Maria II, Yelda, Holsten Queen, keine Yachten, nur Spielzeugboote in den Farben der Begrenzungsbojen, ich würde so gern mit dir eine Partei gründen, Feridun, jeder von uns im Monat dreitausend Lappen auf die Hand, damit würden wir in etwa hinkommen, wir schaffen die Grenztruppen ab, die Fährtensuchhunde, die russischen Hilfsbrigaden, die sozialistischen Berührungsängste, wir schaffen alles ab, aber wir müssen leise sein, hörst du, ich werde wohl erst Mädchen berühren müssen, um endlich Dichter werden zu können, endlich diese ganzen Mädchen, die Peleikis-Schwestern, Andrea Holtfreter, Heike Zilm, Claudia Fratzscher, Jutta Seibt, Manuela Tesch, Maren Winkler, Carola Büttner, Sylvia Schlie, ich werde zu ihnen sagen, besucht mich zuhause, ich zeige euch die Delphinstellung, ich zeige euch meine Angst unter Wasser, an Land, unter der Couchdecke, auf dem Tischtuch, hinter der Klaviergardine, aber tut mir nicht weh, dann tue ich euch auch nichts, mein lieber Freund, hängen all diese Dinge wirklich so elementar zusammen, wie ich es vermute, ich würde so gern Dichter werden, auf diesem Dachboden hier, hörst du, und ich habe nicht die geringste Angst, vor wem auch immer.

Dein dich liebender Freund

Leipzig, 07.10.1989

Liebster Feri-San,

meine Tochter Charlie ist inzwischen drei Jahre alt, ich habe die erste Frau geheiratet, mit der ich Sex hatte, schlechten Sex, aber das lag an mir. Nach einem Streit im Stadtzentrum zog sie ihren Ehering vom Finger und warf ihn weg. Ich weiß bis heute nicht, wie sie es emotional hinbekommen hat, ihn so zu werfen, daß er so verdammt innig und ausgesprochen lange rollte. Ich schreibe gerade an meinem ersten Roman. *Die Ernennung der Jugend zum Schlaf.*
Als ich heute Abend ins Zentrum fuhr, stand ein Panzer neben einer Einkaufspassage. Zum Glück war keine Adventszeit. Es waren nicht viele Menschen unterwegs. Der Panzer fuhr auf uns zu. Ich lief dann in die entgegengesetzte Richtung, aber ich lief. Vor etwa einem Jahr bekam ich eine erneute Musterungsaufforderung für eine Einberufung zur Reserve. Mitzubringen sind Turnhose und Personalausweis. Ich war gerade mit Charlie allein und ging sofort einkaufen, holte mir Weinbrand und etwas Johannisbeermost, zum Strecken. Nach ein paar Gläsern setzte ich mich an meinen Schreibtisch, zitierte ein paar Sätze aus dem *Ewigen Frieden* von Kant und schrieb in eigenen Worten dazu, daß mit mir in diesem Land nicht mehr zu rechnen sei. Ich hatte Glück und wurde niemals zugeführt. Habe ich dir jemals erzählt, daß ich hier noch nie zu einer Wahl gegangen bin. Ich habe die Partei und ihre Mitglieder von Anfang an gehaßt. Besonders die Menschen, die die Partei von innen ändern wollten. Warum nicht von der Seite und von unten. Kennst du schon die Geschichte mit meinem Schreibtisch. Ich kaufte ihn in einem unterirdisch gelegenen Möbelantiquariat in der Stadtmitte. Da ich kein Fahrzeug besaß, dachte ich, es wäre möglich, den Schreibtisch bis zur Straßenbahn zu tragen und dann damit nach Hause zu fahren. Unter Auf-

bringung aller mir zur Verfügung stehenden Kräfte schleppte ich das Unding die Stufen hoch, bis vor die Tür des Geschäfts, brach fast zusammen, zitterte und wußte, daß ich ohne eigenen Schreibtisch niemals Dichter werden könnte. Der Verkäufer hatte Erbarmen und fuhr mir das Monstrum in meine Wohnung. Wäre ich in die Partei eingetreten, hätte ich Germanistik studieren können. Nun arbeite ich als Lesesaalaufsicht. Wir lebten hier lange zu dritt auf etwa neun Quadratmetern. Volksgartenstraße in Schönefeld. Trübsinnigste Gegend. Neubauten, Kindergras und flacher Containerpostwürfel. Ich glaube, ich komme überhaupt nicht damit klar, so jung schon Vater geworden zu sein, Vater und Ehemann in der Volksgartenstraße. Wie ist es mit dir. Hast du auch schon Frau und Kinder. Wenn mein Engel schläft, ich ihre Windeln gewaschen, sie gefüttert und hingelegt habe, schreibe ich an meinem Roman weiter. Dieses Gefühl würde ich am liebsten für immer bewahren, das Gefühl eines durch und durch sinnvollen Daseins mit Arbeit und schlafendem Kind. Ich habe dir noch gar nicht berichtet, wie auch, daß ich endlich eine Schreibmaschine besitze, eine kleine, jugoslawische Reiseschreibmaschine. Ich kaufte sie mir für 471 Mark in einem Berliner Kaufhaus und brauchte auch nicht zu unterschreiben, daß ich sie niemals zum Anfertigen von Flugblättern benutzen würde. Der erste Kauf ein paar Jahre zuvor war fehlgeschlagen. Man konnte nur in einem Künstlerbedarf in der Nähe vom Bahnhof Schreibmaschinen erwerben. Dazu mußte man aber im Laden glaubhaft nachweisen, daß man Schriftsteller war. Ich konnte das jedenfalls nicht. Kurze Zeit später hielt ich unsere neun Quadratmeter an Wohnfläche im Studentenwohnheim nicht mehr für angemessen. Wir hatten die Sprelacart-Schränke vor das Kinderbett geschoben, damit wir bei schwächstem Licht zu Abend essen und auch lesen konnten. Als es nicht mehr so weitergehen konnte, setzte ich mich eines Tages in eine Straßenbahn, stieg irgendwo im Leipziger Osten aus, ging in irgendein Haus rein, suchte mir eine Tür aus, an der kein Klingelschild mehr war, warf mich ein paar Mal wuchtig dagegen, jedenfalls in der Erinnerung, bis das Holz nachgab, sah mich drinnen kurz um, zwar schimmlige Wände in der Küche, kein Warmwasser, keine Toilette, aber eine Treppe höher, noch ohne Becken, aber zweieinhalb Zimmer, aber endlich eine eigene Wohnung für uns, Albert-Schweitzer-Straße 17. Wenn ich meine Tochter baden wollte, hielt ich einen Gaststättentauchsieder in das Wasser ihrer Plastikbadewanne. In der Küche stand ein Kohleherd. Ich mußte Brennmaterial anzünden, um den Brei kochen zu können. Montags gehe ich jetzt häufig zu den Friedensdemonstrationen und habe immer Verbandszeug dabei. Vor etwa vier Jahren hatte ich das Gefühl, meinen ersten Gedichtband fertig zu haben. *Die Elemente des Entfernens*. Ich fuhr mit dem Manuskript zum Aufbauverlag nach Berlin, ging in ein Lektoratszimmer und sagte zu der anwesenden Dame, daß ich ein Buch mit Gedichten veröffentlich möchte. Sie lachte nur, fragte mich nach meinem Alter und sagte mir, daß die in diesem Hause veröffentlichten Autoren allesamt über 30 Jahre alt wären. Also fuhr ich mit meinem Manuskript wieder nach Sachsen zurück. Der Panzer von heute Abend will mir nicht mehr aus dem Kopf gehen. Weißt du, es gab da so eine geheime Solidarisierung unter denen, die vor diesem Drecksteil davonliefen. Ich habe zum ersten Mal das Gefühl, ein Teil meines eigenen Landes zu sein, ohne Stimme, aber frei und autonom, ich habe leider nicht genügend Ahnung von Ökonomie, um mir darüber klar zu werden, was ich damit bezweckt habe, vor einem Panzer davongelaufen zu sein, ich weiß nicht, wie wir hier ohne deine Pakete überleben würden, man merkt aber, daß du nicht die geringste Ahnung von Babykram hast, als ich Charlie den knallpinken Strampler mit dem gähnenden Regenwurm auf dem Latz anzog, fragten sie mich im Kindergarten, ob ich schwule Kontakte ins kapitalistische Ausland hätte, an Babykosmetik bitte alles nur von Penaten, du hattest doch ein Buch von Sarah Kirsch in das letzte Paket gelegt, das fehlte, und bitte, Feri-San, schicke mir nie wieder Kassetten von der Goombay Dance Band aus Norderstedt oder von Eruption, obwohl ich zugeben muß, daß ich

One Way Ticket sogar ein paar Mal hintereinander gehört habe, gute Musik fehlt mir hier am meisten, schon immer, deshalb lese ich wie ein Besessener, wenn ich nicht gerade schreibe, Gitarre oder Geige spiele, meine Gesinnung ist rot, allerdings stammt dieses Glühen eher aus Nicaragua, wo Dichter die Knarre zur Hand nahmen, um Diktatoren abzuschaffen, ich hasse dieses Land immer mehr und mag hier dennoch nicht verschwinden, es fällt mir so leicht, hier zu schreiben, ob ich das in Bad Godesberg auch könnte, ausgestattet mit sämtlichen, beschissenen Freiheiten, keine Ahnung, du sagst das immer so leicht: verschone mich mit Philosophie und all dem anderen lebensfremden Kram, aber ich habe hier nichts anderes, ich will klug sein, ich will lernen und begreifen, ich will überlegen sein, ohne Studium, ohne Abschluss, ohne staatlichen Bildungsweg, als ich mal zwei Monate Pädagogik studierte, dachte ich, mein Gott, ist das läppisch, ich will das nicht, ich will Gedichte schreiben, ich will allein sein, aber das geht nun nicht mehr, die großen Dichter müssen allein sein, ich habe Frau und Kind, aber ich habe Sehnsucht, ich habe diese verdammte Sehnsucht nach Gedichten, alle hauen gerade über Ungarn ab, ich nicht, aber nicht aus Trägheit, sondern weil ich Visionen habe, Visionen vom Hierbleiben, Visionen eines linken, anbiederungsentkernten Landes mit stabilen Fabriken und einer logischen Industrie, meine Gedichte werden immer liebloser, mit Kindern, Frauen und Getränken drin, ohne sie würde ich vermutlich weiter Pädagogik studieren, ohne sie würde ich mich auf der Stelle scheiden lassen, ohne sie würde ich mich totsaufen, ohne sie würde ich mir überlegen, was solch ein Dasein überhaupt wert sein soll. Ich schrieb dir doch von Uwe Lummitsch, dem Stralsunder Lyriker. Er ist im letzten Jahr gestorben. Alkohol. Kreislaufversagen beim Entzug. Er veröffentlichte nur einen Gedichtband, den ich immer bei mir trage, *Mondlandung*, erschienen 1987, vorn steht als Widmung drin, mit seiner krakeligen Handschrift: für Thomas, den Dichter der Zukunft. Ich glaube ihm. Ich weiß, daß er Recht behalten wird, sonst würde ich sofort alles aus der Hand legen, alles.

Interessierst du dich eigentlich für diesen ganzen deutschen Irrsinn gerade. Hoffentlich passiert nichts Unüberlegtes. Wenn wir uns einmal treffen sollten, bitte hier, nicht drüben. Ich hab keinen Bock auf diesen westlich zivilisierten, industrieverwöhnten und verlogenen Brüder- und Schwestern-Staat. Verschon mich mit diesem Geseiche. Komm rüber und sieh dir diesen toten Klotz endlich an, erlebe sein Hohlsein, die Zimmergärten im Innern, die Bierkästen und Windräder auf den Balkonen, die hängenden Gärten, die Solidarität, die treuen Freundschaften, die privaten Paradiese aus politischer Eingeschränktheit und extremer poetischer Nichtanpassung, gesund bleiben, ohne zu stören, aber du zerstörst damit alles, dafür, liebster Freund, bleibe ich hier, komm rüber, du kannst es, mach es, ich könnte dir alles zeigen, alles, nur müßtest du dann bitte auch wieder fahren, wir könnten das nie zusammen teilen, du würdest mich nicht verstehen, am meisten fehlt mir hier gute Musik, kürzlich sagte mir ein Freund, daß er diese Platten mit auf die Straße nehmen würde, wenn sein Haus brennt: *Allman Brothers at Fillmore East*, *Closing Time* von Tom Waits, *Astral Weeks* von Van Morrison, *Black And Blue* von den Stones, *Blood On The Tracks* von Bob Dylan, *After The Goldrush* von Neil Young, *Black Man's Burdon* von Eric Burdon und *Quadrophenia* von The Who, wir hörten diese Scheiben dann und stellten uns dazu mächtig einen ins Gerüst, er hatte von einer Westfahrt einen Whisky mitgebracht, Four Roses, das absolute Ende, kannst du mir davon mal eine Bude schicken, ich würde durchdrehen vor Glück, hier gibt es nämlich nur zwei Sorten, Racke rauchzart und Falckner, ich komme mit meinem Roman nicht weiter, ich kann nicht beides, demonstrieren und schreiben, dabei freue ich mich immer auf die Montage, dann bin ich beseelt und fühle mich frei, wenn ich mit wildfremden Menschen durch die Straßen ziehe, auch wenn dabei kein neues Land für mich herausspringt.

Dein dich liebender Freund

Leipzig, 17.08.2010

Liebster Feri-San,

verschone mich bloß mit Metaphysik, geh mir mit Transzendenz, geh mir mit Mädchen vor Philosophieregalen, geh mir überhaupt mit Mädchen, geh mir mit deutscher Literatur und Politik, ich hätte dir von Anfang an glauben sollen, daß aus all diesen Kümmernissen partout kein Leben zu schlagen ist, ich habe alles so dermaßen satt, bin geschieden, die Kinder, ein Sohn kam noch hinzu von einer anderen Frau, die Kinder sind längst aus dem Haus, einmal vier Jahre, einmal sechs Jahre Beziehung, beim nächsten Mal bitte für immer, nicht nur für acht Jahre, ich habe zweimal als Familienvater versagt, weil ich immer nur Gedichte schreiben wollte, ich habe mir als Soldat an der Grenze geschworen, daß ich niemals auf Menschen schießen werde, ich bin in keine Partei eingetreten, ich bin nie zu einer ostdeutschen Wahl gegangen, bis heute auch zu keiner westdeutschen, geh mir mit der Zweitstimme, ich habe mein Studium abgebrochen, aus Desinteresse, ich habe mal als Dachdecker gearbeitet, als Beifahrer in einer Fleischerei, ich habe gefrorene Hirsche und steife Schweine in einem Kühlhaus gesehen, ich arbeitete als Pförtner und Leibwächter, als Leibwächter für Ameisen, Nutelladeckel und Birnen, ich habe nicht den geringsten Abschluß, aber ich bin Lesesaalaufsicht seit über 20 Jahren, kann davon kaum leben, die Treue, nein zu sagen, war nichts wert, aber ich habe immer Gedichte geschrieben, Gedichte und Romane, immer wieder Gedichte, trotzdeutsche Gedichte, nie ostdeutsche, die neunziger Jahre schleppten sich endlos dahin, Vorhänge zu, Flaschen auf, Musik, ich telefonierte nächtelang mit Frauen, die ich nicht kannte, ich hörte erst mit dem Trinken auf, nachdem ich die Bücher von Ernst Herhaus gelesen hatte, der schrieb, daß das Ende seines Trinkens auch das Ende seiner Ferngespräche gewesen wäre, ich nahm in dieser Zeit tagelang Kassetten auf, Kassetten für Frauen, Ernstfallkassetten, die ich immer bei mir trug und bei passender Gelegenheit verschenkte, auf der Straße, im Bus, in der Kneipe, im Einkaufsmarkt, so stärkst du das seelische Zimmergewebe einer Stadt, diffuse und fragile Einsamkeiten, in die deine Musik sickert, meine Telefonnummer auf der Innenseite der Kassettenhülle, mein Gott, wie feige ich damals noch war, was ist nur mit uns passiert, Feri-San, in all den Jahren, wir haben genügend Frauen begehrt und geliebt, wir waren in Rom, in Freiburg und in Kiel, wir haben uns endlich wiedergesehen, Liebster, aber ich konnte dir mein ostdeutsches Reich nicht mehr zeigen, die hängenden Gärten, die verrauchten Küchenmetropolen, die lächerlichen Automobile unserer omnipotenten Bewacher und Beschützer, aber die Frauen in Sachsen, die Mädchen in Sachsen, in Sachsen, mein Freund, die sind geblieben, die kann ich dir immer noch zeigen, im Lesesaal sitzt jetzt immer eine, vom Typ her Claudia Cardinale kurz vor dem Mittagsschlaf, ab und an sehen wir ganz beiläufig fast ein wenig an uns vorbei, am liebsten würde ich zu ihr gehen und zu ihr sagen: du, das ähnelt hier schon seit langem einer ununterbrochenen Verabredung, aber ich tue das nicht, denn ich bin gerade mit einer jungen Frau zusammen, die nicht in der Lage dazu ist, mir zu zeigen, daß sie bei mir bleiben will, und sei's für immer, ich war an ihrer Seite immer so stolz darauf, mich nicht mehr für andere Frauen zu interessieren, aber wie hast du einmal so treffend gesagt: Frauen und Dichter dürfen nie sterben, und sie werden nie sterben, aber ich weiß einfach nicht mehr weiter, liebster Freund, ich habe alles versucht, um in diesem Land zurechtzukommen, ich habe geheiratet, zwei Kinder gezeugt, Frauen geliebt, Weißwein gesoffen, Musik gehört, Gitarre gespielt, Geige gespielt, Romane und Gedichte geschrieben, aber niemals ostdeutsche, doch es bleibt wie verhext, ich existiere kaum, bin nie da, mit jedem neuen Buch niemals anwesend, ich weiß nicht mehr, wie lange ich das noch aushalten kann, ich wiederhole mich ständig, ich wiederhole mich nur noch, die seit Jahren anhaltende skandalöse Vergabe von Literaturpreisen in diesem Land vernichtet gleichzeitig Lebensabschnittswerke von Dichtern und ist demzufolge einem verantwortungslosen Auslöschungsverfahren von wirklicher Eigenständigkeit gleichzusetzen, aber ich habe doch nichts anderes als meine Gedichte, seit über achtundzwanzig Jahren nichts anderes, die sture und unverbesserliche Immunität gegenüber einer jeglichen Nivellierung führt zu Alltagsuntauglichkeit und einer standesüblichen Ignoranz, ich glaube, ich gehe hier noch kaputt, ich habe schon damit angefangen, Tiergedichte zu schreiben, weil ich es anders in diesem Land einfach nicht mehr aushalte, der Papagei und der Iltis, ich habe ein Sauriergedicht, ein Fliegengedicht, ein Walgedicht, ein Delphingedicht und ein Spinnengedicht geschrieben, meine Tiere heißen aber nie wie irgendwer von früher, ich habe wirklich alles so satt hier, mein liebster, treuer Freund, ich habe mal an eine Jury geschrieben: selbst wenn sich zehntausend Einsender für diesen Preis bewerben, selbst dann müßte ich immer unter den letzten fünf sein, ich bin beileibe nicht verrückt, Liebster, ich bin nur etwas abgekämpft und müde, verzweifelt und ein wenig müde, aber das gibt sich schon wieder, mein Mädchen geht jetzt immer öfter mit Jungs aus, die in sie verliebt sind, und sie genießt es, ich kann es ihr nicht verdenken, sie ist noch so jung und so hungrig nach Sommerberührungen, ich sage immer wieder zu ihr, paß bitte auf uns auf, Helene, hörst du mich, sie hat das gute Parfum mit dem Geruch nach japanischen Erdbeerblüten zweimal, einmal für das Gehen aus meiner Wohnung, einmal für das Gehen aus ihrer Wohnung, zweimal der gleiche Duft, zweimal ein unterschiedliches Gehen aus einer Wohnung, wie macht sie das nur, hoffentlich belügt sie mich nie, immer, wenn sie sonntags im Internet surft, weiß ich, daß ich sie eines Tages verlieren werde, mein Lieber, ich glaube, wir sind die letzten, die ihre Texte auf einer elektrischen Schreibmaschine tippen, ja, die letzten, wir hören, wie die Wörter auf das Papier knallen, nicht durch den Kosmos schwirren und jederzeit so veränderbar schön aussehen, ich bin zu blöde, so ein Löschband zu wechseln, wenn ich mich vertippe, reiße ich die gesamte Seite nochmal aus der Maschine und schreibe den Text neu, einmal habe ich mir überlegt, ob der Tippfehler nicht sogar irgendwie poetisch zu rechtfertigen gewesen wäre, war er aber leider nicht, ich würde jetzt so gern mit dir über den Begriff der Angemessenheit sprechen, über Treue, Sturheit und Trotz, denn nur diese Dinge zählen hier für mich, aber genau damit gehst du in Deutschland unter, denn Treue, Sturheit und Trotz stehen in diesem Land für eine höchst individuelle und damit politisch motivierte Gesellschaftsabkehr, darin unterscheiden sich Ostdeutschland und Westdeutschland nicht im geringsten voneinander, es gibt eine Unterdrückung von intellektueller und poetischer Eigensinnigkeit, diese Unterdrückung ist nur feiner und perfider geworden, sie ist kaum noch zu unterscheiden von den eleganten und schmeichlerischen Disziplinierungsmaßnahmen aus undotierter gesellschaftlicher Anerkennung und hinhaltefreudiger Staffelbelobigung, aber ich kann dieses ganze unsägliche Geschwafel nicht mehr ertragen, ich kann diese für mich so unerträgliche deutsche Literatur kaum noch ertragen, Liebster, die ostdeutsche Literatur gleicht seit 1989 einem westdeutschen Wirtschaftszweig, du bist erfolgreich, wenn du korrekt kalkuliert hast, du bist der letzte Dreck, wenn du dir treu geblieben bist, das Sprechen und Stammeln in die westdeutschen Diktiergeräte, die Schriften von Ingo und Uwe, beschämende, gesamtdeutsche Weltliteratur, der Wartburg am Plattensee, die Panzerhose im Hygienemuseum, laß uns endlich eine Partei gründen, Feri-Baby, laß uns in diesem Land ganz von vorn anfangen, wir verzichten auf gründliche Feigheit und verspätete Heldenbiographien, wir verzichten auf angebliche Diversantentätigkeit, wir verzichten auf Diäten, auf Pensionsansprüche, auf Nebenverdienste, auf die Freundschaft mit russischen Präsidenten, aber nicht auf die Freundschaft mit russischen Arbeitern und Bauern, wir verzichten auf das westdeutsche Feuilleton mit seiner Vorliebe für die ostdeutsche Anbiederungsprosa, wenn ich was über mein Ex-Land lesen will, genügen mir

Hilbig, Neumann und Drawert, mein Lieber, bist du noch fit an der Staffelei, ich hätte gern einen Frauenakt von dir, schmale Taille, kleine Füße, dicke Ocken, laß uns endlich unsere Partei gründen, wir verzichten auf alle ehemaligen und zukünftigen sozialistischen Parteigelder, wir mischen uns unters Volk, erlernen Fremdsprachen und internationale Trinkgewohnheiten, wir verhelfen den Armen im Herbst mit fast gelben Kastanien zu einer Elitebildung, wir verbessern das soziale Klima zwischen Arbeitern und Intellektuellen, wir lassen die Mitglieder des Bundestages vierzehn Jahre lang ihre Hartz-IV-Anträge für sich selber ausfüllen, wir lassen Schiffsmechaniker einen Tag lang in den Hauptschulen Reden über die Parteizugehörigkeit der Meere halten, wir verteilen alkoholfreie Flamencogitarren auf allen Bahnhöfen, wir gestatten allen Kindern, abends vor dem Schlafengehen, entweder *Das perfekte Dinner* oder *Galileo* sehen zu dürfen, wir legen einen gesteigerten Wert auf eine allumfassende Kenntnis der Poesie dieser Welt und das alles, liebster Feri-San, obwohl wir keine Amateure sind und das alles nur für dreitausend Lappen auf die Hand, damit müßten wir hinkommen, damit kommen wir hin, wir rufen unseren Präsidenten aus, hier, von diesem Dachboden in Mecklenburg-Vorpommern, Schleswig-Holstein oder Sachsen, mein liebster Freund, meine Wut hier wird immer größer, meine Gedichte verlassen immer deutlicher das einst so sichere, melancholische und sentimentale Gelände, mit dreißig wollte ich es mit der Poesie gerissen haben, es hat nicht gereicht, ich bin jetzt keine deutsche Hoffnung mehr, wenn ich in meiner Bibliothek Benutzeranmeldungsbögen nach Alphabet sortiere, steigt mein Blutdruck, hoffentlich stößt sich mein Herz noch lange genug vom Ufer ab, verpufft nicht einfach beim Bekleben und Sortieren, ich kenne das Alphabet in meiner Heimat, Feri-San, ich werde hier nicht gebraucht, ich würde so gern Poesie unterrichten, an einer Baumschule, in einem Kindergarten, in einem Mädchenpensionat für junge Frauen, aber ich beherrsche meine Sprache einfach zu brillant, um einfach so von hier zu verschwinden, es hat sich so wenig verändert, mein Freund, weißt du, daß ich mein Leben lang nur Liebesgedichte geschrieben habe, nur Liebesromane, genauso wie du, nichts, was unserem Herzen näherstehen würde, die Gesellschaft tritt von ganz allein hinzu, Dichter und Frauen dürfen nie sterben, ich will keine verdammte Sehnsucht mehr haben, nach nichts, nach keinem Land, nach keinem Tod, nach keinem Mädchen, laß uns die Urgebäude unserer Kindheit aufsuchen, nur du und ich, laß uns eine Kommune gründen, nur du und ich, mit dir würde ich es aushalten, ich würde mich darum kümmern, daß uns genügend Frauen besuchen kommen, daß wir nächtelang mit ihnen zusammen in unserer Wohnküche hausen und uns Gedichte vorlesen, Suizidjazz hören, trinken, tanzen, wir hätten ein Herrenzimmer, einen Kamin, eine Ledercouchspielwiese, meterhohe Bücherwände, Schafsfelle auf dem Boden, persische Räucherstäbchen, einen vierhundert Kilogramm schweren Transrotor Artus Plattenspieler in jedem Schlafzimmer, dieses Gewicht ist einfach vonnöten, damit sich der auf einem Pendel gelagerte Plattenteller auch wirklich angemessen zum Erdmittelpunkt ausrichten kann, Mamorböden, Weinregale, Ginregale, Damenliqueurschränkchen, wenn so ein Plattenspieler erst einmal steht, hat es ein Schlafzimmer schwer, den Wohnort zu wechseln, das Land, die alte Etagenbezeichnung, ich würde mich auf den Flohmärkten um die Platten kümmern oder in Uwe's Trödelhalle in Lößnig, vorausgesetzt, wir würden beide hier in Ostdeutschland wohnen, endlich in Ostdeutschland, ich liebe dich, komm zu mir, ich warte, ich warte auf dich, hier im Hellen, an dieser Grenze, an dieser automatisch sehnsüchtigen Grenze.

Dein dich liebender Freund

Leipzig, 15.04.2012

Meine liebe Frau G.,

ich habe eben mein Schlüsselbund fotografiert. Es liegt vor mir auf dem Tisch.

Ich wollte sehen, ob Ihre beiden Schlüssel darin untergehen. Sie gehen nicht unter.

Ich lege ein Messer und eine Kuchengabel darüber, eine Büroklammer, einen Karabinerhaken und die Aufhängeschlaufe eines Geschirrtuchs. Ich habe eben mein Schlüsselbund fotografiert. Fünf Ringe mit jeweils zwei bis drei Parteien. Ich habe Ihre beiden Schlüssel abgemacht und auf die Küchenwaage gelegt. Es ist unmöglich, ein Loch durch ein Stück Würfelzucker zu bohren. Fünf Stück Würfelzucker für nur einen Ihrer Schlüssel. Ein Glück aus Leichtsinn ist unantastbar. Mit Ihren Schlüsseln vergeht auch die Standhaftigkeit Ihres Hauses. Lüge und Bedürfnis. Gewicht und Zuneigung. Ich werde noch verrückt und habe für nichts mehr Verwendung, seit Sie es vorgezogen haben, mich aufzugeben und zu vergessen. Ich möchte Sie als Mensch sehr gern verlieren. Ich habe eben das Geschirrtuch fotografiert, nur das Geschirrtuch auf meinem Tisch. Es geht einfach nicht unter. Ich trenne die Aufhängeschlaufe in der Mitte mit einer Nagelschere und verknote an jedem Ende einen Ihrer Schlüssel. Sollen sie doch zusehen, wie alles endlich wieder ins Reine kommt. Schlittenhunde. Mangelnde Liebe. Die Zähne nach außen. Das Geheul in der Küche. Sie treffen ihn ein letztes Mal. Der Abend entwickelt sich. Das Begehren nach einem Kuß ersetzt das vorige Leben. Schlechtes Versteck. Balkanpop. Unaufrichtige Fahrräder. Ihre kommende Sehnsucht ist auch immer Ihre zuverlässigste. Mein Aufwachen war Ihr Einschlafen. Mein Einschlafen war mein Aufwachen. Ich habe eben Ihr Fahrrad fotografiert. Es liegt vor mir auf dem Tisch und ist nicht mehr von dieser Welt. Ich wollte sehen, ob das gemeinsame Anschließen darin untergeht. Es geht nicht unter. Ich lege das Messer und den Karabinerhaken auf die Speichen. Sollen sie doch zusehen, wie alles endlich wieder ins Reine kommt. Ich habe eben mein Schlüsselbund fotografiert. Es liegt vor mir auf dem Tisch. Vier Ringe mit jeweils drei Parteien. Was sind schon dreißig Gramm gegen die ehemalige Begehbarkeit Ihres Zimmers.

Basilikum und Reinheit. Nichts spielt Chopin. Mit der Kuchengabel bringe ich das Karussell am Rand des Geschirrtuchs in Fahrt. Das Anschlagen der Hunde. Das Aufglimmen der Reisenden. Für die Büroklammer habe ich keine Verwendung mehr.

Soll sie doch zusehen.

Leipzig, 30.04.2012

Liebe Frau,

ich werde nie John Updike lesen, *Landleben, Ehepaare, Hasenherz.* Ihre fortwährende Abwesenheit an meiner Seite hat dazu geführt, daß ich die Wörter Wolke, Ostern und Skizzenbuch seitdem für Verräter halte. Die Wolken über Ostern in einem Skizzenbuch waren das Bindeglied zu Ihrer beiläufigen und damit auch lässig animierenden Behauptung, daß man das Malen von Wolken nicht lernen kann. Streetart, die Abgehobenheit gegängelter Stromkästen, Elefantenbaracken ohne Straßenbeleuchtung. Ich zog mir jedes Mal neu Ihren Unmut zu, wenn ich in der Küche das kalte Wasser laufen ließ, um die Töpfe und Tassen damit auszuschlickern. Fünfzehn Minuten zu früh in Ihrer Wohnung zu sein, bedeutete, sich Momente eines Lebens im Stadtteil geirrt zu haben. Noch bis vor knapp sechs Wochen waren Sie mir allein genug. Ihre Anwesenheit neben laufendem Wasser, die Überschwänglichkeit Ihrer Zurechtweisungen. Die auf den Tassenböden ausgerutschte Milch. Der Übergang von einem möglich gewesenen Leben in ein Leben davor. Wie würde ihre gemeinsame Wohnung beschaffen sein. Das Wiedersehen der Fahrräder. Mein Gedanke daran, daß Sie es wären, die im Badezimmer den Duschvorhang anbringen würden. Schon nach so kurzer Zeit. Ich hätte es nie für möglich gehalten, daß diese weißen Ringe noch einmal Ihre ganze Aufmerksamkeit beanspruchen könnten. Die genaue Verlorenheit der Baumärkte, Fingerfood und Stolz. Ihre fortwährende Abwesenheit an meiner Seite hat dazu geführt, daß ich seitdem das Wort Haselnußgröße im Zusammenhang mit dem Badezusatz auf Ihrem Wannenrand für einen Verräter halte. Was ist nur aus den Stadtteilen am Abend geworden. Spazierfahrten ins Ungebundene. Das penible Organisieren einer neuen Liebe. Mein Auto schafft nachts nicht alles. Melde dich bitte, daß du gut zuhause angekommen bist. Wir können sonst beide nicht schlafen.

Leipzig, 18.05.2012

Liebe,

seit ich dir keine Fragen mehr stelle, bin ich nahezu glücklich. Du könntest dir von mir aus gern ein neues Fahrrad zulegen und ein anderes Schloß.
Aber das eilt alles nicht. Ich werde es in diesem Jahr versäumen, die Winterreifen zu wechseln. Die Eisheiligen im Mai. Die Schafskälte im Juni. Die Tiefs im Juli, August und September. Aber das eilt alles nicht. Matsch und Schnee. Die höhere Anzahl der Greifkanten und die zusätzlichen Lamellen für eine bessere Verzahnung mit losem Untergrund. Seit ich dir keine Fragen mehr stelle, verliere ich ein wenig den Verstand. Das Aufladen deines Handys in meiner Küche. Die begrenzte Wiederbelebung von schriftlichen Kontakten in der herbstlichen Übergangsphase. Der Oktober ist bekannt für seine unausgeglichene Tragfähigkeit. Du könntest dir von mir aus gern ein neues Zeichenbuch zulegen. Keins von Hahnemühle. Die Rillen und Einschnitte in den Profilblöcken. Was in Lindenau trocknet, trocknet bestimmt auch in Leipzig. Seit ich dir weniger Fragen stelle, halte ich mich kaum noch im Freien auf. Das ist kein böser Wille.
Durch mein Haus führt keine Straße, auf der du morgens mit dem Fahrrad unterwegs bist. Mit verschwitzten Haaren in deine Richtung. Nahezu glücklich, wenn man die große Übersetzung auf dem Asphalt mit zu Rate zieht. Kurzlebenslauf im Berufsverkehr. Auf keine Station verzichten. Persönliches. Weiterbildung. Interessen. Das Frieren beim Anhalten. Schon fast zuhause. Aber das eilt doch alles nicht.

Venedig, 21.11.2010

Mein liebster Apfel,

jetzt kennen wir uns schon seit fast vier Wochen. Es ist immer das gleiche mit mir. Wenn ich erst einmal beginne, für einen Apfel zu schwärmen, kann mich niemand mehr aufhalten. Alles in mir gerät dann außer Kontrolle. Meine bedingungslose Hingabe von Anfang an muß für dich erschreckend gewesen sein. Ich wollte dich sofort heiraten und Kinder mit dir haben, mein Apfel. Du kannst dir gar nicht vorstellen, wie erstaunlich unsere kleine Familie zu Weihnachten in den Augen glitzern könnte, wenn wir das Fest bei uns zuhause feiern würden.
Für dich habe ich angefangen, eine andere Sprache zu lernen. Ich kann schon *sterben* sagen, *meine Sonne* und *für immer*. Für dich habe ich angefangen, auf einer Langhalslaute zu spielen. An die Vierteltöne muss ich mich aber noch gewöhnen. Für dich habe ich angefangen, schöner zu werden. Ich habe es wenigstens versucht, mit Kräutern aus dem Reformhaus, keine äußerliche Anwendung, mit neuem Haarschnitt, Sport, Spaziergängen an der Adria, mit Besichtigungen von Kirchen und alten Gemälden. Eine Kombination aus Wasser, Luft und berührendem Innenleben. Neue Sprache, Langhalslaute, Schönheit. Alles auf einmal geht leider nicht. Aber fühle dich davon bitte nicht bedroht. Wenn ich dich auf Bildern sehe, weiß ich endlich, warum ich mein Telefon verschenken möchte, mein Computerpaßwort, meine Haustürschlüssel, die Muscheln vom Lido, die Flaschenstopper mit Muranoglas, das Flugticket nach Hause. Ich habe heute lange über dich nachgedacht, über deine Existenz im Norden von Shelsadyr, deine Kontakte ins Ausland, deinen Musikgeschmack, über das sprunghafte, verschwommene Denken der Füchse, von denen manche lieber ein Igel wären, um nur einer einzigen großen Sache im Leben nachzugehen. Ich habe dich bis heute nicht angerufen, liebster

Apfel, um dir zu sagen, in meiner neuen Sprache, daß ich für dich sterben würde, meine Sonne, auch wenn dir das jetzt zu pathetisch vorkommt, viel zu ungewiß und sentimental. In einer Woche fliege ich nach Sachsen zurück. Dort gibt es auch eine Menge Äpfel. Ich weiß, wie traurig ich sein werde, wenn ich ihnen dann täglich begegne, auf dem Fußweg, in der Linie zehn, in der Bibliothek, bei mir zuhause. Am einundzwanzigsten Dezember treffen wir uns wie jedes Jahr bei Großmutter, essen Melonen, zünden im Garten ein Feuer an, tanzen und lesen uns Gedichte vor. Ich weiß noch gar nicht, wie viele Flaschenstopper ich mitbringen muß, um alle meine Freunde zufriedenzustellen. Mein Apfel, ich schwöre dir, ich werde dich niemals anrühren. Aber ich möchte ein Baby von dir. Ich nenne es Yaldaa. Ich habe eine Idee. Ich werde dich niemals anrühren und bekomme ein Baby von dir. Ich werde dich in der Wüste zeichnen, besessen, manisch, unwiderruflich, zuerst deine Beine unter deiner Tuchhose, denn du wirst vollständig bekleidet sein, Stiefel, Hemd, Mantel, Handschuhe, Schleier, du darfst dich nicht bewegen, ich zeichne dich, ich ritze dein Profil mit der Kante einer Münze in meine Hose. Ich hatte die Münze am Vortag mit einer Nagelfeile bearbeitet. Es war das Kupfernickelstück, das ich immer wieder aus der Wechselgeldschale des Automaten nehmen musste. So konsequent schoss es an den Kontaktflächen unserer Wunschgetränke vorbei. Wasser und Joghurt mit Minze. Die abgekratzte Farbe gleich neben dem Schlitz zeigte mir, daß wir in diesem trostlosen Winkel in der Hitze von Shelsadyr vorher und auch nachher niemals allein gewesen wären, mein liebster Apfel. Ich hatte die Münze zu schräg und heftig auf meinem Hosenbein aufgesetzt, durch den Stoff drang Blut, direkt neben deinen Beinen, hin zum Oberkörper und Bauch, ich zeichnete weiter, Hals, Brüste, Schultern, so gut es eben ging, ich trennte deine Beine mit einem sauberen Schnitt fast in der Mitte auseinander, jetzt sah es so aus, als ob deine Schenkel unterschiedlich stark gewölbt waren, der eine mehr, der andere weniger, ich machte weiter, es wurde dunkel, ich hatte dich gebeten, die Beine eng geschlossen zu halten, deinen Mantel anzulassen, den Schleier und die Handschuhe nicht abzulegen, nicht zu sprechen oder zu lächeln, die Spitzen deiner Stiefel nicht unnötig tief in den Sand zu bohren, deine Augen lediglich auf meine zeichnende Hand zu richten und unregelmäßig zu atmen. Wir saßen etwa drei Meter voneinander entfernt. Du auf einem Steinvorsprung und ich auf der Erde. Damit du weiter meiner Handbewegung folgen konntest, knipste ich mit meinem linken Daumen alle paar Sekunden mein Feuerzeug an. In der Zeit, in der du nichts sahst, weil der Abend längst fortgeschritten war, fuhr ich mit dem Rand der Münze in der Mitte meines Schenkels auf und ab, hin und her. Ohne daß du etwas bemerkt haben konntest, hatte ich meine Handoberfläche mit Speichel befeuchtet, ich drehte die Hand mit der Münze nach oben, legte die nasse Hautfläche kurz auf deine Beine, deinen Bauch, bewegte sie auf und ab, hin und her und knipste, nachdem ich die Hand wieder umgedreht hatte, das Feuerzeug für ein paar weitere Sekunden an. Nur wir beide und dieses Klicken in der Wüste. Zwei winzige, seitliche Schnitte, und ich konnte dein Hosenkleid auf meinem Schenkel hochklappen, aber nur im Dunkeln, mein Bein blutete immer stärker. Um dich nicht zu beunruhigen, hielt ich das Licht weiter von mir weg. Ich werde wohl nie wieder aufstehen dürfen. Denn meine Zeichnung von dir, mein liebster Apfel, ist jetzt fertig. Bevor du das nächste Klicken hörst, will ich für unseren Abschied bereit sein. Ich ziehe meinen Jackenärmel so weit über meine linke Hand und das Feuerzeug, daß du nicht hören kannst, wie ich für einen kurzen Augenblick meine Münze dagegenpresse und dann alles zusammen in die Luft halte. Mit der freien Hand und dem anderen Jackenärmel versuche ich, das Blut auf meinem Schenkel in kreisförmigen Bewegungen zu trocknen und innerhalb deiner Ränder zu verteilen. Die Anmut und die Fassungslosigkeit der Ränder. Übertriebenheit und Anmut. Damit du noch dichter an mir dran bist, habe ich mein Bein mit deinem Körper über das andere Bein geschlagen. Seit einer geraumen Zeit habe ich das Feuerzeug und die Münze nicht mehr benutzt. Mit meinen Fingern öffne ich die beiden Stoffsträhnen über deiner Haut, du bist so schön wie nichts anderes, mein Apfel. Ich ziehe das Feuerzeug zwischen Handfläche und Ärmel hervor, mit der Handfläche nach oben, damit das Geldstück nicht runterfallen kann. Ich schließe diesen Taler in meine linke Faust ein, die ich dann auf mein Knie lege und vor das Feuer halte, das mir deine Haare von den Schenkeln nimmt. Du mußt wohl gedacht haben, ich hätte in entspannter Haltung einen letzten Blick auf dich geworfen. Aber ich hatte dich ja vorher darum gebeten, deine Augen lediglich auf meine zeichnende Hand, die du jetzt gerade nicht sehen konntest, zu richten. Ich bleibe hier sitzen, mein Apfel. Ich habe dich niemals angerührt, wie ein Mann einen Apfel anrührt. Deine Beine sind warm und verschmiert. Du mußt jetzt gehen. In den Brunnen hier sind immer nur die jüngsten Niederschläge aus den Bergen. Geh, mein Apfel. In einer Woche fliege ich nach Sachsen zurück. Bis dahin sehen wir uns nicht mehr im Norden von Shelsadyr. Ich stehe auf, im Dunkeln, damit sich alles gleichmäßig in dir verteilen kann. Ich setze mich. Ich stehe auf. Ich setze mich. Du gehst. Du gehst nicht. Du setzt dich. Ich stehe auf. Wir sehen uns nicht an. Du gehst. Nur wir beide und dieses Klicken in der Wüste, mein Apfel, dieses hilflose, unterwegs gestrandete Klicken. Das Blut ist getrocknet. Es wird kalt. Damit du nicht frierst, stopfe ich mein Kopftuch durch das Loch in meiner Hose. Für einen Außenstehenden müßte es so aussehen, als würde dein Mantel aus meiner Hose hervorbrechen, nur dein Mantel, sonst nichts. Es gibt hier zum Glück keine Außenstehenden. Setz dich, mein Apfel, geh, stell dich hin, ich weiß jetzt, was bedingungslose Liebe ist. Du wachst eines Morgens, weil wir beide immer älter werden, neben mir auf und bemerkst nicht einmal mehr, nie mehr, daß mir aus den Ohren Haare wachsen, drei, vier Haare, die ich im Spiegel nicht im geringsten erkennen kann, nur du. Wir haben doch dann einen Spiegel in unserem Haus. In der Nähe unseres Schlafzimmers. Ich liege. Du gehst nicht. Ich bleibe. Nur du und dieses inzwischen ausbleibende Klicken. Du kannst dir gar nicht vorstellen, wie erstaunlich unsere kleine Familie zu Weihnachten in den Augen glitzert, wenn wir das Fest bei uns zuhause feiern. Am einundzwanzigsten Dezember treffen wir uns wie jedes Jahr bei Großmutter, essen Melonen, zünden im Garten ein Feuer an, tanzen und lesen uns Gedichte vor. Shabe Yaldaa.

v

miram fahmidi

WIR NEHMEN HAFIS, RUMI, REINE DROGEN
Ich greife dir ins Haar, in medias res
Dein Hausanzug der Serie Sparkling Lace
Ist über deiner Schulter aufgebogen

Die Fasern sind UV-beständig, gehen
Aus jeder Dehnung in exakt die alte
Betonungsform zurück und ich behalte
Den einen Knopf am Hals fast aus Versehen

Zu lange in der Hand, dein Schlüsselbein
Die Illusion vom Schlüsselbein entläßt
Mich einen Augenblick aus deinem Wahn

Mit Öl und Salzwasser allein zu sein
Ich halte mich an deinem Kopftuch fest
Den Steinen sieht man das, was zählt, nicht an

DEN STEINEN SIEHT MAN DAS, WAS ZÄHLT, NICHT AN
Dem Kunststoffmantelkabel etwas eher
Rabete namaschru, es fällt mir schwer
Dich niemals abzuholen, Sami-San

Dein Nagellack paßt nicht zum Abendkleid
Ich will nicht auf Basidsch-Milizen stoßen
Und die mit Cognac abgeschmeckten Saucen
Verteilen wir in Büchsen Cola light

Die raffinierten Rüschenkanten, Sami
Gehören einer Welt mit anderen Stoffen
Dein Haar wird vom Blondieren gelb und arm

Der Kopf im Tuch von Sakineh Ashtiani
In keinem weißen Tuch, bleibt nur zu hoffen
Wir beide sind schon lange losgefahren

WIR BEIDE WÄREN LANGE LOSGEFAHREN
In Richtung Kaspisee, den Trost bewohnen
Der Strand ist aufgeteilt in zwei Sektionen
Die Sichtschutzwände bis ins Meer bewahren

Die Frauenblicke vor den Männeraugen
Monströse Vorhänge an Stahlgestellen
Auf deiner Seite sind die gleichen Wellen
Wir prüfen, ob die Stoffe etwas taugen

Sie taugen etwas, sind nicht mehr am Leben
Die Bademeister zielen mit den Knarren
Auf unsere Hosen, die wir ausgezogen

Die wir im Wasser, ausgezogen, neben
Den Körper halten, um sie anzustarren
Ich bin mit einem Streichholz losgezogen

ICH BIN MIT EINEM STREICHHOLZ LOSGEZOGEN
Durch Wüsten, habe Steine angezündet
In Bergregionen, nicht ganz unbegründet
Die Steine, die in Shiraz nichts mehr wogen

Und nichts in Chabahar und Sahedan
Sie glühten, aber wurden niemals kleiner
Wir liefen Hand in Hand und wirklich keiner
Am Airport Mehrabad und in Mahan

Der dich für meine Tochter hielt, nahm Anstoß
An unserer Liebe und an deinen Haaren
Die kaum noch persisch wirkten, sei so gnädig

Ich zog für dich mit einem Streichholz los
In jede Gegend, in der Steine waren
Warum dauern Kontrollen nur so ewig

WARUM DAUERN KONTROLLEN HIER SO EWIG
Wir froren und wir dachten an Kahrizak
Und ob man, weil man liebt, schon wirklich Mut hat
Wir hatten gar nichts vor, das sah uns ähnlich

Wir taten wie auf einer Urlaubstour
Bei Ramsar fließt der Nesar Rud ins Meer
Die letzte Redensart war lange her
Wir schwammen und sie ließen uns in Ruhe

Wir kamen nicht mehr weiter und erstarben
Die Wächter zeigten mit Gelenkmaschinen
Auf unsere Schwimmbewegungen, vernarrt

In ihre Arbeit an der Küste gaben
Sie uns von ihrem Essen, Auberginen
Choreschte Fesendjan und Scholesard

CHORESCHTE FESENDJAN UND SCHOLESARD
Donation Boxes, Damavand und Minztee
Die Liebe bleibt für mich nach der McKinsey
Methode immer eine Austausch-Art

Im Halbschlaf, wenn du auf dem Bauch liegst, meine
Prinzessin liegt im Halbschlaf immer so
Die Hand wärmt deinen Rücken bis zum Po
Obwohl sie nicht nur wärmt, sie rutscht in deine

Lejabysche Corsage führt kein Weg
Die abnehmbaren Schnüre, Strapse, Träger
Das Seidenunterteil ist seltsam zart

Die formgebenden Stäbchen vorn am Steg
Schekampareh, Albalu Polo, Negar
Ich werde dich nie anrühren auf der Fahrt

ICH WERDE DICH NICHT ANRÜHREN AUF DER FAHRT
Mit einem Bus zu einer Grenzstation
Die Ingredienzen einer Depression
In einer Jahreszeit von Farrokhzad

Wir werden nicht nur älter als Forough
Wir werden auch die Kinder wiedersehen
Und alle Ablehnungen überstehen
Dich nicht zu lieben, ist nur ein Versuch

Beruhigung moralisch aufzuwerten
Ich werde dich nicht anrühren, Sami-San
Nicht hier und nie bei mir, was rede ich

Wir reden nicht in Niavarans Gärten
Und ein paar Menschen treten an uns ran
Wir stimmen sie mit unserer Trauer gnädig

WIR STIMMEN SIE MIT UNSERER TRAUER GNÄDIG
Mit langsamerem Tanzen auf den Gängen
Und dem Gesang zu Namjoos Sehtarklängen
Der Langhalslaute, die versehentlich

Nur ein paar kleine Löcher in der Decke
Anstelle eines Schalllochs hat, die Bünde
Aus Schnur, gewunden um den Hals, die Gründe
Warum du ganz allein auf weiter Strecke

So unverstärkt niemals zu hören wärst
Kein Instrument, das in den Sälen stört
Auf Friedensplätzen und in Niederungen

Und in dem Bus, in dem du zu mir fährst
Ertönt Musik, die nie dazugehört
Nur Vierteltöne und Verzögerungen

NUR VIERTELTÖNE UND VERZÖGERUNGEN
Zum Schlafen komfortabler Sitzabstand
Die Zwei-plus-eins-Bestuhlung ohne Land
In Oghab Reisebussen darf gesungen

Und mitgeredet werden, Chayyam meint
Wir kämen viel zu spät auf diese Erde
Und ob er drüben weitertrinken werde
Mein Herz, du hast im Internet geweint

Wir treffen uns in einer Waschanlage
Die Pools im Norden sind nicht mehr voll Wasser
Die Luft ist, anders als im Süden, reiner

Und aus den Bergen ziehen Regentage
Mit einer Klarheit durch die Vali-ye Asr
Kein Kopf in einem Tuch wird jemals kleiner

KEIN KOPF IN EINEM TUCH WIRD JEMALS KLEINER
Und Hafis sagt, das Beste ist nur Wein
Das Beste für Betrübte: trunken sein
Die Welt ist wüst, das Wüstsein umso reiner

In einem wüsten Land, und Chayyam sagt
Noch währt die Lebenszeit nur zwei Sekunden
Das ganze Jahr betrunken sein währt Stunden
Sei munter, geh zur Nachtzeit wie am Tag

Im Rausch des Weines unter, Ziel und Ende
Der Erdendinge ist das Nichts, sei froh
Wenn wir allein in einer Wüste blieben

Drum denk an dieses Nichts, laß deine Hände
In meiner Hand, die Haare sowieso
Ich habe nichts über mein Land geschrieben

ICH HABE NICHTS ÜBER MEIN LAND ZU SCHREIBEN

Venedig, Teheran, yadet nare
Im Cipriani, im Hotel Laleh
Ich hole dich mit Tuch ab, wenn wir bleiben

Mein Herz, man mikham be to berasam
Wir sind verheiratet mit andern, dehnen
Nur Straßennamen aus, zum Gegenlehnen
Die Lalehzar Street, man asheghetam

Du warst in einer Klinik und brauchst Schutz
Vermeide Angst und Streß, leg dich jetzt hin
Du schreibst, du hast Probleme mit den Lungen

Ich sag dir, welchen Namen ich benutz
In jedem Treppenhaus, in dem ich bin
Nur kalte Jahreszeit mit Steigerungen

DIE KALTE JAHRESZEIT MIT STEIGERUNGEN
Elahi fadat sham, to ombre mani
Wir treffen uns im Grenzgebiet Ashtiani
Der Reiz von letzter Nacht ist abgeklungen

Es gibt noch viele Nächte im Iran
Die Salzseen und die Wüsten, Mineralien
Aus dem Gebirgsgestein gewaschen, Dahlien
Die Dahlien in dem Salz sind nur ein Wahn

Wir werden irre, wenn wir daran denken
Uns nie zu sehen, lesen Philosophen
Gedanklich stützen kann uns aber keiner

Wir sind vergeben, leben und verschenken
Die Zeit für uns in abgelenkten Strophen
Der Apfel hier in meiner Hand ist deiner

DER APFEL HIER IN MEINER HAND IST DEINER
Verfüllte Schluchten, Trost und Areal
Das Aufströmen von Mantelmaterial
Die Kollision von Platten, ungemeiner

Kontinentaler Aufwand, Seafloor Spreading
Das Auseineinderdriften, neuer Boden
Im Meer, Gebirge, Haltbarkeitsmethoden
Die Liebesfähigkeit, more than a feeling

Ich kann nicht einfach schlafen gehen, sardam
Azizam, Weite und L' amour de loin
Die Oper ist am Ende stehengeblieben

Ich übersetze: man nemikham beram
Nicht mehr zurück in meine Sprache, ja
Es ist zu unsicher, dich nicht zu lieben

ES IST ZU UNSICHER, DICH NICHT ZU LIEBEN

Ich bin leicht auszurechnen, wenn ich leide
Wenn ich in meinen Briefen an uns beide
Von deinem Leben lese, übertrieben

Gesagt, ich weiß in welchen Fächern keine
Tabletten gegen Husten liegen, schnelles
Und ausuferndes Atmen, nur spezielles
Bekleidungszeug für draußen, Visascheine

Vielleicht im Februar, in ein paar Tagen
Verändern sich die Sehnsüchte nicht mehr
Bis dahin bin ich bestimmt umgezogen

Das ist doch Körpercreme, hör ich mich sagen
Die nimmt man niemals im Gesicht, ma chère
Wir nehmen Hafis, Rumi, reine Drogen

WIR NEHMEN HAFIS, CHAYYAM, REINE DROGEN
Den Steinen sieht man das, was zählt, nicht an
Wir beide sind schon lange abgefahren
Ich bin mit einem Streichholz losgezogen

Warum dauern Kontrollen hier so ewig
Choreschte Fesendjan und Scholesard
Ich werde dich nicht anrühren auf der Fahrt
Wir stimmten sie mit unserer Sturheit gnädig

Legalresidentur, Versteinerungen
Ein Kopf in einem Tuch wird niemals kleiner
Ich habe nichts über dein Land geschrieben

Die kalte Jahreszeit mit Steigerungen
Der Apfel hier in meiner Hand war deiner
Es ist zu unsicher, dich nicht zu lieben

VI

summerhaven

COYOTEN IN DEN HÖFEN, JAVALINAS,
In Tucson sind die Ratten groß wie Schweine,
Ich achte selbst in Downtown auf die Steine,
Du kommst aus Deutschland nur in Ballerinas.

Das Salz an mexikanischen Alleen –
Du hattest Recht, Kakteen bis Nogales,
Die Stadt geteilt, auch wenn uns das egal ist,
Bei Regen gibt es Flüsse, keine Seen.

Die Wüsten in den Zäunen, Drogenliebe,
Die Kriege, und wie ich am Wagen lehne,
Ballettschuhe sind Schrott in dieser Zeit.

Ich sehe mich, wie ich am Boden liege,
Allein der Kopf, der Mund, der Rest der Zähne,
Gedulde dich, wir sind in Sicherheit.

GEDULDE DICH, WIR SIND IN SICHERHEIT,
Die Fahrt nach Davis-Monthan, Air Force Base,
Kaputte Bomber, Landhauskanapees,
In Übersee sind alle eingeweiht.

Nach neunzig Tagen In-der-Wüste-liegen
Verrotten auf den Satellitenbildern
Am ehesten Soldaten, die beim Wildern
Von Flugzeugteilen steife Finger kriegen.

Das Klima warm und trocken, Korrosions-
Und Wasserschäden bleiben aus, der Boden
Bedarf keiner Versiegelung, so weit

Das Auge reicht kein Schrott, ein Teil des Lohns
Ist Spiegelung von Simultanmethoden:
Wir schweigen während der Betrachtungszeit.

WIR SCHWEIGEN WÄHREND DER BETRACHTUNGSZEIT,
Indianer tanzen, Trucks verlieren Schrauben,
Gewässer führen Sand, an den wir glauben,
Die Fahrzeugtypen sind nicht ganz gescheit,

Die Motorhauben bleiben offen, Ratten
Bevorzugen geschlossene Systeme,
Und von den Schläuchen gehen angenehme
Gerüche aus, die sie bei Hitze hatten.

Die Catalina Berge und die Brände,
Verkohlte Bäume, Zeitungsmeldung nur,
August 2003, von hier erschien das

Wie eine Schlafnotiz aus dem Gelände,
Blondierung, Anti-Spliss, Volumen pur,
Pantano Wash, die Regenzeit, between us.

PANTANO WASH, DIE REGENZEIT, BETWEEN US,
Am Straßenrand die Flüsse kauen alles,
Die Handypfähle auf dem Airport Dallas,
Mein deutscher Stecker, ich Idiot vergaß,

Daß hier der Strom viel enger aus den Wänden
Gezogen wird, mein Mut anhand des Biers,
Und auf dem Bildschirm Holly Peers,
Gehört nicht zu den Hollywood- Legenden,

Doch ihre Brüste sollen die schönsten sein,
Von hundert Seite-3-Mädchen der Sun,
Es kommt nicht vor, daß ich mich oft beschwere.

Am Laptop bin ich nachts ganz gern allein,
Die Liebe fängt wohl an den Händen an,
In Summerhaven haben wir Gewehre.

IN SUMMERHAVEN HABEN WIR GEWEHRE,
Kontakt zwischen der Wange und dem Schaft,
Das Treibmittel erhöht die Durchschlagskraft,
Die Bäume haben Zimmeratmosphäre.

Geringer Rückstoß, kurzer Repetierweg,
Verbrennungsgas, die Fischhaut nachgeschnitten,
Punzierte Oberflächen, Eisenschlitten,
Die Blockhausfrüchte am Rose Canyon Lake.

Die Demut, nicht gleich alles für genial
Zu halten, was wir machen, wenn wir spinnen,
Gelingt uns viel zu selten, die Papiere,

Auf denen steht, wir hätten freie Wahl,
Sind wertlos, die Gewehre wie von Sinnen,
Reliefgravuren, tief gestochene Stiere.

RELIEFGRAVUREN, TIEF GESTOCHENE STIERE,
Die Jagd schon auf dem Holz, Analogien,
Vorweggenommen, bis die Tiere schrien,
Getroffen mit dem Handstichel, verliere

Ich jetzt den Mut, laß ich den Kolben sinken,
Von hier ist Mexiko nur knapp zu sehen,
Ob Ratten sich mit Bergen gut verstehen,
Wer weiß das alles, ohne was zu trinken.

Die Nächte hier mit Holly, fünfundvierzig
Prozent der Brust sind oberhalb der Warze
Und fünfundfünfzig unterhalb, ich giere

Nach deinem Haargeruch, Gehölz mit Pfirsich,
Zuhause Bernsteinfliegen, hier nur Harze,
Die Ehrfurcht vor dem Leben toter Tiere.

DIE EHRFURCHT VOR DEM LEBEN TOTER TIERE,
Opuntia bigelovii, Gila Monster,
Ich hoffe, du kommst niemals für umsonst her,
Nur weil ich auf dein Bleiben spekuliere.

Das Leben hier in Arizona, eegee's
Delicious frozen fruit drinks, unsere Kinder
Ernähren sich im Winter viel gesünder,
Kein Alkohol, sie joggen, hören Pixies,

Studieren Politik und wollen später
Die Guten rächen mit den eigenen Waffen,
Im Stil von Chevalier de Lagardère.

Sie kennen nicht die Ängste ihrer Väter,
Weil ihre Wünsche auseinanderklaffen,
Ich glaube nicht, daß ich ein Scheusal wär.

ICH GLAUBE NICHT, DASS ICH EIN SCHEUSAL WÄRE,
Wenn wir zusammen in Sky Island leben,
Den Schnaps begreifen, uns in Not begeben,
Das Alter feiern und das Ungefähre,

Das Ungefähre des Zusammenlebens,
Das Stammeln und das Jagen in den Nächten,
Die Krankheitsbilder von den selbstgerechten
Veräußerungen an Gefühl, vergebens

Bedenken wir die Wesensunterschiede,
Ich hab genug von der Sky-Island-Scheiße,
Wir leben hier im Wald von wilden Schlehen,

Gedächtnispilz im Land der Fungizide,
Erinnerst du dich an die Oder-Neiße,
Wir lieben uns, falls wir uns wiedersehen.

WIR LIEBEN UNS, FALLS WIR UNS WIEDERSEHEN,
Verzichten auf den Tod, Prunus spinosa,
Gepierctes Unterhemd, la Penserosa,
Ich laß dich hinter die Gardine gehen,

Im Fairfield Inn, die Minibar beleuchtet,
Entwurf von eigenen Münzen, Jared L.,
Gehirnkontrolle, neue Währung, grell,
Die Straße vor dem Safeway angefeuchtet.

Das Tucson Festival of Books, maybe,
Die Angst vor der Regierung an der Ecke,
Lunatic fringe, wir machen vorher Knick-Knack.

Die Laken frisch, ein Fleck oder ein Baby,
Wir treffen uns im Sand auf halber Strecke,
Die Flüsse in der Wüste sind ein Pack.

DIE FLÜSSE IN DER WÜSTE SIND EIN PACK,
Wir wollen nicht mehr über Grenzen gehen,
Die Heimat hat dabei nichts auszustehen,
Die einunddreißig Schüsse, who the fuck

Is Jared Loughner, die Surfaces Band,
Die Tortolita Middle School, Marana,
Der Pinal Airpark, Luft und Upadana,
Die alten Flugzeuge, vom Job getrennt,

Ein gutes Omen, wenn sie hier geparkt
Und vorbereitet werden zum Verkauf,
Die Stellplätze in Greenwood, du genießt

Den Unterschied auf dem Verwertungsmarkt,
Verschrottungskenntnis setzt noch einen drauf,
Vermeide, daß du deinen Mund verziehst.

VERMEIDE, DASS DU DEINEN MUND VERZIEHST,
Weil du dich mit mir langweilst, Paper Moon,
Ein Vater hat mit seinem Kind zu tun,
Die letzte Abspielposition, du siehst

Zur Zeit der Großen Depression in Kansas
Den Wolken von Bogdanovich die Trägheit
Der letzten Jahre an, nur Trixie Delight
Verzaubert mich im Auto letzten Endes.

Du wirst dir kaum etwas gefallen lassen,
Ein Mann will nichts als bei dir zeichnen lernen:
Nur eine Frucht und wie Gardinen wehen.

Ich brauch von jetzt an nie mehr aufzupassen,
Du kannst dein Finya-Bild noch nicht entfernen,
Ich seh dich in Europa tanzen gehen.

ICH SEHE DICH IN EUROPA TANZEN GEHEN,
Die Haare offen und das Décolleté,
Dezember und die Vorahnung von Schnee,
Erkälte dich nicht so im Handumdrehen.

Es war einmal in Tucson, Arizona,
Ach wär ich nur mit Esel und mit Boot
Gereist, ich brachte Menschen dort in Not,
Beim nächsten Mal flieg ich nur nach Pamplona.

Ich sitze nun auf meinen Reisespesen,
Die ich in Euro zahlte, nicht in Dollar,
Der Kurs ist jämmerlich, auch der Betrag.

Ach wär ich nie in Übersee gewesen,
Indianer kriegen auch kein Honorar,
Tohono O'Odham, San Xavier del Bac.

TOHONO O'ODHAM, SAN XAVIER DEL BAC,
Sie jagten Eidechsen und Eselhasen
Und hielten in den kriegerischen Phasen
Zur Army, gegen das Apachenpack,

Als Scouts und Söldner unterstützten sie
US-Soldaten, hundertfünfzig Krieger,
Nach jedem toten Feind mußte der Sieger
Sich Reinigungen unterziehen, die

Genau nach sechzehn Tagen endeten,
Die Friedenszeit verbrachten sie in Zelten,
Es gab nur Windschirme, durch die der Sand blies,

Two-Villagers, die Salz verwendeten,
Die Tage in Familie waren selten
Und steck die Haare hoch, wenn du ihn siehst.

DU STECKST DIE HAARE HOCH, WENN DU IHN SIEHST,
Die Hände bleiben unten, du erträgst
Es kaum, wenn andere mit ihm sprechen, schlägst
Den Wechsel vor, ins Nebenzimmer, schließt

Dich ein, im Bad, benutzt nur Kamm und Creme,
Ihm fällt kaum auf, daß du dich so veränderst,
Mir geht es gut, anhand deines Geländers,
Doch jetzt zu gehen, wär ich zu bequem.

Ich schreib dich ab für diesen Abend, hänge
Mit anderen zusammen, trinke, rede.
Am Morgen hab ich dir verziehen, daß

Nur ein Mann länger blieb, im Flur, Gedränge,
Du denkst, ich kriege, wenn ich winke, jede.
Coyoten in den Höfen, Javalinas.

COYOTEN IN DEN HÖFEN, JAVALINAS,
Gedulde dich, wir sind in Sicherheit,
Wir schweigen während der Betrachtungszeit,
Pantano Wash, die Regenzeit, between us.

In Summerhaven haben wir Gewehre,
Reliefgravuren, tief gestochene Stiere,
Die Ehrfurcht vor dem Leben toter Tiere,
Ich glaube nicht, daß ich ein Scheusal wäre.

Wir lieben uns, falls wir uns wiedersehen,
Die Flüsse in der Wüste sind ein Pack,
Vermeide, daß du deinen Mund verziehst.

Ich sehe dich in Europa tanzen gehen,
Tohono O'Odham, San Xavier del Bac,
Und steck die Haare hoch, wenn du ihn siehst.

Diese Platten waren beim Schreiben für mich unabdingbar: The Malady of Elegance von **Goldmund**, The Year of the Leopard und Roaring The Gospel von **James Yorkston**, Departures von **Message to Bears**, Rivers Arms von **Balmorhea**, Mountains und Sewn von **Mountains**, Dusk von **Danny Norbury**, The Last Days of Time von **Fjordne**, Acoustic Tales von **Field Rotation**, A Winged Victory for the Sullen von **A Winged Victory for the Sullen**, Lumière von **Dustin O'Halloran**, Los Musicos Perdidos von **The Boats**, A Different Kind Of Fix und Flaws von **Bombay Bicycle Club**, La Catedral von **Daisuke Suzuki** und **Agustin Barrios Mangore**, Gaspard de la Nuit von **Walter Gieseking** und **Maurice Ravel**, Stray Age von **Daniel Martin Moore**, The Gnostic Preludes von **John Zorn**, Sings Reign Rebuilder und Telegraphs In Negative/Mouths von **Set Fire to Flames**, From Eagle To Sparrow von **Kristofer Aström**, Flight Of The Crow von **Passenger**, Home von **Elephant Parade**, Four Last Songs von **Elisabeth Schwarzkopf** und **Richard Strauss**, Les 50 Plus Belles Chansons von **George Moustaki**, Grace von **Haruka Nakamura**, ... Until We Felt Red von **Kaki King**, Found Songs von **Olafur Arnalds**, Floriographie von **Moddi**, Every Kingdom von **Ben Howard**, Toward The Low Sun von **Dirty Three**, Toranj von **Mohsen Namjoo**, Solo Piano von **Lutz Gerlach**, Courting Autumn von **Pamela Wyn Shannon**, Over The Sea/Under The Water von **Cicada**, Iron von **Woodkid**, Replica von **Rauelsson** und **Peter Broderick**, Plaisirs D'Amour von **René Aubry**, In The Evenings Of Regret von **Grace Cathedral Park** und Music With Changing Parts von **Philip Glass**.

Pinguine: Flugunfähige Seevögel auf der Südhalbkugel.
In den 30er Jahren des 20. Jhdt. wurden mal 14 Pinguine am Nordpol ausgesetzt. Sie bildeten aufgrund ihrer geringen Anzahl zwar keine Kolonien, überlebten aber in gutem Zustand. Ich weiß genau, wovon ich rede.
Bis in die Mitte des 19. Jhdt. lebte in der nördlichen Polarregion ein ähnlicher flugunfähiger Vogel: der Riesenalk. Die letzte verläßliche Sichtung dieser Art erfolgte 1852.

So wird Nacht gemacht: Gedichtzeile von Ernst Meister. (1911–1979)
Gedanken zum Ernst-Meister-Preis 2012.

Gretzkys Büro: Der Bereich direkt hinter dem Tor, benannt nach der ehemaligen kanadischen Eishockey-Legende Wayne Gretzky.

Laßt uns an den Beginn der kalten Jahreszeit glauben: Gedicht von Forough Farrokhzad, das erst nach ihrem Tod publiziert wurde.

Die Abenteuer des Chevalier de Lagardère: Mantel- und Degenfilm aus dem Jahre 1967.

Tohono O'Odham: Ein Indianerstamm im heutigen Südwesten der USA sowie im Norden Mexikos.

Dank an: Janusz Podrazik und Gioia Meller Markovicz, Ezio Toffolutti, Gaston Salvatore, Susanna Böhme-Kuby, Stefania Sbarra, John Unrau, Petra Schäfer, Sabine Meine, Michaela Böhringer, Francesca Rottigni, Teresa Da Col, Samira, Gerd Trautmann, Moritz Gagern, Anne Marie Dragosits, Conny Schleime, Fran, Steve und Elizabeth Martinson, Sabine Koehler-Curry und Pat, Shelmi, Fri, Melodie, Max Sessner, mein Schwesterchen, Matteo, Mirjam, Steppn, Stebbie, Ricky, Feridun und
Eva, Eva.

Markkleeberg, Ahrenshoop, Venedig, Mölbis. (2010–2012)

INHALTSVERZEICHNIS

I
lose bis selten

II
ev. später

III
la serenixima

IV
günaydin askim

V
miram fahmidi

THOMAS KUNST

Biographie

geboren 1965 in Stralsund/Ostsee
1984 Abitur
1986 Pädagogikstudium – abgebrochen
1987 Beginn der Arbeit als Bibliothekarischer Mitarbeiter in Leipzig
Lyriker und Musiker
Mitglied des P.E.N.

Bibliographie

Besorg noch für das Segel die Chaussee. Gedichte und eine Erzählung, Reclam Leipzig, 1991

Die Verteilung des Lächelns bei Gegenwehr. Gedichte und Texte, Connewitzer Verlagsbuchhandlung Leipzig, 1992

Medelotti. Gedichte, Druckhaus Galrev Berlin, 1994

Der Schaum und die Zeichnung vom Pferd. Gedichte, Kowalke Verlag Berlin, 1996

Martellis Untergewicht. Roman, Kowalke Verlag Berlin, 1998

Die heftigen Strände der Doresa Mandolf. Erzählung, Buchlabor Dresden, 2000

Rein theoretisch adieu. Hörbuch Gedichte und Musik, Edition Erata Leipzig, 2002

Mitleid in Toronto: „leale senza donna", Musik-CD, Villa Massimo Rom, 2003

Was wäre ich am Fenster ohne Wale. Gedichte, Frankfurter Verlagsanstalt, 2005

Sonntage ohne Unterschrift. Roman, Tisch 7, Köln 2005

Vergangenheit für alles. 12 Sonette mit Kaltnadelradierungen von Sighard Gille, Edition Mariannenpresse, 2008

Estemaga. Gedichte, Edition Rugerup, Hörby, 2008

Strandkörbe ohne Venedig. Romanresignation mit Soundtrack, Plöttner Verlag, Leipzig, 2009

Legende vom Abholen. Gedichte, Edition Rugerup, Hörby, 2011

Auszeichnungen

Dresdner Lyrikpreis, 1996
Amsterdam-Stipendium, 1998
Villa-Massimo-Stipendium, 2003
F.-C.-Weiskopf-Preis der Akademie der Künste Berlin, 2004
Stipendium der Deutschen Studienstiftung in Venedig, 2010

Weitere Titel in der edition AZUR *(Auswahl)*

Jan Volker Röhnert: *Notes from Sofia, ISBN: 978-3-942375-04-7, 148 S., Klappenbroschur, 19,80 EUR*

»Ein vielseitiger und vielstimmiger Lobgesang der ›ausgefransten Ränder‹ Europas« Volker Sielaff, DNN

»Die Gedichte nehmen das Tempo der Metropolen an, sind in deren Lichtern und Schatten bunt flirrend, verwirrend widersprüchlich, großartig, messerscharf, abgehackt – mit einem Wort: wundersam wie die fremde Stadt selbst.« Jürgen Brôcan, www.faust-kultur.de

Stephan Turowski: *Glückwunsch zur Wunde, ISBN: 978-3-942375-02-3, 64 S., durchgehend zweifarbig, 14,90 EUR*

»Man begreift, warum die Gedichte von Stephan Turowski nur dem ersten Anschein nach einfach sind [...] Die Arbeit am Sinn von Alltag, Liebe, Gewalt und Kunst schafft das Einfach im Schwierigen.« Christoph König, FAZ

»Turowskis Lyrik [...] holt uns ganz entspannt, freilich mit melancholischem Blick, an der nächsten Eckkneipe ab. Im ersten Moment denken wir, dass wir mit ihr nur einmal kurz um den Block gehen. Am Ende, wenn sie uns dann wieder loslässt, wissen wir, dass der Block, den wir durch die Gedichte kennengelernt haben, bis eben noch nicht besetzt war.« Kai Bremer, philology & irony

Mathias Jeschke: *Das Gebet der Ziege, ISBN: 978-3-942375-00-9 (= Blaue Reihe, Bd. 5), 80 S., Klappenbroschur, 14,90 EUR*

»Die Gedichte von Mathias Jeschke sind bemerkenswert. Sie gehen auf das Ganze, und das mag ich.« Joachim Sartorius

Nancy Hünger: *Deshalb die Vögel. Instabile Texte, ISBN: 978-3-9812804-8-7, 80 S., Br. mit Schutzumschlag, 14,00 EUR*

»Es ist eine Lyrik, die offensichtlich gewillt ist, alle Register der Sprache zu ziehen, bildlich wie klanglich, die nicht Verzicht üben will, auch nicht scheut, was der delikaten Struktur eines Gedichts doch so gefährlich werden kann, die großen Worte nämlich.«
Jan Wagner

Die endlose Ausdehnung von Zelluloid. 100 Jahre Film und Kino im Gedicht: *Hg.: Andreas Kramer und Jan Volker Röhnert. Mit einem Nachwort der Herausgeber und einem Kommentarteil, ISBN: 978-3-9812804-2-5, 232 S., Hardcover, 24,00 EUR*

»Dieses Buch gibt umfassend und anregend Auskunft, woher die schnellen Schnitte, Überblendungen und Vernetzungen zwischen der sichtbaren äußeren Welt und der Innenwelt des Einzelnen kommen. Die erste Anthologie von Kino- und Filmgedichten in deutscher Sprache dokumentiert die thematische und ästhetische Entwicklung von den Anfängen bis heute.« Dorothea von Törne, Die Welt

»Diese Anthologie [...] darf man getrost einen Wurf nennen.«
Rüdiger Görner, FAZ

Erstausgabe

www.edition-azur.de

Gestaltung: Kraft plus Wiechmann, Berlin
Umschlagbild: Eva Gaeding

ISBN: 978-3-942375-09-2